大学教育の数学的リテラシー

水町龍一 編著

東信堂

はしがき

　この本は、2014年1月の研究集会での講演・発表を基に書かれた論文を主な内容としている。3年近い歳月のうちには、重要な変化も起こった。けれども、今後も予想される様々な変化を超えて数学教育を発展させるための土台となる考え方や方法論をこの本は提供しており、内容は今も新鮮である。

　3年間に起こった第1の変化は、理工系学部入学者の数学力がある程度上昇したことだ。本書第1章1節では、2010年・2011年の入学者の数学力が分析されている。花田・橋口・星野（文献1、2）によれば、2010年頃は彼らが勤務する大学の新入生の数学力が底に達して反転を始めた時期である。多くの他大学の教員たちも、多少の時期のずれはあっても、同様の意見を持っている。

　この時期の学力回復に最も寄与したのは、リーマンショックに起因する就職難によって理工系人気が急速に回復したことだろう。1990年代からの大学理系学者たちによる学力低下の危機の訴えが実を結んだ面もある。2010年頃から盛んになった高大接続改革の議論が生徒たちに社会の期待を直接間接に伝えたことも要因に数えられよう。だが、最も本格的で持続的な学力向上の要因は、2000年代の半ば過ぎから、いわゆるPISAショックを契機に、国際的な研究の蓄積も取り入れながら学校教育改善の研究が本格的に進んだことだろう。全国学力テストの実施・分析・指導への反映が行われるようにもなった。そして現行学習指導要領への移行・教科書の改訂へと進んできた。こうした本格的な改善努力の成果は、今後ますます力を発揮するものと考えられる。

　他方、前述の報告（文献2）は、推薦等による入学者の学力は変わってい

ない(低いまま)と指摘する。これも殆どの私立理工系大学・学部に共通する事象と思われる。国立大学上位校も AO 入試を採用するようになり、高大接続の改善に役立つことが期待される一方で、私立大学の多くには全く異なる実態が存続している。だが、高大接続システム改革(文献3)が本格化し、高等学校基礎学力テスト(仮称)が入学者選抜資料として使われるようになれば、この状況も急変する可能性がある。それこそが本書第1章第1節に述べる我々の期待であり、この期待を現実のものにすることこそ一体改革の着地点の一つであってほしい。その際に達成されるべき学力の現実的な基準にも本書で言及している。

　第2の変化は、大学教育の方法上の改革が強調され、アクティブ・ラーニングに注目が集中するようになったことだ。しかし大学数学教育の改革は単に方法の問題でなく、目的や内容の再構成を含む必要があるという主張を、我々の研究は含む。専門分野の学習能力や職業人として必要な資質の育成を明確に意識した教育であること、将来の市民としての知識・能力や価値観・態度の形成にも深く関わる教育であることが、基礎教育としての数学にも求められる。こうした観点から、教育内容の精選と共に必要十分な高度化を図る必要がある。そうした高い目標を明確にしたうえで、常に学生に寄り添い、学生自らが成長を求めて努力することを励ます教育が求められるのだ。本書第1章2節でアルティーグが述べているように、高い水準を目指す先進的な数学的リテラシーの教育こそが必須になるのである。もちろん、その内容は国情により、専門や個々の大学によっても多様である。だからこそ、アクティブ・ラーニングを含む様々な方法を、個々の大学の実情やカリキュラム全体の中での個々の科目の役割に沿って開発することが必要なのである。

　これに対し、一部の論者が警戒論を述べ始めた大学版ゆとり教育に陥ったり、逆に、工学部など応用的・実践的な専門分野での基礎教育において旧来型の純粋志向の教育や過度に厳密な論理性に拘った教育を行うのでは、社会の期待や大学内部の要請に応えきれない可能性もある。

　本書は社会の期待に現実的でしかも高い水準で応えうる数学教育を如何にすれば実現できるか、その理念と方法を現実性に十分配慮して編んだも

のである。私たちは本書の読者とともに大学数学教育を力強く発展させ、学生たちが将来の責任ある社会人として十分な知識・能力や、それを生かす態度・価値観を深く身につけることができる教育になることを祈念している。

【引用・参考文献】

1　花田孝郎・橋口秀子・星野慶介 (2016) 入学時における数学習熟度の最近10年間の推移と傾向―千葉工業大学の場合―、数学教育学会春季例会発表論文集、数学教育学会。
2　花田孝郎・橋口秀子・星野慶介 (2016) 入学時における数学習熟度のばらつきを超えた専門基礎教育に向けて、数学教育学会2016年度秋季例会予稿集、数学教育学会。
3　高大接続システム改革会議 (2016)「最終報告」。

目次

大学教育の数学的リテラシー

はしがき……………………………………………………………… i
キーワード一覧……………………………………………………… viii
序　章　はじめに…………………………………………………… 3
　　　　　　　　　　　　　　　　　　　　水町　龍一

第Ⅰ部　理論編　15

第1章　問題提起と回答……………………………………… 17
1.1　大学入学者の学力・意識と数学的リテラシーの教育——問題提起　18
　　　　　　　　　　　水町　龍一（湘南工科大学）
1.2　数学的リテラシーと高大接続・移行：関数リテラシーを例に　31
　　　　　　　　　　　ミシェル・アルティーグ（パリ第7大学）
1.3　大学レベルの数学教育と数学学習について　54
　　──「高大接続・移行」の観点からの論評
　　　　　　バーナード・R・ホジソン（ラバール大学、ケベック州、カナダ）
1.4　大学生の数学的リテラシーの評価について　71
　　　　　　　　　　　清水　美憲（筑波大学）
1.5　実データの統計推測を題材とした学部教育　84
　　　　　　　西井　龍映（九州大学マス・フォア・インダストリ研究所）

第2章　現状の把握・分析と課題……………………………… 109
2.1　日本の大学数学教育の現状と課題　110
　　　　　　　　　　　高橋　哲也（大阪府立大学）
2.2　リテラシーから見た大学生の数学教育　118
　　　　　　　　　　　宇野　勝博（大阪大学）
2.3　大学生の数理活用力の実態調査　127
　　　　　西村　圭一（東京学芸大学）・柳沢　文敬（ベネッセコーポレーション）
2.4　ジェネリックスキルとリテラシー　142
　　──市民育成の視点を併せ持つ教育を　久保田　祐歌（徳島大学）

第3章　様々な視点から………………………………………… 153
3.1　工学部専門学科からみた数学教育　154
　　　　　　　　　　　羽田野　袈裟義（山口大学工学部）
3.2　生涯学習から大学教育を構築する　166
　　　　　　　　渡辺　信（公益財団法人　日本数学検定協会）
3.3　今後の数学的リテラシー教育　175
　　　　　　　　　　　藤間　真（桃山学院大学）

第II部　実践編　　181

第4章　数学的リテラシー教育のデザイン……………183
- 4.1　文系学生のための数学活用力を育む授業デザインとその実践　184
  川添　充（大阪府立大学）・岡本 真彦（大阪府立大学）
- 4.2　数的思考の学びを支援するICT活用教育の一提案　195
  小松川 浩（千歳科学技術大学）
- 4.3　数学的活動の指導を実現する授業モデル「SPECCモデル」の提案　202
  御園 真史（島根大学教育学部）
- 4.4　数学的リテラシーを育成する大学教育のデザイン　215
  五島 譲司（新潟大学）

第5章　理工系専門基礎の数学的リテラシー教育…………225
- 5.1　数理と専門をつなげる教材案　226
  西　誠（金沢大学）
- 5.2　地球・月・太陽の測定と数学的リテラシー　234
  寺田　貢（福岡大学）
- 5.3　数学モデリングの授業法　243
  ——データを近似する関数を推測する
  松田　修（津山高専）
- 5.4　工学院大学における入学前・初年次の数学教育　253
  高木　悟（工学院大学）

第6章　文系の数学的リテラシー教育……………263
- 6.1　文系大学生に数学の有用性を認識させる教材開発　264
  井上 秀一
- 6.2　手続き暗記数学からの脱却　275
  矢島　彰（大阪国際大学）
- 6.3　文系大学生のための数学教育の試み　285
  ——対話による数学的・論理的思考の育み
  萩尾 由貴子（久留米大学非常勤講師）
- 6.4　「数学基礎」から「数学活用」へ——「数学活用」の話題　295
  西山 博正（神奈川工科大学学習支援センター）
- 6.5　数学史を取り入れた教育の実践　304
  高安 美智子（名桜大学）
- 6.6　早稲田大学におけるICTを活用した数学基礎教育　311
  上江洲 弘明（早稲田大学）・永島 謙一（東京立正中学高等学校）

執筆者紹介……………319

キーワード一覧

以下は本書全体のキーワードのリストです。各語が登場する節につき、最初に登場するページか最も大事なページが表示してあります。

APOS 理論 …………………… 37	プラクセオロジー …………… 10,39
criteria ………………………… 216	フルオンデマンド授業 ………… 311
e ラーニング ……………… 195,253	ポアソン回帰 …………………… 84
FE 試験 ………………………… 158	マークシート方式 …………… 121
ICM（国際数学者会議）……… 66	メタ認知 …………………… 179,217
ICMI …………………………… 47	モデリング ………………… 33,216
ICT ……………………… 47,195,253	モデル化 ………… 46,90,215,232
IREM（数学教育研究所）……… 36	モデル選択 …………………… 105
OECD ……………… 4,31,56,143,216	リテラシー …………………… 142
PDCA サイクル …………… 72,222	赤池情報量基準（AIC）……… 100
PISA ……… i,4,18,31,54,121,144,216	運動現象 ……………………… 231
SPECC モデル ………………… 204	英語教材 ……………………… 158
Web 教材 ……………………… 197	回帰分析 ……………………… 91
アクティブ・ラーニング ii,10,202,229	概念 ………………………… 9,67,206
アリスタルコス ……………… 238	学習支援 ……………… 11,257,309
インストラクショナル・デザイン 208	学習指導要領 ………… i,111,121,202
オープンエンド …………… 78,274	教学マネジメント …………… 115
カプレカー数 ………………… 296	教材 ……… 43,72,155,196,215,226,
キー・コンピテンシー …… 6,73,143	242,245,255,264,290,304
クライン・プロジェクト …… 47	教授の人間学理論 ……………… 37
グラフ ………… 12,26,34,80,221,275	近似関数 ………………… 221,245
ケプラー ……………………… 9,236	金利 …………………………… 266
コンピテンシー ……………… 142	具象化理論 …………………… 37
ジェネリックスキル ………… 142	決定係数 ……………………… 94
ネイピア数 …………………… 255	月食 …………………………… 240
パターン ………………… 60,75	誤差 …………………………… 245
フェリックス・クライン …… 12,34	公式 ……………………… 35,275

項目反応理論	20,136
高大接続	110,125,218,296,304
高大接続・移行	33,55
国立教育政策研究所	3,31
最適化問題	35
市民	ii,31,57,73,128,149,216
授業構成マップ	207
状況に埋め込まれた学習	187,205
職業	ii,128
揺れと振動	227
真正	29,219
推測	246
数学コンピテンシーテスト	20
数学の有用性	218,265
数学化	9,77,187,215
数学活用	295
数学史	304
数学的モデリング	8,48,195,243,264
数学的モデル化過程	75,190
数学的リテラシー	ii,4,18,31,55,72,110,118,144,215
数学的活動	203
数学的思考	168,294
数学的思考力	311
数学的直観力	59
数学不安	184
数的思考	195
数理活用力	82,128
数量的思考能力	59
世界探求	9,40
生涯学習	166
専門と数理	226
線形計画法	190,220,268
存在理由	40
対面指導室	315
大学生数学基本調査	118
大学入学者選抜	121
単位当たり量	134
探求	36,72,205
知識基盤社会	8,71,142,172
地動説	238
中央教育審議会	3,19,42,215
天体の大きさ	236
等比数列	266
日本学術会議	19,144,215
認識論	10,37
能力段階	139
反省	11,44,216,248
反転学習	11,195
分野別質保証	148
文脈	5,31,58,187
問題解決	146,167,204,216
量	12,275
論証力	118

大学教育の数学的リテラシー

序章　はじめに

水町　龍一

1　私たちが目指すもの

　日本の教育でも、表面的な知識や思考力にとどまらない全人的・包括的な教育目標が強調されるようになった。小学校から大学まで、教育の目指すものは「生きる力」を育むことだとした中央教育審議会答申(2014)や、21世紀に求められる資質・能力を問うた国立教育政策研究所報告(2013a)などがその代表である。諸外国や国際機関では2000年頃から、知識や思考力等の認知的な能力と、態度や価値などの非認知的な要素を統合して現実の問題を解決する統合的・包括的な能力をコンピテンスやコンピテンシーなどの名称で呼び、これを教育の目標とするようになった。大学教育、数学教育でもこのような包括的な能力を育成する教育が求められている。

　教室内の知識伝達に終始する教育によっては、包括的な能力を育成することは難しい。実践的・具体的な視点からの学習、自発的・自律的な学習、活動的な学習が必要である。大学教育における質的転換とは、そのような教育で包括的な能力を育てることへの転換と受け止めたい。私たちは包括的な能力を育てる数学教育の理念・デザイン・実践を研究している。私たちとは、科研費(基盤B：25282045、代表 水町、平成25〜27年度)研究の研究会メンバーである。この本では、多くの方々の支援協力を得て、研究成果の一部について理論・実践両面の報告を行う。理論と言ってもなるべく平易な解説を心がけ、様々な実践例が読者のヒントになることを願う。以下文中での敬称略を謝す。

(1) この本の内容と構成

　2014年1月に私たちは国際研究集会「高水準の数学的リテラシーと高大の接続・移行」("Mathematical Literacy at the University Level and Secondary-Tertiary Transition")を行ない、ミシェル・アルティーグ（Michère Artigue、パリ第7大学）およびベルナール・ホジソン（Bernard R. Hodgson、カナダ Laval 大学）を招待講演者に迎えた。第Ⅰ部第1章には、研究集会での問題提起と、その回答となる両氏の論文を収めた。収録した問題提起には、本来の趣旨を変えない範囲で、現在の状況に合わせて記述を変更した部分がある。第1章には他に、新しい国内状況とその対応を議論する清水（1章4節）の論文と、現実的な問題を扱いつつ高度な概念を習得させる西井（1章5節）の論文を収めた。いずれも研究集会での講演が元になっている。第2章は、研究集会後に様々な分野の研究者に執筆をお願いした。高橋哲也、宇野勝博、西村圭一・柳沢文敬、久保田祐歌の各氏である。第3章には多様な観点から数学教育を論じた研究集会発表論文等を集めた。以上が第Ⅰ部理論編である。第Ⅱ部実践編には、研究集会での口頭発表・ポスター発表を補足修正した論文を第4～6章に分類して収録した。どの論文も具体的な実践例・教材例を含む。

　この本の原稿が編者の下に揃ったのは2015年4月であった。その後全体の構成を整理し、この「はじめに」を書き加え、6月初めに当初から出版を依頼していた社に原稿を渡した。幾つかの事態を経て、2016年6月に版元の変更を決意し、東信堂に引き受けていただくことになった。出版遅れの最終的な責任は編者にあり、執筆者の方々にご迷惑をおかけしたことをお詫び申し上げる。また、出版を快諾された東信堂代表下田勝司氏に深く感謝の念を捧げる。

(2) 高水準の数学的リテラシーとは

　研究集会のタイトルにある「数学的リテラシー」について簡単に説明しよう。この言葉は、日本では1980年代から藤田宏らによって使われてきた（長崎・阿部、2007）。現在では経済開発協力機構（OECD）による国際学力テストPISAの意味が定着した（国立教育政策研究所、2013b）。単に数式や公

式を取り扱う能力でなく、現実の生活場面で出会うような問題に数学の知識を使って対応する能力を指す。PISAは日本の高校1年の初めに実施される。出題される数学の問題の大部分は、日常生活の多様な場面のどこかを切り取り、その場面－文脈という－に内在する数学の問題の解決を求めるものである。技法的には、ほとんどの問題が中学2年程度の数学的知識で解決できる。

　それよりは水準が高い、高校や大学で扱う数学の知識を現実問題に活用する能力の育成が、高校・大学や高専での数学教育の第1の課題といえる。水準が高くなるのは当然で、それは科学技術の基礎や応用で数学を使う場面や、企業・団体や自治体・政府などの機関で数学を使う場面を想定するからである。半面、リテラシーという語にはすべての構成員に身に付けてほしいという含意がある (浪川・北原、2007)、(長崎、2011)。高水準の数学的リテラシーという語には、大学卒業者すべてに身に付けてほしいという含意がある。とはいえ、何か具体的な最低基準を設定するのではなく、多様性ある知識と能力の分布を想定する。

(3) 数学的リテラシーの普遍的な定義

　PISAでは15才向けのテストよりも高水準の数学的知識・能力も含めて適用できるように、数学的リテラシーの普遍的な定義を定めている (Stacey、2013)。アルティーグ (1章2節) がこの定義を引用している。この定義には文脈、知識、能力、価値、態度という5要素が含まれている。文脈とは、何らかの数学的な問題を内包する現実性ある場面である。数学自体の問題であってもよい。知識とは用語や概念、公式の適用や計算などの手順を含み、いわゆる内容であると本稿では定義する。能力とは、文脈の中の問題を数学の問題に翻訳し、数学的に解決し、解答を文脈に照らして評価する能力であり、数学的に思考し探求・判断する能力や表現・コミュニケーションの能力を含む。価値あるいは価値観とは社会で大切にされるべきもの、何が大切かを判断する基礎となる考え方であって比較的安定したものとする。「民主的なプロセス」「社会の発展」「啓発された市民」(ホジソン、1章3節) は市民社会の価値である。態度とは建設的、積極的、反省的など行動に現

れる比較的安定した傾向性とする。

　久保田(2章3節)が解説するように、OECDは数学的リテラシーとはキー・コンピテンシーの部分であり、よりよい個人の生活と社会をつくる個人の能力であるとしている。大学教育においてこのような包括的な能力を育成するとこが、私たちの役割ということになる。

(4) コンピテンシーとは

　コンピテンシー、あるいはコンピテンスとは、知識や能力という認知的な要素と、価値や態度など非認知的な要素を統合して問題を解決する包括的な能力である(Hoskins & Crick、2010)。数学的リテラシーの語は、単なる読み書き能力というより、能力のこのような包括性を表す言葉として使いたい。その能力の育成には、価値や態度への配慮が必要である。専ら純粋な数学的知識と認知能力を育てるのではない。その様な学習は大多数の学生にとって困難で、受け入れがたいものだろう。PISAの問題のように、文脈が日常生活の場面ならば、価値や態度を特別に意識する必要は薄い。題材自体が価値を構成し、自然に良好な学習態度が身につくと期待できるからだ。だが日常生活とかけ離れた高水準の知識の教育学習では、それが何の役に立つか数学の価値を理解・納得させ、積極的に問題解決に立ち向かう態度を身に付けさせる必要がある。

　高水準の数学的リテラシー教育とは、価値や態度の育成を含んだ包括的な能力育成の教育である。数学も別ではない。今日の大学には、自律性・能動性・社会性が十分でなく、学習の目的意識も不明確な学生が少なからず入学して来る。初年次の数学教育では特に価値や態度を含んだ包括的な能力の育成が求められる。

2　入学者の現状と改革の方向性

(1) 現状の問題点

　これまでの高校での数学の教え方は、数学が社会生活や産業、科学技術の発展に役に立つ場面をあまり取り上げず、「大学入試に受かること」を

最高の価値として数学の知識や考え方だけを身に付けさせるというものだった(高橋、2章1節)、(中央教育審議会、2014)。過去の入試問題や類題の解決方法の習得と定着が典型的な学習方法になる。実際にはこのような学習方法は、単純な知識記憶ではなく、相当高度な抽象的・論理的な思考を要求する。理系の研究者や水準の高いエンジニアを育成する準備教育としては必ずしも問題点ばかりではない。そうでなくては、これまでの入試制度の下で日本が科学技術の高い水準を維持し、数学を含む科学や工学で世界的な人材を多数育成してこられたはずがない。

だが、清水(1章4節)や西村・柳沢(2章4節)の指摘によれば、大学生の数学活用能力は高くない。高橋(2章1節)は数学が「社会で必要である、役に立つ」「人生で必要かもしれない」とは、日本の児童・生徒は思っていないと指摘する。水町(1章1節)、矢島(6章2節)は、学習が知識の暗記、手順の習得に偏っていると指摘する。活用能力の不十分さや、宇野(2章2節)がいう論理的・言語的能力の不十分さの原因ということにもなる。

宇野は、各大学の入試問題を改革すれば入学者の学力の質も変わるという。ある程度以上の選抜力を有する大学の場合には、確かに有効な対策になるだろう。けれども今日の大学・高校を通じての課題には、なるべく多くの普通の生徒に社会で有用な数学的知識の理解・活用能力を身に付けさせることも重い比重で含まれる。その際に大切なのは、高校1年や2年で数学の学習を止めてしまう生徒(高橋、2章1節)に、数学は社会で役に立つと実感させ、数学がわかる・身につくと実感させることではないか。この実感が多くの学習者にとっての数学学習の楽しみ・喜びとなることから数学の価値が理解される。そこから彼らは学習成果を確実に身に付け、自信・自律・自己形成へと進むのではないか。数学の価値をいかにうまく彼らに伝え、自発的・自律的で活動的な学習態度をいかに引き出すかが、数学教育の課題である。

(2) 改革の大きな方向性

そのような学習は、専ら競争的入試のもつ強制力に依存してではなく、学習の価値の理解と自律的で活動的な学習の積み重ねによって行われるべ

きだろう。若者に対する社会からの強制力は必要であるが、必要なのは一定水準の資格、例えば大学入学資格の獲得を要求する強制力だ。学習にとって外的な目標に向かっての競争に依存する教育には大きな制約があり、弊害を引き起こしやすい。一部でのハイレベルの競争は、今後とも社会にとって好ましいものであろうが。

　世界全体が知識基盤社会として進化せざるを得ない 21 世紀において、日本が固有の役割を建設的・積極的に果たすためには、各分野で上記のような教育が必要であろう。急速に進展する少子化の中で平和で繁栄する社会を維持し続けるには、教育の一層の充実は、国として社会として努力を注ぐべき重要課題だろう。数学教育の分野でも、その方法を具体的に作り上げる必要がある。

(3) 数学教育の2つの方向性

　以下では新しい重要な知識・概念の獲得を目標とする教育と、主に既習の知識を多様な文脈に沿って使う教育にわけて方法を検討する。前者は主に理工学を想定した専門基礎教育、後者は主に文系における数学教育を想定する。ただし両者は本来隔絶されたものでなく、前者でも知識の多様な活用は大切であり、後者も何かしら新しい知識概念を伴うのが普通である。

3　高水準の数学的リテラシーを育成する教育

　研究集会まで、私たちは現実的な問題を数学的モデリングと呼ばれる手法で取り上げることが数学教育改革の軸だと考えていた。しかし、アルティーグは関数領域での大学教育を例に、そのような方向でなく、学生が理解困難な点を同定し ICT の利用などで困難を克服するといった方向に数学教育研究は進んできたという。島田茂 (1977)、岩崎ら (2008)、池田 (2009)、礒田正美 (2015) らが、新理論の開発、構造志向、革命的な知識獲得、(数学の) 数学化過程などの用語で説明している教育を、効果的に行うための研究と言える。

　大学入学者を見ると、微分積分の計算は一応できるが、何をやっている

のか、なぜこうなるのかを理解できていない者が多い。表面的な知識はあっても創造的な活用に不可欠な本質の理解が伴わないのだ。この点の改革は極めて重要だ。私達はこう考えて、重要な概念のよき理解を育てる教育の開発を試みている。現実世界での数学の意味づけや現実問題の数学化過程は重要であるが、新しい概念の習得も劣らぬ重要性を持ち、有効な教育のための研究が必要だ。

その手法として、アルティーグの様々な指摘と提案が利用できる。しかし、この本に収めた実践報告の中にもアルティーグの指摘・提案に沿った試みが多数存在する。ほぼ同様の発想は私たちも持っており、実践してきたのだ。実践報告を参考に、アルティーグの指摘を含む教育の要点を、理工系向けと文系向けに分けて列挙しよう。

(1) 教育デザインの要点―理工系などでの新しい知識・概念の獲得のために

文脈性の重視：ここまで文脈とは、PISAに定義されているように、数学の問題が埋め込まれている現実世界（既知の数学を含む）のひとまとまりとしてきた。いわば、数学を創る起点となる文脈である。重大な知識概念の獲得は、重大な問題を問う必要があろう。シュバラールの言う「世界探究」パラダイム（アルティーグ）がいう世界そのものに当たる。このような重大な問題は、その解決過程に沿って小さな問いが次々に生み出され、探索・解決の過程が連鎖するであろう。問題解決の内部にも文脈があり、科目の流れが作られる。科目全体が一つの大きな文脈を作るのだ。

西井（1章5節）が提供する統計学の教材は、サッカーワールドカップ予選リーグ得点という親しみやすい文脈を起点に、統計的モデリングの手法を駆使して得点予想につなげるという学習の連鎖を引き起こす内部文脈を持つ。前提とする知識は偏微分を含みやや高級であるが、学習者を学習の世界に引き込み、その意義・価値を実感させる文脈性を持っている。統計的モデリングの諸概念の獲得と、現実問題を扱うという2重の文脈性がうまく結合されている。

寺田（5章2節）の問いは、高校でも扱えるものだが、より重大な問の始まりである。即ち、天体の運動の記述からケプラーの法則・ニュートンの

力学法則に至る問いである。以上を文脈とするコースがあってもよい。現在の教育課程は、文脈性や世界探究の姿勢に欠け、部分部分の深い理解がなければ全体の意味が分からないのではないか。文脈性を重視することで科目全体を能動的に学べるようにならないか。以上は私たちの現在の研究課題の1つである。

認識論的分析：アルティーグがこの用語を使用しているが、科目の要となる数学的知識がどのように世界で役に立っているか、どのように生まれ、どのように役立ってきたか、学生にはどこが分かりにくいのか、などを問うことと理解される。さらに、当該の知識自体の再点検、必要性の問い直し、知識の導入や理解納得のさせかたも様々に工夫することができる。西(5章1節)は専門に役立つ微分方程式の知識は何か、どのようにその知識にアプローチできるかを問い直した教育実践を報告している。

能動性を引きだす：西(5章1節)、松田(5章3節)、小松川(4章2節)、御園(4章3節)、川添(4章1節)、高木(5章4節)が数学的活動、言葉を換えればアクティブ・ラーニングを取り入れている。キャリア教育で扱う場合もある。手法には相当な多様性があり、今後の発展が期待される。

アルティーグが触れているプラクセオロジー(宮川健、2009)は、作業的な活動から概念を洞察させる手法として有効と思われる。ホジソンが指摘する数学をパターンの科学と捉える見方も、高度な数学的知識を簡単なパターンから洞察する可能性を示唆しており、認知的能動性につながる。これらを含め、能動性の引き出し方は、今後の教育改革のための中心的な研究課題であろう。

ICTの利用：特に概念理解を支えるための利用法を工夫するようアルティーグは求めている。小松川(4章2節)、上江洲・永島(6章6節)、高木(5章4節)らが取り組みの成果と今後の課題を示している。藤間(3章3節)もその意義に触れている。

数学史の取り入れ：寺田(5章2節)の題材は数学史の重要なポイントである。高安(6章5節)も多彩な題材を用意した意欲的な取組みを紹介している。

負担の合理化と主題への集中：活動的な学習では、時間がかかるという問題点が生じる。松田(5章3節)はその節約方法の一例を示している。新

しい概念習得における認知的負荷の軽減も、ある意味では主題への集中といえる。煩雑な計算は省いて本質を理解しやすくするなどの工夫である。受験を経験せず、計算力に乏しい学生には有効である。ICT の利用ももっと工夫されてよい。ただし、認知的ストレスのもとでの知識の活用力の育成が別途課題になるだろう。

　多様な方法論の目的に応じた組み合わせ・配合：以上に挙げた様々な方法を、反転学習などの新しい方法や、通常の演習・レポート課題のような既存の方法とうまく組み合わせることが重要な課題になる。

　学習支援との組み合わせ：高安 (6章5節) が指摘している。専門基礎の数学科目を設置する多くの大学ですでに取り組まれているが、有効な学習支援の方法論、正規の科目との一体化などが課題となる大学もあろう。

　振り返り・反省の重視：小松川 (4章2節)、御園 (4章3節) が教育デザインの中に取り入れている。振り返りの授業への組み入れは、数学教育ではまだ事例が少なく、様々な取り入れ方が工夫されることを期待したい。

　学生の理解・意欲の状況を迅速に把握し授業に反映する：学生に新しい知識や概念を獲得させる教育では、学生の理解度や関心度を常時把握することは非常に重要である。命綱といってもよい。数学教育はとかく一方的なものになる傾向があるが、この方法を取り入れることは独善性を防ぐ一助になろう。この観点は、川添・岡本 (4章1節) が指摘する諸点につながる。

(2) 教育デザインの要点－文系での数学教育を念頭に

　川添・岡本 (4章1節) は、実践経験に基づいて文系学部での数学教育で配慮すべき諸点を手際よく整理している。数学に対する苦手意識や、何の役に立つのかという疑念をもつ学習者への対処の方法として、貴重なまとめである。

　ここでは本書に収められた他の実践報告から、川添・岡本が挙げていない諸点を挙げる。他に、前項に指摘した点は文系にとっても参考になるだろう。

　豊富な現実的文脈を扱う：川添・岡本の他に、井上 (6章1節) が実践例を列挙している。多種多様な題材を、題材に即した問題意識で取り扱うことにより、無理なく数理の世界に馴染むことができる。数学教育の基礎基本と

は、所与のルールを習得する計算練習・知識記憶でなく、現実的な問題を数学的に解釈し解決する、現実の数学化の過程である。その良い例といえる。

既習の重要概念に関する深い理解の必要性：矢島（6章2節）は、文系での基礎的な数学教育の要として、量の理論とグラフを挙げる。具体的な問題に即してその都度説明するだけでなく、数量の世界の全体構造を理解させる必要性を指摘する。また、グラフという概念が孤立し、現実世界との結びつきが弱く、連立方程式など数学的な文脈とも結びついていないと指摘している。

対話型の授業・プレゼンテーション：萩尾（6章3節）は論理的な能力を文系学生に身につけさせるために、内容を厳選して対話型の授業を成功させた。西山（6章4節）は、高校で行われているプレゼンテーション教育の例を示す。

興味を引き付ける題材の開発：西山と萩尾が、興味を引き付け能動性を引き出す教材例を示している。萩尾は就職対策の試験問題からの題材も有益とする。

この分野の教育の理論と実践は、緒についたばかりであり、今後の急速な発展が期待される。世界で通用する数学教育理論の形成と効果ある実践のために、今後の着実な実践研究の積み上げ、教材の作成、理論的な整理が期待される。

(3) 招待講演者について

最後に、アルティーグとホジソン両氏について簡単に経歴を紹介しよう。

アルティーグは数学基礎論の研究者として出発し、1990年頃から数学教育を対象に活発な研究・実践活動を行ない、パリ第7大学教授を長く務めた。フランスを中心に活発な活動を行ってきた数学教授学の学派に属し、関数の取り扱い、ICTの利用、認識論（epistemology）に関するものなど広範な領域で研究を進めた。2007年から2009年まで国際数学教育会議（ICMI）会長を務めるなど国際組織においても顕著な活躍を重ね、2013年11月、私たちの研究集会直前に、国際数学者連盟（IMU）からフェリックス・クライン（Felix Klein）メダルを受賞した。

ホジソンも数学基礎論から数学教育に転じ、カナダ・ケベック州のLaval大学教授として教師教育など幅広い分野で活躍し、ICMI事務局長を長く務めた。

　両氏から得ることができた知見・示唆と刺激とは筆舌に尽くしがたい。私達なりの教育実践と幾許かの理論づけを進めることを私たちの返礼としたい。

【引用・参考文献】

中央教育審議会（2014）答申　新しい時代にふさわしい高大接続の実現に向けた高等学校教育、学教区、大学入学者選抜の一体的改革について～すべての若者が夢や目標を芽吹かせ、未来に花開かせるために～。

国立教育政策研究所（2013a）教育課程の編成に関する基礎的研究報告書5　社会の変化に対応する資質や能力を育成する教育課程編成の基本原理。

長崎栄三・阿部好貴（2007）我が国の数学教育におけるリテラシーとその研究に関する動向、日本数学教育学会誌、89(9)。

国立教育政策研究所（2013b）生きるための知識と技能5、明石書店。

浪川幸彦・北原和夫ほか（2008）21世紀の科学技術リテラシー像～豊かに生きるための智～プロジェクト、数理科学専門部会報告書。

長崎栄三ほか（2011）数学教育におけるリテラシーについてのシステミック・アプローチによる総合的研究、科研費報告書（20300262）。

岩崎秀樹、阿部好貴、山口武（2008）。知識基盤社会における数学的リテラシーの課題と展望、科学教育研究、32(4)。

池田敏和（2009）数学的活動を再考する―その性格と意図―、日本数学教育学会誌、90巻第(9)。

島田茂（1977）算数・数学科のオープンエンドアプローチ―授業改善への新しい提案―、みずうみ書房。

礒田正美（2015）算数・数学教育における数学的活動による学習過程の構成―数学化原理と表現世界、微分積分への数量関係・関数領域の指導、共立出版。

宮川健（2009）フランスを起源とする数学教育学の「学」としての性格―わが国における「学」としての数学教育研究をめざして―、数学教育学論究、94。

水町龍一（2015）：高水準の数学的リテラシーと重要概念を形成する教育、日本数学教育学会誌第97巻、数学教育論究（臨時増刊）。

K.Stacey（2012）The International Assessment of Mathematical Literacy : PISA 2012 Framework and Items, Regular Lecture Presented at ICME-12.

Hoskins, B & Crick, D.（2010）Competences for Learning to Learn and Active Citizenship : different currencies or two sides of the same coin?. Europian Journal of Education. 45(1).

第Ⅰ部　理論編

第1章　問題提起と回答

第2章　現状の把握・分析と課題

第3章　様々な視点から

第1章
問題提起と回答

1.1 大学入学者の学力・意識と数学的リテラシーの教育
　　——問題提起

1.2 数学的リテラシーと高大接続・移行：
　　関数リテラシーを例に

1.3 大学レベルの数学教育と数学学習について
　　——「高大接続・移行」の観点からの論評

1.4 大学生の数学的リテラシーの評価について

1.5 実データの統計推測を題材とした学部教育

1.1 大学入学者の学力・意識と数学的リテラシーの教育
～問題提起～

水町　龍一

1　はじめに

　本研究集会では日本の大学入学者の実情を踏まえ、大学数学教育の目的・目標・方法及び理念を問い、教育デザインの提案や実践例の報告を行う。高校との接続・移行の改善は教育改革の前提の一つであろう。私たちの研究の目的は、本格的な実践段階に入った大学教育改革において、教養及び数理科学以外の専門基礎における数学教育（以下、この意味で「大学数学教育」を使用する）について改革の提案を行うことである。研究集会の表題「高水準の数学的リテラシー」はその提案の方向を示しており、大学数学教育の分野で国際的な活躍を続けて来た研究者2名に、この方向性に対する意見と提言を依頼している。

　では高水準の数学的リテラシーとは何か。PISA（2003年調査）では数学・科学・読解のリテラシーを、抽象的な知識・スキルの集合体ではなく、よりよく生きるために必要な、実生活で出会う様々な問題の解決に知識とスキルを活かす能力と捉えている（国立教育政策研究所、2004）。PISAで問われるリテラシーは、15才に達した社会の成員すべてに期待される能力である。我々が問うのは、より高い年齢で特定の資格—大学卒業—を取得する者が身につけるべき能力である。知識・スキルの水準はPISAより高い。知識・スキルが使われる場面、解決すべき問題は、責任ある市民・職業人としての実際性と水準をもつものであるはずだ。広く機会が与えられる教育が保障できる最高の水準のものを含まねばならない。大学入学・卒業者の層の広がりを考えれば、純粋性の高い知識の系統的な習得を学習の中心とするのではなく、知識・スキルを活かす実践的能力の習得を基本とする

必要がある。教育にはその育成方法が問われる。

　数学教育では「数学的知識の体系をまず与え、そこに含まれる知識はこう使われる」という視点も必要だが、「この問題を解決するには、こういう知識が役に立つ」という視点が大事であろう。まず解決すべき問題を提示することが、学習を動機づけ自発性・主体性の発現を促す。取り上げる問題は、その解決の意義が学習者に良く理解できるものでなければならない。体験的な学びを伴いつつ周辺的で簡単な部分から問題を解決し、知識・スキルを蓄える。次第に核心に迫っていく。習得した知識の根拠を対話的に確かめ、全体を振り返り、重要な知識の構造化・論理化を行なう。このような教育方法は、現在の主流の数学教育の手法を逆転させ、小学校で行われてきた問題解決学習の手法を一部採用するものとも考えられる。このような教育方法を採用すると、教師も学習者も手間がかかる。高度差100mを登るのに、垂直登攀でなく緩やかな坂に沿って登るようなものだからだ。慣れないうちは内容や目的の混乱も生じるかもしれない。実践と研究を積み重ね、有効な教育方法を開発する必要がある。

　これまでの数学教育は、多数の学習者の興味や関心を育てることができないでいた。学習における主体性や自律性が強調されるのは、それが育たなかったからである。「高水準の数学的リテラシー教育」の提唱は、ここに述べた考え方のもとで教育の理念と方向性を明らかにし、この問題の解決に寄与するためである。

2　大学入学者数学力と教育改革

　大学教育改革では、以下の課題の実行が求められている。①達成されるべき学習成果の共通基準の作成 (中央教育審議会、2008)、②自律性や主体的な学習態度の形成と十分な学習時間の確保 (中央教育審議会、2012)、③高大接続を改革し高等学校基礎学力テスト (仮称) 他を行う (中央教育審議会、2014)。

　大学では、以上の課題のいずれもが広範に受け入れられている。日本学術会議は様々な分野毎に質保障参照基準を報告した。数理科学 (数学・統計学・応用数理) 分野では専門教育以外に、教養・他分野専門基礎 (本稿に言う

大学数学教育）の在り方についても報告を行なった（日本学術会議数理科学分野参照基準検討分科会、2013）。個々の大学が責任をもって教育改革を推進し、各種の学協会はこれに協力する態勢が作られている。私たちは自由な立場で研究を行い、参照に値する考え方や教材・資料を提案し作成することを目指している。

その前提として、大学入学者の学力や意識を踏まえることが必要である。数学分野では、大学入学者の学力・意識に関する次の2件の調査がある。
① 日本数学会による「数学基本調査」、2011年度
② 水町らの「数学コンピテンシーテスト」、2010、2011年

ここでは、②の調査結果の概略を紹介する。**表1-1-1**に調査全体の概要を示す。

表1-1-1　数学コンピテンシーテスト実施対象大学数・学生数

年度	大学数合計(人数)	国公立大	大〜中規模私大	小規模私大
2010	13 (1382)	2 (213)	3 (123)	8 (1046)
2011	22 (2174)	5 (329)	7 (530)	10 (1315)

テストは2010年度と2011年度にそれぞれ数種類の問題冊子を使って実施された。2011年度には質問紙調査も実施された。テスト解答時間は30分または40分であった。年度毎に共通問題（2010年8題、2011年6題）をキーとして項目反応理論により結果を等化し、項目パラメータ（a：識別力、b：困難度）及び受験者能力値 x_j を算出した。項目毎に1〜4段階の反応を設定し、段階反応モデルを使って困難度（$b_1 \sim b_4$）を算出した。各年度の共通項目のうち3項目（どれも2段階）の年度共通項目を設定し、年度間比較を行った。なお x_j は、個人別能力値パラメータ θ_j を $x_j = 50 + 10\theta_j$ によって変換した値である。調査は研究協力者が教員を務める大学で行なった。全国の大学を偏りなく代表するものではないが、実施校・学部は多様で、現状把握のための仮説として一応成立すると考える。

受験者の学力の全体的傾向を見るため、2011年度受験者能力値の四分位点（$f_1 \sim f_3$）で受験者をグループ分けしたものをⅠ、Ⅱ、Ⅲ、Ⅳの各群とする。さらにⅠとⅣはそれぞれ分位点 f_0、f_4 を設けてⅠ＋、Ⅰ－及びⅣ－、

IV$^+$ に2分した。最下位群と最上位群の学力特性を明確にするためである。
表 1-1-2 に各群の人数と比率を年度別に示す。

表1-1-2　受験者のグループ分割

分点	f_0 = 37.20	f_1 = 44.207	f_2 = 51.06	f_3 = 57.54	f_4 = 64.50	
グループ	I$^-$	I$^+$	II	III	IV$^-$	IV$^+$
2010	106 (7.7%)	248 (20.0%)	360 (26.1%)	294 (21.3%)	259 (18.7%)	115 (8.3%)
2011	187 (8.6%)	356 (16.4%)	544 (25.0%)	544 (25.9%)	377 (17.3%)	166 (7.6%)

両年度の尺度を比較するため、**表1-1-3** 年度共通3項目のパラメータを示す。

表1-1-3　年度間共通問題の項目パラメータ

項目	問題番号		a		b_1		b_2	
	2010	2011	2010	2011	2010	2011	2010	2011
P_1	1	2	0.51	0.63	25.4	27.1	40.1	40.1
P_2	2	3	1.37	1.32	50.0	50.8	56.3	55.3
P_3	7	4	1.22	1.33	44.3	41.0	54.2	51.1

ここで項目 P_1 は空欄のある数表を調べて空欄を埋める問題、P_2 は2次関数のグラフの描画、P_3 は比例的推論・比例関係の問題である。表 1-1-3 より P_1、P_2 のパラメータはよく一致しているが、P_3 の b 値に無視できない差が見られる。その原因は、P_3 の年度による問題番号の違いにある可能性がある。2010年では P_3 は冊子後半で出題され、解答欄も一部では用紙裏面になった。このため低学力層において P_3 の解答を放棄した者が多かった可能性がある。このことを考慮すると、両年度における項目の困難度には本来的な差はなく、受験者能力値 x_j をほぼ同一尺度として比較できると考えても、大きな無理はないだろう。

両年度それぞれの受験者能力値 x_j の分布を分点 f_0〜f_5 で分割したヒストグラムを**図 1-1-1** に示す。なお横軸は x_j の値、縦軸は頻度である。

各群に相当する範囲の困難度を持つ項目の段階が要求する能力を評価し、受験者群〜IV$^+$ の学力上の特徴を整理しよう。**表 1-1-4** は、各群の学生の半数程度が正答できる問題の解決に必要な能力を表示したものである。

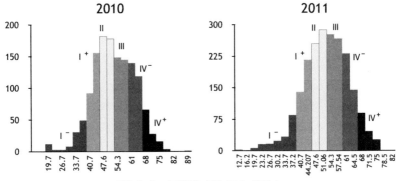

図1-1-1　年度別x値ヒストグラム

表1-1-4　各群の能力特性

群	能力の程度
I⁻	中学1年程度までの単純な計算ができる。
I⁺	中学中級までの基本的な概念・手順を理解、簡単な推論を使える。
II	中学程度のよくある問題を解決でき、高校初級の基礎知識が再現できる。
III	比例や関数の標準的な理解などが必要な、高校初級までの複合的な問題を解決できる。
IV⁻	様々な問題の正答率が上昇し、複合的な問題への対応力が向上する。高校中級程度の知識が必要な問題が解ける。
IV⁺	高校中級の範囲の知識を論理的・構造的に捉え、抽象的思考ができる。

　指摘した能力が各群の特徴を正しく示しているならば、I⁻は数学に関して大学入学の条件を満たしているとは考えにくい。理工系に適すのは、III以上であろう。人文・社会系でも統計学などで数学を使う場合、II以上でなければ量的リテラシーを身につけるには相当の努力を必要とするであろう。

　設置が予定されている基礎学力テストにおいては、求める能力について十分な検討を行なって、それらを判定できるテスト問題を開発することが必要だろう。大学は学部ごとに入学者に求める標準的あるいは最低限度の能力をアドミッションポリシーとして公表し、入学者選抜においてはこれを遵守することが求められている。上述の能力基準は、大学・学部の要求基準や問題の作成に一つの参考になるのではないか。

　18才人口の動態や大学進学率の動向を考慮すると、高校卒業者全般の

学力・能力の向上が強く期待される。例えば、高校卒業者の 3/4 が水準Ⅲを達成し半数以上が水準Ⅳを達成することは、決して不可能な目標ではない。今後、現実的な目標となることを期待したい。

3 数学に対する態度や意識

　前節最後に述べたような目標を達成する上で、学習者の意識・態度は非常に重要な意味をもつであろう。では現実の入学者達はどのような意識を持っているのか。2011 質問紙調査の設問「あなたは、数学のどんなところを好きだと感じますか」「あなたは、数学のどんなところを嫌いだと感じますか」では自由記述の回答を求めた。その回答から、彼らの数学観・数学学習観を見てみよう。

　回答の分析には計量テキスト分析ツール KH Coder を使用した。KH Coder は日本語形態素解析ツール茶筌と統計処理ツール R を使って、文章を単語へ分解し、テキスト分析と統計処理を行うフリーソフトである。上記ツールの使用は意識する必要がなく、コードを列挙したテキストファイル（コーディングファイルという）の作成とメニュー選択だけで基本的な計量テキスト分析ができる。コーディングとは、単語と and、or などの論理演算子や near（近くにある）などの関係指定子を含む様々なコードを作成することである。コーディングによってコード準拠のテキスト分析ができる。例えば、あるコードを含むかどうかで文を分類できる。意味論的な分類を行うには主観的な判断が避けられないが、主観的な判断の客観的な根拠を明示できるのだ。良いコーディングとは何かは自明でないが、コードの客観性によって、判断全体を客観化できるのだ。

　以下にコーディングによる分析結果の一部を紹介する。分析対象としたのは、回答者 2,174 名の上記 2 項目の自由記述回答で、各項目をそれぞれ別の文書とした 4,348 の文書である。この中には 276 の空文も含まれる。形態素解析の結果全体で 1,437 の単語を抽出したが、そのうち 200 程は助詞と、「とき」「ところ」など文の意味に影響を与えない語であり、これらは分析対象から外した。語数をさらに絞るため、出現文書数 5 以上の 218

語を基軸語とした。単語総数と基軸語出現数を**表1-1-5**に示す。基軸語の出現文書総数は14,283であり、1文書は平均約3.3の基軸語を含むことになる。類似の意味を持つ基軸語を集約し95コードを作成した。コードには＊を付けて単語と区別する。コードの例を**表1-1-6**に示す。

表1-1-5 「数学で好きな所・嫌いな所」自由記述回答の概要

文書総数(除空白)	単語総数(内有意味語、基軸語)	基軸語出現数
4,348 (4,072)	1,437 (1,195、218)	14,283

表1-1-6 コード例

コード	対応する語
＊面倒	面倒、面倒くさい、めんどうう、めんどくさい、大変
＊不快感覚	イライラ、モヤモヤ
＊達成感	達成感
＊ミス	ミス、ケアレスミス、違う、間違い、間違う、間違える

上記のように、1コード1語のものや、品詞の異なる語を同一コードに集約したものもある。出現文書数5以下の語も、なるべく作成されたコードに含めるようにした。

コードと文書の関係を見よう。**表1-1-7**は、いずれかのコードを含む文書と、何のコードも含まない文書の総数の比較である。表1-1-7から、何のコードも含まない文書は十分少ないことがわかる。質問紙解答の主要な傾向を95のコードの集計によって分析するため、情報をさらに単純化しよう。コードを意味によって5種類に区分し、**表1-1-8**に区分名、コード数および出現文書総数を示す。

表1-1-7 コードと文書の数

コード数	総出現文書数	無コード文書数
95	10,866	385

表1-1-8 区分別コード数とコードの出現文書数

区分	数学用語	学習用語	認知表現	感覚・感情表現	その他
コード数	20	31	15	16	13
出現文書数	2,303	4,157	1,635	1,103	1,668

各区分を子細に見ると、次のことがわかる。

- 学習用語では、「解答」「解ける」「問題」が圧倒的に多く、「出る」「できる」「ミス」などがこれらに次ぐ。
- 数学用語では、「計算」が多く、「公式」「1個」が次ぎ、「数式」「複数」「証明」「図形」が続く。他に内容的なものとして「文章題」「グラフ」「関数」「確率」などがある。
- 認知的な表現では、「難しい」「わかる」「記憶」が多く、「ややこしい」「考える」「面倒」「複雑」「理解」「思考」が続く。
- 感覚・感情では「達成感」が多く、数個の語を含む「好意」「好感」「嫌悪」コードが続く。なお「自己」に関する言及もこの区分に含めている。

受験者の数学意識は比較的単純で、「問題が解けると達成感があって好きになる」「難しい・ややこしい・面倒な計算は嫌い」などが典型的である。「わかる・わからない」「考える・思考」を挙げる者はそれ程多くない。「役に立つ」を含む文書は25で、非常に少ない。「書く」「言語」も併せて68文書に過ぎない。学習者の意識の上では、数学の学習とは計算し公式を使って問題を解くこととされ、正解なら嬉しく不正解なら嫌になるのだ。これらの意識や反応は自然でもあり一概に否定すべきものではないが、数学学習の多様さ・多面性や、学習の現実世界における意味や意義がほとんど表れないところに問題があろう。経験した学習の偏りが、このような意識・反応を生み出すと考えられる。国際学力テストに伴う調査から指摘されるように、日本の生徒たちは数学ができるが、自信がなく、数学が好きでない。その原因がここにもあるのではないか。この傾向は改善傾向にあるとしても、大勢はまだ変わっていないのではないか。

次に、コードと学力との関係を見よう。コード毎に「好き」「嫌い」に出現する文書数をⅠ～Ⅳの学力区分別に集計した。**図 1-1-2** にコード「計算」「数式」「文章問題」「グラフ」の結果を示す。図 1-1-2 から以下の解釈が可能になる。

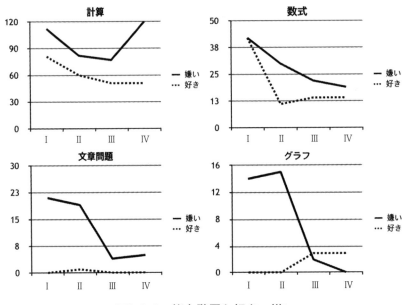

図1-1-2　能力階層と好き・嫌い

- 学力が非常に低い層では、計算が好きな者も嫌いな者もいるが、数学が専ら計算として意識されることが特徴である。「計算が好き」は学力が高くなるほど減少する傾向にあり、十分高い層では、どちらかといえば計算は嫌いになる。高い水準の学力は抽象的思考力による構造的な見方の獲得を伴っており、このような力の獲得が計算を忌避する傾向を促しているのではないか。
- 数式に対する態度も学力が低いうちは両義的であるが、学力の向上により次第に数式が意識されなくなる。学力の向上とは、数式を当然のツールとして受け入れ意識しないようになることを含んでいるのではないか。
- 文章問題は、Ⅰ、Ⅱでは「嫌い」が多く、Ⅲ、Ⅳでは「嫌い」が減る。
- グラフが好きなものは少なく、Ⅰ、Ⅱでは嫌いなものが多い。Ⅲ、Ⅳでは「嫌い」が急減する。グラフや文章題に対する態度で、学力上位と学力下位が分化している。

以上の解釈は、「能力値の分点 f_2 を超えた所で、高校初級までの知識理

解が進み、複合的な問題も次第に解決できるようになる」という前節の結論と符合する。数学の学習意識は、学力とよく関連していると思われる。

質問紙ではこのほかに「9種類の学習方法に対する興味の5段階評価」「数学は役に立つと思うかの5段階評価」などを調査している。これらの結果に対して相関分析、因子分析、回帰分析、多次元尺度法などによって統計的な分析を行った。その結果、以下の評価を得た。

- 「数学は自分のため、将来の仕事のために役に立つ」と2/3程度の者が思っている。但し、理工系の学生が2/3程度を占めていることには注意が必要であろう。
- 学習に対する興味は、大きく分けて「計算・公式」と、多様な形の思考力を必要とする学習方法に区分される。
- 多様な学習方法を面白いと思う者ほど学力が高いと考えられる。
- 計算や公式の学習は、学習者にとって認知的な障壁が低いが、証明、グラフ、難問挑戦、試行錯誤による問題解答などは認知的障壁が高いと考えられる。教科書の学習、現実的な問題を解くことは、上記両者の中間的な障壁になっていると考えられる。

以上から、計算や公式に偏った学習を改め、多様な学習方法を好きになるよう教育的な指導援助を行うことの大切さが指摘できる。そのためには、抽象的で認知的な障壁の高い学習に進む前に、教科書理解の徹底や、現実的な問題を解決するという課題に十分取り組むこと、その中で多様な数学的知識や、その知識が使用される具体的な場面に多く触れること、推論の説明などの記述活動の大切さを理解させ、自分なりに出来るという自信を与えていくことの大切さが汲み取れるのではないか。

大学をはじめとする教科書の記述にも、更に工夫を重ねる必要があるだろう。単に数学的知識の根拠を述べたり、知識の使い方を紹介したりするだけでなく、自分で考える糸口を与える記述が望ましい。学習者は教科書によって学習することを嫌っているわけではないので、高い効果に繋がる可能性がある。

4 問題提起：数学的リテラシーの向上を目指す教育について

研究集会で「高水準の数学的リテラシー教育」を提案したのは、以上の分析に基づくものであった。研究集会に際して、講演・発表者達に事前に行った英文の問題提起を以下に和訳する。

日本で大学生の学力低下が問題にされるようになって約20年になる。大学教育および高校と大学の接続には改革が必要だと言われ続けてきた。現実的な改革へのプロセスが始まったのは、2008年の中教審答申からである。既に2章で述べた改革の重点のもとで、現実の改革への動きが始まっている。

数学教育については、職業人としても市民としても、大学での数学教育が必要という合意はあるだろう。問題は、学生の多数は数学が好きでないということである。彼らは数学の学習とは、教科書やテストで出会う問題を解くために計算スキルを習得し公式とその使い方をおぼえることだ、と考えている。彼らは数学の学習では、意味の分からない難しい概念や実生活では一生使わないであろう面倒な技能に出くわすことが多いと考えている。

私達が、数学的リテラシーの力を伸ばすことを直接の目的とする教育を提案するのは、この問題に打ち克とうとするからである。「伝統的」な数学教育は、数学的リテラシーのために必要な全ての知識を学習者に与える。しかし教師達は、学習者の数学的リテラシーそのものを伸ばすことには関心が無い。体系的な数学の知識理解を伝えることに関心は集中している。数学的リテラシーとは、PISA 2003によれば、「数学が世界で果たす役割を見つけ、理解し、現在及び将来の個人の生活、職業生活、友人や家族や親族との社会生活、建設的で思慮深い市民としての生活において確実な根拠に基づき判断を行い、数学に携わる能力である」。PISA 2012ではこの定義は少し変更されたが、PISA 2003の定義は広く受け入れられて来た。数学的内容は定義ではふれられていないが、特定の内容を持つPISAテストの影響力は広範に及び、PISAの内容そのものが数学的リテラシーを定義するかのような受け止め方も広がっている。大学水準の数学的リテ

ラシーを議論するには、まずそのことに留意し、その定義を明確にした上で、PISA との水準の違いを明確にする必要がある。

　大学は、責任ある市民を育てることが求められる。その数は大きいが、全体に比べると少数である。彼らは専門知識を有し、「確実な根拠に基づいた判断」のためにその知識を使うことが求められる。民主的な社会では大学卒業者は、その全体ではないにしても、その判断を公衆に説明することが求められる。その為には、数学を使う力のみならず、推論、説明、そしてコミュニケーションの能力が必要になる。こういった能力を育てるには、学生の興味関心を育て、自律的な学習の力を育てる様々な学習方法が必要である。「建設的で思慮深い市民」として大学卒業者達は問題解決や批判的思考や熟考（反省的思考）の十分な能力を使って、「その数学的知識を使用し、これに携わる」ことが求められるのだ。その能力は、数学的リテラシーの能力を育む教育が他の分野の教育と協働してこそ、育てられるのではないか。こうして私達は、大学水準の数学リテラシー教育の概念、目的、内容、教育方法及び教材を明らかにする必要に迫られることになる。

　現実の教育に於いては、Michèle Artigue が多くの研究を行ってきたが、中等教育から大学教育への移行の問題に注意を払う必要がある。数学リテラシーを育てる教育では、学生達は現実の・真正の問題に直面することになるので、この移行を助けるであろう。学習には意味が与えられるので、学生が十分な学習時間を費やすことも促進される。逆に、問題解決のために新しい知識が必要な場合には、移行教育が数学的リテラシーの教育を助けるだろう。数学的リテラシーの教育には沢山のメリットがある。

　このメリットに私達が気づいたのは、自分の力ではなく、Bernard R. Hodgson らが推進してきたカナダ・ケベックの初等中等教育のプログラムを読むことによってであった。このプログラムでは、状況的な問題解決のために数学を使うこと、推論、及び数学的言語を使ってのコミュニケーションの3つの能力を育てることを一貫した目標としている。

　従って、このお二方の招待講演は、私達にとって名誉ある出来事というばかりでなく、この研究集会成功のための最重要のポイントである。第 1 日目の諸講演と、第 2 日目の実践的な発表を通じて、数学的リテラシーに

ついての私達の理解・認識が深まり、教育実践に生かせるようになる事を期待する。

【引用・参考文献】

国立教育政策研究所編（2004）生きるための知識と技能2：OECD生徒の学習到達度調査（PISA）2003年調査国際結果報告書.
日本学術会議数理科学分野参照基準検討分科会（2013）報告 大学教育の分野別質保証のための教育課程編成上の参照基準 数理科学分野.
中央教育審議会（2008）答申 学士課程教育の構築に向けて.
中央教育審議会（2012）答申 確かな未来を築くための大学教育の質的転換に向けて〜生涯学び続け、主体的に考える力を育成する大学へ〜.
中央教育審議会（2014）答申 新しい時代にふさわしい高大接続の実現に向けた高等学校教育、大学教育、大学入学者選抜の一体的改革について.
水町龍一・御園真史（2012）2011年度数学コンピテンシーテストの分析結果についての報告、日本・中国数学教育国際会議論文集、130-135頁.
水町龍一・御園真史（2012）人口密度の変動に関する推論について〜2011数学コンピテンシーテストの解答の分析より〜、数学教育論文発表会論文集、日本数学教育学会、539-544頁.
国立教育政策研究所編（2013）生きるための知識と技能5 － OECD生徒の学習到達度調査（PISA）2012年調査国際結果報告書.
Mizumachi Ryuichi (2012) Tadashi Misono, Mitsuru Kawazoe, Yukihuko Namikawa (2012), A Trial of Assessment on mathematical abilities of students in Japan, Proceeding of 12th International Confenence for Mathematical Education, pp.6701-6710.

1.2 数学的リテラシーと高大接続・移行：
関数リテラシーを例に

ミシェル・アルティーグ

訳 川添 充

1 はじめに

今世紀初頭から、とくに OECD による国際学習到達度調査 (PISA) のおかげで、教育について語られる際にリテラシーの概念が持ち出されることが多くなってきた。「数学的リテラシー」という言葉は多くの言語には存在しなかったものであったが、PISA で定義された意味でますます使われるようになってきた。その定義は前回の PISA で書き換えられ、現在では次のようなものになっている (文献 1、日本語訳：国立教育政策研究所編「生きるための知識と技能 5」)。

数学的リテラシーとは、様々な文脈の中で定式化し、数学を適用し、解釈する個人の能力であり、数学的に推論し、数学的な概念・手順・事実・ツールを使って事象を記述し、説明し、予測する力を含む。これは、個人が世界において数学が果たす役割を認識し、建設的で積極的、思慮深い市民に必要な確固たる基礎に基づく判断と決定を下す助けとなるものである。

しかし、文献 2 で指摘されているように、この言葉そのものは新しいものではない。文献 2 の著者たちはその言葉の使用を、米国数学教師評議会 (National Council of Teachers of Mathematics) が 1944 年に出版した教科書や、1950 年に出されたカナダのホープ・レポートに遡って追跡している。しかし、文献 2 の著者たちによれば、数学的リテラシーという概念を明確に定義付けようとした最初の試みはずっと最近のことである。その時期は

1999年にOECDがPISAの枠組みを開発した時期と一致するようである。文献2の著者たちはまた、数的リテラシー（numeracy）あるいは数量的リテラシー（quantitative literacy）、マセラシー（matheracy）、…といった、数学的リテラシーの概念との正確な関係はまだ解明を要するがそれに近い一連の概念が文献中にみられることも指摘している。これらの概念に対して提案されている定義は様々であるだろうし、また、それらの定義はとても一般的であるため、実際に多様な解釈がなされることにもなる。しかしながら、それらが明白な共通性を示していることは疑いない。それらは、数学教育の優先目標は、生徒たちに学校の外での数学の有用性を気づかせ、彼らが数学を多様な文脈、とくに日常生活の中で使えるようにすることでなければならない、と考えるよう我々を促している。またそれらは、市民性の育成への寄与を強調することで、数学教育に政治的役割を与えるよう我々を促している。さらに、文献中で用いられる例に注目すれば、数学的リテラシーの概念は、文献2で強調されているように、「専門的な学問訓練よりも一般大衆のための教育」を意図することから生じたのであろうということは疑いない。この最後の点は、この国際ワークショップでの場合のように大学での数学教育を考えるとき、決して些細なことではない。このことから、上級レベルの学校教育で数学的リテラシーの概念を用いる際には、必然的に何らかの改変が必要となることが明らかになる。

実際すでに、数学的リテラシーの概念は教育界でまったく異なって理解され、使われている。6人の異なる立場の著者たちによるこの主題についての最近の議論（文献3に所収）でこの点が明らかにされている。6人の論者たちは様々な解釈や立場を提示するが、ポール・ゴールデンバーグ（Paul Goldenberg）の「数学的リテラシー：不適切なメタファー（Mathematical Literacy: An Inadequate Metaphor）」と題する最初の論考（文献3、pp.139-156）がとくに批判的である。議論をまとめたアンナ・スファード（Anna Sfard）は、この論考を受けて2つの極端な立場を対比している（文献3、pp.171-174）。一方の極端な立場では、数学的リテラシーは、日常生活での有用性を念頭に置いて厳格な功利主義者の観点で解釈される。カリキュラムの点からみると、この立場は通常のカリキュラムの要求についてくることができない、また

は、学ぶ意欲のない生徒たちに対して提供される数学的リテラシーの特殊なコースの創設へと導くことがある。そのようなコースは社会的な要請に応えるものであるが、それと同時に、生徒たちの数学的取り組みを促進し、彼らの学校での成功を確約することを期待されている。そういったコースが、南アフリカでの事例のように「数学的リテラシー」という名称を付けられたり、または別の名称を付けられたりしながら様々な国々でつくられた。もう一方の極端な立場は数学的リテラシーのもっとずっと野心的なビジョンに対応し、数学的リテラシーをある種の生徒たちに特別に用意された低いレベルの数学とはみなしていない。この見方では、数学的リテラシーはすべての生徒にとって有用かつ必要であり、正規の数学教育の要求以上とは言わないまでも厳しいものとして考えられている。実際、生徒に数学的事実や手続きを学ばせて標準的な演習問題を解かせるといった通常なされるようなことが、数学以外の文脈の中でいつ彼らの知識が有効に使えるのか、いつ使うのが適切なのかを生徒たちが判断できるようになることを保証していないということは広く一般に認められている。もっと一般的には、ここ十年の間に数学的リテラシーの概念の周辺で展開された考察は、この概念がしばしば、生徒たちに教えられる数学的概念や技法の「存在理由《raisons d'être》」に生徒たちが触れることができないような教育実践に疑問を投げかけるのに使われること、つまり、あまりにも形式的だったり手続き的だったりして外の世界から分断された数学の教育実践を疑問視するのに使われることを示している。このような使われ方は、数学教育における探究ベースの実践（文献 5）と同様、モデリングと応用（文献 4）を促進するためになされる努力に関係づけることができる。PISA の調査項目はこれらの見方を非常に部分的にしか反映していない。

　このことは文献 2 でも指摘されているが、多くの著者たちはまた、数学的リテラシーの概念は、状況や文化への依存性という、PISA のような標準化された評価システムが否定しがちな特徴を踏まえて考察されるべきであるという点、および、一つの文脈から別の文脈への知識の転移というとても難しい問題が極端に過小評価されている点を強調している。

　高大接続・移行と大学での数学教育という、このワークショップの目的

に戻れば、私の個人的な立場は、私が数学的リテラシーの先進的ビジョンと呼ぼうとする、数学的リテラシーの概念の野心的なビジョンのみがこの文脈で意味を持ちうるというものである。関数の教育と学習という特別な事例での省察を行った後に、この点に戻ってこよう。

2 関数の教育と学習－特別な事例として

フェリックス・クライン (Felix Klein) によって前世紀初頭にすでに指摘されているように、関数概念は数学とその応用にとってきわめて重要な概念であるが、このことは数学教育においても同様である (文献6, p.4)。

我々、改革者と呼ばれる者たちは、関数概念を教育の正に中心に置こうとする。というのも、過去2世紀の数学のすべての概念の中で、数学的思考が用いられるときはいつでもこの概念が先導的な役割を果たすからである。我々は、xy座標系における関数関係の表現であり、今日では数学のあらゆる実践的応用において当然のこととして使用されているグラフ的手法を常に使用することで、関数を教育にできるかぎり早く導入しようとする。

このような理由から、関数は数学的リテラシーの観点からの研究にとって興味深い事例である。今日では、フェリックス・クラインによって1世紀前に推奨された通りに、関数はほとんどの中等教育の数学カリキュラムにおいて重要な役割を担っている。関数はきわめて早い段階で導入され、数表、グラフ表現、代数的公式、言語的表現、図式といった様々な表現で使われている。基礎的な教育の終了時には、ほとんどの生徒に対してこの概念が正式に導入されている。次に示すように、例えばフランスの場合がそうである。

(1) フランス中等教育での関数と数学的リテラシー

フランスでは現在、関数概念は第9学年、つまり中学校の最終学年で正

式に導入されている。数学のシラバス^{訳1}で説明されているように¹、関数をこのように導入する主な目的は次の通りである。それは、ある数をほかの数に関連づける過程として関数概念を徐々に出現させるように具体的な状況や教科横断型テーマ²の例を用いるためであり、また、もっと早い学年でのシラバスにすでに含まれている比例や線形過程およびアフィン過程の学習に関数的な視点を加えるためである。その後、関数は高等学校のシラバスの主要な4領域の1つとして第10学年からは中心的な対象となる。第9学年に引き続いて実数変数の1変数関数が取り扱われ、シラバスのこの部分への序文では、関数概念によって取り組むことが可能になるような状況が様々な領域（平面幾何学や空間幾何学、生物学、経済学、物理学、日常生活、など）に多様な形で現れることが強調されている。関数を用いた取り組みでは、グラフや表、公式といった様々な表現がバランスよく用いられるべきであることが強調されているとともに、デジタル機器（グラフ電卓や数式処理電卓、表計算ソフトなど）による支援についても強調されている。学校教育のこの段階からは、最適化問題の解決のために関数を使うことが重視される。

　高等学校での3年間では、関数の教育は生徒の進路に沿って異なる形で進められる。例えば、科学系や社会・経済系では、生徒は第11学年で微分の概念を学び、第12学年で定積分や不定積分を学ぶことで、彼らが関数の世界で自由に使いこなせる数学的ツールが増えていく。また、彼らの関数の世界は、多項式関数や1次分数関数から三角関数、指数関数、そして対数関数を含むようになるにつれて次第に豊かになっていく。さらに、数列の学習と、数列を時間的発展のモデル化に利用したり関数の学習の中に現れる対象の近似に利用したりすることにより、連続的なものと離散的なものの間の繋がりが確立される。第12学年の生徒たちは、正規の数学教育に加えて、問題解決に関連するシラバスが編まれている数学の特別科目を選択することもできる。科学系では、例えば、行列の連鎖の学習に導くウェブページの関連性の計算原理の理解、あるいは、捕食者 - 被捕食者問題（微分方程式としてその離散版で取り扱うことは2008年の改変以降シラバスには含まれなくなった）などが扱われている。社会・経済系では、有限個の点を通る多項式曲線を見つける問題や、人口増加のモデル化、噂やウィル

スの伝播などの問題が扱われている。

　現在の高等学校のカリキュラムを考えるとき、疑いなく言えることは、計算技能に関する要求が次第に減少しているにもかかわらず、すべての一般的な課程や技術系、さらにはもっとも職業訓練的なコースに対してさえも、生徒たちに教えられることや、第12学年の終わりに行われ高等教育への進学資格を与える国家試験（'Baccalauréat' バカロレア）で問われることは、限定された意味での数学的リテラシーの概念の範囲を超えており、科学系に対してはその隔たりはとくに大きいということである。実際、これらのカリキュラムにおける関数分野は、第1項で引き合いに出された数学的リテラシーの野心的で先進的なビジョンに沿った授業過程および学習過程を発展させるのにふさわしい題材であるように思える。数学教育研究所 (IREM)訳2 のネットワークで実施された実験により、このことが実際に可能であることが裏付けられている（高等学校での例については 文献7を参照のこと）。しかし、大多数の授業において、授業実践の現状はそのようなビジョンからは相当離れていると言わなければならない。例えば探究型の演習やモデリングの視点は相変わらず本流から外れているし、数学外の文脈には十分な役割が与えられていない。また、例えば最適化問題は、よく知られた箱の問題の例のように、おもに幾何的な文脈から現れる[3]。さらに、教師や課題の文章は、モデリング過程において生徒たちにほとんど裁量を与えていない。評価においては、とくに高等学校での科学系の生徒に対する評価では、内的なモデリングや文脈のない課題を特別扱いしがちである。これらの特徴は、この領域での高大接続・移行を扱った教育研究が示しているように、大学教育でより強化されている。

(2) 関数に関する高大接続：研究動向

　高大接続・移行における関数の教育と学習についての問題は、例えばデビッド・トール (David Tall) の1991年の編著（文献8）で示されているように、大学初年次の微積分学のコースに重要な役割が与えられていたことにより、かなり早い時期から出現していた。伝統的な微積分のコースでの落第率の高さのために米国で80年代に発展した教育上の様々な動機づけは、ベル

ナール・ホジソン（Bernard Hodgson）がこの国際ワークショップの論考（文献9）で示したように、今日では数学的リテラシーの視点で捉え直すことができる。しかし、高大の接続・移行において実施された関数領域での研究は、おもにこの方向に沿っては発展しなかった。むしろ、文献8や文献10で示されたように、関数概念の漸進的な概念化をよりよく理解すること、学生が直面する可能性のある認識論的障害を同定すること、そして、テクノロジーの進歩を活用する方法を見出すことを目的として発展した。ここで強調されていたのは、高校における主として非形式的で手順重視の関数概念へのアプローチと大学で主流となっている形式的で構造的なアプローチとの間の質的ギャップであったが、このような見方は、エド・ダビンスキー（Ed Dubinsky）が発展させた APOS 理論や、アンナ・スファードの具象化理論などの理論的枠組みによって支えられてきた。また、学生たちの概念イメージと概念の定義との間に、トールとヴィナー（Vinner）によって導入された区別[訳3]に従うような差異が存在することも強調されていた。その当時から、カリキュラムの進展によって、ほとんどの国において高大接続・移行はもはや非形式的なものから形式的なものへの移行としてみなすことはできなくなっている。しかし、多くの学生たちにとってその移行は相変わらず難しいものであり続けている。文献11で指摘されているように、ここ20年くらいの間、社会文化的かつ人間学的なアプローチに依拠した研究がこれらの困難性をよりよく理解することに貢献してきたおかげで、研究者たちはちょうど上で述べたような初期の認知的な視点や認識論的な視点を超えることができるようになった。例えば、フレデリック・プラスロン（Frederic Praslon）は、シュバラール（Chevallard）（文献12）が展開した教授の人間学理論[訳4]を拠り所にして、フランスにおける微分概念の教育を主題とした彼の博士論文の中で、それらの蓄積が巨大なギャップを作り出していくような、高大接続・移行の中での一連の微細な難局を特定した（文献13）。その難局とは次のようなものである。

・新しい対象や関連する概念の導入の加速度的増加。
・これらの数学的対象に関する課題の多様性の増大。
・課題の解決に際して学生たちに与えられる高度の自律性。

- 特定の関数的対象を学ぶことと関数の種類ごとの一般的な性質を学ぶこととの間の新しいバランス。
- 関数的対象の道具としての側面と対象としての側面の重要性の間の新しいバランス。
- 関数的な対象や手続きはますます定義によって規定され、結果はより体系的に証明されて、証明が主な手法となるという事実。

プラソンが指摘しているように、これらの各次元に沿っての移行は、ある軸の一方の端から反対側への急激な移動というよりは、むしろ、ある軸に沿った位置や程度の変化としてより特徴付けられる。そのような理由から、プラソンは微細な難局のこのような変化の意味を限定している。実際これらの特徴は高大接続・移行を容易にするために大学によってすでになされてきた努力を実証するものである。しかし、各次元に沿ったそのような限定的な移動は、それらの蓄積の結果生じるギャップの重要性に大学教員を気づかせるまでには至らなかったのである。プラソンによって特定された微細な難局のリストを上に挙げたが、私は個人的に次の3つを付け加えたい。

- 関数的対象についての、高等学校レベルでの重要な特徴である点的（punctual）および全体的（global）視点に関する局所的（local）な視点の重要性^{訳5}。
- 抽象的な推論を支えるための主な道具となっているグラフ表現の役割の減少および変化。
- 形式化と記号化に付随する重要性の増大。

大学の教員にこれらの変化に気づかせ、かつ、学生たちが大学の関数的文化に順応するのを支援するために、プラソンは彼がその2つの文化の間のギャップの中にあると考える一連の課題を開発した。これらの課題は、一方では高等学校の知識のみを用いて解決できるものであったが、高等学校の関数的文化からは距離のあるものであった。他方、大学レベルでは、それらが大学で教えられる新しい概念に関わるものでなかったために、解決の難しい課題とはみなされていなかった。もちろん、このギャップの概念は相対的なものである。これらの課題はフランスでは1990年代の終わり

にそのギャップの中にあった。その時からこの2つの文化は移り変わったが、ごく最近の研究が示すようにそのギャップが減少することはなかった。

　ここまで、微積分のレンズを通して関数についての高大接続・移行を考察してきた。しかし、ここでの考察は高大接続・移行の困難性の一部を描いたにすぎない。リダ・ナジャール (Ridha Najar) は彼の博士論文でこの移行の別の側面に取り組んだ (文献14)。今日、多くの国において、高等学校では、関数の世界は一変数関数と N 上で定義される関数とみなせる数列に基づいて構成されている。大学では、関数は集合論的対象となり、新しい記号論的な表現形式や言葉、新しい推論形式や技法が展開される。そのすぐ後にもまた、代数的構造や線形代数の学習において代数的構造の間の準同型や同型の概念が導入され、特殊な手法が集合論的な手法に付け加えられる。ナジャールは、関数的文化の中で生じる変化や、高等学校での到達度の高い学生にも生じる厄介な困難を体系的に分析した。彼の研究はチュニジアを対象に行われたが、その関心はチュニジアだけに限定されてはいない。例えば、彼の結果はフランスの環境で考えても十分に当てはまる。ナジャールは、例えば学生が、関数の変化をその微分の符号に結びつけている定理や、関数が単射、全射、あるいは全単射であることを証明するための極限の使用といったものに基づく技法から、次のような古典的な演習問題を解くのに必要とされるような集合論的な技法へと移行しなくてはならないときに、要求される変化の深さが大学レベルの教育実践でどれほど過小評価されているかを明らかにした。

　4つの集合 A、B、C、D と写像 $f: A \to B$、$g: B \to C$、$h: C \to D$ に対して次を示せ。
　$g \circ f$: 単射 $\Rightarrow f$: 単射、$g \circ f$: 全射 $\Rightarrow g$: 全射、$g \circ f$ と $h \circ g$ が全単射 $\Leftrightarrow f, g, h$ は全単射。

　スペインでは、やはり教授の人間学理論に基づいて、ボスクとフォンセカおよびガスコン (Bosch, Fonseca and Gascón) (文献15) が、高等学校と大学との間でプラクセオロジー構成[4]に重要な相違があることを明らかにし

た。ボスクらは、高等学校では互いの繋がりが乏しい点的プラクセオロジー（punctual praxeology）訳6 が優位であり、教育実践においては実践的部分が強調されていることを示した。一方、大学では領域的プラクセオロジー（regional praxeology）を通しての直接的な入門が優位であり、教育実践においては理論的部分が強調されていることを示した。文献15の著者たちは、これら2つの知識構成を橋渡しできるような局所プラクセオロジー（local praxeology）が十分に構築されていないことを指摘している。

文献15のような研究は、異なる関数的文化をもつ制度（institution）訳7 の間の移行として高大接続・移行にアプローチすることや、これらの違いの本質に対する正確な認識やこれらの違いに対する感受性が不十分であるという見地から学生たちの困難を解釈することで、関数やそれに関連する概念に関して現在なされている高大接続・移行への重要な洞察をもたらした。しかしながら、高等学校と大学双方における現在のおもな授業実践を分析するこの研究が、この国際研究集会の中心的な問い、すなわち、数学的リテラシーの視点が高大接続・移行をどれくらい支援できるのかという問いに直接には取り組んでいないことは疑いない。この考えを発展させるために、私は教授の人間学理論のごく最近の側面、ASR（Activity of Study and Research）とSRP（Study and Research Path）訳8 の見地からそのデザイン的側面といくつかの関連する革新的な実現事例を紹介したいと思う。

(3) リテラシーの視点での関数教育へのアプローチに対するSRPの使用

教授の人間学理論は80年代に発展し始めたが、そのデザイン的側面はずっと最近のことである。それは、シュバラールが繰り返し述べているような、数学教育の「記念碑主義者」のパラダイムと彼が呼ぶものとの決別の必要性（文献16）に応えるものである。彼によれば今日において支配的なこのパラダイムの中では、数学教育は「存在理由（"raisons d'être"）」がもはや見えない、一連の美しい記念碑を巡る訪問として組み立てられている。その結果、数学的知識は機能性を奪い取られているのである。シュバラールはこのパラダイムを、彼が数学教育や数学学習を考察するための新しい考え方として提唱する「世界探究（"questioning the world"）」というパラダイムに

対照させている。ASRとSRPのデザイン的構成はこのビジョンから生じている。SRPは理想的には強力な原動力をもった問い、つまり、生徒と教師の間の協同作業として思い描かれるその問いについての学習が他のたくさんの問いを生み出し、相当量の数学的プラクセオロジーの段階的な発達や構造化を支援するような問いから始まる。そのような問いは、現在の問題や歴史的社会的問題、あるいは科学的問題に、それらの数学的問題の中に含める形で関連させることができる。その学習は1つの探究過程とみなされ、その過程で生徒たちは、事前知識と経験に頼りながらもその文化から提示されるものを考察し批判的に議論していくことで、教師の導きのもとで未解決の問いへのクラス全体の答えを作り上げていく。その過程に沿って、技法と概念が一体となって発達し統合され、徐々に構築されてきた数学的知識が制度化される[5]。関数に関しては、前述(文献7)のIREM間連携教授学委員会(the inter-IREM Didactic Commission)の援助を得てポワティエ大学のIREMで実施された取り組みが、このデザイン的視点により、高等学校における現行のカリキュラムと矛盾せず、数学的リテラシーの野心的ビジョンとも一致するような、関数の世界への意味深い、一貫性のあるアプローチを作り上げることができることを実証している。文献17で説明されているように、その授業構成は、関数概念の現在の生態学[訳9](関数は、数学や社会生活や他の学問のどこに明に暗に介在するのだろうか?)、その認識論と歴史(この概念の導入を動機づけた数学への内的あるいは外的な必要性とは何だったのだろうか?)、そしてそのカリキュラムの歴史(フランスの数学のカリキュラムに、いつどのような基本原則をともなって導入されたのか?)についての注意深い分析に基づいている。文献7の著者たちは、例えば関数概念の現在の生態学に関する彼らの研究から、どのような関数が(伴って変わる量の記述、いくつかの量に関して1つの量で表すこと、最適化、比較、現象のモデル化や従属関係の数量化、時間的発展の予測…に対して)有用に関連づけられるかという質問を数多く多様な形で持ち続けている。しかし、彼らはまた、日常生活において関数的な従属関係の学習のために用いられる技法は、科学的な実践で必要とされるものとだけでなく、フランスの高等学校の数学のカリキュラムで目標とされるものと比較してさえも、多くの場合とても

初歩的であるということも指摘している。したがって、この概念の実質的な理解を発達させようとするならば、日常生活での実践と関連させることには明らかな限界がある。

実際には、SRPの三連デザインというものが、ある特定の問いに基づくASRによって各SRPが始まるサイクルの連鎖として考えられている。これらのASRは、自分たちのまわりの世界を理解する際に数学が果たす役割を生徒たちに経験させることができるような状況に結びつけられている。それらは技法や概念を目立たせると考えられており、これらの技法の体系的な訓練を含み、内容と方法の見地や、SRPの基礎をなす根本的な問いの解決に向けた進歩の見地からの制度化へと導いてくれる。

3つのSRPはそれぞれ次のような発端となる問いに基づいて構成されている。その問いとは、量の変化を知るにはどうしたらよいか？量を最適化するにはどうしたらよいか？複数の量の変化を比較するにはどうしたらよいか？というものである。最初のSRPを開始するために、文献7の著者たちは、日常生活においてある量が他の量の関数として変化するような状況の例を探してそれらの量の変化の様々な記述方法を観察するよう生徒たちに問いかけることを提案している。その後、これらの例は議論されるが、他の例が教師によって例えばインターネット上の情報を用いて付け加えられることもある。これらにより、日常生活では「の関数として」という表現が関数的な従属関係の場合だけで使われるのではないことや、彼らがすでに物理で経験しているように1つの量が他の2つ以上の量に従属していることは非常によくあるということ、また、量の変動を記述したり視覚化したりするのに多様な表現が用いられることが明らかになる。この最初の段階はSRPを構成する2つの問いを定式化することによって終わる。その2つとは、他の量の関数であるようなある量の変化を知るにはどうしたらよいか？ある量の変化速度を知るにはどうしたらよいか？である。

次に、SRPは3つのASRに基づいて構成されている。最初のものは気圧に関するものであり、2つ目は投げ上げた石の軌道に関するものであり、3つ目はよく知られた状況で、7つの容器について、それらに同じ流量率で水を注いでいくときの水位の上がり方を示す7つの曲線が示されて

いるというものである。例えば最初のASRでは、生徒たちに、インターネット上で見つかった、高度0kmから40kmまでの気圧の変化を示すデータが示される。定性的な議論の後、これらのデータをモデル化するための2つの公式が提案される。1つは19世紀の物理学者バビネット（Babinet）によってつくられた1次分数関数に対応するもので[訳10]、もう1つはアフィン関数に対応するものである。生徒たちは特定の区間でのデータをモデル化するためのこれらの公式や関連する関数の正確さを議論するよう求められる。ここで期待されることは、この問いについての作業が様々なタイプの表現（表やグラフ）を意図的に作り出してそれらを解釈するように生徒たちを導くことであり、そして、この特定の事例における値の変化の性質についての、あるいはモデル化過程そのものについての新しい問いをこの作業が生み出すことである。この活動においては、2つの重要な種類の関数、アフィン関数と1次分数関数、およびこれら2つの関数の値の変化に関する問いが介在する。これらの関数やその値の変化について学習し、この学習のための技法を発達させていくことは、このSRPに託された数学カリキュラムの到達目標でもある。文献10では、教室でのそのような学習やそれに対応する知識の制度化を構成するための教材が提供されている。技法を確固たるものにするための演習や、内的な文脈と外的な文脈の中で再度行うための演習、評価課題、生徒たちの成果物を含む実施された事例についての報告が、これらの教材を補完している。カリキュラムの提言に沿って、テクノロジーには、探究過程を支援し、実験的アプローチを発展させるための重要な役割が与えられている。この同じグループが、第11学年での関数の教育と学習を対象とするSRPを開発して実践している。それらのうちの1つが、世界人口に関する問いから始まるもので、オンラインで閲覧可能となっている[6]。

　大学レベルでの洞察に満ちたもう一つの事例としては、ベルタ・バルケロ（Berta Barquero）による博士論文（文献19）がある。そこでは、工学部の学生のための実験的ワークショップのデザインと実現を通してモデル化実践の生態学が研究されている。そのワークショップは、人口動態に基づいた三連のSRPとして着想されており、集団の人口について収集されたデータ

から長期的な人口変化の予測ができるかという世界的に共通な生成的問いを伴っている。そのデザイン過程を支援するために実施された数学的分析と認識論的分析では、人口を世代別の構造でとらえるかどうかの違いはあるが、離散的モデルと連続的モデル（より詳しく述べると、離散的モデルと連続的対数モデル、ロジスティック・モデル、レスリー行列を含んだ線形モデル）が考えられた。実際には、この準備的に実施された分析に基づいて設計された1つ目の SRP では、ある保護された島に生息するキジの個体数調査という文脈で生成的問いが提示され、そのキジの毎年の個体数について5年間分のデータが提供された。はじめ、学生たちは離散型のマルサス・モデルを思いつき、そのモデルを検討した。その後、このモデルには異議が出て、離散的ロジスティック・モデルに改良された。この SRP はこれらのモデルのより体系的な研究で終了する。2つ目の SRP は、構造化されたモデルたちとレスリー行列に基づいて構成され、行列のベキ乗と対角化に関する問いへと導く。ワークショップでは、表計算ソフトとコンピュータ・シミュレーションを用いた実験的方法でこれらの問いにアプローチする。3つ目の SRP では、イースト菌の2つの個体群の個体数増加に関するデータについて、最初の生成的問いが再び取り上げられる。この場合、データの性質から、数の系列に関して関数を用いることが望ましく、マルサス・モデルやロジスティック・モデルの連続版の考察および離散的な場合と連続的な場合との比較へと至る。この SRP は、イースト菌の2つの個体群が孤立的ではなく、同じ「生息環境」と資源を共有している場合の新たなデータの紹介で終了している。この新たなデータは微分方程式系を含んだモデルへと導くものである。著者が強調しているように、このワークショップは単独のものではなく、同じ学生たちが参加する、理論的な授業と演習を含むコースと繋がっている。ワークショップで生じる問いは、特別な数学的道具（例えば、推移行列、行列のベキ乗と対角化、自励系微分方程式の解法、自励系微分方程式の質的研究）が必要であることを提起している。これらの数学的道具はこのコースで導入され、これらに関連する技法はコースに付随する演習の授業で強固になる。繰り返して言うが、この事例は、実質的な数学的知識が、私たちのまわりの世界から生まれた問いから始まってどのように発展

し、どのように一貫性をもって次第に体系化されうるのかを示しているとともに、どのように学生たちがモデル化過程の取り扱いやそのような問いの論じ方において自律性や確信を次第に獲得していけるのかを示している。

　この大学での事例は、モデル化に焦点を絞ったサービス・コースからの事例である。カール・ウィンスロー（Carl Winslow）によって示されたように（文献20）、この人間学的視野、とくにそれが思い描くミリュー（milieus）とメディア（media）との間の弁証法[訳11]は、もっと広く純粋数学の教育も含めた大学での数学教育について考えたり、大学の数学者たちの研究実践と彼らの教育実践との間に存在する有害なギャップを減少させたりするための発想の源泉となりうる。

　上に提示した2つの事例は、深い認識論的かつ生態学的な省察の上に授業デザインの基礎を据えることの重要性を明示している。数学的概念や数学的技法の「存在理由（"raisons d'être"）」を理解し、強い原動力のある問いをみつけるためには認識論的分析が必要不可欠である。そのような問いは、生徒たちの活動を実生活の関心事に結びつけようとする願望がしばしば生み出してしまいがちな、興味深いが孤立した課題をデザインしてしまう罠を避ける一助となるはずである。そのような問いは、中長期的に必要となる一貫した学習軌道を構築するための地ならしをしてくれる。生態学的省察も、通常の教育方略と実践とに存在する隔たりを十分に把握し、制約を動かし、条件を最適化することで実現性のある授業構成をデザインするために同じく必要であり、また、実験的な段階を超えた持続可能性を保証するために必要である。IREMのメンバーもベルタ・バルケロもともに、彼らの授業構成の脆弱な生態学と、もっと大局的な観点でいえば、現在の教育状況において〈世界探究〉というパラダイムに向かって動くことの難しさを十分に意識している。

3　高大接続・移行の取り組みのためのリテラシー的視野の可能性

　本論の最初の項で、私は数学的リテラシーの概念は多様に解釈され得るもので、実際多様に解釈されていることを指摘し、高大の教育の接続・移

行の難しい問題を議論するために数学的リテラシーのメタファーを用いるには、それに与えようとする正確な意味についての深遠な省察が必要であるという私の信念を表明した。第2項では、私は数学とその応用の両方にとってきわめて重要なある特定の数学的概念、すなわち、関数概念に焦点を当てた。まず、具体的事例として最初にフランスのカリキュラムを取り上げ、私はこの概念が現在の中学校で導入されるべき方法や取り組まれるべき方法が数学的リテラシーの観点からのビジョンに完全に一致するものであることを示した。その際、プロセス訳12 や道具としての関数、多様な文脈、とくに日常生活の文脈における変動状況のモデル化のための関数の役割、代数的公式の記号表現のレジスター訳13 やグラフ表現と結びついた特有の重要性にとどまらない関数に付随する記号表現の多様性を強調した。実際、関数に関してフランスの中学校で教えられることは PISA の問題を解くためのものとして適切かつ十分でもある。私はまた、高等学校の3年間においてフランスのカリキュラムが関数の概念の非形式的な見方を維持し、多様な文脈の中でのそのモデル化の役割を強調している一方で、日常生活で必要とされるものからは次第に遠ざかっているという、ポワティエ大学の IREM のグループによる生態学的研究で確かめられた結果について示した。このことが、とくに理系で強くなる数学内と数学外の文脈の間で増大する不均衡の一因となっており、また、数学外の文脈が、通常の日常生活の問題だけでなく科学や経済の問題にますます関係してきていることや、提起された問いを解くのに、ますます洗練された数学的理解や数学的道具が必要となっているという事実の一因にもなっている。関数に関する高大接続・移行について実施された研究を概観することで、私は、これまでに展開された研究は洞察に満ちたものであったが、そこでおもに採用された視点は、この国際研究集会のために選ばれた視点からはかなり離れたものであることも示した。このことは、内省を深めるために示唆的と思われる理論的アプローチである教授の人間学理論のデザイン的側面のアフォーダンスの探求、および、この理論的アプローチに基づく関数の教育と学習に関するいくつかの革新的な実現事例の再吟味へと私を導いた。これらの要素を心にとめて、この結びの項では、高大接続・移行における

難しい問題に取り組むための数学的リテラシー的視野の可能性についての一般的な問題に戻りたいと思う。

　大学教育を考えるとき、それが数学専攻での教育であろうと、サービス・コースで提供されるものであろうと、数学的リテラシーを基礎的な教育で用いられたものと同じ観点から理解することはできない。大学レベルの数学教育は一般市民の教育を目標としているのではなく、将来それぞれの進む専門職に応じて数学を専門的に使うようになる人たちで、専門家としての責任を負うことが期待されている人たちの教育を目標としている。この理由により、数学的リテラシーの先進的ビジョンのみが適切でありうるということは疑いない。そのようなビジョンを発展させ、様々な大学の状況や文化に必要な適合のさせ方を考えるために、本論で提示された要素と分析の中から、とくに次の条件を銘記しておく。

- 数学的リテラシーについての通常の議論ではしばしば欠けているか最小限しかない、認識論的感受性を維持することの重要性。
- 数学的リテラシーのより初歩的なビジョンでの日常生活的問題に対して、自然科学、技術、人間科学や社会科学といった多様な領域で数学が現在果たしている役割に注目することの重要性、そして例えば 数学教育国際委員会 (ICMI) のクライン・プロジェクト[7] が熱望しているように、生きた科学としての数学を示すことの重要性。
- 専門的な環境の中で、問いや問題の適切な外的源泉を選択するために様々なカテゴリーの生徒たちの興味や専門的ニーズを考慮し、そして、大学の世界と外の世界の間のつながりを強化することで、問いや問題の内的源泉と外的源泉の間で達成されるべき必要なバランス。
- 数学を文化的で慣習的な状況に必然的に置かれている人間の実践の結果としても考えることの重要性、そしてそれゆえに、国際的な評価がもたらしがちな数学的リテラシーの画一的なビジョンに疑問を投げかけることの重要性。
- 現在の情報通信技術 (ICT) が認知的な方略やニーズにどのように影響を与えるかということに注目することの重要性、必要とされる数学的知識や数学的コンピテンシーを幅広く使えるようにするためのデジタ

ル技術のアフォーダンスの観点から、先進的な数学的リテラシーの正確な技術的ニーズを再考することの重要性。
・最後に、大学の課程や学習軌道のデザインにおいて、何を教えることができるか、その結果学生たちが何を学ぶことができるのかを具体化する生態学的な条件と制約に注目することの重要性。

中等教育の現在の発展が示していると思われるのは、もしこれらの条件が慎重に考慮されるならば、大学教育に向かって数学的リテラシーの視点を拡張することは意味のあることであって高大接続・移行を促進すると推測でき、大学教師が大学入学者の数学的文化、知識、コンピテンシーおよび認知的方略を有益に活用できるようになって、様々なカテゴリーの大学生の数学的ニーズの多様性にもっと気づくようになるとともに、この多様性を有効に取り扱えるようになることを支援してくれるであろうということである。

そのような数学的リテラシーの先進的ビジョンを高大接続・移行で実行するための資源が我々にないわけではない。数学教育国際委員会 (ICMI) の研究や加盟団体によって提供されるものに注目するだけでも、とくに、数学教育の長年の歴史と多くの文化的源流を可視化することで今日我々が教える数学の意味を豊かにしてくれる ICMI 加盟団体「数学の歴史と教育学」(HPM[8]) による資源、ICMI 加盟団体「数学的モデリングと応用についての国際研究グループ」(ICTMA[9]) による資源、すでに言及した数学的モデリングとその応用についての ICMI 研究 (ICMI Study on Mathematical Modelling and Applications)、数学教育と産業との間の教育的接点についての新しい ICMI 研究 (ICMI Study on Educational Interfaces between Mathematics Education and Industry)(文献21)、すでに言及したクライン・ヴィネット (the Klein vignettes)、そしてもちろん、大学レベルの数学の教育学習についての ICMI 研究 (ICMI Study on Teaching and Learning Mathematics at University Level)(文献22) がある。その高大接続・移行についての深遠な省察と、この移行の難しさに取り組んでいる革新的な大学のコースに関する報告は今もなお豊富な発想の源となっている。国際年「Mathematics of the Planet Earth」の援助を得て 2013 年に収集され生み出されたすべての数学的資源もある。それらは

人類が今日直面する大きな課題にどのような点まで数学と数学者が関わるかを我々に示してくれる。最後になるが、教員養成課程の学生のためにカナダで開発されたコースの成果で、テクノロジーの基盤にある数学に焦点を当てたとても興味深い本も忘れてはならない (文献 23)。この国際研究集会に寄せられた論考や報告は、この既に豊富な背景に確実に何かを加えることであろう。

【註】

1. この節で言及されている中学校や高等学校のシラバスは次の URL で公開されている。<http://media.education.gouv.fr/file/special_6/52/5/Programme_math_33525.pdf>（中学）、<http://eduscol.education.fr/pid26017/programmes-du-lycee.html>（高等学校）。
2. 中学校では、「集中テーマ « convergence themes »」と呼ばれる学際的なテーマは、異なる学問分野が共同して扱わなくてはならない。これらのテーマとしては、現実世界への科学的アプローチを養うための統計的思考の重要性、持続可能な開発、エネルギー、気象学と気候学、健康、セキュリティなどがある。
3. 箱の問題では、直方体の箱をつくるのに長方形の紙の四隅から 4 つの同じ大きさの正方形が取り除かれる。生徒たちは、箱の体積が最も大きくなるような正方形の辺の長さを尋ねられる。
4. 教授の人間学理論 (ATD: Anthropological Theory of the Didactic) では、数学的な実践はプラクセオロジー (praxeology) の観点からモデル化される。その最も単純な形式では、プラクセオロジーは点的 (punctual) なもので、ある種のタスクとそのタスクを解決するテクニック (technique)、テクニックを説明し正当化するテクノロジー (technology) と呼ばれる話法 (discourse)、ある程度明確に技術的話法 (technological discourse) を支える理論から構成される。タスクの種類とテクニックはプラクセオロジーの実践的部分を構成し、技術的話法と理論がその理論的部分である。数学的な知識構成の発達によりプラクセオロジーは次第に構造化される。局所プラクセオロジー (local praxeology) は、同じ技術的話法を共有する点的プラクセオロジー (punctual praxeology) をグループ化することから生まれ、領域的プラクセオロジー (regional praxeology) は理論の一部分を同一のものとして共有する局所プラクセオロジーから生じる (訳注 6 参照)。
5. 制度化 (institutionalization) は 1970 年代後半のギ・ブルソー (Guy Brousseau)（文献 18）による教授学的状況理論に現れる概念である。制度化は、問題解決の中で生徒たちによって作り上げられた知識が脱文脈化されて、知識の制度的な形式に接続される過程として定義される。制度化は教師の責任のもとにある。
6. http://irem.univ-poitiers.fr/portail/attachments/111_Un_parcours_d_etude_en_1S.pdf
7. ICMI の 21 世紀のためのフェリックス・クライン・プロジェクトは、フェリックス・クラインの時代から起こってきた数学の進展をアクセス可能にし、高

校教師のための発想の源とすることを目的としている。クライン・ヴィネット（The Klein vignettes）およびクライン・ワークショップがこの目的がどのように達成できるのかを説明している。（http://blog.kleinproject.org 参照）

8 <http://www.clab.edc.uoc.gr/HPM/>.
9 <http://www.ictma.net>.

【訳註】

訳註1　ここで言及されているシラバスとは、フランスの国定カリキュラムとして定められている数学の教育プログラムのことであり、日本の学習指導要領に相当するものである。日本の大学の授業で作成されているシラバスとは意味合いが異なる。

訳註2　IREM の正式名称は Instituts de Recherche sur l'Enseignement des Mathematiques。IREM は大学に置かれた研究所で、大学および中学校・高等学校の数学教師が所属している。最初の IREM たちが創られたのは 1969 年で、現在では 28 の IREM が存在する（http://www.univ-irem.fr 参照）。IREM の活動は国全体で調整されている。（Artigue, M.（1998）Research in Mathematics Education through the Eyes of Mathematicians. In A. Sierpinska & J. Kilpatrick（Eds.）Mathematics Education as a Research Domain: A Search for Identity（New ICMI Studies Series Volume 4）（pp.477-490）. Kluwer Academic Publisher）.

訳註3　トール（D.Tall）とヴィナー（S.Vinner）は数学的概念について、フォーマルな概念定義と個人の中で構成される概念イメージを区別してとらえている。（Tall, D., & Vinner, S.（1981）Concept image and concept definition in mathematics with particular reference to limits and continuity. Educational studies in mathematics, 12（2）, pp.151-169.）

訳註4　教授の人間学理論は数学教授学の理論の1つ。教授・学習の状況を「（学習の）対象」「人（学習者）」「institution（訳注7参照）」の関係としてモデル化し、institution や個人における知識の有り様や、教授・学習の局所的な状況を説明する理論である。教授の人間学理論においては、知識はプラクセオロジー（原注4参照）という概念で捉えられる。（文献12参照）

訳註5　点的（punctual）、全体的（global）、局所的（local）は、後に出てくるプラクセオロジーに関連する表現に対応している。それぞれの意味は訳注6を参照。

訳註6　ボスクとガスコンは、1つの具体的な問いに基づいて構成されるものが点的プラクセオロジー（punctual praxeology）、それらが結合されて単元内の1つのテーマ全体に広がったものが局所的プラクセオロジー（local praxeology）、1つの単元（sector）全体に広がったものが領域的プラクセオロジー（regional praxeology）、さらに1つの分野（domain）全体に広がったものが全体的プラクセオロジー（global praxeology）であると説明している。（Bosch, M., & Gascón, J.（2006）Twenty-Five Years of Didactic Transposition, ICMI Bulletin No.58, pp.51-65.）

訳註7　教授の人間学理論では、知識は社会集団（コミュニティ）に依存して存在し、社会集団の特性に応じてその有り様が異なるという見方をとる。ここでの institution は、このような意味で知識の固有のあり方をもつ社会集団（コミュニティ）を指す人間学理論での専門用語であり、具体的には、数学者の

集団、技術者の集団、学校、学級、家族など、さまざまな社会集団（コミュニティ）が例として挙げられる。日本語の文献では、「制度」（平林）、「知的集合体」（宮川）などと訳されている。(Bosch, M. (2012) Doing research within the anthropological theory of the didactic: the case of school algebra. Pre-proceedings of ICME-12, pp.421-439.; 平林一栄（2006）「数学教育の居場所（niche）―新しい認識論の視点から―」、第39回数学教育論文発表会論文集、1-9頁。; 宮川健（2009）「フランスを起源とする数学教授学の「学」としての性格―わが国における「学」としての数学教育研究をめざして―」、数学教育学論究、Vol.94（2011）、37-68頁。)

訳註8 SRPは、探究的な学習活動（ASR）を通して学習者が主体的に知識を構成していく学習プログラムのことを指す人間学理論の用語である。探究的な側面を強調するためにresearchの語が名称中に含まれている。PER（parcours d'étude et de recherché）、SRC（study and research course）などとも言われる。(Chevallard, Y. (2006) Steps towards a new epistemology in mathematics education. In Proceedings of the IV Conference of the European Society for Research in Mathematics Education. pp.21-30.)

訳註9 知識は社会集団に依存して存在し、社会集団の特性に応じてその有り様が異なるとする教授の人間学理論では、数学の知識のその社会集団での存在を、生態学における種の生存と環境への適応と同様に考える。人間学理論において、数学の知識がどのようにその社会の特性に適応して存在しているのかを扱う研究領域を「知の教授学的生態学（écologie didactique des savoirs）」と呼ぶ。(宮川健（2010）「フランス前期中等教育における証明の生態：平面幾何領域の教科書分析から」、数学教育論文発表会論文集43(1)、295-300頁。)

訳註10 バビネット（Babinet）は、気温 t_0（℃）、気圧 B_0（mm）の地点と気温 t（℃）、気圧 B（mm）の地点との高度差 Z（m）の関係を表す公式として、$Z=16000[1+2(t_0+t)/1000](B_0-B)/(B_0+B)$ を与えている。(Smithsonian meteorological tables: [based on Guyot's meteorological and physical tables], <https://archive.org/details/smithsonianmeteo00smitrich>.)

訳註11 ミリュー（milieu, フランス語の単語で「環境」を意味する）とメディア（media）はどちらも教授・学習場面において学習者にとって学習のための外的資源となる要素として定義される。シュバラールによれば、この2つは学習者に対して知識伝達の意図をもった振る舞いをするかどうかで区別され、「学習者が投げかける問いに対して全く何の意図も持たず自然（nature）の一部のように振る舞う」ものがミリュー（milieu）、「知識を伝えようとしてくる」もの（例えば講義や教科書など）がメディア（media）とされる。なお、ミリュー（milieu）は人間学理論を含む数学教授学で用いられる重要概念であり、数学教授学における主要理論の1つである教授学的状況理論では「学習は学習者とミリューとの相互作用によって生じる」、つまり、「ミリューに対する学習者の様々な働きかけ（action）に対し、ミリューが様々な情報（information）を返す。そして、ミリューからのフィードバックにより、学習者が当初もっていた考えやストラテジーを修正することによって学習が起きる」（宮川）として学習が捉えられている。ウィンスロー（文献20）は、学習者が $\tan(x/2) = (1-\cos x)/\sin x$ という公式が成り立つことを確かめようとしている場面を例に、ミリューの例としていくつかの数値を代入して確かめるために使用する電卓や紙と鉛筆、メディアの例として公式の説明や解説が書かれ

た教科書やインターネット上のウェブページを挙げている。（Chevallard, Y. (2006) Steps towards a new epistemology in mathematics education. In Proceedings of the IV Conference of the European Society for Research in Mathematics Education. pp.21-30.; 宮川健（2011）「フランス数学教授学の立場から見た「授業」の科学的探求」、第44回数学教育論文発表会論文集（第1巻）、51-60頁。）

訳註12 「プロセスとしての関数」とは、時間の経過に対する状態の変化を表すものとして関数を捉えるということ。

訳註13 デュバル（R.Duval）の「記号表現のレジスター」のこと。記号体系（semiotic system）のうちで、記号表現の「処理」（treatment, 同じ記号体系の中で行う表現の変換）と「転換」（conversion, 指し示している内容を変えずに別の記号体系の記号表現に変更することによる表現の変換）という2種類の変換を有するものを指す。（Duval, R. (2006) A cognitive analysis of problems of comprehension in a learning of mathematics. Educational studies in mathematics, 61 (1-2), pp.103-131.）

【引用・参考文献】

1　OECD (2013) «Mathematics Framework», in OECD, PISA 2012 Assessment and Analytical Framework: Mathematics, Reading, Science, Problem Solving and Financial Literacy, OECD Publishing.

2　Niss, M., & Jablonka, E.: Mathematical Literacy. In: S. Lerman (Ed.) Encyclopedia of Mathematics Education: SpringerReference <www.springerreference.com>. Springer-Verlag Berlin Heidelberg, 2013. DOI: 10.1007/SpringerReference_313279 2013-07-18 12:19:41 UTC

3　Fried, M.N., & Dreyfus, T. (Eds.) (2014) Mathematics & Mathematics Education: Searching for Common Ground. London: Springer Verlag.

4　Blum, W., Galbraith, P., Henn, H.W., & Niss, M. (Eds.) (2007) Modelling and Applications in Mathematics Education. The 14th ICMI Study. New York : Springer.

5　Maaß, K., Artigue, M., Doorman, M., Krainer, K., & Ruthven, K. (Eds.) (2013) Implementation of Inquiry-Based Learning in Day-to-Day Teaching. ZDM, The International Journal on Mathematics Education, 45 (6).

6　Klein, F. (1924-1928). Elementarmathematik vom höheren Standpunkte aus. Berlin: Springer (English translation used: Elementary Mathematics from an Advanced Standpoint, Dover, 2004).

7　Groupe Lycée IREM Poitiers (2011) Enseigner les mathématiques en Seconde : Trois parcours sur les Fonctions. Poitiers: IREM de Poitiers.

8　Tall, D. (Ed.) (1991) Advanced Mathematical Thinking. Dordrecht: Kluwer Academic Publishers.

9　Hodgson, B. (2014) Contribution to this volume.

10　Dubinsky, E., & Harel, G. (Eds). (1992) The concept of function – aspects of epistemology and pedagogy. MAA Notes n°25. Mathematical Association of America.

11　Artigue, M., Batanero, C., & Kent, P. (2007) Learning mathematics at post-secondary level. In F. Lester (Ed.), Second Handbook of Research on Mathematics Teaching and Learning (pp.1011-1049). Greenwich, Connecticut: Information Age Publishing, Inc.

12 Chevallard Y., & Sensevy G.: Anthropological Approaches in Mathematics Education, French Perspectives. In: S. Lerman (Ed.) Encyclopedia of Mathematics Education: SpringerReference (www.springerreference.com). Springer-Verlag Berlin Heidelberg, 2013. DOI: 10.1007/SpringerReference_313188 2013-02-27 22:19:48 UTC
13 Praslon, F. (1999) Discontinuities regarding the secondary / university transition: The notion of derivative as a specific case. In O. Zaslavsky (Ed.), Proceedings of the 23rd International Conference on the Psychology of Mathematics Education, Vol. 4 (pp.73-80). Haifa, Israel: Technion – Israel Institute of Technology.
14 Najar, R. (2010) Effet des choix institutionnels d'enseignement sur les possibilités d'apprentissage des étudiants. Cas des notions ensemblistes fonctionnelles dans la transition Secondaire/Supérieur. Doctoral Thesis. Université Paris Diderot – Paris 7. <http://tel.archives-ouvertes.fr/index.php?halsid=laq1i5j6ihpj73e32tn4k-st545&view_this_doc=tel-00564191&version=1>
15 Bosch, M., Fonseca, C., & Gascón, J. (2004) Incompletitud de las organizaciones matematicas locales en las instituciones escolares. Recherches en Didactique des Mathématiques, 24 (2/3), pp.205-250.
16 Chevallard, Y. (2015) Teaching mathematics in Tomorrow's Society: A Case for an Oncoming Counter Paradigm. In S. J. Cho (Ed.) The Proceedings of the 12th International Congress in Mathematics Education. Intellectual and Attitudinal Challenges (pp.173-187). New-York: Springer.
17 Artigue, M. (2013) Mathematics Teacher Development. In N. Mpalami (Ed.), Proceedings of the 4th Africa Regional Congress of the International Commission on Mathematical Instruction, Towards a Learner Friendly Mathematics Education, June11th-14th, 2013. Maseru: Lesotho College of Education.
18 Brousseau, G. (1997) Theory of didactical situations in mathematics: Didactique des mathématiques, 1970-1990. Dordrecht: Kluwer Academic Publishers.
19 Barquero, B. (2009) Ecología de la Modelización Matemática en la enseñanza universitaria de las Matemáticas. Doctoral thesis. Universitat Autónoma de Barcelona.
20 Winslow, C. (2012) Mathematics at University: the Anthropological Approach. Pre-Proceedings of ICME-12, pp.887-901.
21 Damlamian, A. Rodrigues, J.F., & Strasser, R. (2014) Educational Interfaces between Mathematics and Industry. Report on an ICMI-ICIAM Study. London: Springer Verlag.
22 Holton D., Artigue M., Kirchgräber U., Hillel J., Niss M., & Schoenfeld A. (2001) The teaching and learning of mathematics at university level. A ICMI Study, pp.349-356. Dordrecht : Kluwer Academic Publishers.
23 Rousseau, C., & Saint-Aubin, Y. (2009) Mathematics and Technology. London: Springer Verlag.

訳者　川添　充 (大阪府立大学)

大学レベルの数学教育と数学学習について
― 「高大接続・移行」の観点からの論評 ―

バーナード・R・ホジソン

訳　西山　博正

1　はじめに

　少なからぬ数の大学新入生にとって、この教育水準に典型的である「高等数学」への移行は、相当な難題となっている。多くの学生は、「彼らが中等学校で関心を持っていた事柄」（文献 7, p.1）と大学レベルで出会う数学との間にまったくの不連続感 ― 高名なドイツ人数学者フェリックス・クライン[1]が使用していた表現 ― を経験するかもしれない。大学教育移行時に、それまでの教育との大きなギャップの存在を感じないとしても、たいていの新入生は、現在自分たちに求められている『高度な数学的思考』に慣れるために重要な、新しい技能を身に着ける必要が出てくる。

　大学レベルでの数学的リテラシーの発展は広範囲の難しい問題の一つとなり、この国際研究集会で提案されているように、高大接続・移行の観点からこのことを取り上げることはとても適切である。しかしながら、日本の特有な状況と中央教育審議会（文部科学省）によって最近発表された報告に関するこれらの難しい問題を調査することは、外国の門外漢である私にはとてもおこがましい企てになるであろう。そこで、私は我々の国際集会のテーマに謙虚に取り組み、ここにおられる優秀な聴衆の皆様に日本の状況に関する決定的なビジョンを持ち込むつもりはない。それでも、一般的には数学教育の諸問題に、そして、特に教師の数学の授業計画に、およそ40年間にわたり関わってきた一数学者の見地から、私が提示する論評が役立つことを願っている。

　したがって、私はこの論文において高大接続・移行の観点から大学レベルの数学の指導と学習の問題を扱っている。数学的リテラシーの PISA 調

査の枠組みを背景として利用し、数学的リテラシーの一般的な概念を簡単に考察した後、この概念が特に中等教育後の数学教育を考察する際にいかに解釈されるかを調査する。大学新入生が最初に大学レベルでの高等な数学的思考に触れて直面するいくつかの問題に関する論評を提供する。これらの論評は、私が大学一年生を教えた経験と250人の大学生が高大接続・移行の際にぶつかった諸問題に関する研究に基づいている。またケベック州（カナダ）のいくつかの教育システムの状況も紹介するが、これらはこの研究の背景を理解するのに役立つかもしれない。数学教育における高大接続・移行に関する「確実な根拠に基づいた研究成果」と考えられることに関連した最近の調査結果をもって締めくくる。

2　数学的リテラシーの諸相[2]

　今日では以前にも増して、数学は世界中で教育体系の重要な要素と見なされている。それについては多くの説明を提示できるが、そのいくつかは、非常に多くの数学以外の状況への応用を通して、仮説から結論を導くための推論を利用することにより、数学が多様な状況のモデリングと分析において重要な役割を果たしているという事実に関係している。これはまさに、ウイグナー（文献16）のよく知られた格言で言う「数学の不合理なまでの有効性」であるが、従来から言われてきたように自然科学に限定されるというわけではない。

　そうした必要性は、ハイテク経済の特殊な分野に特有であり、普通の人には極めて高度な数学教育は実際に必要ないと主張する人がいるかもしれない。しかし、それはありえないことは十分に認識されている。個人レベルでは、日常の状況 ─ 簡単な財務処理、賢明な消費至上主義、技術者や看護士のための職場での基本的な応用方法など ─ に対処するために、多かれ少なかれ、明らかに数学を利用すること以外に、計量可能な情報と推論にますます依存している民主的なプロセスに積極的かつ批判的に参加する能力をどの市民も身に着けるべき本質的な必要性がある。社会の発展は見識のある労働力だけでなく、賢明な市民の行動にも依存している。前者

は基本的な計算技能に大いに依存しているかもしれないが、後者ははるかに明晰で骨の折れる高度な思考能力に依存している。

「数学的リテラシー」という言葉は、一般市民が社会的に意義のある問題に関わり、専門的または別の方法で社会の改善に貢献できるようにしてくれる技術と力量の結合に言及するときに使われる。このことは様々な状況で数学という手段を使って質問しそれに答えるときに、考えを効果的に分析、推論および伝達できる個人の能力に関係している。時には、数学的リテラシーという用語は、学生たちが、例えば、大学入学時に欠けているであろう特定の能力を身に着けてもらうための狭い意味での補習課程に限定されることもある。しかし、もっと適切なのは、現代社会での生活に不可欠な一般的な数学の理解のことを言っているという見方である。これはまさに、15歳児対象の3年に1度実施されるOECD国際学習到達度調査（PISA）によって採用された考え方である。以下、最近のOECDの文献を引用する：

「数学を理解することは、若者の現代社会での生活への備えの中心になっている。専門的な場合も含めて、日常生活で直面する問題や状況は増える一方であり、数学、数学的推論、および数学的手段をある程度理解していなければ、それらを十分に理解したうえで使いこなすことはできない。数学は、若者が自分の生活の個人的、職業的、社会的、そして科学的な場面における問題や難題に直面するときに不可欠な道具である。」（文献11、p.24）

PISA調査の数学的リテラシーの最初の定義を現在使われている定義と比較してみると面白いだろう。2000年の最初のPISA調査では数学的リテラシーは次のように記述されている：

「数学的リテラシーとは、数学が世界で果たす役割を見つけ、理解し、建設的で関心を持った思慮深い市民として、個人の現在および将来の生活の必要性に応じられるように、確実な数学的根拠にもとづき判断を行い、数学に携わる能力のことである。」（文献9、p.41）

この定義は、時々、わずかな変更が加えられ、数学が PISA 調査で査定された主要な分野として選ばれた 2003 年（文献 10）を含め、以降の調査でも採用された。2012 年の数学を主要な分野とした 2 度目の調査で初めて数学的リテラシーの定義が改訂され、ずっと明確になった：

「数学的リテラシーとは、様々な文脈の中で数学を定式化し、適用し、解釈する個人の能力であり、数学的に推論し、数学的な概念、手順、事実およびツールを使って事象を記述し、説明し、予測する能力も含まれる。これは、個人が世界において数学が果たす役割を認識し、建設的、積極的、および思慮深い市民に必要な根拠の十分な判断と決定を下すための助けとなるものである。」（文献 11、p.25）

（同じ定義が現在、PISA 2015 調査（文献 12）に提案されている。）

これらの定義の構成要素がかなり詳細に提案、動機付け、および説明された様々な PISA 文献で広範囲にわたる論評を見い出すことができる。興味ある読者は、例えば PISA 2012 に関連して、（文献 11、pp.24-38 の）「数学的リテラシーの定義」と「領域の体系化」の 2 つの章に、どのようにして評価環境を構成するのに使われている様々な要素が解釈されているかに関する多くの情報があるのでご覧いただきたい（これらの要素は、文献 11、p.26 の図 1.1 に総合的に扱われている）。ICME-12 でケイ・ステイシーにより発表された最も興味ある正規の講義も参考にしたい。そこで彼女は 2012 年の PISA 調査を論じ、それが以前のものとどう異なっているかを分析している。著者は、特に、

（数学的）リテラシーの改善された定義、実世界の諸問題を解決するための数学利用に関連した数学的なプロセスの個別の報告、および、現代の職場で直面するであろう数学的リテラシーを査定するためのコンピュータ支援の構成要素（文献 14、p.1）

といった特徴を強調している。彼女は、この第 5 回 PISA 調査において、

教育的成果の傾向の徴候を検証できる可能性を指摘している。ステイシーはまた数学的リテラシーの概念に関する次の補足説明を述べている：

「2012年の枠組みは、数学的リテラシーが最小の、または低レベルの知識と技能と同じ意味合いであるという誤解を直接扱っている。それは、人が数学的に読み書きできる限界点ではなく、低レベルから高レベルまでの一連の数学的リテラシーを提案している。数学的リテラシーはすべての年代とすべての段階の専門知識に適用できる構成概念として意図されている。」（文献14, p.3）

この所見は、PISAの見解を中等後の教育において数学的リテラシーを論議するための最初の基礎環境として利用できることを指摘している。

PISA 2012のために使われた評価と分析的な枠組みは、それによって数学的リテラシーの概念が分析される3つの局面（過程、内容、文脈）に基づいている。ここでは、紙面の関係上詳細に触れることはできないが、これらの局面が、特に、次のような観点から順番に述べられていることに注目することは興味あることである：

(a) 例えば、数学に積極的に関わるために必要な概念、既成の事実および技能のような、4つの数学的な内容のカテゴリー（変化と関係、空間と形、量、不確実性とデータ）からなる知識の基礎、そして
(b) この知識の基礎を活性化させる手段となる8つの基本的な数学的能力（推論、論証、コミュニケーション、モデル化、問題設定と問題解決、表現、記号による式や公式を用い演算を行うこと、テクノロジーを含むツールを用いること）。

これらのすべての構成要素は（文献11[3]）で詳細に述べられている。

これらのいくつかの構成要素をめぐる変化を際限なく紹介することはできるであろう。しかし、ここで主に私が指摘したいことは、これらの概念がいかに基本的であるかということである。実際に、これらは大学レベル

の数学的リテラシーを詳細に叙述するのに容易に利用することができるであろう（ステイシーによる上記の論評を参照のこと）。もちろん、そのとき、その状況は、関係している学生の年齢に限っても、実質上 PISA 調査が基づいているものとは異なる。しかし問題の核心は、少なくとも広くとらえれば非常に類似したままであり、最近の数十年間に発刊された様々な著作に関連しているかもしれない。

PISA 2003 の枠組み（文献 10）には、問題になっている数学的な現象を命名するための、「深い考え」、「大きい考え」、「基本的な考え」、「包括的な考え」または「包括的な概念」のような、文献で見られる多くの用語が列挙されている（p.34 参照）。これらの概念のいくつかは、サンダース・マクレイン（文献 8、p.34）の言葉を借りれば、「『人類の文化的な活動』として最適に記述される数学以前の概念」にさかのぼることができる。彼は、そのような活動は「最初は多少漠然とした『概念』に至り、最終的には定式化され、おそらくいくつかの異なる方法で定式化される」と付言している（p.34）。マクレインが取り挙げる活動 ― 概念 ― 定式化の 3 つ組の例には、議論 ― 証明 ― 論理的な連結語、または、数えること（数学以前の概念）― 次のもの（漠然とした数学的概念）― その後に続くもの（公式化した概念）；順序；序数などが含まれる（p.35 表 1.1 を参照）。彼はこれらの例を次のように提示している：

「暗示的であるが教義的ではないものである。どの『概念』も何らかの直観的な内容を持つように意図されていて、『数学的直観力』のよく知られた現象への媒体としての役割を果たすかもしれない。」（文献 8、pp.34-35）

すでに四半世紀前に、PISA の構成に固有である「数学的内容の現象学的な構成」（文献 10、p.34）には、新しい数量的思考能力へのアプローチに関する美しい先駆的な本（文献 15）の中に有名な原型があった。例えば、「パターン」という題名の導入的な研究論文において、編集者のリン・アーサー・スティーンは、伝統的な数学の見方を数と空間の科学として異議を唱え、また、次のように「数学の拡大しつつある分野を育てる深遠な諸概念」を明確に示し、そのきっかけを作っている（文献 15、pp.3-4）。

- **数学的構造**　数；形；アルゴリズム；関数；比；データ
- **属性**　線形の；無作為の；周期的な；最大の；対称の；近似的な；連続の；滑らかな
- **行為**　表現する；モデル化する；制御する；実験する；証明する；分類する；発見する；視覚化する；応用する；計算する
- **抽象概念**　記号；同値；無限大；変化；最適化；相似；論理；再帰
- **意識**　驚き；美；意義；実在感
- **動き**　動作；安定性；カオス；収束；共鳴；分岐；反復；振動
- **二分法**　離散的 対 連続的；有限 対 無限；反復操作的 対 実存的；確率論的 対 決定論的；正確 対 近似

スティーンは次のように付言している：

「これらの多様な観点は数学を支えている構造の複雑性を例証している。それぞれの観点から、幼少期から小中高、大学にかけてなんとなく感じた直感から得た重要な数学的概念を科学的または数学的研究にまで発展させていく能力を内に秘めた様々な要素を明らかにすることができる。数理科学における健全な教育では、これらの様々な観点や概念と実質的にすべて出会う必要がある。」（文献 15、p.4）

数学を「あらゆる種類のパターン ― 自然現象として起こるもの、人間の心によって創造されたもの、他のパターンから創造されたものまでも― を理解しようとする探求的な科学」として捉える（文献 15、p.8 で提案されている）見方は、数年後に一般大衆向けに書かれた本（文献 2）で社会に広められた。キース・デブリンは、「数学は抽象的なパターンの科学なので[4]、程度の差はあれその影響を受けない生活の局面はほとんどない。なぜならば、抽象的なパターンは、まさに思考、伝達、計算、社会、そして人生そのものの本質であるからである。」という事実をまさに強調している (p.7)。デブリンの本は 6 つの章（計算；推論と伝達；運動と変化；形；対称性と規則性；位置）に分類され、「どの章も読者を、古代であろうと 18 世紀であろうと、その主題の始まりから現代までに案内してくれる」（文献 13、p.1354）。その本全体にわ

たるそうした強力な歴史的な構成要素を紹介することによって、デブリンは数学的リテラシーについて考える際の重要な一面である、発展している科学と見なされる数学の「人間的な」側面への直接的な関連性を提供している。

　数学の核心部分となることを目的とする「深い」または「包括的な」考えの一覧に現れるべき正確な構成要素について延々と論議することはできるであろうが、そのようなことはここでの私の論点ではない。しかしながら、初等数学はわずかな幾何と代数の内容を伴う、「第3のR」(算数)に限定するという従来の考え方とはかなりかけ離れていることは明白である。同様に、高等教育に関して、それが単なる算法的な技術の取得をはるかに越えていることと、学生が数学の範囲と多様性についての深い見方を発展させることを可能にしてくれることの重要性に気づくことができる。しかし、他の側面も数学的に読み書きができることが何を意味しているかという問題に関連していると言えるであろう。例えば、エバ・ヤブロンカは、Second International Handbook of Mathematics Education において、数学的リテラシーに関する様々な観点について批判的な報告をしている。「数量的思考能力」と「数学的リテラシー」という言葉の進化を簡潔に振り返った後に、「同時に ― 黙示的であれ明示的であれ ― 特定な社会的慣行を促進することなく数学的リテラシーの概念を推し進めるのは不可能である…という中心的な議論」に基づく数学的リテラシーの概念のより包括的なイメージを提案している (文献6, p.75)。彼女は自分の構想を支える次の5つの分類を紹介している：

・人的資産開発のための数学的リテラシー
・文化的アイデンティティのための数学的リテラシー
・社会的変化のための数学的リテラシー
・環境意識のための数学的リテラシー
・数学を評価するための数学的リテラシー

　紙面に限りがあるのでこれらの分類の詳細に入ることができないが、関心のある方はヤブロンカの論文を参照されたい。

3　高大接続・移行教育：大学新入生の教育

　数学における高大接続・移行教育の一面として、大学新入生の指導に携わった大学教員らの実際の体験がある。私はここで 85 人の大学一年生 ― うち 40 人は数学専攻、37 人は中等学校数学教員志望（残りの学生は異なった一般教養課程、特に、経済と数学を合併した課程から）― 対象に 2013 年秋学期に開設した入門数学コースについて少し紹介したい。そのコース名「数学の要素」からは特に内容は分からない。そのコースは、集合（関係、関数）、基本的な計算構造（整数、n を法とする整数）および、多項式が扱うべき話題の核となっているため、代数的分野に属するものと見なせる。しかし、はるかに重要なことは、そのコースが、とりわけ、あいまいで抽象的な数学的な推論の概念とそのような論拠の書き方を学生に慣れさせることを目的としていることである。そのため、基本論理（連結記号、限定記号）だけでなく、特に、対偶法、背理法、そして、数学的帰納法による論証などの様々な数学の証明法の学習にかなりの時間が費やされている。紙面に限りがあるので、そのコースを教えた私の経験の詳細について議論することはできない。しかし、私は同値類や商集合のようなより高等で難解な概念が多くの学生に難題をつきつけるであろうと想定していた一方で、例えば、ある与えられた集合 S 上の二項関係をその直積集合 S×S の部分集合であるとする技術的な捉え方についても同様であろうとは予測していなかったことを強調したい。「易しい」面に関しては、一例として、数学的帰納法による証明は特に難しかったようには見えなかった。

　高大接続・移行の教育でそのコースを選択した多くの学生が苦労したことは、11 人の学生が学期終了前に正式にそのコースを辞めたという事実から分かるだろう。そして、残る 74 人の学生の内 15 人は何とかぎりぎりで合格 (D) したが、8 人は最終的にそのコースの単位を取得できなかった。別の言い方をすれば、51 人の学生がそのコースで「合格」したが、その中で 16 人が A の単位で終了した。この結果は少しも悲惨ではないが、大学レベルの数学への移行は私が教えた多くの学生にとってそれほど簡単なことではなかったという事実をはっきりと示している。しかし、むしろ順調

に進んだ学生も多かったようだ。おそらく学生が所属している学科の課程がここでは重要な要因であるかもしれない、というのもそのコースの単位を取得できなかった、またはコースを辞めた学生の大部分(19人中12人)は教員志望課程からであったからである。

4　高大接続・移行教育：学生の意識調査

1998年の国際数学者会議(ICM)で実施された円卓討論会の際に、フランス、イタリア、スペイン、およびケベックにある異なる4つの大学の数学専攻課程の学生が直面する諸問題に関する小規模な調査がなされた。私はここで私自身の大学、ラバール大学(ケベック州)の学生に関するいくつかの結果を要約したい。さらなる詳細は文献1で見られる。

250人の大学生に、数学に関する彼ら自身の中等から中等後のレベルまでの教育への移行に関する意識を尋ねた。学生は次の3つのグループに属していた：

- グループⅠ、60人、数学専攻[1年次31人、最終学年(2年次)29人]
- グループⅡ、72人、1年次 中等学校教員志望
- グループⅢ、118人、1年次 工学専攻、数学を教養科目として選択

そのアンケートは、学生が今まで大学レベルの数学で直面したであろう問題に関連すると考えられる3タイプの原因に関する18の質問からなる：(ⅰ)大学レベルの数学の教師の授業法とそのクラス編成に関連した問題；(ⅱ)高等レベルでの数学的思考法の変化から生じる問題；(ⅲ)数学を学ぶ適切な手段が不足していることに起因する問題。学生たちは5段階のリッカート尺度(1／全く同意できない から 5／完全に同意できる まで、なお、3はどちらともいえない)の様々な質問文に対する同意の度合いに答えることを求められた。

学生への質問の1つは、大学レベルの数学への移行方法についての全体的な認識に関するものであった。文献1に報告されているように、学生の意識が、選択している数学の種類と彼らが所属している課程によってかなり異なるということは特筆すべき事実である。全体で250人の大学生の中

で、91人 (36%) は、『大学レベルの数学への移行は私にとって難しかった』という質問に対して、部分的に同意できる、または、完全に同意できる (リッカート尺度の4と5段階) であったが、他方、127人 (51%) は、同意できない、または、全く同意できない (リッカート尺度の1と2段階) であった。しかしながら、この結果が学生の属する学科の課程に依存していると考えるならば、**表1-3-1**[5] に見られるように、状況はかなり多様化してくる。

表1-3-1 『大学レベルの数学への移行は私にとって難しかった』(数字は人数)

リッカート尺度	グループI		グループII		グループIII		合計	
1	7	(12%)	3	(4%)	35	(30%)	45	(18%)
2	17	(28%)	19	(26%)	46	(39%)	82	(33%)
3	14	(23%)	5	(7%)	11	(9%)	30	(12%)
4	17	(28%)	37	(51%)	15	(13%)	69	(28%)
5	5	(8%)	8	(11%)	9	(8%)	22	(9%)
無回答	0	(0%)	0	(0%)	2	(2%)	2	(1%)
合計	60	(100%)	72	(100%)	118	(100%)	250	(100%)

3つのグループの学生は、さらに絞り込んだ質問についてはまったく異なる反応を示すことが多かった。例えば、大学レベルでの数学的思考法の変化から生じる問題に関連したものは次のようである：

- ラバール大学の数学専攻の85%を超える学生と中等学校教員志望の75%の学生は、大学における評価を以前のものよりもより抽象的な数学に関係していると見なしており (これらの2つのグループの回答は5段階尺度で平均4.2)、工学専攻の38% (平均3.0) だけの学生がそう考えているのとは対照的である。
- 同様に、工学専攻でない55%を超える学生が、解かなければならない大学レベルの数学の問題を中等学校レベルのものよりかなり難しい (平均3.5) と考えており、工学専攻の学生の場合は、そう考えるのは28% (平均2.7) だけである。
- 他方、教員志望の大多数 (80%) の学生は、彼らに要求されている抽象性と厳密さのレベルに慣れていないことに同意しており、数学専攻の

学生の意見はより微妙であるが、それでも過半数のものは同意している。そして、工学専攻の学生は全く同意しない傾向にある ─ 後者の場合は、彼らの課程が数学専攻または中等学校教員志望の学生向けのものほど理論的に指向されていないという事実をおそらく反映しているのであろう。

実際に、この資料の明確な結果は、大学レベルの数学への移行は、一般的に、数学専攻または中等学校教員志望の学生にとってよりも、工学専攻の学生にとっての方がずっと順調に進むようだということである。(同じアンケートが大学の数学専攻課程の1年次と2年次の学生に対して使われた；その回答は一致しなかったが、確認された違いは、工学専攻または中等学校教員志望の学生のものと比較した場合ほど大きくはないようだ。)

学生たちに実施されたアンケートからは率直な意見も歓迎されることが伺えた。言うまでもなく、述べられた意見はかなり広範に及ぶが、それらの自発的な意見のいくつかを考察することは興味深いことである。大学教師に対するとても厳しい意見もある。

- 大学教師の多くは自分が教えている内容を学生が理解しているか否かを気にしていない。
- 大多数の教師は学生が理解していないことを理解していない。

他の意見は学生の経歴や彼らに期待されている自主性の程度に関係するものである。

- 私にはあらかじめ必要なものが随分と欠けているように思える。まるで高校レベルの数学は100%理解済みのはずといった感じだ。
- 高校では、私は一度も証明することを学ばなかったが、ここでは私たちが証明の方法を当然知っていると思われている。

しかし、かなり多くの学生は、大学レベルの数学との出会いについて前

向きな意見を述べていた。ここから、多くの学生にとって移行は全くあるいはほとんど問題なく進んでいるという事実が伺える:

- 私には大学レベルの数学の方がずっと面白い。私たちが利用している、そして、高校で利用していた結果がどこから生まれたのかを理解しようとしているからだ。
- 高校から大学へ進学することで私には特別な問題は生じなかった。難しい高校数学のおかげで準備がしっかりできていたからだ。

1998年の国際数学者会議(ICM)で発表された調査の第2部は高大接続・移行教育に関する大学教員の認識について扱っている。次いで、高大接続・移行教育において学生が直面する主な問題に関する分析が行われ、認識論的／認知的な問題、社会学的／文化的な問題、そして、教訓的な問題に区別されている。最終的に論文では、制度上と教育学上の両面から考えられるいくつかの活動をとりあげ、それが移行を進める際の条件の改善に役立つだろうとまとめている。関心のある読者はさらなる詳細を(文献1)で参照されたい。

5 高大接続・移行教育に関する確かな研究成果

2011年以降、ヨーロッパ数学学会(EMS)教育委員会(私は2013年にその委員会のメンバーに任命された)は、EMSの会報において数学教育における『確かな研究成果』という一般的な表題で一連の論文を定期的に発表してきた[6]。『確かな研究成果』という諸論文は「国際的に重要であるテーマに関する研究を簡潔に統合したもの」として意図されており (文献3, p.47)、その目的は、(特に数学者や数学教師のような)数学教育の調査・研究の分野では専門家でない読者に、特定のテーマに関する指導と学習の改善方法に関する最新の研究結果が教えてくれるものを提供することである。今までに発表された論文は、少し例を挙げると、経験的な証明体系、授業のための数学の知識、教師と学生間の講義上の約束事、社会数学的な規範、あるいは学生の姿勢

などのテーマを扱っている。これらの論文は、数学教育がその理論的枠組み、伝統、および一揃いの結果を持つ独自の独立した学問分野として今や十分に認識されているという視点から書かれている。その結果として、こうした諸論文は、数学教育における調査・研究が「数学的認知、学習および授業の範囲内で実施されているだけでなく、数学の領域の特有で無比の性質がその調査・研究のあらゆる面で真剣に考慮されてきた」という事実も反映している。(文献3、p.47)

　2013年末に発表された、最新の論文(文献4)はまさに高大接続・移行教育をとりあげたものである。このとてもタイムリーな調査は、数学教育における最近の調査・研究を「新入生が抱える問題を理解し、考えうる支援を提案することに貢献できる結果」を提供するものと見なしている(p.46)。大学入学時に学生が直面する主な問題の中で、この論文は次のものを取り挙げている：

- **抽象概念の水準**
大学で学ぶ概念は、しばしばそれまで学んだもの以上に複雑であり、学生に『高度な数学的思考』法（例えば、数列の集合、商集合など）に触れることを要求している。

- **いくつかのテーマに固有な難しさ**
具体的な例を挙げると、ベクトル空間の概念の多くの局面を理解するのはおそらくそれほど難しくはないであろうが、特に、完全な一般性を考えるときには、他の局面はずっと難しくなる。長い歴史の経過であった線形代数の主要な概念の起源を教室でじっくりと考えるのは易しいことではなく、学生がそのような一般性の必要性を経験し正しく理解する機会を実際には持てない。

- **大学レベルでの新しい実践と規範**
高大接続・移行教育には、数学の指導と学習を取り囲む『社会数学的な』規範の変化が伴う。例えば、高等教育における証明箇所に関する場合がそうである。このような変化のいくつかはずっと内在したままであり、大学での正規の授業の目的ではない。それらは、例えば、「学生は実例を見つけ、様々な種類の表現を柔軟に使用して、試行し、こ

れらを理論的レベルで照合せねばならないなど、ますます専門家の数学」に似ている行動と関係するかもしれない。（文献 4、p.47）そして、学生はしばしば、基本的には自分自身で、大体は徐々に、そのような能力を身に着けていくことが期待されている。

　この論文は、高大接続・移行教育を支援する様々な成功した状況事例を報告して締めくくっている。これらには、例えば、橋渡し的な課程や支援センターが含まれている。結びは「（大学の）新入生のための課程を立案することで、数学者と数学教育者の間の豊かな協調関係を構築するための機会が提供されうるであろう！」と書かれている。（文献 4、p.47）

【註】

1　クラインは実際に、中等教育を担当する数学教師が、まず、教師になるための準備期間としての中等から中等後への移行教育のときと、その後、数学教師として学校に戻ったときに経験する二重の不連続感を基にした（文献 7）に関心を持っていた。しかしながら、もちろん、大学入学時に出会う不連続感は、決して教員志望の学生に特有の現象ではない。
2　この章でのいくつかの論評は 2007 年に欧州アカデミアが開催した会議でなされた発表から借用されている。文献 5 を参照。
3　PISA 2012 の 4 つの知識カテゴリーは初期の PISA 調査では包括的な考えと呼ばれていたのに対して、能力（capabilities）はコンピテンシー（competencies）と呼ばれていた。
4　強調筆者。
5　ケベック州における大学教育への移行は、典型的には、学生が（義務教育である）中等学校の教育とそれに続く中間水準の教育を終了した後に実施される。― よって、大学に入学した学生は、早くも最初の年に、彼らの専攻する課程：数学、物理、工学などに従ってグループ分けされる。この新しい中間的な教育水準は 1960 年代の終わりに考案され、cegep という頭字語（フランス語で、総合・高等専門学校 を意味する）で知られている。この枠組みは、ケベック州で実施されているように、高大接続・移行教育の概念に特別な特色を与えた。このことにより、中等学校－総合・高等専門学校（cegep）と総合・高等専門学校（cegep）－大学との間に分かれ目ができた。総合・高等専門学校教育は、中等学校や大学の教育とは異なり、物理的なグループ編成で実施されており、それ自体で成り立っている。この特色はおそらく、通常の中等から大学への移行教育に伴うことの多い『人間的な』問題、例えば、しばしば大学環境に付随している没個性的な特性や大学入学時に一部の学生に見られる人格的な未熟さなどの問題の解消に役立つであろう。総合・高等専門学校の教育環境は、

大学教育への道を拓く『総合的な』構成要素の基での 2 年制である。他の北米の教育体系と比べてみると、2 年間の内、最初の年は中等教育水準から、最後の年は大学の教育水準から、それぞれ『取り入れられている』と見なすことができる。(高等な技術者教育を目指している、総合・高等専門学校の職業部門は 3 年制である。) 総合・高等専門学校の新入生の一般的な年齢は 17 歳である。その後、彼らは 19 歳で大学に入学し、大多数の学士課程の修了には 3 年 (それに対して、カナダの他の州では 4 年) を要する。それ以上の修業を要する例外的な課程は、例えば、工学、医学、または、教員養成 (その課程の 4 年間にわたる、中等学校でのほとんど丸々 1 年に等しい実習課目の部分に比重が置かれているため) に関係した課程である。

6 確かな研究成果事業の一般的な記述を知りたい方は文献 3 を参照されたい。この論文はまた、何が「確かな研究結果」となるのか、また、EMS の会報に掲載する確かな研究成果を選択するための基準案を記述している。 例えば、論文は非専門家を対象に書かれているので、そのような研究成果が「専門外の分野の人々に理解できない専門用語に頼らないとても簡潔な方法で明確に記述し、説明できる」という事実、などがある。(p.47)

【引用・参考文献】

1 de Guzmán, M., Hodgson, B.R., Robert, A., Villani, V. (1998) Difficulties in the passage from secondary to tertiary education. Documenta Mathematica. Extra volume ICM 1998 (III), pp.747-762.
2 Devlin, K. (1994) Mathematics: The Science of Patterns. The Search for Order in Life, Mind and the Universe. New York, NY: Scientific American Library.
邦訳『数学：パターンの科学―宇宙・生命・心の秩序の探求』山下 純一 訳、日経サイエンス社、日本経済新聞出版社。
3 Education Committee of the European Mathematical Society (2011) 'Solid findings' in mathematics education. Newsletter of the European Mathematical Society 81, pp.46-48.
4 Education Committee of the European Mathematical Society (2013) Why is university mathematics difficult for students? Solid findings about the secondary-tertiary transition. Newsletter of the European Mathematical Society 90, pp.46-48.
5 Hodgson, B.R. (2007) Challenges of mathematical education facing the needs of society: mathematics, literacy and culture. Lecture presented at the conference The Future of Mathematics Education in Europe organized by the Academia Europæa, Lisbon, Portugal, December 2007.
6 Jablonka, E. (2003) Mathematical literacy. In: A.J. Bishop, M.A. Clements, C. Keitel, J. Kilpatrick and F.K.S. Leung, eds., Second International Handbook of Mathematics Education. Dordrecht: Kluwer, pp.75-102.
7 Klein, F. (1932) Elementary mathematics from an advanced standpoint: Arithmetic, algebra, analysis. New York, NY: Macmillan. [Translation of volume 1 of the three-volume third edition of Elementarmathematik vom höheren Standpunkte aus. Berlin: J. Springer, 1924-1928.]
邦訳『高い立場からみた初等数学 (数学選書)』遠山 啓 訳、商工出版社、東京

図書株式会社．
8 Mac Lane, S. (1986) Mathematics: Form and Function. Springer.
9 OECD (1999) Measuring Student Knowledge and Skills: A New Framework for Assessment. Paris: OECD Programme for International Student Assessment.
10 OECD (2003) The PISA 2003 Assessment Framework: Mathematics, Reading, Science and Problem Solving Knowledge and Skills. Paris: OECD Programme for International Student Assessment.
邦訳『PISA 2003 年調査 評価の枠組み ― OECD 生徒の学習到達度調査』国立教育政策研究所 訳、ぎょうせい。
11 OECD (2013) PISA 2012 Assessment and Analytical Framework: Mathematics, Reading, Science, Problem Solving and Financial Literacy. Paris: OECD Publishing.
12 OECD (2013) PISA 2015 Draft Mathematics Framework. Paris: OECD Publishing.
13 Pollak, H.O. (1996) Book review: Mathematics: The Science of Patterns (K. Devlin). Notices of the American Mathematical Society 43, pp.1353-1355.
14 Stacey, K. (2012) The international assessment of mathematical literacy: PISA 2012 framework and items. Regular lecture presented at the 12th International Congress onMathematical Education (ICME-12), Seoul, Korea, July 2012.
15 Steen, L.A., ed., (1990) On the Shoulders of Giants: New Approaches to Numeracy. Washington,D.C.: National Academy Press.
邦訳『世界は数理でできている』三輪 辰郎 訳、丸善出版。
16 Wigner, E. (1960) The unreasonable effectiveness of mathematics in the natural sciences. Communications on Pure and Applied Mathematics 13, pp.1-14.

○「参考文献」における邦訳本は訳者が追加したものである。

訳者　西山 博正 (神奈川工科大学)

1.4 大学生の数学的リテラシーの評価について

清水　美憲

1　研究課題の設定

(1) 育成すべき資質・能力とその評価

　知識基盤社会で活動する社会人が身につけておくべき数学的素養とは何か。また、それに先立って学校教育段階で育まれるべき数学的能力とは何か。OECDによるPISA調査に端を発する近年の数学的リテラシー論は、我が国の学校数学における目標・内容・方法を、これらの問いを念頭におきながら再考することを求めた（長崎、2009；浪川、2009；清水、2007）。換言すれば、社会で生きるために必要な能力の中核としての「キー・コンピテンシー」概念に基づいて構成された数学的リテラシーの概念を、学校数学の目標・内容・方法に位置づけて捉え直してみることが、教育上の重要な検討課題となっている。

　その後も、AHELO（「高等教育における学習成果の評価」）やPIAAC（「国際成人力調査」）等の国際調査が、知識基盤社会に生きる市民に必要な数学的素養について、高等教育以降においても把握し、数学的リテラシーやニューメラシーをとらえる評価の枠組みと具体的な調査問題を提示して、教育の目標・内容・方法の再考を促す役割を果たした。

　このような要請に対し、小学校・中学校段階の数学教育では、例えば、全国学力・学習状況調査における「活用」型の問題に、従来とは違う観点からの評価の工夫が見られる。また、これからの時代に必要とされる子どもに育成すべき資質・能力を整理した国立教育政策研究所による「21世紀型能力」も、教科固有の能力と汎用的な能力に着目し、新しい指導と評価の枠組みを示すものである。このような方向は、育成すべき資質・能力に

焦点を当てたカリキュラムと学習指導の方法、そして何よりもその評価が増々重要になってくることを示すものである。

(2) 高大接続改革における学力評価の問題

　これに対し、高等学校や大学の教育においては、知識・技能の習得のみならず、知識・技能を活用して、自ら課題を発見し、その解決に向けて探究し、成果等を表現するために必要な思考力・判断力・表現力等の能力や、主体性をもって多様な人々と協働する態度を育成し、そのような能力や態度までをも評価することが課題となっている（中央教育審議会、2014）。

　また、例えば、日本学術会議の数理科学委員会参照基準検討分科会は、大学の学士課程における教養教育としての数理科学の在り方の検討を進め、前提を明確に把握する力、筋道立てて物事を理解する力、状況を整理・分析し論理的に推論して結論を導く力、その結論をもとに応用・展開する力といった、数理科学がもつ汎用的な問題解決能力の重要性を指摘している。学士課程における教養教育において、汎用的な問題解決能力を視野に、どのような数学の力を育成すべきかが問われている。

(3) 本稿の課題

　上記のような背景から、本稿では、近年の数学的リテラシー論を短く振り返り、後期中等教育及び高等教育において、数学内外の事象の考察において用いる数学的方法に焦点を当てた数学的リテラシーの評価のあり方について考察する。とくに、従来の数学教育ではあまり焦点化されてこなかった問題発見、PDCAサイクルを生かす数学的探究活動や、モデルの改良を伴う数学的モデル化の学習指導のための教材開発を視野に、問題発見力や問題設定力を鍛えながら意思決定力やマネジメント能力を伸ばすという方向での学習指導とそのための評価における論点を提示したい。また、そのうちの一部について、大学生を対象とする調査を実施し、具体的な評価問題について検討する。

2　数学的リテラシー論の特質

(1) PISA の枠組みとその意義

　OECD/PISA 数学調査の計画・実施の中核は、「生きてはたらく数学的な知識と技能」と、その根底に必要な反省的考察の力や姿勢などをも込めた新しい立場からの「数学的リテラシー」を評価するという考え方である (OECD、2006)。この OECD/PISA のリテラシー概念は、「DeSeCo プロジェクト」で規定された「キー・コンピテンシー」論に基づいて導かれている。「キー・コンピテンシー」は、知識基盤社会において市民が活動するための3つの行為のカテゴリー、すなわち、相互作用的に道具を用いること、異質な集団で交流すること、自律的に活動することからなる。このうち、PISA 調査が評価しようとしているのは、第一のカテゴリーのうち「1A：言語・シンボル・テキストを相互作用的に用いる能力」である。

　このようなキー・コンピテンシー論に基づく数学的リテラシーの意味は、日常生活の場面や社会の様々な文脈で数学的な知識・技能が使えるかどうかという意味に止まらない。むしろ、個人が数学的な知識・技能を活用して情報を的確に理解して判断を下し、自分のおかれた状況を批判的・反省的にとらえる力を重視している。このことは、市民が身につけるべき数学的リテラシー像を考える際に、数学的な知識・技能を身につけているかどうかという数学の単なる実用的価値の確認を超えて、ある状況のなかで反省的に考察する力や姿勢などをも込めた視点からの考察が欠かせないことを示唆している。

　実際、OECD/PISA 数学調査のペーパーテストの焦点の一つは、日常生活や社会生活の様々な問題場面で、学校数学で学んだ知識や技能を「役立つように使えるかどうか」を評価することにある。すなわち、現代社会で生きる個人が自分を取り巻く諸問題に対し、積極的かつ前向きに関わり、よりよい社会を目指すといった市民像が、調査の背後に想定されているのである。

　この数学的リテラシーの評価では、「建設的で関心を持った思慮深い市民 (reflective citizens)」として「確実な根拠に基づき判断を行い、数学に携わ

る力」を想定している。それゆえ、調査では、数学的知識を活用して判断すること、数学を用いてコミュニケーションすること、事象の特徴を数学的な観点から把握して表現すること、そして数学の果たす役割やその意義を知ること等の評価が意図されている。

(2) 評価課題の数学的内容の領域構成

PISA調査の焦点は、生徒が身につけている知識・技能を現実の場面で使えるかどうかを調べることにある。そのために、評価課題の数学的内容についても、従来のような学校数学カリキュラムの領域や分野に基づくとらえ方ではなく、身の回りの事象にアプローチする際に用いられる基本的かつ包括的な数学的アイディアに第一義的な焦点が当てられた。

この焦点化の仕方の根底には、計算技能の習得や概念の理解よりも、身の回りの事象にみられるパターンや形の特徴、量、変化の様子などを数学的に読み解き、把握する力に焦点を当てることが重要だという考え方がある。PISA数学調査では、そのような数学的アイディアとして、例えば、「量」、「形」、「変化」、「不確実さ」などの基本的な観点(「大きなアイディア」)に関わる事象に対する数学的方法をとらえることが行われてきた。「科学技術の智」プロジェクト(北原他、2008；浪川、2009)では、この内容を「数量」「空間と形」「変化と関係」「データと確からしさ」の4つの観点からとらえている。この4つの観点は、数学の分野や領域ではなく、数学が活用される現象の記述の特徴から把握されているところに特徴があり、現実事象の考察に数学を活用する力を評価するための枠組みを考察するために有用である。

3 数学的リテラシーの評価課題の開発の視点

(1) 数学的モデル化における仮定の吟味

OECD/PISAにみられる通り、数学的リテラシーの評価では、学校で学ぶ数学の力が社会生活において機能的に活用できるようになって身につけられているかどうかを把握することが焦点の一つである。最近では、中学校数学科の教科書にも、地球温暖化問題や、桜の開花日の予測の問題等を

扱う数学的モデル化過程を想定した教材が掲載されるようになってきた。数学を実生活と関連させて学ぶためには、学習場面に身の回りの事象（「現実の世界」）をもちこむことが大切になる。そのためには、現象や事象を数学の舞台に載せる過程、および数学による処理の結果を現実の事象に戻す過程が必要であり、その評価が重要になる。

　このように算数・数学を活用して現実世界の問題を解決する過程は、「数学的モデル化過程」とよばれる。この過程は、大きくみると、下記のような4つの下位の過程から構成されている（三輪、1983）。

① 現実世界の問題を数学的モデルに定式化する（たとえば、問題場面から式を立てたり、集めたデータをグラフに表現する）。

② 数学的モデルについて、数学的な処理を行う（たとえば、式を計算して解を求めたり、グラフを用いて結論を導く）。

③ 得られた結果を解釈・評価し、現実の世界と比較する。

④ 問題のより進んだ定式化（よりよいモデル化）を図る。

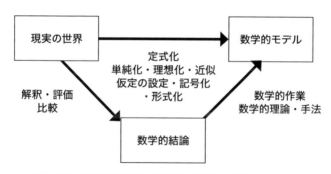

図1-4-1　数学的モデル化過程（三輪、1983, p. 120）

　このような数学的モデル化の過程を経て、現実世界の問題を解決する場合、それを数学の問題に定式化するために、条件を単純化したり理想化したりして数学的モデルを作成する必要があるし、得られた解を現実に戻して評価する必要がある。その際に大切なのは、問題を数学の舞台に載せるために設定した仮定を意識していることや、数学的モデル化の方法の意義と限界を認識していることである。この意味での、数学的モデル化についてのメタレベルでの評価を行うことも重要である。

(2) マネジメント (PDCA) の視点

2007年度から実施されている小・中学校の全国学力・学習状況調査における「活用」の問題のねらいの一つは、PDCAサイクルで発揮される問題解決能力の評価にある。この調査の枠組みで示されている数学的プロセスは、数学的リテラシーの評価という点で参考になる。実際、この調査のための専門家検討会議が、その報告書(2006)で示した問題作成の基本理念は次の通りである (p.7)。

- 身に付けておかなければ後の学年等の学習内容に影響を及ぼす内容や、実生活において不可欠であり常に活用できるようになっていることが望ましい知識・技能など (主として「知識」に関する問題)
- 知識・技能等を実生活の様々な場面に活用する力や、<u>様々な課題解決のための構想を立て実践し評価・改善する力</u>などにかかわる内容 (主として「活用」に関する問題) （下線は引用者による）

この基本理念に呼応する形で、全国学力・学習状況調査 (中学校数学) では、「活用」の問題作成のために、数学的なプロセスを中核に据えた枠組みが設定されている (表1-4-1)。このプロセスは、数学的活動の諸相において活動を支え、またその活動を遂行するために必要となる資質や能力を示している。その意味では、出題された問題とその趣旨は、数学科の学習を通して身につけることが期待される学力像を、具体的な文脈における問題解決に必要な資質や能力の形で例示しているものと解釈できる。特に、「様々な課題解決のための構想を立て実践し評価・改善する力」に関する問題を出題し、そのような子どもの力を評価することが主要な柱の一つである。

数学教育においては、従来から、G. ポリア (G. Polya、1973) のいう問題解決の4つの相、すなわち問題を理解し、計画を立て、それを実行し、振り返るという過程を重視してきた。これに対し、上記のPDCAサイクルは、生産管理や品質管理の手法に由来する。教えるべき内容がまずあって、その内容をよりよく指導するために問題解決の形をとる数学科の指導に対し、現実世界には、過剰な情報の中から有用なものを選択して真の問題を見極めたり問題の条件を理想化したりする問題発見や問題形成の段階がある。このプロセスの異同に着目すると、G. ポリアの「問題を理解すること」

の前と「振り返ってみること」の後が注目される。すなわち、問題の発見と問題か解決の後における問題の発展的考察や問題解決の方法の改善である。

表1-4-1 主として「活用」に関する問題作成の枠組み（国立教育政策研究所、2013）

活用する力	文脈や状況	主たる評価の観点	数学科の内容	数学的なプロセス
α 知識・技能などを実生活の様々な場面で活用する力	実生活や身の回りの事象での考察　　他教科などの学習	数学的な見方や考え方　　数学的な表現・処理	数と式　　図形　　数量関係	$\alpha 1$：日常的な事象等を数学化すること 　$\alpha 1(1)$ ものごとを数・量・図形等に着目して観察すること 　$\alpha 1(2)$ ものごとの特徴を的確にとらえること 　$\alpha 1(3)$ 理想化・単純化すること $\alpha 2$：情報を活用すること 　$\alpha 2(1)$ 与えられた情報を分類整理すること 　$\alpha 2(2)$ 必要な情報を適切に選択し判断すること $\alpha 3$：数学的に解釈することや表現すること 　$\alpha 3(1)$ 数学的な結果を事象に即して解釈すること 　$\alpha 3(2)$ 解決の結果を数学的に表現すること
β 様々な課題解決のための構想を立て実践し評価・改善する力	算数・数学の世界での考察	数量、図形などについての知識・理解	資料の活用	$\beta 1$：問題解決のための構想を立て実践すること 　$\beta 1(1)$ 筋道を立てて考えること 　$\beta 1(2)$ 解決の方針を立てること 　$\beta 1(3)$ 方針に基づいて解決すること $\beta 2$：結果を評価し改善すること 　$\beta 2(1)$ 結果を振り返って考えること 　$\beta 2(2)$ 結果を改善すること 　$\beta 2(3)$ 発展的に考えること
γ 上記α、βの両方にかかわる力				$\gamma 1$：他の事象との関係をとらえること $\gamma 2$：複数の事象を統合すること $\gamma 3$：多面的にものを見ること

全国学力・学習状況調査では、調査の枠組み（表1-4-1）のうち、「β：様々な課題解決のための構想を立て実践し評価・改善する力」、および「$\gamma 1$：他の事象との関係をとらえること」「$\gamma 2$：複数の事象を統合すること」「$\gamma 3$：多面的にものを見ること」がこの側面に対応している。大学生の数学的リテラシーの評価についても、この面への着目が重要である。

(2) オープンエンドアプローチにおける問題設定への着目

問題の発見、問題の設定という観点から注目される先駆的な数学教育研究に、島田（1977）らによるオープンエンドアプローチや、ブラウン（Brown、1985）らによる"What if not?"（「もし〜でなかったら」方略）がある。数学的リテラシーの評価といった場合、このような問題の発見、問題の設定への着目も大切である。

島田らは、数学科における高次目標の評価方法に関する開発研究の一環として、答えが一つに決まらない問題を取り入れた指導の開発を行った。例えば、「おはじきのちらばり」の問題では、以下のような場面で、どの場合のちらばりが最も大きいかを考える。

図1-4-2　おはじきのちらばり

このちらばりの程度を把握する仕方には、例えば、すべてのおはじきが含まれるような円を考えてその半径で大小を決める方法（**図1-4-3**）や、おはじきの位置を点とみて結んだ線分の長さの総和で大小を決める方法（**図1-4-4**）等がある。どの方法を用いるかによって、解答が変わってくることが重要である。

図1-4-3　　　　　　　　　　図1-4-4

オープンエンドアプローチにおける解決者自身による問題の枠組みの設定や、"What if not?"による問題の発展的考察は、ペーパーテストにはなじみにくく、従来の評価ではあまり扱われてこなかった。しかし、数学的リテラシーの評価においては、ある状況を提示した上で、学習者自身によ

る問題発見や問題設定に焦点を当てることが可能になるという意味で評価教材開発の視点として重要である。

4　モデル化における仮定の意識

　数学的リテラシーの評価についての上記3つの視点のうち、数学的モデル化過程における仮定についての大学生の認識を調べるため、筆者は「マラソンの問題」を用いて、小規模の調査を行ってみた。調査対象者は、国立大学の理工系の学部に所属し、数学科教育法の授業を受講する学生である。調査自体から大学生の認識を明らかにすることよりも、そのようなタイプの問題が数学的リテラシーの調査にふさわしいかを検討するために、この問題を含む4題について、約30分で回答してもらった。

　その結果からは、大学生が、事象を理想化したり単純化したりして設定された仮定について批判的に吟味したり、新たな仮定を考案したりということが必ずしも容易ではないことが明らかになった。

(1) 出題の趣旨：マラソンの問題

　この調査問題は、1980年以降の男子マラソン世界記録の推移について、実際のデータを表とグラフの形で提示し、グラフ上では直線状にみえるデータの特徴について把握し、1次関数で近似的にとらえて予測することの限界についてどの程度意識できるかを問うことを意図した。

　マラソン世界記録の推移については、近年は特定の場所（ベルリン）で新記録が記録されていること、1980年代前半にはオーストラリアやヨーロッパの選手の記録がみられるが、近年ではアフリカの一部の国の選手に新記録が集中していることなどがみてとれる。このような現象の背後には、優勝賞金の高額化とそれに伴う出場大会の選択の固定化など、社会的・経済的問題が潜んでおり、このような問題にも自ら目を向けることができるかどうかも評価のなかで点検したいと考えた。調査としての焦点は、(3)の選択とその理由の記述である。

表1-4-1 男子マラソン世界記録の推移：マラソンの問題

下の表は、1980年以降の男子マラソン世界記録の推移を表しています。

年次	記録	選手	大会
1981年	2時間8分18秒	ドキャステラ（豪州）	福岡
1984年	2時間8分05秒	ジョーンズ（英国）	シカゴ
1985年	2時間7分12秒	ロペス（ポルトガル）	ロッテルダム
1988年	2時間6分50秒	デンシモ（エチオピア）	ロッテルダム
1998年	2時間6分05秒	ダコスタ（ブラジル）	ベルリン
1999年	2時間5分42秒	ハヌーシ（モロッコ）	シカゴ
2002年	2時間5分38秒	ハヌーシ（モロッコ）	ロンドン
2003年	2時間4分55秒	テルガト（ケニア）	ベルリン
2007年	2時間4分26秒	ゲブレシラシエ（エチオピア）	ベルリン
2008年	2時間3分59秒	ゲブレシラシエ（エチオピア）	ベルリン
2011年	2時間3分38秒	マカウ（ケニア）	ベルリン
2013年	2時間3分23秒	キプサング（ケニア）	ベルリン

男子マラソン世界記録の推移について、次の(1)〜(3)の各問いに答えなさい。

(1) 1981年から2013年までの間に、世界記録はどれだけ短縮されましたか。

(2) 下のグラフは、**表1-4-1**の記録をグラフに表したものです。このグラフからは、1981年から2008年までの範囲では、記録を表す点がほぼ1直線上にあると考えることができそうです。このことから、グラフ上の点がこの先も1直線上にあるとみなして2020年の記録を予想することができます。このようにして2020年の記録を求める方法を説明しなさい。

(3) 上の(2)で考えたように、記録を表すグラフ上の点がほぼ1直線上にあるとみなして年度と記録の関係を考えて、さらに将来のマラソン世界記録がどうなっていくかを予想することにします。グラフ上の点が1直線上にあるとみると将来の世界記録についてどんなことがわかるかについて、正しく述べたものが下のア〜エのなかに1つあります。それを選び、その理由を説明しなさい。

ア　世界記録の更新の変化の割合は少しずつ小さくなる
イ　世界記録が更新され続けていき、いずれ2時間を切る
ウ　世界記録が2時間を切ることはない
エ　その他

理　由（　　　　　　　　　　　　　　　　　　　　　　　　）

(2) 結果とその考察

問題文では、「グラフ上の点がほぼ1直線上にあるとみなして」と明示してあるため、学生は1次関数の性質を根拠に「イ」を選択するものと予想された。

表1-4-2は、問(3)の結果を示す。表1-4-1が示す通り、大半の生徒(81.2%)は、「イ」を選んだ。

表1-4-2　マラソンの問題(3)の結果

選択肢	ア	イ	ウ	エ	無解答	計
反応(%)	8 (11.6 %)	56(81.2 %)	1 (1.5 %)	3 (4.3 %)	1 (1.5%)	69 (100%)

「イ」を選んだ学生の記述内容は、「変化の割合は負であるから」や「一直線ということは、傾き一定、すなわち変化の割合が一定」といったように一次関数の性質を根拠としてものが多くみられた。

一方、「ア」を選んだ学生のなかには、問題文にはない情報を補って回答した次のような反応がみられた。

「1985年の記録がぬりかえられるのに約10年かかっている。その後はまた更新の速さがもどったが、この10年の間に何かがあったと考える。つまり、科学技術の進歩などである。それには限界があるから。」

「世界記録は更新されていくだろうが、いずれ人間の限界がくるため変化の割合は少しずつ小さくなると考えられる。」

学生の多くは、問題で設定された仮定自体を批判的にとらえることがなく、問題の「外側」の要因に目が向けられることができていない。この面に焦点を当てて、さらに調べてみる必要がある。

柳沢・西村(2013)は、職業人として活躍したり、市民として社会をリードしたりするために必要とされる数学の力として数理活用力を規定し、これを測るアセスメントを開発した。そして、開発したアセスメントを用いた大学生調査を通して、数理活用力の構成要素を把握し、それらを構造化

して数理活用力の能力段階の記述を作成した。このような研究によって、数学固有の能力と汎用的な能力の両者が関わる評価問題群がさらに蓄積されることが望ましい。

5　まとめと今後の課題

　OECD/PISA数学調査に端を発する今日的数学的リテラシー論は、今日の社会に生きる市民に必要な数学的能力とは何かを考察する上で、また現在の学校数学の目標・内容・方法を再考する上で示唆的である。PISAの結果の公表では、数学の「学力」の国際比較による科学的データの提供という側面に報道の焦点が当てられ、平均得点の国際比較などに関心が集まる。しかし、この調査において中核となっているのは、「生きてはたらく数学的な知識と技能」と、その根底にある反省的考察の力や姿勢などをも込めた新しい立場からの「数学的リテラシー」という考え方である。

　高大接続の観点からの高校教育、大学教育、および入試の改革が模索されるなか、数学的プロセスに焦点化した評価と、そのための学習についての多面的な評価方法の開発が求められる。数学の教科内に閉じた活動から、他の領域との交わりうる新しいタイプの評価問題の開発が必要である。なかでも、数学的リテラシーの評価においては、問題発見力や問題設定力、さらには数学を活用した意思決定力やマネジメント能力という視点からの検討も必要であると考える。本稿で提案した教材開発の視点である「オープンエンドアプローチ」による評価教材や、PDCAサイクルを想定した探究型の活動の評価教材、数学的モデル化における第2、第3のサイクルを想定した評価教材を具体的に考案することを今後の課題としたい。この作業を行っていくと、数学という教科の枠にとらわれずに、数学の教科を越えた教科融合型の評価教材のあり方を模索することになると考えられる。

【引用・参考文献】

中央教育審議会（2014）新しい時代にふさわしい高大接続の実現に向けた高等学校教育、大学教育、大学入学者選抜の一体的改革について―すべての若者が夢や目標を芽吹かせ、未来に花開かせるために―（答申）、文部科学省。

北原和夫他（2008）21世紀の科学技術リテラシー像―豊かに生きる智―プロジェクト数理科学専門部会報告書 <http://www.science-for-all.jp/>。

国立教育政策研究所（2004）PISA 2003 調査 評価の枠組：OECD 生徒の学習到達度調査、ぎょうせい。

国立教育政策研究所内国際成人力研究会（2012）成人力とは何か― OECD「国際成人力調査」の背景、明石書店。

国立教育政策研究所教育課程研究センター（2013）社会の変化に対応する資質や能力を育成する教育課程編成の基本原理、国立教育政策研究所。

長崎栄三（2009）人間の生涯を視野においた算数・数学教育―数学的リテラシー論の展望―、第42回数学教育論文発表会「課題別分科会」発表収録、20-25頁。

国立教育政策研究所（2014）平成26年度 全国学力・学習状況調査 報告書 中学校数学。

浪川幸彦（2009）日本における数学的リテラシー像策定の試み―『科学技術の智』プロジェクト数理科学専門部会報告書―、日本数学教育学会誌・数学教育、91（9）、21-30頁。

OECD（2005）The Definition and Selection of Key Competencies: Executive Summary.（「コンピテンシーの定義と選択［概要］」、ドミニク・S・ライチェン、ローラ・H・サルガニク編著、立花慶裕監訳『キー・コンピテンシー―国際標準の学力をめざして』明石書店。）

Polya, G.（1957）How to Solve It. 2nd Edition. Princeton, N.J.: Princeton University Press.（柿内賢信訳（1975）『いかにして問題をとくか』第11版、丸善。）

島田茂（編）（1977）算数・数学科のオープンエンドアプローチ、みずうみ書房。

清水美憲（2007）数学的リテラシー論が提起する数学教育の新しい展望、小寺隆幸、清水美憲（編）『世界をひらく数学的リテラシー』、明石書店。

清水美憲（2012）評価問題作成における数学的なプロセスへの焦点化－全国学力・学習状況調査（中学校数学）の動向と課題－、日本数学教育学会誌・数学教育、94（9）、30-33頁。

柳沢文敬、西村圭一（2013）大学生の数理活用力を測るアセスメントの開発に関する研究、日本数学教育学会誌数学教育学論究・秋期研究大会特集号、377-384頁。

全国的な学力調査の実施方法等に関する専門家検討会議（2006）全国的な学力調査の具体的な実施方法等について（報告）、文部科学省。

Brown, S.I. & Walter（1985）What if not: The art of problem posing. Addison .

Jablonka, E.（2003）Mathematical literacy. In A. J. Bishop, M.A. Clements, C. Keitel, J. Kilpatrick & F.K.S. Leung（eds.）Second International Handbook of Mathematics Education, Dordrecht, Kluwer Academic Publishers.

OECD（2012a）PISA 2012 Assessment and Analytical Framework: Mathematics, Reading, Science, Problem Solving and Financial Literacy, OECD Publishing.

OECD（2012b）Assessment of Higher Education Learning Outcomes Feasibility Study Report Volume1, OECD Publishing.

1.5 実データの統計解析を題材とした学部教育

西井 龍映

1 はじめに

「ビッグデータ」という言葉をよく見聞きするようになった。ビッグデータとは、ペタ (peta、10^{15}) やエクサ (exa、10^{18}) を単位として数えるほどの大量のデータで、ウェブサイト、ソーシャルメディア、GPS、画像、音声などの多様なデータを想定することが多い。大量データの中に潜む法則性を見出す統計的能力は、企業だけでなく個人にも求められる。

平成24年度からは高等学校の数学Ⅰにおいて「データの分析」が必修化された。これを受けて、高大の接続方法や学部の統計リテラシーの水準設定等の学部教育における統計学の在り方は変化すべきであろう。これまでは大学新入生間の統計知識の差が大きかっただけでなく、そもそも統計知識をほとんど身に付けないで大学を卒業する学生が少なくなかった。しかし今後は、統計学の基礎知識・スキルを身につけた学生が大学に入学してくるのであるから、現行よりも質の高い統計学の学部教育が可能である。その際、臨場感のある実データを用いた統計教育が学生の能動的学習を促すと考えられる。九州大学理学部数学科の3、4年生向けのクラスでは、学生がウェブから探したデータに対して統計解析を行い、おもしろい例をクラスで発表させる実習型の統計教育を実践している。

以上のような背景から、ここでは学部教育でも使用可能ないくつかの実データを用いた統計的推測の例を紹介する。推測手法としては、学部の統計基礎レベルで習得する線形回帰の他に、一般化線形モデルの一つであるポアソン回帰を扱う。

2　サッカー WC 予選の得点分布とポアソン分布

(1) サッカー WC 予選リーグでのチーム別得点数

2010 年に南アフリカ共和国で開催された FIFA ワールドカップ予選リーグは 32 チームが選ばれ、48 試合が行われた。**表 1-5-1** は、各試合 2 チーム分の得点データ計 96 個である。

表1-5-1　2010年 FIFA ワールドカップ予選リーグの全得点　（32チーム，$n=96$）

```
1021200310 0114201221 2020101121
0001204010 1201111021 2021103011
1121201101 0323010001 3070022100
000111
```

表 1-5-1 の数値データを左上から順に $y_1, y_2, \ldots, y_{96}$ とする。データを統計的に分析するためには、まずデータが従う確率分布を見つける必要がある。そこで標本平均、標本分散などの代表値を求め、またグラフによってデータを視覚化して、当てはまりそうな確率分布を慎重に選ぶ。表 1-5-1 から総得点は 101、標本平均は 101/96=1.052、標本標準偏差は 1.320 になることがわかる。また得点のヒストグラムは**図 1-5-1** のようになり、連続型の正規分布が当てはまらないことは明らかである。

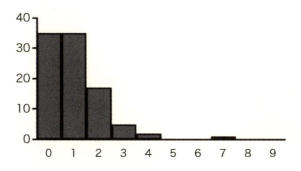

図1-5-1　予選リーグの全得点のヒストグラム　（$n=96$)

(2) ポアソン分布と二項分布

　ポアソン分布は 0、1、2、…と負でない整数値を取る離散型確率分布である。確率変数 Y が平均パラメータ $\lambda > 0$ のポアソン分布に従うとき、その確率関数は次式で与えられる。

$$P(Y = k) = \frac{\lambda^k}{k!} e^{-\lambda} \quad (k = 0, 1, ...)$$

ここで $P(Y = k)$ は確率変数 Y が値 (k) をとる確率である。この例では、ある試合の一方のチームの得点が k となる確率を意味する。平均 $\lambda = 1, 2, 3$ のときの確率関数は**図1-5-2**のようになる。図1-5-1のヒストグラムの形状は、図1-5-2 の $\lambda = 1$ のポアソン分布に似ている。ただし、図1-5-1は96チーム分の頻度であるから、96で割って割合に変換する必要がある。

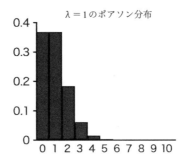

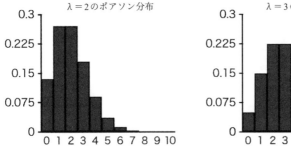
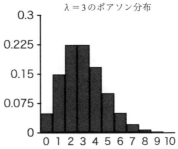

図1-5-2　平均を変えたときのポアソン分布の確率関数

さてポアソン分布は、2項分布の一種の極限である。2項分布とは「コインをn回投げたときの表の出る回数」のように、2通りの結果が得られる試行を独立に繰り返したとき一方の結果（事象）が観測される回数の分布である。たとえば、コイン投げで表が出る確率1/2のとき、n回投げてk回表が出る確率は次式で与えられる。

$$P(Y=k) = \frac{n!}{k!(n-k)!}\left(\frac{1}{2}\right)^n, \quad k=0,1,\ldots,n$$

コインに細工がしてあって、表が出る確率が $p(0<p<1)$ の場合は

$$\frac{n!}{k!(n-k)!}p^k(1-p)^{n-k}, \quad k=0,1,\ldots,n$$

となる。

パラメータ λ のポアソン分布は、2項分布において $p=\lambda/n$ と与え、$n \to \infty$ とした極限である。図1-5-3 は $n=20$ の場合の $p=0.5, 0.2, 0.05$ の3通りの2項分布の確率関数を表す。横軸が k の値である。$p=0.05$ のとき2項分布の平均は $20 \times 0.05 = 1$ となるため、平均 $\lambda=1$ のポアソン分布を近似することになる。

なおポアソン分布の期待値（平均）が λ になることは次の式から確かめることが出来る。

$$\sum_{k=0}^{\infty} k\, P(Y=k) = 0\frac{\lambda^0}{0!}e^{-\lambda} + 1\frac{\lambda^1}{1!}e^{-\lambda} + 2\frac{\lambda^2}{2!}e^{-\lambda} + 3\frac{\lambda^3}{3!}e^{-\lambda} + \cdots = \lambda\sum_{k=1}^{\infty}\frac{\lambda^{k-1}}{(k-1)!}e^{-\lambda} = \lambda$$

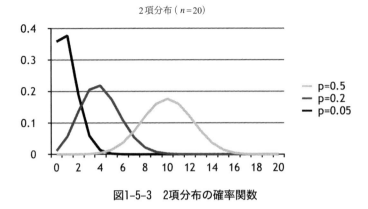

図1-5-3　2項分布の確率関数

またポアソン分布の分散も λ となることが確かめられる。これはポアソン分布の重要な特徴である。

表 1-5-1 のデータは標本平均 1.052 と標本分散 1.320 は比較的近い。そのためポアソン分布で近似できると予想できる。なお分散が平均より小さい離散型確率分布の代表例は 2 項分布、逆に分散が平均より大きい代表的分布は負の 2 項分布である。

(3) ポアソン分布の平均パラメータの推定

ここで、どのチームの得点も同じ平均パラメータ λ のポアソン分布に従うと仮定しよう。さらに得点はお互いに**独立**、すなわち他の試合結果や対戦相手が強豪チームであろうがなかろうが我がチームの得点には影響しないという仮定もおく。各チームの潜在的な強さや相手チームとの相性、予選リーグ通過・敗退が決定しているなどの環境を全部無視して、単純なモデルを想定していることになる。単純なモデルを考察したのち、各チームの詳しい情報（説明変数）を取り入れた統計モデリングは 2 章 4 節で考える。

まず、パラメータ λ を実際の得点データから推定しよう。ポアソン分布の平均は λ だから、標本平均 1.052 で代用すれば良いように思える。下記の議論からそれが正当化されることを確かめてみよう。

各チームの得点は共通のパラメータ λ をもつポアソン分布に独立に従うとする。λ の値を決めたとき、表 1-5-1 のような得点分布が得られる確率

はどれだけだろうか。その値はλによって異なるはずだから、確率が一番高くなるλを選べばよいのではないか。このようにしてλの値を選ぶ方法を**最尤法**という。もっともらしさ（尤もらしさ）が一番高い値を選ぶのである。

前述の仮定の下で、表1-5-1のチーム別得点96個が得られる確率関数は次式で与えられる。

$$L(\lambda) = \prod_{i=1}^{96} \frac{\lambda^{y_i}}{y_i!} e^{-\lambda} = \frac{\lambda^{y_1+y_2+\cdots+y_{96}}}{y_1! \cdot y_2! \cdot \cdots \cdot y_{96}!} e^{-96\lambda}$$

この関数を尤度関数という。尤度関数の値を最大にするλを求めるのである。その計算のため、尤度関数の対数 $l(\lambda) = \log L(\lambda)$（対数尤度関数）を考える。

$$l(\lambda) = \log L(\lambda) = (y_1 + y_2 + \cdots + y_{96})\log \lambda - 96\lambda - \log(y_1! \cdot y_2! \cdot \cdots \cdot y_{96}!)$$

対数尤度関数を考える理由は、計算がしやすいというだけでなく、多くの重要な分布ではパラメータに関して上に凸の関数となり、良い数学的性質を持つからである。

さて対数の単調性：$L(\lambda) < L(\mu) \Leftrightarrow \log L(\lambda) < \log L(\mu)$ によって、Lを最大にすることは$\log L(\lambda)$を最大にすることと同値である。そこで$l(\lambda) = \log L(\lambda)$の最大値を与える$\lambda$を求めるため$l(\lambda)$の微分がゼロ $\frac{dl}{d\lambda} = 0$ となるλを求めればよい。そこで対数尤度関数を微分すると

$$\frac{dl}{d\lambda} = \frac{y_1 + y_2 + \cdots + y_{96}}{\lambda} - 96, \quad \frac{d^2 l}{d\lambda^2} = -\frac{y_1 + y_2 + \cdots + y_{96}}{\lambda^2} < 0$$

であるから、$\frac{dl}{d\lambda} = 0$ となるλは

$$\hat{\lambda} = \frac{y_1 + y_2 + \cdots + y_{96}}{96} = 1.052$$

であり、これは1試合のチーム得点の標本平均である。また、$\frac{dl}{d\lambda}$ は λ の単調減少関数、$\frac{d^2l}{d\lambda^2}$ は常に負（上に凸）で、l は $\lambda = \hat{\lambda}$ で極大値をとる。他に極値はなく、この極大値が最大値になる。以上から最初の直観通り、$\hat{\lambda} = 1.052$ が一番尤もらしい値であることがわかった。**図1-5-4** が $\hat{\lambda} = 1.052$ のポアソン分布の確率関数であり、図1-5-1 のヒストグラムとよく似た形状になっている。

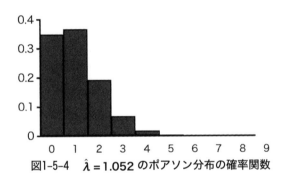

図1-5-4　$\hat{\lambda} = 1.052$ のポアソン分布の確率関数

（4）より詳しいモデルを作るための考察

前節ではどのチームの得点も共通のパラメータ λ のポアソン分布に独立に従うと仮定した。4章でチームごとの違いを得点の確率分布に反映させよう。得点力の高いチームは大きな λ、得点力が低いチームは小さな λ にする。i 番目のチームのパラメータを λ_i と書く。i は 1 から 96 まであるが、各チームが 3 戦するから、λ_i には 3 回ずつ同じ値が登場することに注意しておこう。なお分布の独立性は今後も仮定する。各国の実力に応じたモデル化を行うには、λ_i をどう決めればよいだろうか。このモデリングを考えるヒントとして、3章で回帰分析を紹介する。

3　回帰分析の例－誤差が正規分布の場合

ある変数 y を、それに関連すると思われる変数 (ベクトル) x によって説明することを回帰分析という。y を目的変数、x を説明変数という。ここでは赤ちゃんの体重増加という実データを使って**回帰分析**の方法を説明する。誤差が独立に正規分布に従う標準的な線形回帰の方法を、新生児の体重の増加データ (Armitage ら、2002) で紹介する。

(1) 新生児の体重データ

与えられたデータは、32 人の赤ちゃん $i=1,2,...,32$ について、出生時の体重 x_i と 3 か月後の体重 y_i (各キログラム) である。x_i を説明変数、目的変数を y_i としたとき、次の単回帰モデルを想定する。

$$y_i = \alpha + \beta x_i + \varepsilon_i \qquad \cdots(1)$$

ここで (α,β) は未知パラメータ、ε_i は平均 0、未知分散 σ^2 を持つ正規分布 $N(0,\sigma^2)$ に独立に従う誤差項である。未知パラメータを推定するため、2 通りの方法を試みる。

1 つは**最小 2 乗法**と呼ばれる手法であり、誤差の 2 乗和:

$$Q(\alpha,\beta) \equiv \sum_{i=1}^{32}(y_i - \alpha - \beta x_i)^2$$

が最小になるように (α,β) を決める。このとき次の等式が成立する。

$$\begin{aligned}
Q(\alpha,\beta) &= \sum_{i=1}^{n}\left\{(y_i-\bar{y})-(\alpha-\bar{y}+\beta\bar{x})-\beta(x_i-\bar{x})\right\}^2 \\
&= \sum_{i=1}^{n}\left\{(y_i-\bar{y})^2+(\alpha-\bar{y}+\beta\bar{x})^2+\beta^2(x_i-\bar{x})^2-2\beta(x_i-\bar{x})(y_i-\bar{y})\right\} \\
&= S_{xx}\beta^2 - 2S_{xy}\beta + n(\alpha-\bar{y}+\beta\bar{x})^2 + \sum_{i=1}^{n}(y_i-\bar{y})^2 \qquad \cdots(2)
\end{aligned}$$

ここで、$\bar{x} = \sum_{i=1}^{n} \frac{x_i}{n}$、$\bar{y} = \sum_{i=1}^{n} \frac{y_i}{n}$ は標本平均、積和 S_{xx}、S_{xy} は

$$S_{xx} = \sum_{i=1}^{n}(x_i - \bar{x})^2 > 0, \quad S_{xy} = \sum_{i=1}^{n}(x_i - \bar{x})(y_i - \bar{y})$$

と定義される。よって(2)式を最小にする (α, β)（**最小二乗解**）は次式で求められる。

$$\hat{\alpha} = \bar{y} - \hat{\beta}\bar{x}, \quad \hat{\beta} = \frac{S_{xy}}{S_{xx}}$$

もう一つの推定法は尤度を最大にする最尤法である。ここでは誤差が独立な正規分布に従うと仮定しているので、対数尤度は $(\alpha, \beta, \sigma^2)$ の関数として次で与えられる。

$$l(\alpha, \beta, \sigma^2) = -\frac{n}{2}\log(2\pi) - \frac{n}{2}\log(\sigma^2) - \frac{Q(\alpha, \beta)}{2\sigma^2} \quad \cdots (3)$$

対数尤度を最大にするため、まず任意に固定した $\sigma^2 > 0$ を考える。このとき $Q(\alpha, \beta)$ を最小にすればよい。よって (α, β) の最尤推定量は最小2乗解 $(\hat{\alpha}, \hat{\beta})$ と一致する。また σ^2 については(3)式に $(\hat{\alpha}, \hat{\beta})$ を代入した σ^2 に関する一変数関数 $l(\hat{\alpha}, \hat{\beta}, \sigma^2)$ を最大にすればよい。これより最尤推定量は

$$\hat{\alpha} = \bar{y} - \hat{\beta}\bar{x}, \quad \hat{\beta} = \frac{S_{xy}}{S_{xx}}, \quad \hat{\sigma}^2 = \frac{\sum_{i=1}^{n}(y_i - \hat{\alpha} - \hat{\beta}x_i)^2}{n} \quad \cdots (4)$$

となる。正規分布に基づく最尤法では σ^2 も(4)式で推定可能となったことに注意せよ。

データ (x_i, y_i) の散布図に推定した回帰直線を実線で、誤差の大きさを破線で書き加えると**図 1-5-5** のようになる。

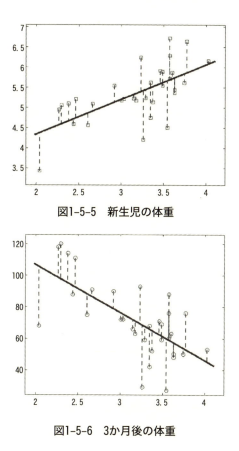

図1-5-5　新生児の体重

図1-5-6　3か月後の体重

（2）より良いモデルの探索

　図1-5-5をよく見ると、x_i の最大あるいは最小となるデータを除くと、x_i が大きいときに誤差も大きくなる傾向が見て取れる。そこで誤差の大きさが x_i に比例しているなら、目的変数を比率 $\dfrac{y_i}{x_i}$ あるいは増加率 $\dfrac{y_i - x_i}{x_i} = \dfrac{y_i}{x_i} - 1$ に取り換える方が等分散の仮定により近づけることができて、モデルを改良できる可能性がある。そこで、目的変数を3か月後の体重 y_i から、次の式で定義される体重の増加率 z_i に取り換えてみよう。

$$z_i = \frac{y_i - x_i}{x_i}$$

単回帰式(1)で目的変数を z_i に置き換えて、3章2節で示した最尤法により切片、傾き、分散を推定し、推定した回帰直線と推定誤差を記入すると**図1-5-6**のようになる。今度は右下がりの直線が推定された。また誤差のばらつきが均等に近づいたように見える。

図1-5-5、6ともに説明変数は x_i であるが、目的変数を y_i とするモデルと z_i とするモデルではどちらが良いモデルだろうか。線形回帰でモデルの説明力を評価する一つの方法は、目的変数の実測値と予測値の相関係数 R が大きいほど説明力が高いと考えることである。なお R^2 を決定係数と呼び、R^2 を評価値とするのが一般的である。R^2 について次の等式が成り立つことが知られている。

$$0 \leq R^2 = 1 - \frac{\sum_{i=1}^{n}(y_i - \hat{y}_i)^2}{\sum_{i=1}^{n}(y_i - \overline{y})^2} \leq 1$$

ここで $\hat{y}_i$ は推定したパラメータによる y_i の予測値 $\hat{y}_i = \hat{\alpha} + \hat{\beta} x_i$ であり、$\overline{y}$ は標本平均である。**表1-5-2**はこれらの式を使って決定係数 R^2 と相関係数 R を計算した結果である。

表1-5-2 決定係数および相関係数によるモデル評価

目的変数	R^2	R
y_i	0.410	0.640
z_i	0.465	0.682

表1-5-2から目的変数を z_i とする方が決定係数の値が大きく、良いモデルであると言える。ちなみに Armitage らは体重増加率について論じている。

4　サッカー WC 予選得点のポアソン回帰

(1) FIFA ランクによるチーム別得点力の推定

　サッカーの話に戻る。第 2 章で扱った、すべてのチームの平均的得点力を λ とするモデルから、より複雑なモデルを扱うことで、チーム別の実際の得点を説明することが目標である。どんなデータを使って、どのような手法でモデルを推定すればよいだろうか。

　さて FIFA は毎月、チーム別に FIFA ランク、ランク決定の基礎となる FIFA ポイント、前月からのランク変動 (＋は上昇、－は下降) をウェブで公開している。**表 1-5-3** は出場チームの 2010 年 5 月当時の FIFA ランク、ポイント、先月とのランク変動のデータである。この情報を説明変数として各チームの得点能力を推定しよう。

　目的変数 y_i を予選 1 試合での得点、説明変数 x_i を表 1-5-3 の FIFA ランクとし、y_i はポアソン分布に独立に従うと仮定する。さらに平均得点 λ_i は次で与えられるとする。

$$\lambda_i = \exp(\alpha + \beta x_i) \qquad \cdots (5)$$

　ここで $\beta = 0$ ならば λ_i はチームによらない定数になり、第 1 章のモデルに戻ることになる。β の項を加えることでランクも考慮したモデル (**ポアソン回帰モデル**) となり、よりすぐれたモデルに改良できたのではないかと期待される。λ_i そのものに単回帰モデルを想定すると、λ_i の正値性が保障されないからである。

　(α, β) の値を推定するにはポアソン分布に基づく最尤法を使う。(5)式の期待値を持つ独立なポアソン確率変数の尤度関数は

$$L(\alpha, \beta) = \prod_{i=1}^{n} \frac{\{\exp(\alpha + \beta x_i)\}^{y_i}}{y_i!} e^{-\exp(\alpha + \beta x_i)}$$

となり、対数尤度関数 $l(\alpha,\beta) = \log L(\alpha,\beta)$ は

$$l(\alpha,\beta) = \sum_{i=1}^{n}\{y_i(\alpha+\beta x_i) - \exp(\alpha+\beta x_i) - \log(y_i!)\}$$

となる。2変数関数 $l(\alpha,\beta)$ の極値は偏微分 $\dfrac{\partial l}{\partial \alpha}$、$\dfrac{\partial l}{\partial \beta}$ を共に 0 とする連立方程式を解くことで得られる。すなわち尤度方程式：

$$\dot{l}(\alpha,\beta) = \sum_{i=1}^{n}\{y_i - \exp(\alpha+\beta x_i)\}\begin{pmatrix} 1 \\ x_i \end{pmatrix} = \begin{pmatrix} 0 \\ 0 \end{pmatrix} \quad \cdots (6)$$

の解が極値を与える。ここで $\dot{l}(\alpha,\beta) = \begin{pmatrix} \partial l/\partial \alpha \\ \partial l/\partial \beta \end{pmatrix}$ である。実際に解くには数値的な反復解法であるニュートン・ラフソン法による。すなわち、現在の推定値 $(\alpha_{\text{old}}, \beta_{\text{old}})$ を

$$\begin{pmatrix} \alpha_{\text{new}} \\ \beta_{\text{new}} \end{pmatrix} = \begin{pmatrix} \alpha_{\text{old}} \\ \beta_{\text{old}} \end{pmatrix} - \{\ddot{l}(\alpha_{\text{old}},\beta_{\text{old}})\}^{-1}\dot{l}(\alpha_{\text{old}},\beta_{\text{old}}) \quad \cdots (7)$$

によって新しい解 $(\alpha_{\text{new}}, \beta_{\text{new}})$ に改良する。ある初期値からこのプロセスをスタートし、推定値が一定となるまで逐次的に解を改良する。なお、(7)式中の $\ddot{l}(\alpha,\beta)$ はヘッセ行列：

$$\ddot{l}(\alpha,\beta) = \begin{pmatrix} \partial^2 l/\partial^2 \alpha & \partial^2 l/\partial \alpha \partial \beta \\ \partial^2 l/\partial \alpha \partial \beta & \partial^2 l/\partial^2 \beta \end{pmatrix} = -\sum_{i=1}^{n}\exp(\alpha+\beta x_i)\begin{pmatrix} 1 \\ x_i \end{pmatrix}\begin{pmatrix} 1 \\ x_i \end{pmatrix}^T$$

である。この推定方法で対数尤度関数の最大値を与える点が見つかることを確かめる必要があるが、ヘッセ行列の固有値がすべて負であることから導かれる。詳しい説明は省略する。

このデータからは次の数値解が得られる。

$$\hat{\alpha} = 0.2884, \quad \hat{\beta} = -0.0101$$

よって上記の推定値から FIFA ランク x_i のチームの1試合あたりの期待得点力が

$$\lambda_i = \exp(0.2884 - 0.0101 x_i) = 1.3343 \times 0.98995^{x_i} \quad \cdots (8)$$

によって推定することができる。

(2) 複数の説明変数に基づくポアソン回帰

表1-5-3　FIFAによる予選参加チームの評価データ（2010年5月現在）

チーム名	ランク	ポイント	変動	チーム名	ランク	ポイント	変動
ブラジル	1	1,611	0	オーストラリア	20	886	0
スペイン	2	1,565	0	ナイジェリア	21	883	1
ポルトガル	3	1,249	0	スイス	24	866	-2
オランダ	4	1,231	0	スロベニア	25	860	2
イタリア	5	1,184	0	コートジボワール	27	856	0
ドイツ	6	1,082	0	アルジェリア	30	821	-1
アルゼンチン	7	1,076	0	パラグアイ	31	820	1
イングランド	8	1,068	0	ガーナ	32	800	0
フランス	9	1,044	-1	スロバキア	34	777	-4
ギリシャ	13	964	1	デンマーク	36	767	1
アメリカ合衆国	14	957	0	ホンジュラス	38	734	-2
セルビア	15	947	-1	日本	45	682	0
ウルグアイ	16	899	-2	韓国	47	632	0
メキシコ	17	895	0	ニュージーランド	78	410	0
チリ	18	888	3	南アフリカ	83	392	-7
カメルーン	19	887	0	北朝鮮	105	285	-1

さらに表 1-5-3 にある各チームの評価データすべてを使ってモデルを改良することを試みる。第 i チームについて、FIFA ランクを x_{i1}、FIFA ポイントを x_{i2}、前月からのランク変動を x_{i3} としよう。ただし正の x_{i3} はランク上昇、負は下降を意味する。3 つの説明変数を同時に使ってチームの得点力の推定を試みる。ここで一試合あたりの期待得点 λ_i が次で表現できると仮定する。

$$\lambda_i = \exp(\beta_0 + \beta_1 x_{i1} + \beta_2 x_{i2} + \beta_3 x_{i3}), \quad i = 1, 2, \ldots, 96$$

指数の中が線形モデルになっているため、**一般化線形モデル**と呼ばれる。式を簡潔にするため、ベクトルと転置記号を用いて次のように表記する。

$$\beta = \begin{pmatrix} \beta_0 \\ \beta_1 \\ \beta_2 \\ \beta_3 \end{pmatrix}, \quad x_i = \begin{pmatrix} 1 \\ x_{i1} \\ x_{i2} \\ x_{i3} \end{pmatrix}, \quad \beta^T = (\beta_0, \beta_1, \beta_2, \beta_3), \quad x_i^T = (1, x_{i1}, x_{i2}, x_{i3})$$

また、ヨコのベクトルとタテのベクトルの積（内積）を次で定義する。

$$\beta^T x_i = \beta_0 + \beta_1 x_{i1} + \beta_2 x_{i2} + \beta_3 x_{i3}$$

これにより第 i チームの期待得点 λ_i は

$$\lambda_i = \exp(\beta^T x_i)$$

で表される。よって (5) 式を一般化した尤度関数と対数尤度関数は次で与えられる。

$$L(\beta) = \prod_{i=1}^{96} \frac{\left\{\exp\left(\beta^T x_i\right)\right\}^{y_i}}{y_i!} e^{-\exp\left(\beta^T x_i\right)}$$

$$l(\beta) = \sum_{i=1}^{96} \left\{ y_i\left(\beta^T x_i\right) - \exp\left(\beta^T x_i\right) - \log(y_i!) \right\}$$

さて β の最尤推定量を求めよう。そのために $(\beta_0, \beta_1, \beta_2, \beta_3)$ による偏微分によって得られる尤度方程式：

$$\dot{l}(\beta) = \sum_{i=1}^{96} \left\{ y_i - \exp\left(\beta^T x_i\right) \right\} x_i = (0,0,0,0)^T$$

を、ヘッセ行列

$$\ddot{l}(\beta) = -\sum_{i=1}^{96} \exp\left(\beta^T x_i\right) x_i x_i^T$$

を使って前述のニュートン・ラフソン法で逐次的に解く。なお、ここでも $-\ddot{l}(\beta)$ が正定値行列になることを注意したい。

実際 最尤解 $\beta = \hat{\beta}$ は次で与えられる。

$$\hat{\beta} = (-0.6008, -0.00138, 0.00073, -0.00648)^T$$

ランクおよびランクの変化への係数は負、ポイントへの係数は正と推定されているため、直感にあうモデルが推定できている。

(3) 多様なモデルとその比較

説明変数を増やせば予測の精度は上がるように見える。では説明変数は多ければ多い程よいのだろうか。適合度を上げるという意味では正しいが、一方で将来の値を予測する能力が向上するとは限らない。このトレ

ドオフを評価するために一般に使われている手法が、赤池情報量規準（AIC, Akaike's Information Criterion）であり、候補のモデルたちの AIC を求めて、最小となるモデルを最適モデルとして選ぶ手法である。AIC については第 5 章で説明する。

表 1-5-3 から最大で 3 つの説明変数を使うモデルが考えられる。**表 1-5-4** は説明変数の可能な組み合わせ $2^3 = 8$ 通りのモデルすべてについて、パラメータの推定値、パラメータ数、AIC の値をまとめたものである。第 2 行は、第 2 章で扱った λ を全チームで共通とするモデル 、第 3 行は、4 章 1 節で扱った FIFA ランクのみで λ を推定するモデルを表し、最下行が全説明変数を使ったモデルである。8 通りの可能なモデルのうち、AIC を最小にしている（最適な）のは β_2 に対応する FIFA ポイントのみを用いたモデルである。

表1-5-4　ポアソン回帰のモデル推定とAIC最小化によるモデル評価

β_0	β_1	β_2	β_3	パラメータ数	AIC
0.0577				1	266.38
0.2884	-0.0101			2	263.89
-072234		0.000823		2	262.81
0.06525			-0.04675	2	267.79
-0.59122	-0.00162	0.000724		3	264.78
0.28875	-0.00162		0.001179	3	265.89
-0.70796		0.000811	-0.009307	3	264.79
-0.60086	-0.00138	0.00073	-0.006483	4	266.77

表1-5-5　予選3試合の総得点とポアソン回帰の上位3モデルによる予測値

チーム名	総得点	ポイント	ランク	ポイントとランク
ブラジル	5	**5.49**	3.96	5.32
スペイン	4	**5.28**	3.92	5.14
ポルトガル	7	**4.07**	3.88	4.08
オランダ	5	**4.01**	3.84	4.02

イタリア	4	**3.86**	3.81	3.88
ドイツ	5	**3.55**	3.77	3.59
アルゼンチン	7	**3.53**	3.73	3.57
イングランド	2	**3.51**	3.69	3.55
フランス	1	**3.44**	3.66	3.48
ギリシャ	2	**3.22**	3.51	3.27
アメリカ合衆国	4	**3.20**	3.48	3.24
セルビア	2	**3.18**	3.44	3.22
ウルグアイ	4	**3.05**	3.41	3.10
メキシコ	3	**3.04**	3.37	3.09
チリ	3	**3.03**	3.34	3.07
カメルーン	2	**3.02**	3.30	3.06
オーストラリア	3	**3.02**	3.27	3.06
ナイジェリア	3	**3.01**	3.24	3.04
スイス	1	**2.97**	3.14	2.99
スロベニア	3	**2.96**	3.11	2.98
コートジボワール	4	**2.95**	3.05	2.96
アルジェリア	0	**2.86**	2.96	2.87
パラグアイ	3	**2.86**	2.93	2.87
ガーナ	2	**2.81**	2.90	2.82
スロバキア	3	**2.76**	2.84	2.77
デンマーク	4	**2.74**	2.78	2.74
ホンジュラス	0	**2.67**	2.73	2.67
日本	4	**2.55**	2.54	2.54
韓国	5	**2.45**	2.49	2.45
ニュージーランド	2	**2.04**	1.82	1.99
南アフリカ	3	**2.01**	1.73	1.95
北朝鮮	1	**1.84**	1.39	1.75

AICによる上位3モデルは、説明変数として (1)：ポイントだけ（β_2に対応）、(2)：ランクだけ（β_1に対応）、(3)：ポイントとランク（β_1、β_2に対応）を用いている。ポイントはチームの詳細なデータから積み上げられた評価値であり、ランクはそれらを大きさ順にソートして得られる。そのためランクに基づくモデルよりポイントに基づくモデルが優れていて、ランクとポイントを同時に使うとモデルはAICの意味で劣化するという結論は妥当である。またランク変動（β_3に対応）はほとんど情報を持たないことがわかる。

表1-5-5は各チームの予選3試合の総得点および上位3モデルによる予測値である。太字が最適モデルによる予測値である。ブラジルおよび日本の総得点はそれぞれ5および4であり、FIFAポイントに基づく予測では5.49および2.55である。ブラジルの得点はほぼ予測通りであり、日本は実力以上に得点できたことがわかる。なおランクに基づく予測値は区間 [1.73、3.96] に含まれ、変動が小さい。

図1-5-7上は各チームの3試合での合計得点を縦軸に、各チームのポイントを横軸にした散布図であり、回帰曲線 $y = 3\exp(0.2884 - 0.0101x_1)$ を上書きした。図1-5-7下は合計得点とランクとの散布図、および回帰曲線 $y = 3\exp(-0.7223 + 0.000823x_2)$ を重ねたものである。データの散布図をみると第3章で述べた直線回帰モデルも有効そうに思える。ただデータの確率分布がポアソンであることを仮定できる現在の設定では**最小2乗法の利用は適切ではない。**

表1-5-6は予選3試合の総得点と3通りのモデルによる予測値との相関係数を与えている。

ポイントによる予測はランクによる予測より実際の総得点と相関が高いことがわかる。全説明変数を用いるとわずかに相関が高くなる。この理由はデータに対する適合度（当てはまり方：尤度）が増加したためであり、将来の値に対しての予測能力が高くなってはいない。

表1-5-6 予選3試合の総得点とモデルによる予測値との相関

予測に用いた説明変数	ポイント（最適なモデル）	ランク（次点のモデル）	全説明変数（7番目のモデル）
相関係数	0.4473	0.4037	0.4508

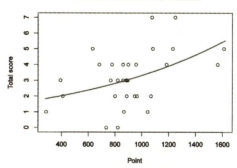

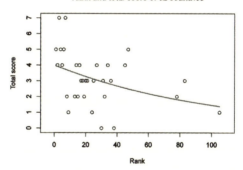

図1-5-7 予選リーグ3試合の合計得点とポアソン回帰モデルに基づく回帰曲線
上：ポイント、3試合の合計得点／下：ランク、3試合の合計得点

5 モデルの良さと統計解析

(1) 良い統計モデルとは？

いままで曖昧に使ってきた用語「良い統計モデル」とはなにかを考えてみよう。モデル表現が簡単、パラメータ推定が容易、データによく適合している等の「良さ」が考えられる。ここでは将来のデータの予測能力が

高い（汎化能力が高い）モデルのことと定義する。つまり手持ちのデータには適合度が高いが、これから観測するデータに対しては無力なモデルを望んではいない。

AICは将来のデータについて得られる、ある情報量の不偏推定量として提案されている。つまり将来のデータを意識した手法、つまりデータのレベルで**交差検証法**を実践しようとする手法である。交差検証法とは手持ちのデータを2分割し、一方をモデル推定のための教師データ、他方をモデル評価だけに使われるテストデータに分ける。そして教師用データで求めたモデルをテストデータで評価する手法が考察されている。ビッグデータが利用可能な現在においては、この手法を適応できる範囲は広い。

(2) AICの定義と漸近的性質

ここでAICについて補足しておこう。AICは次の式で与えられる。

$$\text{AIC} = -2 \times 最大対数尤度 + 2 \times パラメータ数$$

候補モデルのAICの値を求め、最小化するモデルを選ぶ方式である。パラメータ数が多い複雑なモデルは尤度を大きくできるが、パラメータ数も当然大きい。パラメータ数が少ないモデルはこの逆となる。AICはデータに対するモデルの適合度とモデルの複雑性のバランスを評価する指標となっている。多くの現象においてAICが適切なモデルを選ぶことが出来るとして、国内外や分野を問わず広く用いられている。

標本数が大きいときAICはカイ二乗分布による統計的仮説検定と同等の性能を持つことが理論的に知られている。またAICは真のモデルより大きいモデルを選ぶ傾向があることも知られている。そのためAICと同様のアイデアに基づく情報量基準が提案されている。

(3) 統計解析の一般的手順

第2章では新生児の成長予測において、目的変数を3ヶ月後の体重より体重増加率としたほうが、決定係数の意味でよい単回帰モデルとなること

を示した。第4章では、ポアソン回帰のモデル選択をAICで行った。母集団を理解し将来を予測という目的にむけた統計解析の手順を次のステップに分けた。

S1: データ収集（現象の定量化、データの可視化、データクレンジングを含む）
S2: 統計モデルの探索（データの種類、データ数にふさわしいモデルを想定）
S3: 統計モデルのパラメータ推定
S4: モデル評価（統計的仮説検定、AIC、BIC、自由度調整済み決定係数、交差検証法）
S5: 母集団の理解、予測

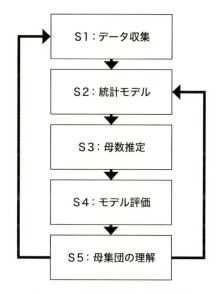

図1-5-8　統計推測の一般的手順

どのステップも重要であり、貧弱なステップが一つでもあれば最終結果も貧弱となる。S2は現象の知識と統計モデリングの力量が試される。ある現象のモデリングで、標本数が10個の場合と10,000個の場合では当然違うべきである。なおS3に対する負荷は、オープンソースの**統計解析ソフトR**の普及により大幅に軽減された。またS4は具体例で見てきた重要

なステップである。各ステップの補足説明のキーワードを列挙したので、興味があれば調べてほしい。また参考文献として小西 (2010) を挙げておく。

図 1-5-8 はこのような統計解析の手順およびフィードバックを図示したものである。満足のいく母集団の理解や予測が得られない場合は、統計モデリングに戻るのが普通であるが、ときにはデータ収集そのものに立ち返る必要があることを意味している。

6　最後に

いくつかの具体例で統計モデル、パラメータ推定およびモデル選択について見てきた。統計解析の数学的基礎は確率分布であり、推定した母数やその関数で母集団を理解しようという立場である。さて、現在は統計処理ソフトが多数開発され、R を代表とするオープンソースのソフトが公開されている。そのため様々なデータに対して統計処理や統計解析を容易に実行できるようになった。そのため統計ソフトが行っている解析がどのような統計モデルに基づいているのか、その AIC はどのような確率分布を仮定して得られたのか、そのデータにふさわしいモデルなのかといった理論的背景が軽視されていると懸念される。統計モデルを用いて実データを分析する時には、そのデータにふさわしい統計モデルを選択する必要がある。統計モデルは確率論に基づく数式で記述されているため、母数推定や推定結果の解釈には数学的・統計的知識が欠かせない。ただ身近なデータに応用することによりおもしろい統計的解釈が可能となり、学習者の興味を引くことができる。そのため統計学は数学教育の良い題材の一つとなりうる。

【参考文献】

P. Armitage, G. Berry and J.N.S. Matthews (2001) Statistical Methods in Medical Research, Wiley-Blackwell, USA.
小西貞則 (2010) 多変量解析入門 —線形から非線形へ、岩波書店。

【謝　辞】
　本稿は2014年1月に湘南工科大学で開催された科学研究費シンポジウム「学士力を育成する数学教育研究会」での発表原稿が元である。オーガナイザーであった同大学水町龍一先生が西井のパワーポイントを文章化し、新たに表を追加した原稿を作成してくださった。それに対して、西井が加筆、改訂したものである。要点のみのスライドの意を汲んでわかりやすく文章化してくださった水町先生に心より感謝申し上げる。

第2章
現状の把握・分析と課題

2.1　日本の大学数学教育の現状と課題

2.2　リテラシーから見た大学生の数学教育

2.3　大学生の数理活用力の実態調査

2.4　ジェネリックスキルとリテラシー

2.1 日本の大学数学教育の現状と課題

高橋 哲也

1 高大接続と数学教育

　義務教育段階の我が国の算数・数学教育については、TIMSS、PISA 等の国際調査の結果からも「学力」(知識・技能) の点での問題点は少ないと考えられる。例えば、TIMSS 2011 において、小学校 4 年生の算数問題、中学校 2 年生の数学問題の得点は平均点でともに調査国中 5 位 (全 42 か国／地域) であり、PISA 2012 の数学的リテラシー平均得点では 7 位 (全 65 か国) である。しかし、この 2 つの調査の質問紙調査の結果を見ると、今日の大学教育に繋がる問題点が浮かび上がってくる。例えば、TIMSS 2011 で「数学を使うことが含まれる職業につきたいかどうかについて」(中学 2 年生のみ対象) という問いに対して、「強くそう思う」と答えた日本の生徒は 4.3%(国際平均 21.9%)、「そう思う」と答えた生徒は 13.6%(国際平均 29.7%) でいずれも最下位である。PISA 2012 では数学的道具的動機付け指標 (「将来つきたい仕事に役立ちそうだから、数学はがんばる価値がある」「将来の仕事の可能性を広げてくれるから、数学は学びがいがある」「自分にとって数学が重要な科目なのは、これから勉強したいことに必要だからである」「これから数学でたくさんのことを学んで、仕事につくときに役立てたい」) に対して、「まったくその通りだ」「その通りだ」と答えた生徒の割合は参加国中下から 2 番目である。質問紙調査の結果は他の項目も好ましくない方向に平均を大きく下回っているのだが、今回、これらの質問項目を取り上げたのは、数学が「社会で必要である、役に立っている」、「将来の職業も含めて人生で必要かもしれない」という認識が日本の児童・生徒には希薄であるということを示していると考えたからである。なぜ、数学を勉強するかといえば、入試に必要だからであり、

入試を終えたあとは数学を学ぶ動機付けは失われてしまうのである。

PISA、TIMSS の結果にみられるように義務教育段階では数学の学力の面での問題は見えないが、高等学校段階になると学力も含めて数学教育に関する問題が顕在化してくることとなる。なお、大学入試制度と高校の指導要領の変遷についてはここでは触れず、高校での数学教育の現状について確認するに留める。現在の高校の学習指導要領では、数学Ⅰ(3単位)が必履修科目であり、その内容は「数と式」「図形と計量」「二次関数」「データの分析」となっている。センター試験ではほとんどの受験生が「数学Ⅰ」ではなく「数学Ⅰ・A」を選択しているが、数学Aの内容は「場合の数と確率」「整数の性質」「図形の性質」であり、「数列」「ベクトル」(数学B)「指数関数・対数関数」(数学Ⅱ)に関しては数学Ⅰ、数学Aのみを受験する生徒は履修せずに大学に入学することとなる。学習指導要領解説(文部科学省、2009)でも、

> 預貯金やローンなどの仕組みは、等比数列や指数関数についての知識等がなければ理解しにくい

と書かれている。また、マグニチュード、デシベル、pH といった日常的に重要な単位も対数関数を知らずには理解できないだろう。

その是非をここで問うことはしないが、ユニバーサル・アクセス段階へ移行した日本の高等教育において、入学生が高校で学んでさえいない重要事項について理解しておくことは必要である。新指導要領では、前指導要領の「数学基礎」を発展させる形で「数学活用」という科目を新設している。指導要領解説から引用すると(文部科学省、2009)

> 「数学活用」は、従前の「数学基礎」同様、生徒の数学的活動を一層重視し、具体的な事象の考察を通して数学への興味や関心を高め、数学的な見方や考え方のよさなどの数学のよさを認識できるようにすることや、数学をいろいろな場面で積極的に活用できるようにすることをねらいとしている。

とあり、今回の指導要領の改訂で数学的活動を重視する方向性からすれば、多くの高校生、特に数学の履修単位数が少ない文系の学生が、数学を学ぶ意味を理解するため履修すべき科目のはずである。ところが、高校数学の教科書の採択状況は**表2-1-1**のようになっている。

表2-1-1　2014年度高校数学教科書採択状況[1]

教科	採択冊数	数学Iに対する割合
数学I	1,269,826	100.00%
数学A	1,060,781	83.54%
数学II	990,112	77.97%
数学B	630,257	49.63%
数学III	269,584	21.23%
数学活用	25,648	2.02%

　数学Iは必履修であることから全員が使っていると想定すれば、数学活用はわずか2%しか使っていないことになる。この原因は、数学活用は必履修でなく、大学入試と関係がないことにあると考えられる。大学入試に関係するものしか勉強しないという実態が、この教科書の採択状況からも垣間見える。また、大学入試問題においても数学活用で扱われているような内容の出題がないことが問題である。PISA型学力と言われて久しいが、大学入試の中で数学化の段階も含めて問う問題はほとんど出題されていない。大学入試が高校での学習内容・方法に多大な影響を与えることを考えると、初中等教育の改善だけで抜本的な解決は困難である

　また、表2-1-1からは、数学Bの履修が半数以下に留まることが分かる。さらに、センター試験の数学II・Bの受験者数、3教科以下の受験者数等から判断すると、私学文系では社会科学系も含めて数学I・Aの履修のみを前提とせざるを得ない状況である。加えて、進路選択に伴う課題がある。高校では、1年生で数学I・数学Aを履修したのち、2年生に進級する際に文系・理系[2]の選択をするが、ここで文系の選択をすると数学IIIを学ぶ機会が失われることになる。私学文系を選択すればさらに、入試科目とし

て数学II、数学Bを避けることが可能となる。PISAの質問紙調査の結果から分かるように、数学を分かることが楽しいと思っている生徒は少なく、できれば数学を勉強したくないと思う状況で進路選択を余儀なくされる生徒の割合は高い。したがって、大学入試のために数学を勉強するという以外のモチベーションを持つのが難しいのが現実である。

2　大学における数学教育の現状

　高校段階における課題は、大学での数学教育をスタートする段階でも大きな問題となっている。1つは文系の学生が学力以前に履修すらしていないという問題、そしてもう1つは自分のキャリアの中で数学を学ぶ必要性を理解していないという問題である。理系、また文系でも社会科学系では専門分野の学習の基礎としての数理科学分野の知識・技能が必要になるが、入学時の学力が低く高校レベルの数学の理解が不十分という「学力低下」が問題視されてきたのが2000年前後からである。日本の大学生の授業外学習時間が著しく短いこと、必要な授業時間数の確保が難しいこと、授業担当者によって授業の質が異なることなど、大学の組織、教育の質、学生の学習意欲といった要因が重なって問題が顕在化した。この問題が解決の方向に向かっているとは言い難いが、大学側が対応する必要性を認識していることは間違いない。ここではこれまであまり取り上げられていない、学士課程全体を対象とした「数学的リテラシー」[3]を身につけるための数理科学分野の教育について考える。

　前節でみたとおり、社会で日常的に必要となる数学の内容を高校で履修していない学生がかなりの割合で入学してくるとともに、数学が社会と繋がっていて自分の将来と関係するという認識を持っていない学生も多い。

　一方、21世紀の知識基盤社会において数理科学分野の知識とその活用は「市民」としての教養（コンピテンシー）として重要性が高まっている。インターネットの普及で膨大なデータを誰でも利用可能となるなか、社会的な意思決定においてはデータの分析に裏打ちされた論理的整合性が求められる。大学レベルの数学的内容の理解自体ではなく、社会的な状況を数学

化する能力、そして、高校レベル（最低、数学Ⅱ・数学Ｂ）の数学を活用する能力、その結果を現実に適用する能力、を学士という学位を取得して社会に出ていく学生には身につけさせる必要があるのではないか。そういった能力を身につけるための授業科目を提供し、できるだけ多くの学生が受講するような体制を整備することが望まれる。

3　課題解決への方向性

　前節で述べたような数学的リテラシーに関する教育を学士課程で実施し、学生が数学的リテラシーを身につけるためには何が必要であろうか。入試改革と中等教育での数学教育の改革によって、数学Ⅱ・Ｂレベルの数学を用いた数学的リテラシーを前提とできる方向に変えていくことが望まれるであろうが、そのためには10年単位の年月が必要であり、実行される可能性も高くない。したがって現状の受験生、入学生の状況を前提として大学側が抜本的な対策を講じる必要がある。

　まず、学士課程において身につけるべき数学的リテラシーとしては、PISAで定義されているものに加えて数学Ⅱ・Ｂレベルの数学の基本的な内容を加えたものとするのが良いと考える。具体的な課題として最初に問題になるのは、この学士課程における数学的リテラシーを各大学の学修成果目標に掲げられるかという点である。これは大学としての意思決定にかかる部分であるが、これがなければ数学的リテラシーを身につける教育を組織的に行うことは不可能である。実際にはこの点で多くの大学が躓いているのが現状である。学修成果目標として掲げている場合には、数学的リテラシーが身についているかを「どのようにして測定するか」という問題があるが、そこまでを個別大学に求めるのは不可能であろう。ここでは、数理活用力を測定するテスト問題の作成、一定規模の当該テストの実施と分析を実施した先行研究（柳沢・西村、2013）があることを言及するに留める。

　次に、この数学的リテラシーを身につけるためのカリキュラムの構築が課題となる。ここで問題になるのは、文系を対象とする数学的リテラシーを身につけるための授業科目は全学共通教育（教養教育）として実施される

ことが多く、その形では履修しないで卒業していくことが可能となるという点である。科目群を設定して卒業に必要な単位に含むといった形が期待されるが、そのためには大学としてのはっきりとした方針が必要な上、教学マネジメントを行う組織・人材が必要となるだろう。さらに、こういったカリキュラムを構築したとして、その実施と質保証に責任を持つ組織・人材をどう確保するかということが重要な問題である。この点については、学内の数理科学研究者が中心となり、数学を活用する学問領域の教員と連携できる体制が有効であると考えられるが、学部・学科の壁が高い現状ではこのような組織の設置と運営は困難である。数理科学研究者が問題意識を共有することから始めるべきであろう。ここでいう数学的リテラシー教育は文系を含めた全ての学士課程を対象とするものであり、理系の学生には、数学III、および、大学初年次の数学の基礎の内容を含むものが必要であろうが、これは学部・学科の学修成果目標として定め、カリキュラムを構築し、実施していくものであろう。その際に数理科学研究者が協働できる体制を構築することで、数学的リテラシー教育の実施にも効果があがることが期待される。

　しかしながら、このような体制が整備されたとしても、実際にどのような授業を実施するかという課題が依然として残っている。この数学的リテラシーを身につけるための授業では、社会的な設定からグラフ、表などを用いて数式で表すまでの過程を重視しなければならず、これまでの伝統的な大学の数学の授業、すなわち、定義、定理、証明中心の授業展開は行ってはならない。最初の「社会的な設定」が重要であり、この部分で学生に興味を持たせ、数学に持ち込んで解決できることで社会と数学の繋がりに関心を持たせるということが必要である。必ずしも社会的な状況に結びつけられなくても、数式（公式）を適用して問題が解けるということではなく、数学を用いて「分かる」という体験を重視しなければならない。こういった数理科学分野の授業は個人では行われていても組織的な取組とその方法の共有という点はまだほとんどなされていないため、個人の努力を共有していく組織的な取組が必要である。

　なお、大阪府立大学では文理融合の現代システム科学域で、「基礎数学」

という数学的リテラシーを身につけるための授業を必修科目として2012年度から開講している。そこで使われている教科書「思考ツールとしての数学」は数学的リテラシー教育として、日常的な問題からスタートし数学的シンボルを活用しながら数学を用いて問題解決にいたるという方向性を示している。数学的リテラシー教育の1つのモデルとして提示できるものと考えている(川添、2013)。

数学的リテラシー教育については、中長期的には大学入試の改革が必要である。PISAショックで高校までの学習指導要領は変わったが、大学入試での数学の問題は出題レベルの変化はあっても出題形式はほとんど変わっておらず、数学化された後の状況で数学の運用能力を問うものである。大学入試においてもPISA型の入試問題が含まれるようになれば、高校段階で学習指導要領の数学的活動を軸とした教育が実践されるようになることが期待される。しかし現実にはそのような出題ができる人材は限られており、そういった人材を育成するためにも大学において数学的リテラシー教育が普及することが望まれる。

4 まとめ

学士課程における数学的リテラシー教育はこれまで意識的に行われてこなかったが、現時点でその重要性は高まっている。その実施については、大学の教学マネジメント、全学共通教育のカリキュラム編成と実施体制、学部・学科のカリキュラム編成、担当教員の授業方法といった課題が山積しているのが現状であるが、これらをクリアして実施していくべきものである。水町氏の科学研究費採択課題「学士力の基盤としての数学的能力の評価と育成」はこの分野での数少ない研究であり、学士課程における数学的リテラシーの定義と測定、教育方法といった点でその成果に期待している。

【註】

1 2014年1月21日発行「内外教育」から作成。
2 文系・理系という単語自体が適切ではなく、これらは履修する教科による分類である。大学における学問の内容と教科が対応している訳でもなく、幅広い履修を阻害するという点でもこういった分類はやめるべきであるが、大学入試に対応した結果とも言えるため大学側にも責任はあるだろう。
3 学士課程における数学的リテラシーについて次節で議論する。

【引用・参考文献】

時事通信(2014) 2014年度高校教科書採択状況―文科省まとめ(中)、内外教育第6305号(2014.1.21)。
川添充(2013)日常的問題からはじめる数学の授業―現実場面で数学を用いて思考する力を身につけることをめざして― 2013年度日本数学会秋季総合分科会、教育委員会主催教育シンポジウム、<http://mathsoc.jp/comm/kyoiku/sympo/pdf/2013_9_kawazoe.pdf>。
川添充、岡本真彦(2011)思考ツールとしての数学、共立出版。
国立教育政策研究所編(2013)算数・数学教育の国際比較、明石書店。
国立教育政策研究所(2013) OECD生徒の学習到達度調査 PISA 2012年調査分析資料集、<http://www.nier.go.jp/kokusai/pisa/pdf/pisa2012_reference_material.pdf>。
文部科学省(2009)高等学校学習指導要領解説　数学編　理数編、実教出版。
文部科学省(2013) OECD高等教育における学修成果の評価(AHELO)フィージビリティ・スタディの実施のあり方に関する調査研究報告書、<http://www.mext.go.jp/a_menu/koutou/itaku/__icsFiles/afieldfile/2012/11/15/1328168_1.pdf>。
日本数学会教育委員会(2013)第一回大学生数学基本調査報告書、<http://mathsoc.jp/publication/tushin/1801/chousa-houkoku.pdf>。
日本学術会議数理科学分野の参照基準検討分科会(2013)報告 大学教育の分野別質保証のための教育課程編成上の参照基準：数理科学分野、<http://www.scj.go.jp/ja/info/kohyo/pdf/kohyo-22-h130918.pdf>。
柳沢文敬、西村圭一(2013)大学生の数理活用力を測るアセスメントの開発に関する研究、数学教育学論究 95、377-384頁。

2.2 リテラシーから見た大学生の数学教育

宇野 勝博

1 はじめに

　私は一般社団法人日本数学会の常設委員会のひとつである教育委員会の仕事を数年間お引き受けしてきた。日本数学会は数学研究者の学会であるが、この委員会は、1998年に設置され、「日本数学会の数学教育に関する活動全般についての広報並びに企画・立案・調査をすると共に、昨今の数学教育を巡る動きに常に注意を払いながら、数学会独自の観点から教育についての見解をまとめる」ことを任務としている。その活動の中で、2011年には「大学生数学基本調査」と称する大規模な調査に携わった。

　一方で、大阪教育大学に勤務した2003年度から2012年度までは、附属学校並びに公立の小中高等学校の算数・数学の研究授業や授業研究会に参加する機会を得、2009年頃から現在に至るまで「教員養成大学における大学生の論証力の問題点」をテーマに調査研究を続けている（宇野・柳本・真野、2010；2011）（柳本・真野・宇野、2013）（Y. Shinno & T. Yanagimoto & K. Uno、2012）。

　このふたつの調査は少々視点の違いはあるものの、基本的には同じ主旨に基づいていると考えている。すなわち、どちらも大学生を対象とした、数学を論理的に説明できる力についての調査研究、つまり、大学生の数学的リテラシーの調査である。前者は、高等教育開始段階での能力、後者は、その能力を次の世代へ受け渡すための架け橋となる大学生の能力という違いはある。しかし、前者の調査も、例えその場所は学校でなくても、いずれは次の世代を育む場に立つ大学生の数学的リテラシーのあり方を考えるという点で後者と重なっていると考えることもできる。

　本書は高大接続を中心的テーマとしているが、拙稿では、学生自らの人生

そのもの、あるいは、将来次世代を育てる場に立つことを視野において、初等・中等・高等教育全般の数学教育についてこれらの調査結果をもとに述べる。

2　大学生数学基本調査

(1) 調査の背景

　20年程前からではないかと思うが、例えば、大学生の数学のレポートや答案から「文章」「言葉」が消えていったように感じる。式だけが続き、何をどう置き直したのか、何をどこに代入したのかも分からない答案である。さらに深刻さを感じるのは、講義でも言葉による説明が通じていないと感じるときである。「ここに○○を代入して、変形した結果が××となった。このことは、△△としたことによる帰結であるから、□□という結論がなりたつことが分かる。」例えば、このような文章を用いて解説しても、その中身が通じてないと感じることがある。学生が理解できる部分はせいぜい「○○を代入して変形したら××となった。」だけではないかと思えるのである。もし、問題の背景と式変形の結果を示し、ここから何が結論として得られるかと問うと、多くの学生が答えられないのではないかと思われてならないのである。

　こうした問題を少しでも浮き彫りにすることを目的として、日本数学会は、「大学生数学基本調査」を2011年春に実施した。東日本大震災直後にもかかわらず約50大学の6,000名の学生（ほとんどは1年生）の協力が得られ、その結果は2012年2月に公表し、NHKニュースなどでも取り上げられた。

(2) 調査

　調査は30分とし、内容はどの大学生も学習しているものとした。問題は平易であるが、採点における重要な点は、問題文に使われた文章・言葉の理解度、解答での言葉の使い方の妥当性などである。問題を再録する。

1-1. ある中学校の二年生の生徒100人の身長を測り、その平均を計算

すると 163.5cm になりました。この結果から確実に正しいと言えることには○を、そうでないものには×を、左側の空欄に記入してください。

(1) 身長が163.5 cm よりも高い生徒と低い生徒は、それぞれ50人ずついる。
(2) 100人の生徒全員の身長をたすと、163.5 cm × 100 = 16350 cm になる。
(3) 身長を 10 cm ごとに「130 cm 以上で 140 cm 未満の生徒」「140 cm 以上で 150 cm 未満の生徒」…というように区分けすると、「160 cm 以上で 170 cm 未満の生徒」が最も多い。

1-2. 次の報告から確実に正しいと言えることには○を、そうでないものには×を、左側の空欄に記入してください。公園に子供たちが集まっています。男の子も女の子もいます。よく観察すると、帽子をかぶっていない子供は、みんな女の子です。そして、スニーカーを履いている男の子は一人もいません。

(1) 男の子はみんな帽子をかぶっている。
(2) 帽子をかぶっている女の子はいない。
(3) 帽子をかぶっていて、しかもスニーカーを履いている子供は、一人もいない。

2-1. 偶数と奇数をたすと、答えはどうなるでしょうか。次の選択肢のうち正しいものに○を記入し、そうなる理由を下の空欄で説明してください。

(a) いつも必ず偶数になる。
(b) いつも必ず奇数になる。
(c) 奇数になることも偶数になることもある。

2-2. 2次関数 $y = -x^2 + 6x - 8$ のグラフは、どのような放物線でしょうか。重要な特徴を、文章で3つ答えてください。

3. 右の図の線分を、定規とコンパスを使って正確に3等分したいと思います。(註：右の図とは、5センチメートルの線分。) どのような作図をすればよいでしょうか。作図の手順を、箇条書きにして分かりやすく説明して

ください。なお、説明に図を使う場合は、定規やコンパスを使わずに描いてもかまいません。

(3) 結果

　結果の詳細は日本数学会のホームページで公開している。評価は点数によるものではなく、正答、準正答、典型的な誤答、深刻な誤答等のいずれかとし、それぞれに採点者による議論を元に明確な条件を設定している。しかしそれでも評価に迷う回答が若干数存在し、それについても採点者による議論によって最終的な評価を決定した。調査結果を一言で言うと、高校までに習った方法・言葉が正しく理解できてなく、また、うまく使えないことに尽きる。「次の計算をせよ」には答えられるが、式自身や式変形の意味を理解できていないか、あるいは、理解していても言葉で正しく表現できないと思われる。

　特に注目されたのは 1-1 と 2-1 である。平均値の計算の正答率は一般に高いと言われている。しかし、統計的データからその意味を読み取る設問の中で最も簡単であると思われる 1-1 の正答率は期待したほど高くない。ちなみに、この設問は PISA 調査の設問を若干意識して作成している。PISA 調査の例題に、1-1 よりやや複雑な平均値のデータから読み取れることを問う問題がある。2-1 の問題は小学校・中学校・高等学校で扱われる。ここでは、小学校で扱われるような簡略図を用いた説明は「典型的な誤答」と分類されている。これは、大学生のリテラシーという観点から中学校以降に学習する数式を用いる説明を正答としたからである。つまり、理屈は理解しているが、それを数式を用いて説明できないのは、正に数学的リテラシーが不十分であると判断したのである。しかし一方で、数式は用いているが、本来無関係である奇数と偶数を $2n+1$ と $2n$ と同じ文字 n を用いて表す典型的な誤答も多くあった。

　また、回答者にはどのようなタイプの大学入学者選抜を経験したかも問うている。その結果、この調査で誤答とされる解答を書いた学生の多くは、大学入学者選抜で数学を受験科目としていないか、あるいは、マークシート方式の数学の入学者選抜を受験していることも判明した。この結果を受

けて日本数学会では、大学入学者選抜にもっと筆記試験を導入すべきであると提言した。

　この調査は高等学校の学習の到達度や学習状況を調べたものではない。大学での学習が十分できる程度の数学的リテラシーが大学生にあるかどうかを見る問題として設計した積もりである。平易な内容であれば式を用いて説明できる。式の変形や数学用語の意味を把握して論理的に使うことができる。このような能力が備わっていることを前提に大学での教育が行われているとの理由からである。

3　教員養成大学における大学生の論証力

(1) 研究の背景

　現行の学習指導要領では、言語能力が重視されている。これは、算数・数学だけにおいて重視されているものではないが、算数・数学においてもグラフ・図・表・式などの様々な表現方法を用いて説明する能力を身につけることが大切とされている。しかし、現実には計算能力が重視されていることが未だに多い。もちろん、計算能力を軽視しても良い訳ではない。ところが、計算能力の習得過程において、計算技術の記憶に重点がおかれ、なぜその計算方法が有効なのかが問われない場面を目にすることも多々ある。これでは、学習者は解法を覚えるしかなく、算数・数学の学習を無味乾燥なものにする一因ではないかと考えられる。

　言語能力を基盤にするということは、基本的には論理力を培うことに他ならない。文章から図、図から式、あるいは、式から式などの展開には正に論証力を必要とするからである。このような背景から、実際に教壇に立つことになる教員養成系の学生の論証力を調査し、問題点を浮き彫りにすると同時に、教員養成課程における効果的な題材・指導法を開発する目的で表題の研究を始めた。

(2) 調査および結果

　本調査では、文部科学省が毎年行っている学力調査のB問題を利用した。

私達が注目した問題は、2009年に小学校6年生向けに出題されたタイル敷き詰め問題である。これは次のような問題である。
　まず、縦2cm、横1cmのカードを用意し、これをいろいろな大きさの板に、はみ出さないように敷き詰める。縦2cm、横4cmの板に敷き詰める例を提示した後、設問(1)では縦4cm、横5cmの板に敷き詰める方法を(2通り)書かせる。次に、設問(2)で、縦5cm、横7cmの板に敷き詰めることができない理由を答えさせる。ここでは「どのように考えれば、実際にカードをおいたり、おいた図をかいたりして調べなくても、しきつめられないことがわかりますか。その考えを、言葉や式を使って書きましょう」と問うている。設問(3)では、敷き詰められない長方形で縦が5cmより長く、横が7cmより長いものをひとつ例示させる。
　この問題を大学生に答えさせ、また、数例の回答を評価させた。まず、2、3の例の考察のみから「敷き詰められない」と結論する回答がかなりあり、評価の方でもこのような回答を正解とするものが多くあった。言うまでもなく、ここでは「どんな方法を用いても不可能である」ことを示す必要がある。また、「どちらかの辺が偶数であれば敷き詰められるが、縦、横ともに奇数なので不可能である」という回答も多数あった。この回答から、「どちらかの辺が偶数であれば敷き詰められる」という命題が正しいことを理由として、その裏命題「縦、横ともに奇数であれば敷き詰められない」も正しいと判断できるという誤った認識をもっている学生が多いことが分かる。すなわち、この調査から、全称性としての見方の欠如、命題の真偽についての誤解という問題点が浮かび上がってきたのである。
　設定が簡単な問題においても論理的側面の理解が不十分であることから、小学校の教室内だけではなく日常的な議論においても間違った論法を用いた説明や理解がなされているのではないかと想像される。また、大学生数学基本調査の項でも述べたように、大学の授業においても論理的な説明・議論が正しく理解されていないのではないかと想像される。論証は中学における図形問題や高等学校の数学Iの単元で扱われるが、特別なものではなく日常に必要なものとの認識をもち、初等・中等・高等教育の様々な場面で意識すべきことである。そのような継続的な指導が大学生の数学的リ

テラシーの涵養に繋がると考える。

4　大学入学者選抜の問題

　大学入学者選抜は、センター試験と個別大学試験とがあるが、個別大学試験を大きく分けると記述式とマークシート式がある。もちろん、そもそも大学入学者選抜で数学を課さない大学・学部・学科・専攻もある。大学生数学基本調査の結果では、数学的リテラシーは、入学者選抜の形態と相関があることが確認された。考えてみれば当然のことだと思われるが、記述式を課す大学に在学する学生の方が、数学的リテラシーが高いと言える。

　かつて、大学入学者選抜が記述式を中心としていた頃、記述式は知識偏重だと批判されたことがあったように思う。確かにそのような側面は否定できない。しかし、相当数の大学の記述式試験は、「小論文形式」とも言える内容であった。論旨が通り数学的事実を正しくふまえて記述している答案に高得点が与えられた。ところが、この方式は採点に大変時間がかかり、多数の受験生がいる大学での利用は難しくなった。入学者選抜が複数回になるとなおさらである。入学者選抜後どれだけ早く結果を発表できるかが入学者選抜の有り様にも影響を与えていると言われている。また、情報開示という声に押されて採点基準、採点結果が開示されるようになると、受験生一人一人違った答案があってもおかしくない記述式の答案の採点基準も、世の中からのすべての批判に耐え得るように作成しなければならない。これはたいへん難しいことである。かくして、マークシート方式で誰が採点しても同じ結果になるような計算中心の出題が増えてきた。

　アメリカの入学者選抜でもマークシート方式はある。しかし、アメリカのSATなどのマークシート方式の試験は入学判定の一資料である。また、そもそも、アメリカの大学では成績不良学生は日本よりはるかに簡単に退学処分になるし、また、大学間の移動（編入）も日本よりはるかに容易である。つまり、入学者選抜では能力を大雑把に判定すれば十分であり、それ以上のことは入学後に判断され、また、その結果によって進路を修正することも難しくない。このような状況ならマークシート方式が機能すると思

う。一方、日本では進学する大学が定まれば、進路修正に相当のエネルギーが必要であり、また、入学させた以上卒業まで面倒みなければならないという意識が学生、保護者、社会にある。さらに、入学定員が厳格に守られ、募集人数より多く入学させても少なく入学させても問題視される。大学には、入学させたい学生のみを入学させることは許されていないのである。経営的な問題がなければ、入学定員までは入学を許可するが、ついて来れない学生には進路変更を促したいというのが大学の正直な気持ちであろう。しかし、成績不良を理由に退学処分をなかなか出せないのも現実である。

今、大学のグローバル化が叫ばれているが、退学、編入などがもっと多く起こり得ることを社会が許容しなければ、グローバル化は絵に描いた餅であるように思う。

ここでは、マークシート方式のテストを否定する積もりはない。しかし、リテラシーや思考力を問う問題の作成と採点にエネルギーを注ぐか、あるいは、知識を問うテストとリテラシーを問うテストを区別し、大学での学修に必要な論理力などの能力は論文など別の方法で判定するとしなければ、日本の入学者選抜はますます迷走するのではないかと危惧する。そしてさらに、大学間の転入・転出を容易にする。世界と伍して大学を語るのであれば、これらのことをセットとして社会、および、大学が受け入れる必要がある。

5　まとめ

大学教育には入学者選抜が大きな意味をもつ。そのように考えると、高大接続は、高校教育、入学者選抜、大学教育の3点をセットとして考えないと意味がない。高等学校までで数的処理、式の処理、図形的処理を学び、そして高等学校の数学Iで論証を学ぶ。そういった学修の成果を入学者選抜でどのように計り、その後どのような教育を大学で行うのかを各大学が明確にしなければならない。入学者選抜で論証力や数学的リテラシーを問わないのであれば、それは大学教育で不要としているからか、あるいは、大学で養うとしているからかを明確にすべきであろう。

高校は知識を集積させる場、大学は知識を生産する場という考え方がある。高校で集積された数学的リテラシーのどの部分が大学で必要なのかを見極め入学者選抜を行う。また、集積された知識を元にさらに高度な内容を生産するための数学的リテラシーをどのように大学で養うのかを明確にする。これらについて総合的な見地からの考察が行われなければならない。

【参考文献】

日本数学会、教育委員会ホームページ、<http://mathsoc.jp/comm/kyoiku/>。

宇野勝博・柳本朋子・真野祐輔(2010)教員養成大学における大学生の論証力の問題点―小学校算数科での論証の指導と評価に向けて―、日本科学教育学会年会論文34、433-434頁。

宇野勝博・柳本朋子・真野祐輔(2011)教員養成大学における大学生の論証力の問題点(2)―不可能性の説明に対する評価に焦点をあてて―、日本科学教育学会年会論文35、373-374頁。

柳本朋子・真野祐輔・宇野勝博(2013)小学校教師を志望する大学生の論証認識に関する研究：カード敷き詰め問題に関連した「教科内容知(SMK)」に焦点をあてて、日本数学教育学会誌 数学教育学論究臨時増刊95、385-392頁。

Y.Shinno, T. Yanagimoto, K.Uno (2012) Issues on Prospective Teachers' Argumentation for Teaching and Evaluating at Primary Level: Focusing on a Problem Related to Discrete Mathematics, The Proceedings of 12th International Congress on Mathematical Education (ICME-12) ,TSG23-14.

2.3 大学生の数理活用力の実態調査

西村 圭一・柳沢 文敬

1 はじめに——大学生に求められる数学を活用する力

OECD の PISA 調査では、数学的リテラシーとして、「多様な文脈の中で問題を数学的に定式化し、数学を利用し、結果を解釈することのできる能力」を提示し、これが、建設的でかつ積極的で思慮深い市民に必要となる判断や意思決定をするのに役立つと述べている (OECD、2014)。

この PISA 調査に関しては、日本の成績の順位やその変位がたびたび報道されてきた。その一方で児童が実際にどのようなことができるようになっているのかという質的な面は相対的には注目度が低い。例えば、図 2-3-1 の調査問題を見てみよう。これは、時速と距離から登山にかかる時間を見積もり、出発時刻を考える問題である。この問題は難しさのレベルが上から 2 番目のレベル 5 であり、こうしたレベルの問題をクリアできる 15 歳の生徒は国際的に見て数学的リテラシーが高いと判断されることになる。では大学生の数学的リテラシーを質的な面から考えるとどうであろう。日本の大学生においては、図 2-3-1 の問題で測られるものよりも高度な数学的リテラシーが求められると想像することは難しいことではない。すなわち、専門的な文脈における問題解決に取り組む大学生は、より高度な水準でこうした能力を身に付けていることが望まれるだろう。一方、PISA 調査において、レベル 5 の問題に対処できるレベルに達している日本の 15 歳児 (高等学校 1 年生) の割合は 24% にとどまっている実態も認識する必要があるだろう。

> 富士山の登山道の一つである御殿場登山道は約9キロの道のりである。登山者は往復18キロの道のりを歩き、午後8時までには戻ってこなければならない。トシさんは、自分の歩く速さがだいたい登りで時速1.5キロ程度、下りでその倍程度と見積もっている。この時間には休憩やお昼を食べる時間も含めている。この見積もりを使う場合、8時までに戻るためには遅くても何時に登りはじめなければならないか。

図2-3-1　富士山登山の問題（OECD2014より訳出し引用）

　したがって大学を卒業して社会に出ていく大学生の数学的リテラシーの育成を考えるためには、大学生の状況に即した調査を行い、能力の実態を把握していくことが必要だと考えられる。そこで、私たちは数理を活用して問題を解決する力を測定する調査問題を開発し、大学生に対する調査を行った（柳沢・西村、2013）。また調査結果をもとに、獲得している能力の特徴を質的に把握できるような記述文を作成した。

　本節ではこの調査研究（以降、本調査）の結果を述べるとともに、その結果から示唆される大学教育の課題について議論する。

1　数理活用力を測る評価問題

（1）対象とする能力

　具体的な問題の解決に数学を使うためには、データの特徴をとらえ、具体的な問題を扱うのに適したモデルを構成し、現実世界の問題を数学の問題に翻訳して解決し、もとの問題に戻すことになる。（日本学術会議数理科学委員会、2013、p.4）。このようなプロセスを踏まえ、本調査では、大学生が卒業後に職業人として活躍したり市民社会をリードしたりするために必要とされる数学の力として「数理活用力」を次のように規定した。

　「職業活動や市民生活、研究活動等において直面する問題を数理モデルを構築して解決する力、すなわち、定量化や幾何学化等により事象から数理モデルを抽出し、そのモデルに対して数学的な処理や分析を施し、得ら

れた結果を元の問題場面に即して解釈することのできる力」

(2) 評価問題

　本調査では、この能力を測定する評価問題を開発するために、PISA 2012数学的リテラシー調査で用いられている「状況」「数学の内容」「プロセス」の三側面の枠組みを利用した(**表2-3-1**)。これらの三側面は、どのような状況で、どんな知識や技能を、どのように利用することができるのかに対応しており、これに即して問題を作成することが、数理活用力を測定する問題を保障することになると考える。ただし、「状況」の中身や「数学の内容」の質は、上述の能力の規定に即して変更する。

　評価問題は、この枠組みに基づきながら、多様な研究分野や職業の状況のもとで、さまざまな数学の内容を含むように、また、コンピュータ上での実施(四則電卓使用可)を前提として開発した。それぞれ4つの問い(小問)を設け、表2-3-1の「プロセス」に沿って進むようにした。開発した問題のタイトルは**表2-3-2**の通りである(ただし、「状況」「数学の内容」には、各問題(大問)における代表的な小問のものを示した)。具体的な問題例は後の節で示す。

表2-3-1　評価問題の枠組み

状　況	職業的：ビジネス、経済現象等 社会的：行政活動、社会問題、団体活動等 科学的：自然現象、科学技術、医療・健康、調査活動等 私　的：交通、衣食住、趣味等
数学の内容	不確実性とデータ / 変化と関係 / 量 / 空間と形
プロセス	数学的定式化：状況から数理モデルを抽出し数学的に定式化する。 数学の利用：数学的概念や定理、典型的な処理手順や推論方法などを利用する。 数学的結果の解釈：数学的な結果を解釈したり有効性の評価や再課題化をする。

表2-3-2　開発した評価問題

問題タイトル	内容	状況	数学の内容
チェーン店の経営戦略	売り上げとシェアから戦略を考察する	職業的	不確実性とデータ
広告費の推移分析	媒体別広告費の推移の分析	職業的	不確実性とデータ
スーパーの売上の変化	長期傾向、季節変化を考慮して分析する	職業的	不確実性とデータ
海外旅行市場調査	日米での海外旅行頻度のアンケートを分析する	職業的	不確実性とデータ
サッカーのフォーメーション戦略	フォーメーションが失点に与える影響を調べる	職業的	不確実性とデータ
不動産広告の調査	年齢別の徒歩時間表示を検討する	社会的	不確実性とデータ
節電計画	節電メニューごとの節電効果を見積もる	社会的	変化と関係
バスケットボールの大会運営	会場数を少なくする組み合わせを考える	社会的	量
漢字ソフトの開発	液晶画面のドット表示の方法を考える	科学的	変化と関係
骨の長さと身長の関係	大腿骨による身長推定のモデルを検証する	科学的	変化と関係
夕日の撮影日時調査	富士山の山頂に沈む夕日の撮影日時を調べる	科学的	空間と形
車の燃費調べ	家族旅行でかかる費用を見積もる	私的	不確実性とデータ

2　調査の概要

(1) 調査の方法

　調査は、2012年10月～12月に、調査会社に委託して募集した大学生(以下、受検者)を都内の会場に集めて行った。受検者の募集に際しては、以下の①～③の3点を条件とした。

　①　男女、学年の偏りがないこと、

　②　国公立と私立、および、入試時の偏差値に偏りがないこと、

　③　文系(文学、語学、社会、法、経済など)・理系(理、工、農、医、薬など)の比率が、日本の大学全体の文系・理系の募集定員の比率におおむね一致すること。

　受検者へ割り当てる調査問題については、集中力を切らさずに取り組めるようにするため、8大問(32小問)からなるテストを3タイプ作成し、受検者にはそのうちの1つをランダムに割り当てた。3つのタイプには4大問ずつ重複を持たせ、表2-3-2にある12の大問のそれぞれが3つのタイ

プのうちの 2 つに含まれるようにした。また解答時間は、8 大問のテストに対し 80 分とした。問題の提示および解答の入力はコンピュータを用いて行った。画面上では電卓も使えるようにした。

(2) 調査対象者の特徴

総受検者は 666 人で、所属大学数は 123 と幅広い層の学生が対象となっている。男女はほぼ同数、学年は 1、2、4 年生が同程度、3 年生は他の約半数であった。また、文系・理系の人数比は、約 7：3 であった。

---

3 問題ごとの数理活用力とその習得実態

(1) 評価問題の正答率の概要

本調査の結果について報告する。まず本調査で出題した 48 の小問の正答率の分布は**図 2-3-2** のようになった。正答率は 0.2 未満から 0.9 以上まで幅広く分布している。また、受検者の得点率の分布は**表 2-3-3** のようになった（各受検者は 32 の小問を受験しているが、表 2-3-3 では全問正解を 1 とする得点率で示した）。学年間では差が見られない一方で、男女や文理、学問系統間では差が見られ、理系は文系に比べて全体的に得点率が高くなっている。

以降では、4 つの小問とその回答パターンから大学生の能力状況を考察する。ただし、問題文は内容を要約して示す。

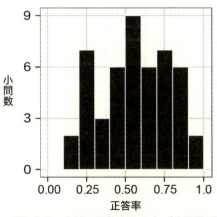

図2-3-2　小問の正答率の分布（小問数48）

表2-3-3　受検者の得点分布

		人数	平均	標準偏差	標準誤差
全体		666	0.56	0.18	0.007
性別	男	342	0.60	0.17	0.009
	女	324	0.51	0.18	0.010
学年	1年生	208	0.56	0.18	0.012
	2年生	187	0.56	0.19	0.014
	3年生	88	0.54	0.18	0.020
	4年生	177	0.56	0.18	0.013
文理	文系	491	0.52	0.17	0.008
	理系	175	0.66	0.16	0.012
学問系統	文学語学	117	0.49	0.19	0.018
	法政治	86	0.56	0.16	0.017
	社会	74	0.51	0.17	0.020
	経済経営	113	0.56	0.17	0.016
	理工農	126	0.67	0.15	0.013

学年別集計は5年生・院生6名を除いている。また、学問系統は主なものを示した。

(2) 規模の異なるデータを比較する指標の問題

　図2-3-3の問題は、規模の異なるデータの比較指標としての成長率について問うものである。例えば売上の変化が100万円の増加であっても、その額の価値は店舗の売上規模によって異なる。そのため規模の違いを考えて相対化することが必要になる。正答率は57%であるが、学問系統別に見ると、「理工農」と「経済経営」は約70%、「文学語学」では45%となる。本問の文脈が属する「経済経営」に加え「理工農」の多くの学生は、比較の際に規模を考慮する必要性に気づいている一方で、「文学語学」ではその割合が少ないことがわかる。また5つの選択肢の選択率(図2-3-4)を、受検者の合計点が高い層から低い層まで6つの層ごとに見ると、合計点が低い層では、1(売上げの変化)や5(シェアの変化)という単純な差を選ぶ誤答が多いことがわかる。

【レストランチェーンの経営会議の場面】
資料として、店舗別売上高(下表、単位：100万円)が示されている。より詳細な比較を行うため、売上額だけでなく変化にも着目したい。変化を比較するための成長率として適切な式はどれか。

店舗	地域	2010年	2011年
a	X	122	113
b	X	214	189
c	X	79	76
地域X計		415	378
d	Y	42	41
e	Y	56	55
f	Y	164	165
g	Y	14	14
地域Y計		276	275
h	Z	48	50
i	Z	68	74
j	Z	40	41
地域Z計		156	165
全社計		1237	1168

1. (2011年の売上額) − (2010年の売上額)
2. (2011年の売上順位) − (2010年の売上順位)
3. {(2011年の売上額) + (2010年の売上額)} ／ 2
4. {(2011年の売上額) − (2010年の売上額)} ／ (2010年の売上額)
5. (2011年の売上額)／(2011年の全社計) − (2010年の売上額)／(2010年の全社計)

図2-3-3　問題①（プロセス：数学的定式化、正答率57%）

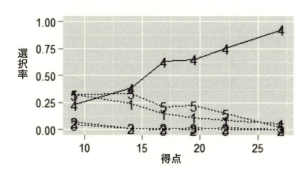

図2-3-4　得点層別の問題①の選択肢選択率（正答4）

（3）総数の異なるデータを比べる指標の問題

　図2-3-5の問題②は、データの数が異なる状況での比較を問題にしている。この問題の正答率は、「理工農」で42%である一方、文系は20%程度であり、問題①で見られたような「経済経営」が他の文系よりも正答率が

高くなるということは見られなかった。また、選択肢の選択率（図2-3-6）を見ると、得点が低い層では、試合数が多いほど「不利」になる4（失点の合計）が多く選ばれていることがわかる。このような比較の際のデータ数の違いを考慮することは、問題①の規模の相対化以上に、多くの大学生にとって困難であることがうかがえる。

【サッカーチームのフォーメーション検討場面】
ある期間の日本代表の試合を分類したところ3バックは43試合、4バックは29試合だった。〔対戦データ表　略〕
フォーメーションの違いが「失点」に影響を与えているか考察したい。着目する指標として有効なものをすべて選べ。(複数選択)

1. フォーメーション別の1試合当たりの失点
2. フォーメーション別の、合計試合数に対する1点以上失点した試合数の割合
3. 全試合に対する、フォーメーション別の試合数の割合
4. フォーメーション別の失点の合計

図2-3-5　問題②（プロセス：数学的定式化、正答率25%、困難度1.14、識別力1.33）

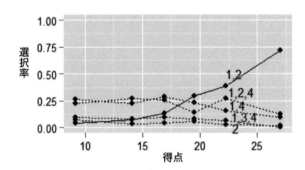

図2-3-6　得点層別の問題②の選択肢選択率（正答1, 2）

(4) 単位当たり量と比の利用の問題

図2-3-7の問題は、一定距離を歩く際の所要時間の比を利用して、単位時間当たりの移動距離（速さ）を求められるかを問うている。選択肢の選択率（図2-3-8）を見ると、得点の中・上位層であっても1 (100m) を選択した者が多かったことがわかる。100mにつき1分間という関係は、80mにつき1分間よりも速いため、60代以上の人の方が20〜30代よりも歩く速

さが速いことになる。数値の意味を解釈して吟味すれば誤りに気付くと考えられるが、そうしたことはなされていないと想像される。

【不動産広告の妥当性を検討する場面】
不動産広告では「80メートルにつき1分間（端数切り上げ）」で表示するルールがある。ある物件で調査した結果、所要時間の比は次のようになった。

	平均所要時間	20～30代を1とした時
20～30代	10分24秒	1
40～50代	12分15秒	1.2
60代以上	13分46秒	1.3

広告のルールが20～30代を想定しているとすると60代以上の人の場合には「何メートルにつき1分間」と表示するのが妥当か。

1. 100m　2. 90m　3. 70m　4. 60m　5. 50m

図2-3-7　問題③（プロセス：数学の利用、正答率46%、困難度0.33、識別力0.54）

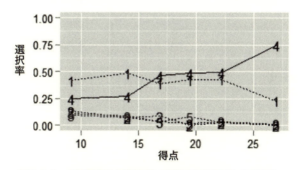

図2-3-8　得点層別の問題③の選択肢選択率（正答4）

(5) モデル式の比較の問題

　図2-3-9の問題は、二つのモデル式の比較を通して何がわかるのかを問うている。それぞれの式中の値が現実場面のどんな特性を表わしているのかを解釈しながら比べなければならない。この問題の正答率および選択肢の選択率（図2-3-10）からは、精通していない場面で、こうしたモデル式の比較を行っていくことが容易ではないことが示唆される。

【考古学調査を受けて、古代人と現代人の骨と身長の関係を考察している場面】
Aさんは、次の2つの関係（ア）（イ）が成り立つと考えた。この2つの式を比べてどんなことが言えるか。適当なものを一つ選べ。
古代人の身長と大腿骨の長さの関係：
$$y = 100x / 26.74 \quad (y：身長〔cm〕、x：大腿骨最大長〔cm〕)\cdots(ア)$$
現代日本人の身長と大腿骨の長さの関係：
$$y = 4x \quad (y：身長〔cm〕、x：大腿骨最大長〔cm〕)\cdots(イ)$$

1. 古代人と現代人で、身長はほとんど変わらない。
2. 古代人と現代人で、大腿骨の長さと身長の比はほとんど変わらない。
3. 古代人は現代人よりも身長が低い。
4. 現代人に比べて古代人は、大腿骨の長さに対する身長の比が大きい。
5. 古代人と現代人で、大腿骨の長さはほとんど変わらない。

図2-3-9　問題④（プロセス：数学的結果の解釈、正答率42%、困難度0.52、識別力0.75）

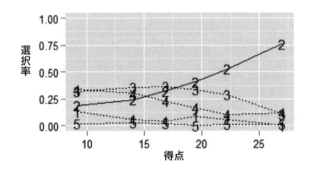

図2-3-10　得点層別の問題④の選択肢選択率（正答2）

4　大学生の数理活用力の習得の実態

(1) 数理活用力の能力段階ごとの特徴

　以上4つの小問の回答パターンの分析からは、個々の問題で必要となる数理活用力の部分的なスキルに関する大学生の習得実態が明らかになった。以降では、個々人の数理活用力の習得実態、すなわち、部分的なスキルの集合としての数理活用力をどの程度身に付けているのかを明らかにする。そのため、項目反応理論を用いて分析を行う。項目反応理論では、個々人が数理活用力をどの程度身に付けているか表わす数値（以降「能力値」）ごと

に各問題の期待正答確率が把握でき、能力値と部分的なスキルを結び付けられるからである。その際には困難度と識別力という2つの特性値が必要となる。困難度は大きいほど難しい問題であることを表し、識別力は能力値の増加による期待正答確率の増加のしやすさを表す。

本調査の48小問の回答データから推定される困難度はおよそ−3〜2(識別力は0.5〜2.25)だった。この困難度を用いて、次の①〜③の手順により、どの程度の段階であればどの程度のことができるのかを質的に記述する。

①困難度により問題を整列する。
②プロセスごとに、困難度の近い問題で必要とされる見方や考え方の共通点を探る。
③共通点を5つの段階に分けて抽出し、各段階に到達した人ができることとしてCan Do の形で記述する。

この手順により、異なる文脈でも働く汎用的な数理活用力の構成要素と、それらを活用する(発揮する)ことの困難さに基づく能力段階、各段階の能力を示す質的な記述を抽出した。その結果は**表2-3-4**の通りである(右端の列は、各段階の構成要素を検討する際に考察した問題の困難度)。例えば、「単位当たり量などの基準量が得られているときに、比例関係を利用して総量を見積もることができる」(段階2)という構成要素は、「一台ごとの消費電力から総節電量を見積もる問題」(困難度：−1.25)や、「設備の削減率から節電率を求める問題」(困難度：−1.48)から抽出したものである。

表2-3-4の各能力段階は、次のように総括できる。

段階1：状況にある数値をそのまま読み取ることや、モデル式をそのまま用いて計算を実行することができる
段階2：割合や単位当たりの量を用いて、事象を解釈したり問題解決に必要な数値を算出したりできる
段階3：平均や時系列グラフ、変化率などを用いて、事象を比較することができる
段階4：単位当たり量や三角比を自在に用いて見積もりをしたり、時間に伴って変化する2変数間の関係をグラフを利用して解釈したり、モ

デル式や多様なグラフを用いて事象を比較したりすることができる
段階5：データを番号付けや2次元表などで整理して数量の見積もりをしたり、公平性を考慮して比較をしたりすることができる

さらに、表2-3-4の記述において「用いるもの」に着眼してみると、数理活用力の段階を分ける鍵となる概念の存在を見出すことができる。例えば、割合、単位当たり量、状況を表現するグラフ、2次元表などがあげられる。これらは、必ずしも高度な知識や概念ではないが、中学校、高等学校の数学教育の中で明示的に指導されていなかったり、活用の機会の乏しかったりするものである。PISA等でも課題として指摘されるものであるが、それが大学生の数理活用力の能力段階を決めるものにもなっていることが示唆される。

(2) 大学生の数理活用力の分布

次に、表2-3-4に示した能力段階を用いて、大学生の数理活用力の現状を考察する。そのために、表2-3-4の能力の各段階に分類した問題群の期待得点率が70％以上になるような能力値を持つ受検者を、当該の段階に達しているとみなし、各段階にいる受検者の割合を主な学問系統ごとに求めた（**図2-3-11**）。

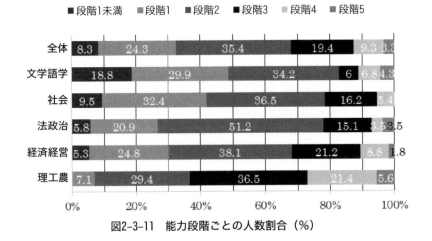

図2-3-11　能力段階ごとの人数割合（％）

表2-3-4 数理活用力の能力段階の記述表

段階	数学的定式化	数学の利用	数学的結果の解釈	問題の困難度
1	・視覚的に捉えられる事象から、伴って変わる量(変化要因となる変数)を見出すことができる。 ・散布図から、比例的な関係をモデル式に表すことができる。	・1次関数のモデル式から、値を算出することができる。 ・時系列データを基準年に対する比に変換した指数・指標をグラフと対応づけることができる。	・度数分布表やクロス集計表の値から、事象の特徴を読み取ることができる。	[-3.35,-1.76]の7問
2	・現実の空間にある物体の相対的な位置関係を把握するために、模式的な平面図に表すことができる。 ・視覚的に捉えられない事象から、伴って変わる量(変化要因となる変数)を見出すことができる。	・単位当たり量などの基準量が得られているときに、比例関係を利用して総量を見積もることができる。	・度数分布表やカテゴリーごとの数量を示す表で、割合(比率)を用いて事象の特徴の把握や比較をすることができる。 ・時系列のデータ表で、変化率(前年比など)を用いて、変化の特徴の把握や比較をすることができる。 ・散布図から、近似直線が意味することを読み取ることができる。	[-1.58,-1.0]の10問
3	・スケールの異なる量を比較するために、変化率などの指標を設定することができる。	・度数分布表から平均値を算出することができる。 ・時系列データを適切なグラフに表して比較することができる。	・平均値の記入された2次元表から、層別してデータを比較することができる。	[-0.77,-0.22]の13問
4	・事象を比較するために、適切なグラフ(棒グラフ、円グラフ、線グラフなど)を選択することができる。	・量を見積もるために、基準とする量を入れ替えた基準量(単位当たり量の逆数など)を使うことができる。 ・現実の空間での量の見積もりに基準量としての三角比を利用できる。 ・2変数が時間に伴って変化する事象に対し、散布図を利用することができる	・1次関数のモデル式を解釈して、2つの事象を比較することができる。	[0.01,0.96]の9問
5	・データ数の異なる事象を比較するために、適切な指標を選択することができる。	・データを、番号付けや対象を2軸で分類する2次元表で整理し、集計や数量の見積もりを行うことができる。	・比較の公平性を検討することができる。 ・層別に分析する必要性を検討することができる。 ・データ数の違いを考慮した帯グラフ(モザイク図)を用いて、事象を比較することができる。	[1.14,2.05]の8問

学生の能力段階の分布は、全体では、7割弱が段階2以下、主な学問系統別では、「経済経営」で7割程度が、それ以外の文系の学問系統で8割程度が段階2以下、「理工農」で7割程度の学生が段階3以下となった。さて、この分布においては大きく二つのことが注目される。

　一つ目は、全体として大学生の数理活用力の水準が高いとはいえないということである。表2-3-4の能力段階の解釈を参照すれば、段階2以下となった7割弱の大学生は、段階3で想定される「平均や時系列グラフ、変化率などを用いて、事象を比較すること」が十分にできる段階に達していないということになる。また「理工農」でも段階3以下となった7割は、段階4で想定される「単位当たり量や三角比を自在に用いて見積もりをしたり、時間に伴って変化する2変数間の関係をグラフを利用して解釈したり、モデル式や多様なグラフを用いて事象を比較したりすること」が十分にできる段階に達していないということになる。

　二つ目は、文系と、理系で大きな差があるということである。今回の調査問題においては、数学の内容としては高校までの必修で扱われるものしか用いられない。それでも文系と理系では大きな差が見られる。一方で、問題①(図2-3-3)における「理工農」と「経済経営」のように、一部の文脈では正答率の差が小さくなることもある。これらのことは、文系に多く見られる中学・高校で数学が不得意だった学生の場合、自身に親和性のある場面である種の概念を活用できても他の場面でも同様にできるようには簡単にはならないことを示唆する。

5　まとめ

　本章では、「職業活動や市民生活、研究活動等において直面する問題を数理モデルを構築して解決する力」を数理活用力と規定し、大学生の数理活用力の実態を考察した。その結果、大学生の数理活用力が十分には習得されていない状況が明らかになった。また、特に高校までにおいて数学が不得意になっている層では、一つの場面で活用できた概念を他の場面でも同様に活用していくことに困難がともなうことが示唆された。

現在の日本の初等中等教育では、現実世界の問題に数学を活用する機会はあまり提供されていない。実際、PISA 2012 では「形式的な数学」「文章題」「数学の中の応用問題」「現実世界の問題」の4つのタイプの問題について「授業でどの程度目にすることがあるか」を聞いているが、「よく見る」と答えた日本の生徒の割合は、「形式的な数学」が78%、「文章題」が32%、「数学の中の応用問題」が48%、「現実世界の問題」が8%であり、「形式的な数学」が参加国・地域中で2番目に多いのに対し、「現実世界の問題」はもっとも少ない(OECD, 2014)。本章で示された大学生の現状は、こうした状況を初等中等教育から大学教育までを通して改めていく必要を迫るものと考えられる。

【引用・参考文献】

日本学術会議数理科学委員会 (2013) 大学教育の分野別質保証のための教育課程編成上の参照基準 数理科学分野.

柳沢文敬・西村圭一 (2013) 大学生の数理活用力を測るアセスメントの開発に関する研究、数学教育学論究 95、377-384 頁.

加藤健太郎・山田剛史・川端一光 (2014) R による項目反応理論、オーム社

Hall,G. (1984) The Assessment of Modelling Projects, Teaching and Applying Mathematical Modeling, Ellis Horwood、pp.143-148.

Houston,K. & Neill,N. (2003) Assessing Modelling Skills, Mathematical Modelling : A Way of Life, Horwood、pp.155-164.

OECD (2014) PISA 2012 Results: What Students Know and Can Do(Volume I, Revised edition)Student Performance in Mathematics, Reading and Science, OECD Publishing.

2.4 ジェネリックスキルとリテラシー
～市民育成の視点を併せ持つ教育を～

久保田 祐歌

1 大学教育を通して育成すべき能力とは

　2000年以降、教育の場面において、しばしば用いられるようになった「コンピテンシー」「リテラシー」「ジェネリックスキル」という用語は、知識の理解や保持だけでなく、その活用をも含む機能的概念である。知識基盤社会 (knowledge-based society) やグローバル化の進展により、大学教育において、知識だけでなく、知識を活用する能力の育成が強く求められている。「新しい知識・情報・技術が政治・経済・文化をはじめ社会のあらゆる領域での活動の基盤として飛躍的に重要性を増す」という知識基盤社会においては、知識の進展によるパラダイム転換を伴うことから、幅広い知識と柔軟な思考力に基づく判断を行えることが一層重要になると言われている (中央教育審議会、2005)。

　こうした社会状況や要請の変化を背景として、教員が「何を教えるか」という知識伝授の観点から、学生が「何ができるようになるか」という能力育成の観点へのシフトが促されている。この移行を明示した、中央教育審議会による2008年の答申『学士課程の構築に向けて』(以下、『学士力答申』)では、大学の教育目標の明確化とともに、学士課程で学生が修得した「学習成果 (ラーニング・アウトカムズ)」としての「学士力」が提示されている。その前提となる、育成すべき人材像として示されているのは、「専攻分野についての専門性を有するだけでなく、幅広い教養を身に付け、高い公共性・倫理性を保持しつつ、時代の変化に合わせて積極的に社会を支え、あるいは社会を改善していく資質を有する人材」としての「21世紀型市民」(中央教育審議会、2005) である。学んだ知識を活かして既存の社会に適応する

だけでなく、学んだ知識を活用し、現状を見据えて社会を変えていくという、二つの側面に対応できる人材が求められると言える。

本稿は、生涯学習を視野に入れた「コンピテンシー」の概念を軸として「リテラシー」「ジェネリックスキル」に焦点をあて、社会での能力の活用に向けて学問分野において教育を行う際に検討すべき留意点を確認するものである。

2　OECDによるDeSeCo「コンピテンシー」とPISA「リテラシー」

(1) DeSeCoの「コンピテンシー」

ポスト産業化社会以降の社会がどのように進展し、そこで生きる人にどのような能力（コンピテンシー）が必要となるか。OECD（経済協力開発機構）の主導による「DeSeCo（コンピテンシーの定義と選択：その理論的・概念的基礎、Definition & Selection of Competencies ; Theoretical & Conceptual Foundations）」プロジェクトは、来るべき社会で必要となる能力という観点から、「コンピテンス」の枠組みにおいて、概念レベルからの検討・提案を国際的に行っている（ライチェン・サルガニク、2006）。

DeSeCoプロジェクトが、個人を軸として「人生の成功と正常に機能する社会のために」必要なものとして提案するのは、「広く、ホリスティックな観点から、重要で、必要で、望ましいコンピテンシー」である。DeSeCoは、その具体的中身を「キー・コンピテンシー」の三つのカテゴリー、〈カテゴリー1〉「相互作用的に道具を用いる」、〈カテゴリー2〉「異質な集団で交流する」、〈カテゴリー3〉「自律的に活動する」に沿って分類している。

それぞれのキー・コンピテンスは、「認知的スキル、態度、動機づけ、感情、そして他の社会的構成要素の相関的な組み合わせ」であり、これらは、「社会や個人にとって価値ある結果をもたらす」「いろいろな状況の重要な課題への適応を助ける」「特定の専門家だけでなく、すべての個人にとって重要である」という三つを条件としている（同上）。

「コンピテンシー」が「リテラシー」や「ジェネリックスキル」と異なるのは、要素に分割可能な「スキル」とは異なり、「複雑な行為のシステムであ

り、認知的スキル、態度、そして他の非認知的要素を包含し、別々の構成要素には還元できない」という特徴をもつ点である（ライチェン・サルガニク、2006）。コンピテンシーは、「知識や技能以上のもの」であり、「特定の状況の中で（技能や態度を含む）心理社会的な資源を引き出し、動員することにより複雑な需要に応じる能力」を含んでいる（同上）。とりわけ重要であるのは、これらのコンピテンシーの枠組みの中核に「思慮深さ（反省性）reflectiveness」が位置することである。この能力は成熟に伴って成長するため、コンピテンシーは生涯に渡って発達させることが可能である（同上）。

　問題は、こうした個人の人生や社会を見据えて提示された「コンピテンシー」を、教育の場においてどの水準でどのように育成するかである。義務教育が終了する15歳までを考える場合は、OECDのDeSeCoの定義に基づいて、PISA（生徒の学習到達度調査、Programme for International Student Assessment）が提示した「リテラシー」がヒントになる。他方、学士課程を通して身に付けるべき能力について検討する上では、中央教育審議会が提示する「学士力」の一要素である「汎用的技能（汎用的能力）」および日本学術会議によって示された学問分野で育成される「ジェネリックスキル」が参考となる。以下でこれらの概念を順番に確認する。

(2) PISAの「リテラシー」

　知識・理解だけでなく、その活用も含んだ概念としての「リテラシー」という用語は、DeSeCoと同じくOECDが主導するPISAによって普及した。もともと、「リテラシー」という用語は、「識字」教育の文脈で使用されたが、「機能的リテラシー」や「批判的リテラシー」に発展し、それぞれのあり方と育成が議論されてきている（佐藤、2007）。PISAの「リテラシー」は、これまでの「リテラシー」の再定義とみなされ、そのリテラシー概念は、初中等教育だけでなく大学教育にも影響を与え、とくに科学や数学分野において大学生が備えるべきリテラシーの内容や水準が検討されている（齋藤、2011；浪川、2011）。

　PISAによる「科学的リテラシー」「読解リテラシー」「数学的リテラシー」の三つの「リテラシー」の調査では、義務教育終了段階の15歳を対象に、

2000年から3年度ごとに、「持っている知識や技能を、実生活の様々な場面でどれだけ活用できるか」をアセスメントしている。「リテラシー」という語が用いられるのは、「評価しようとする分野の知識、技能、能力が幅広い概念であることを表すため」であり、リテラシーは「教科領域の横断的な概念の統合」として拡張的に捉えられている。焦点は、学校教育のカリキュラムに基づいて生徒の到達度を測ることではなく、「思考プロセスの習得、概念の理解、及び各分野の様々な状況の中でそれらを活かす力」である（国立教育政策研究所編、2013a）。

PISAの「リテラシー」は、先に見たDeSeCoの「キー・コンピテンシー」の三つのカテゴリーに位置づけられている。「読解リテラシー」「数学リテラシー」は、〈カテゴリー1〉「相互作用的に道具を用いる」のコンピテンシーA「言葉、シンボル、テクストを相互作用的に用いる」に対応する。科学リテラシーは、同じく〈カテゴリー1〉のB「知識や情報を相互作用的に用いる」に対応する。これについて、佐藤（2007）は、「特に知識が高度化し、複合化し、流動化する高度知識社会に必要な能力を『コンピテンス』の概念で示し、その教育内容を『リテラシー』で再定義する概念枠組みを提示したことの意義は大きい」と述べている。

カテゴリー	コンピテンシーの内容
〈カテゴリー1〉 道具を相互作用的に用いる	A 言葉、シンボル、テクストを相互作用的に用いる B 知識や情報を相互作用的に用いる C テクノロジーを相互作用的に用いる
〈カテゴリー2〉 異質な人々からなる集団で相互に関わりあう	A 他者とよい関係を築く B チームを組んで協同し、仕事する C 対立を調整し、解決する
〈カテゴリー3〉 自律的に行動する	A 大きな展望の中で行動する B 人生計画や個人的プロジェクトを設計し、実行する C 権利、利害、限界、ニーズを擁護し、主張する

図2-4-1　DeSeCoのキー・コンピテンシー（松下、2011）より作成

PISAの三つの「リテラシー」においては、それぞれの領域ごとの「内容」「認知的プロセス」「状況」に依存した問題が出されており、内容に依存しない、領域横断的な能力育成という観点は見られない。他方、2003年の

PISA で、三つの「リテラシー」と共に調査対象となった「問題解決力」は、特定の内容に依存しない、領域横断的な能力として提示されている。「問題解決力」は、この点である種の「汎用性」を含んでおり、「ジェネリックスキル」との関連性という点で注目に価する。

(3) PISA の「問題解決力」

「問題解決力 (problem solving)」は、2003 年と 2012 年の PISA で、「読解リテラシー」「数学的リテラシー」「科学的リテラシー」を横断する能力として、調査対象の一つとなっている。2003 年の定義は、「解決の道筋が瞬時に明白ではなく、応用可能と思われるリテラシー領域またはカリキュラム領域が数学、科学または読解の単一の領域だけには存在していない、現実の領域横断的な状況に直面した場合に、認識プロセスを用いて、問題に対処し、解決することができる能力」となっている (国立教育政策研究所、2004)。これに修正が加わった、2012 年の定義は「解決の方法が直ぐには分からない問題状況を理解し、問題解決のために、認知的プロセスに関わろうとする個人の能力であり、そこには建設的で思慮深い一市民として、個人の可能性を実現するために、自ら進んで問題状況に関わろうとする意志も含まれる」というものになっている (同上、2014)。両者を比較すると、前者が認識プロセスのみに焦点化されたスキル的な定義である一方、後者はより包括的なコンピテンシー型の定義となっていると言える。

具体的には、2003 年版では、問題解決力について教科横断的であるという、「領域」に焦点をおいた説明がなされ、特に「三つのリテラシー」のどの領域関連能力とも区別されるという点が強調されている一方、2012 年版 (問題解決能力 problem-solving competency と表記) では、2003 年および 2005 年の DeSeCo のコンピテンシーの定義に基づいて、「生活において出会うなじみのない問題、伝統的なカリキュラム領域の外にある問題を解くために必要な認知的スキル」および「新しい知識を獲得して使用する能力や、新しい問題を解くために新しい方法で古い知識を使用する能力」に力点が置かれている。また、2012 年版では、「生徒が自ら進んで見慣れない問題状況に関わろうとする意志が、問題解決能力の一部として不可欠であ

る」という立場がとられ (OECD、2013)、「意志」という要素が新たに付加されている (国立教育政策研究所、2004)。定義にある、「認知的プロセスに関わろうとする個人の能力」については、クリエイティブシンキングとクリティカルシンキングが、問題解決能力の重要な構成要素となっている。前者は、新しい問題への解決をもたらす認知的な活動であり、後者は、前者に随伴し、可能な解決策を評価するために用いられるものであり、2012年の PISA ではこれら両方が調査対象となっている (OECD、2013)。

つまり、2012年版では、「建設的で思慮深い一市民として、個人の可能性を実現する」ことを目指して、問題解決の枠組みに沿って、推論スキル、クリエイティブシンキング、クリティカルシンキングなどの認知的スキルおよび意欲を含むコンピテンシーが測定されている。OECD は 16 歳から 65 歳の成人を対象とする「PIAAC」(国際成人力調査、Programme for the International Assessment of Adult Competencies/Survey of Adult Skills)」で、「様々な情報の処理・活用に関するキー・スキル (Key information Processing skills)」を社会の構成員として必要な力として価値づけている。これに、「IT を活用した問題解決力」も含まれている (国立教育政策研究所、2013b)。こうした調査は、職業生活でも日常生活でも必要な問題解決力を生涯に渡って培うために、大学教育においてどのような取組が必要か検討を迫るものと言える。

3 「ジェネリックスキル」の学問分野を通した育成

(1)「参照基準」における学問分野で育成する「ジェネリックスキル」

1節で述べたように、学習成果としての「学士力」を提示した『学士力答申』においては、「学士課程で育成する 21 世紀型市民の内容 (日本の大学が授与する学士が保証する能力の内容) に関する参考指針」として、「各専攻分野を通じて培う学士力―学士課程共通の学習成果に関する参考指針―」が示されている。そのなかで「学士力」の構成要素として提示されているのは、「知識・理解」「汎用的技能」「態度・志向性」「統合的な学習経験と創造的思考力」の四つである。これら 4 要素から構成される「学士力」は、まさに「コンピテンシー」であると言うことができる。

その要素の一つである「汎用的技能（ジェネリック・スキル）」は、「知的活動でも職業生活や社会生活でも必要」であると定義され、具体的には「コミュニケーション・スキル」「数量的スキル」「情報リテラシー」「論理的思考力」「問題解決力」の五つを指す。これらは、各専攻分野を通じて培う「学士力」の学習成果の一部として、初年次教育を含む教養教育および専門教育を通した正課だけでなく、学生の自主活動や、学習支援活動などの正課外も通しての育成が期待されている。

　正課のみを考えると、その課題の一つは、各学問分野の内容を通して、職業生活や市民生活において有用なスキルをどのように育成するかである。この観点は、日本学術会議が「分野別質保証」の文脈で「参照基準」として提示した、学問分野で育成される「ジェネリックスキル」項目に取り入れられている。

　日本学術会議(2010)による『回答 大学教育の分野別質保証の在り方について』では、分野別の教育課程編成上の参照基準が、「各分野の具体的な教育内容に即して、社会人や職業人として求められる能力と、大学教育の各分野の哲学・理念とを統合するものとして、大学教育の職業的意義の向上に重要な役割を果す」ものと説明されている。これまでに、数理科学を含む13分野の参照基準が、日本学術会議のウェブ上で公開されている（平成26年12月24日現在）。

　同「回答」に含まれる、「大学教育の分野別の質保証のための教育課程編成上の参照基準について―趣旨の解説と作成の手引き―」によると、「当該学問分野を学ぶすべての学生が身に付けることを目指すべき基本的な素養」として、「当該分野の学びを通じて獲得すべき基本的な知識と理解」と「当該分野の学びを通じて獲得すべき基本的な能力」があり、後者は「分野に固有の能力」と「ジェネリックスキル」の二つに区別できる。「ジェネリックスキル」は、「分野に固有の知的訓練を通じて獲得することが可能であるが、分野に固有の知識や理解に依存せず、一般的・汎用的な有用性を持つ何かを行うことができる能力」と慎重に定義され、学問分野の「学習内容を素材として何等かのスキルを身に付けさせるという観点」が重視されている。分野を通して育成されるジェネリックスキルは、「基本的には当

該専門分野ならではの固有性を内在させたスキル」である。他方、「基本的な能力」の項目においては、職業生活、市民生活あるいは人生そのものなど多様な局面の想定のもと、学問分野が「現実に人が生きていく上でどのような意義を持つのか」を具体化することが期待されている。「能力」は、「価値観・倫理観や知的座標軸の形成」にも関わる幅広い意味で捉えられ、知識・理解そのものを身に付けることではなく、知識・理解を通した能力育成が求められている。

　翻って、数理科学分野の参照基準を確認すると、身に付くとされているジェネリックスキルとしては、「数字を批判的にとらえる思考力と感覚」「習慣や因習に隠された諸前提や、推論に含まれる問題点を見出す力」「既存の事柄を一般化したり類推したりして、新しい局面を切り開く能力」「物事を簡潔に表現し、物事を的確に説明する能力」「誤りを明確に指摘する能力」の五つが挙げられている。また、関連する「態度」として、「問題を整理分析し、その本質を見極めようとする態度」や「抽象的思考に強く、物の本質をとらえようとする態度」が提示されている。しかしながら、後続の「獲得された能力が持つ職業的意義」の項目を見ると、これらの能力が関連付けられる意義は、市民（私人）としての生活を含まず、職業に限定されているように見える。

　『回答 大学教育の分野別質保証の在り方について』では、市民生活において必要な「市民性（citizenship）」の育成を大学教育の目標として明確に掲げてはいるものの、専門教育を通して育成されるジェネリックスキルと直接的に関連づけていない。むしろ、「教養教育の原点となる理念が市民性の涵養である」という見地から、「市民性の涵養をめぐる専門教育と教養教育の関わり」を視野に入れている。

(2) 高等教育における「市民性」の涵養

　OECDのDeSeCoにおいて、人生や社会を見据えて「コンピテンシー」概念が提示されているように、大学生の能力育成を考える際には、これからの社会において備えるべき「市民性（citizenship）」を想定する必要がある。将来の社会で思慮深く生き抜くために、どのような資質や能力が必要とな

るか、それを大学でどのように涵養しうるかという観点である。

　ヨーロッパでは、生涯学習のための八つのキー・コンピテンシーが参照基準として 2007 年に示されており、必要な知識、スキル、態度から構成される「社会的・市民的コンピテンシー」がその一つをなしている。「市民性」の定義は一義的ではないが、例えばビースタ (2014) のまとめによると、ヨーロッパにおいては、「市民性」が活動的な市民としての「アクティブ・シティズンシップ」として定義され、これに必要なコンピテンシーの獲得が個人目標とされている。こうしたシティズンシップの捉え方に対しては、脱政治化の傾向を含み、民主主義のコンセンサスを過度に強調し、市民学習を、既存の社会的・政治的な秩序の再生産に向けた社会化の形態へと回収するものであり、単なる一つの可能なあり方にすぎないという指摘がある。つまり、DeSeCo のコンピテンシーにしても、高等教育の目標として市民性を定位する場合には何らかの立場が前提とされているため、その前提そのものの吟味と明確化が求められる。

　また、学問分野の教育を通した市民性の涵養に必要なリテラシーの程度については、分野内の専門家同士の議論が不可欠である。Artigue (2014) によると、数学的リテラシーには、日常で役立つような計算などの能力が不足している特定の学生のみに必要な教育といった低次の理解と、数学外の文脈において、いつ・どのように数学的な知識を使うのが効果的で適切かを判断する能力の育成といった高次の理解がある。大学教育は一般的な市民教育ではなく、大学水準の知識を使う職業人の教育であるとする立場から、Artigue は大学では高度な数学的リテラシーのみが教育理念として適切としている。Artigue は、こうした教育が多様な文化をもつ大学で成り立つための条件をいくつか挙げており、その中には、自然科学や工学と人文社会の両方の多様な領域において数学が現在果たしている役割をもっと強調すること、数学を、文化的、社会的な人間の実践から生じたものとみて、国際的学力評価でありがちな画一的な見方に陥らないことが含まれている。

　Artigue の議論からも、大学の学問分野の教育で市民性の涵養につながる教育を行う場合には、大学での専門教育に基づいた市民性とでも言うべきものを検討し明確にする必要があるとの結論に結び付けることができよう。

本稿においては、大学でのコンピテンシー（リテラシー、ジェネリックスキルを含む）の育成においては、これからの社会で活用できる能力を備えた職業人の養成、市民の育成という観点から未来を見越して、必要な能力を特定、分類し、学習成果として設定するステップが含まれることを確認した。この際に重要なのは、学問分野の特性を軸として、教育目標を再定義することである。プロジェクト「欧州教育制度のチューニング」においては、学習成果とコンピテンスに重点を置き、専門分野別のコンピテンスと一般的コンピテンス（汎用的技能）の枠組みを参照基準として設定している。ここでのコンピテンスは、「学術性を基盤としながら、雇用可能性や市民性も保証するもの」（深堀、2012）として掲げられており、今後、社会の要請等を踏まえた学問分野での教育を具体的に考えていくための一つの手がかりとなるだろう。

【引用・参考文献】

　国立教育政策研究所編（2014）OECD生徒の学習到達度調査：PISA 2012年問題解決能力調査―国際結果の概要―。

　国立教育政策研究所編（2013a）生きるための知識と技能―OECD生徒の学習到達度調査（PISA）：2012年調査国際結果報告書、明石書店。

　国立教育政策研究所編（2013b）成人スキルの国際比較―OECD国際成人力調査（PIAAC）調査、明石書店。

　国立教育政策研究所編（2004）PISA 2003年調査：評価の枠組み―OECD生徒の学習到達度調査、明石書店。

　J. ゴンサレス・R. ワーヘナール編著、深堀聰子・竹中亨訳（2012）欧州教育制度のチューニング：ボローニャ・プロセスへの大学の貢献、明石書店。

　齋藤芳子（2011）大学における科学リテラシー教育の検討、日本教育学会中部地区研究プロジェクト編集代表 豊田ひさき『教養と学力』、34-61頁。

　佐藤学（2007）リテラシー教育の現代的意義、日本教育方法学会編『リテラシーと授業改善：PISAを契機とした現代リテラシー教育の探究』図書文化、12-19頁。

　佐藤学（2003）リテラシーの概念とその再定義、『教育學研究』70（3）、292-301頁。

　中央教育審議会（2008）答申　学士課程教育の構築に向けて。

　中央教育審議会（2005）答申　我が国の高等教育の将来像。

　浪川幸彦（2011）リテラシー概念に基づいた教養教育の構築―数学教育に例を取って―、日本教育学会中部地区研究プロジェクト編集代表 豊田ひさき『教養と学力』、9-33頁。

　日本学術会議（2010）回答 大学教育の分野別質保証の在り方について。

　日本学術会議数理科学委員会 数理科学分野の参照基準検討分科会（2013）報告

大学教育の分野別質保証のための教育課程編成上の参照基準 数理科学分野
ガート・ビースタ著、上野正道・藤井佳世ほか訳 (2014) 民主主義を学習する:教育・生涯学習・シティズンシップ、勁草書房。
松下佳代 (2011)〈新しい能力〉による教育の変容—DeSeCo キー・コンピテンシーと PISA リテラシーの検討、『日本労働研究雑誌』53 (9)、39-49 頁。
松下佳代 (2007) 数学リテラシーと授業改善—PISA リテラシーの変容とその再文脈化—、日本教育方法学会編『リテラシーと授業改善』図書文化、52-65 頁。
ドミニク・S・ライチェン、ローラ H・サルガニク編、立田慶裕監訳 (2006) キー・コンピテンシー—国際標準の学力をめざして—、明石書店。
European Commission (2007) Key Competences for Lifelong Learning: European Reference Framework, European Communities.
OECD (2013) PISA 2012 Assessment and Analytical Framework: Mathematics, Reading, Science, Problem Solving and Financial Literacy.

第3章
様々な視点から

> 3.1　工学部専門学科からみた数学教育
>
> 3.2　生涯学習から大学教育を構築する
>
> 3.3　今後の数学的リテラシー教育

3.1 工学部専門学科からみた数学教育

羽田野 袈裟義

1 はじめに

　数学教育を本業とする大学教員の皆さんの活動に参加させて頂くにあたって、筆者の大学入学前、大学時代に単位取得で苦労し、そして単位取得を離れた場での数学との関りをお示しすることで数学を本職とする先生方の教育活動上のヒントとお考え頂くことにしたい。

　まず筆者の大学入学前からの数学遍歴を述べる。恥さらしが多分にあるがこれは致し方ない。子供時分から算数が好きであったが、中学2年(1966年)のときに数学の最初の洗礼を受けた。文字式と連立方程式である。文字式はそれまで数の計算に不自由しなかった筆者をかなり翻弄した。数学は語学であると言われることがあるが大げさにいえばその意味で洗礼であった。1学期の中間試験が終わって初めての授業で試験答案を一人一人返される時に得点を一緒に読まれた。その授業にたまたま教科書を忘れて行ったことが災いして、試験勉強を全くしなかったことを見抜かれて説教された。筆者の1年時の知能テストの点数まで引き合いに出され、知能テストの点数が低いのは反復練習が足りないからだ、努力次第では、この先末恐ろしい奴になる、とのご鞭撻であった。クラス担任になったこともないのに良く調べたものだと思ったが、その時のクラス全員の耳を疑う表情と恥ずかしさと情けなさのため苦笑いでやり過ごすしかなかった。またこの教師は連立方程式の解き方を行列式だけで教えたため、加減法と代入法は全員教科書で独習した。行列式を用いた計算では今思えば1次従属の関係で不定、不能まで習った。1学期の数学の試験の散々な点数を今でも覚えている。今となっては遠い昔の思い出である。この教師の名誉のために

言えば、関数の考え方と図形の証明問題はほぼ完璧に教わった。中学 3 年の時の数学の先生はクラス担任の恩師であったが、教え方に定評があった先生で今でも尊敬している。またその時の中学数学のテキストは出来が良いと当時から思っていた。約 10 年前に息子のテキストを精読し比較してその思いを強くしている。

　問題は高校以降である。中学時代に数学になじんでいて工業高専を目指していたが当時は高専から大学への編入が厳しく制限されており、将来のことを心配して頂いたクラス担任の先生の勧めがあって普通科高校に進学した。筆者の入学した高校は県立普通科高校として上位ではなかった。このためトップグループで入学できたが、1 年の 1 学期には高校数学になじめず 1 年落第して初めからもう一度やり直さねばならないのではないかと真剣に悩んだ。一番悩んだのは例えば $\sqrt{2}$ が無理数であることを証明せよ、などという問題である。手本となるべき教科書の説明は何度読んでも腑に落ちなかった。"ここは普通の高校であり理学部数学科の予備門ではありませんよ。頭がおかしいのではないですか。"教育政策に強い疑念を抱き思わず心の中で叫んでいた。成績上位の同級生も皆同じ思いであった。また、応用を示さない（示せないことが大学に入ってよくわかった）無味乾燥な説明には僭越ながらその当時すでに教科書を書く能力というものを意識するようになっていた。国民の大多数が通う高校の教科書は多くの人の知性を磨く材料でなければならず、決して数学者になる人達だけのための教材であってはならないと確信する。数学者以外の大多数の人には、実際の応用を抜きにした数学（特にベクトルの内積など）は飾りの知識以外の何物でもない。そう思うようになり、2 年になってからは数学の授業で次々に出てくる概念を何かに応用できないかと常に考えた。数学教育において大多数の学生・生徒に教科への興味を持たせることができず、試験という特効薬を使わないと生徒に勉強させることができない状況を放置している所に人材育成上の最大の弱点があると見ている。

　この問題に気付いてか、高校時代の恩師の先生は授業の雰囲気を盛り上げるために様々な努力をされ、「数学を好きになるにはまず先生を好きになって下さい」と切なる口調で我々生徒に訴えていた。メーカーが粗悪品

を売り出して傘下の販売店が顧客に謝罪しているのと同じ構図である。柔道部顧問で優しくて力持ちのその先生は数年前にお亡くなりになったが今考えると涙が出てくる。

　Foerster 著の「Calculus」(文献 1)、ブロンシュタインらの基礎数学ハンドック (文献 2)、FE Review Manual (文献 3) を見るにつけため息が出る。学ぶ者の興味 (専門関連) を抜きにした英語教育もこれと同類である。ともあれ高校数学に違和感を覚えながらも、子供の頃から芽生えていた数学的なものへのこだわり、そしてエンジニアになりたい、との気持ちから歯を食いしばって耐えた、というのが正直なところである。

　大学に入ると教養部の放任主義という洗礼が待ち受けていた。当時は学園紛争の名残があり、工学部の学生が数学の勉強に打ち込む環境としてあまり良くなかった。外的環境はともかく、初年次に学習する代数学、連続性、偏微分の概念に苦しんだ。特に代数学の教科書：服部泰ら著「代数学と幾何学」(文献 4) は添え字の羅列のため 1 年生には不向きで、理学部数学科の知人に見せたところ呆れていた。非常勤講師とはいえ真面目に教科書を選定して欲しいと思った。救いは解析学で加藤久子先生から水野克彦著「解析学」(文献 5) で丁寧に教えて頂いた。工学部の専門に進んでからは塚本陽太郎先生に金原誠著「応用数学入門」(文献 6) で丁寧に教えて頂いた。内容は常微分方程式、フーリエ級数、ラプラス変換、偏微分方程式、複素関数であったが、解き方を覚える試験対策的な勉強に終始したため理解度は良くなかった。特に複素積分のイメージがつかめず、留数の定理も消化不良であった。

　土木の専門科目では 2 年後期から始まった水理学 (流体力学の応用) と土木数学が手ごわい科目で、これらの担当教師からは寺沢寛一著「数学概論」(文献 7)、犬井鉄郎著「偏微分方程式とその応用」(文献 8) を勧められた。前者は分厚くて一人で読んでは何度も挫折し、大学院修士を出て助手になってから研究室の後輩を集めてゼミをした。後者は当時の筆者には馴染みにくい線積分・面積分・体積積分が初めから出てきて何度も挫折しながら取り組んだ。そのうちに、初めの方を飛ばして読むことを覚え、一階偏微分方程式の一般論や二階編微分方程式に何度も挑戦した。しかし長いこと

しっくりこなかった。土木数学は新進気鋭の教師のデビュー講義で、フーリエ級数を用いて偏微分方程式を解く題材であったが、教材は要点をまとめたノートで読みづらくさっぱり分からず合格者は80人中10人程度であった。あとで聞いたら教材はこの教師が大学院のときの物理数学のノートのまとめとのことであった。分かるはずがない。また要点をまとめたノートは、所詮は断片的な材料（点）の寄せ集めで論理・知識の構築（面）にはなり得ないと感じた。この教師は反省してか翌年からはワイリー著「工業数学」（文献9）を使う授業になった。これを4年後期に卒論をしながら再履修したが、毎回3、4題のレポートが出てA4レポート用紙3〜5枚で提出して口頭試問のチェックを受けて受験資格を与えられた。筆者としてはこの授業で数学への興味を取り戻し、手ごたえを感じるようになった。

筆者の専門の関係では、水理学や流体力学の殆ど全ての書籍がラグランジュ微分（特定の流体粒子の物理量の値の時間増加率）をオイラー表示（場の考え方）だけを用いて説明しており、偏微分が不自由であった筆者には「木に竹を接ぐ」感じで自然に頭に入らなかった。このため、ラグランジュ微分のイメージをつかめず、これは周りも同様であった。このような事情は今も同じで大多数の学生にとって流体力学の知識が砂上の楼閣と化している。ラグランジュ微分をオイラー表示とラグランジュ表示の両方で説明してこの問題に正面から取り組んでいるLindzen著「Dynamics in atmospheric physics」（文献10）に出会ったときは長年の苦しみから解放された思いであった。また、曲面の法線ベクトルの各方向成分の比を導くプロセスを初年次の数学の教科書でなかなか見かけないが、これは偏微分方程式の理論のほか流れ学での応用で大変重要なので入門書にその解説が望まれる。唐突な話題であるが、工学部の多くの学科で学ぶ流れ学では偏微分をよく理解する必要があるという事情を現場サイドの経験から述べた次第である。

数学、特に微分方程式はその後も筆者の頭から離れることがなく、ワイリー著「工業数学」、吉田耕作著「微分方程式の解法」（文献11）、ブロンシュタインら著「基礎数学ハンドブック」、スミルノフ高等数学教程（文献12）、神部勉著「偏微分方程式」（文献13）などの書籍を折に触れて取り出しては読みふけっている。博士を多数輩出するという文科省の方針に乗って実用

的な「研究論文」を稼いで博士を増産する昨今の工学部の風潮に大いなる疑問を感じる状況にあってこれらの著書に触れると何かしら気が休まる。

2　工学教育に求められるもの

(1) 教育改善の取組

　上で述べた筆者の数学遍歴において、筆者が受けた教育の実質性への疑問、高校教育のお門違い、大学の放任教育の問題点を述べた。現行の大学教育を続けつつ技術者教育の実質化を目指す取組がある。JABEEである。これは"日本の技術士資格保持者を増やし技術者の海外での活躍の場を確保する"ための方策として産業界からの強い圧力で出てきたが、このような要請に応えるためのノウハウを日本の多くの大学は持ち合わせておらず、関係者の苦心の末に出来上がった現在のJABEEは教育の実質化には道のりが遠いようである。ただ、大学教員に教育の重要性を認識させ、教育への努力を促していることは認められる。

　筆者は、工学教育を実質化させて産業界の上記の要請に応えるにはJABEEとは別のやり方がありそうであるとの考えに立ち、試行錯誤の末に英語教材を用いた工学教育にたどり着いた。教材はFE試験[米国技術士PE(Professional Engineer)資格制度の1次試験]の受験用参考書のベストセラーと定評があるFE Review Manualを用いた。これは、簡潔な説明、興味をそそる挿絵、そして適量の例題・設問からなり、日本人学生の多くが無理なく対応できる。筆者のゼミ指導の結果、研究室の数少ない院生の中から連続して公務員合格者を出し、また日本人学生と外国人留学生の融合教育が極めて円滑にできるなど、筆者なりに効果的な教育方法に漕ぎ着けたと理解している。この他の最近の例として、ある高専の専攻科の学生が卒業要件のTOEIC 400点を最終学年の10月にまだクリアしていないと相談に来たので、彼の専門を考えてFE Review ManualのChemistryの1章を渡して全力で翻訳するように、と指示を与えた。するとその1ヶ月後にIPで500点を超えました、と喜びの報告を受けた。教材とその活用法如何でこうも違うものかと正直驚いた。

FE試験の受験科目の構成が大学工学部卒の質保証として極めて合理的と思われるので、試験の概要を述べる。前述のようにFE試験は米国PE資格制度の1次試験であり、化学工学、土木工学、電気工学とコンピュータ、環境工学、生産工学、機械工学、そして工学一般のいずれか一分野を選択して受験する。全分野とも択一式で全110問について解答する。ここで、全分野について数学関連を重点に試験科目と出題数を示す。なお、各科目の出題数は年により異なるため、(最小数)−(最大数)の形で示す。

化学工学： 数学(解析幾何、方程式の根、微分積分、微分方程式) 8-12；確率と統計(確率分布、意思決定における期待値、仮説の検定、種々の平均量と分散、単純平均の見積、回帰分析) 4-6；工学基礎科学(ベクトル解析の応用、基礎力学、仕事・エネルギー・馬力) 4-6；計算技術 4-6；物質科学 4-6；化学 8-12；流体力学 8-12；熱力学 8-12；物質とエネルギーのバランス 8-12；熱伝達 8-12；質量輸送と分離 8-12；化学反応工学 8-12；プロセス設計と経済性 8-12；プロセス制御 5-8；安全、健康および環境 5-8；技術者倫理 2-3

土木工学： 数学(解析幾何、微分積分、方程式の根、ベクトル解析) 7-11；確率と統計(種々の平均量と分散、単純平均の見積、回帰分析、意思決定における期待値) 4-6；計算技術 4-6；静力学 7-11；動力学 4-6；材料力学 7-11；材料学 4-6；流体力学 4-6；水理学と水文システム 8-12；構造解析 6-9；構造設計 6-9；地盤工学 9-14；交通工学 8-12；環境工学 6-9；土木施工法 4-6；測量学 4-6；技術者倫理 4-6；工業経済 4-6

電気工学と計算機工学： 数学(代数と三角比、複素数、離散数学、解析幾何、微分積分、微分方程式、線形代数、ベクトル解析) 11-17；確率と統計(種々の平均量と分散、確率分布、意思決定における期待値、単純平均の見積) 4-6；工学基礎科学(仕事・エネルギー・馬力・熱量、充電・電気エネルギー・電流・電圧・電力、電気の力、荷電粒子の移動による仕事、キャパシタンス、インダクタンス) 6-9；電力工学 8-12；電磁気学 5-8；電気材料の性質 4-6；回路解析(直流および定常交流) 10-15；線形システム 5-8；信号プロセシング 5-8；電子工学 7-11；制御システム 6-9；通信工学 5-8；コンピュータネットワーク 3-5；デジタルシステム 7-11；コンピュータ

システム 4-6；ソフトウェア開発 4-6；技術者倫理 3-5；工業経済 3-5

環境工学：数学（解析幾何、数値解析法、方程式の根、微分積分、微分方程式）4-6；確率と統計（種々の平均量と分散、確率分布、回帰式と曲線のあてはめ、意思決定における期待値、仮説の検定）3-5；流体力学 9-14；熱力学 3-5；材料科学 3-5；環境科学と化学 11-17；リスクアセスメント 5-8；水資源 10-15；給水と廃水 14-21；空気の質の問題 10-15；固形物と有害な廃棄物 10-15；地下水と土壌 9-14；技術者倫理 5-8；工業経済 4-6

生産工学：数学（解析幾何、微分積分、行列演算、ベクトル解析、線型代数）6-9；確率と統計（順列と組合せ、確率分布、条件付確率、種々の平均量と分散、仮説の検定、あてはめ、システム安定性、実験計画）10-15；工学基礎科学（仕事・エネルギー・馬力、材料の性質と選定、充電・エネルギー・電流・電圧・電力）5-8；モデリングと数値計算 8-12；生産管理 8-12；生産・製造・サービスのシステム 8-12；生産設備と兵站 8-12；人為的因子・労働性・安全性 8-12；労務計画 8-12；品質管理 8-12；システム工学 8-12；技術者倫理 5-8；工業経済 10-15

機械工学：数学（解析幾何、微分積分、線型代数、ベクトル解析、微分方程式、数値解析法）6-9；確率と統計（確率分布、回帰式と曲線のあてはめ）4-6；静力学 8-12；動力学・運動学・振動 9-14；流体力学 9-14；熱力学 13-20；伝熱学 9-14；数値計算ツール 3-5；電磁気学 3-5；材料力学 8-12；材料の性質と加工 8-12；計測・計測器の使用・制御 5-8；機械設計と解析 9-14；技術者倫理 3-5；工業経済 3-5

工学一般：数学および工業数学（解析幾何と三角関数、微分積分、微分方程式、数値解析法、線型代数）12-18；確率と統計（種々の平均量と分散、確率分布、意思決定における期待値、サンプルの分布とサイズ、あてはめの適合性）6-9；化学 7-11；測定器の使用とデータ解析 4-6；安全・衛生・環境の保全 4-6；静力学 8-12；動力学 7-11；材料強度 8-12；材料科学 6-9；液体の流体力学 8-12；気体の流体力学 4-6；電磁気学 7-11；熱・質量・エネルギーの輸送 9-14；技術者倫理 3-5；工業経済 7-11

以上でわかるように、分野により多少異なるが確率・統計を含む数学だけで 10-20% の配点であることがわかる。また、数学以外の物理系の科目

でかなり多くの問題で数学のセンスが求められることが容易に想像できる。それから、米国では日本に比べて確率・統計の比重が格段に高い。この違いは日本の指導者の言動にも色濃く反映している。米国など多くの国では不測の事態を織り込み済みである。日本で発される「あってはならないこと」、「想定外」などの言葉は不測の事態を考慮しておらず、リスク管理ができていないことを雄弁に物語っている。筆者は確率・統計学をきちんと学習していないが、これは大雨や地震、事故の発生確率や被害想定などとの関係で今後きわめて重要になる分野で、損害保険会社にとっては最重要課題であろう。確率・統計は今後政治家やマスコミ関係者には必須の概念となろう。その意味で文系・理系に関係なく理解を徹底する必要がある。

　関連して米国の技術者資格について少し説明する。前述のように FE 試験では公式集と電卓の使用が許されるためかなり立ち入った設問が可能で、学力評価力で日本の技術士試験より遥かに優れている。試験は全て択一式のため日本人の受験に大きな負担はない。米国 PE 資格は米国内では医師や弁護士と同格の有力な資格で、米国外の途上国や中東産油国では書類手続きで当該国の技術士資格を得られるケースが多いと聞く。このためか海外事業を展開する有力企業が社員に 1 次試験の FE 試験を受験させている現実がある。1994 年から 2001 年（個人情報保護法施行以前）のデータによると、石川島播磨重工、三菱重工業、三菱化学、千代田化工建設、東洋エンジニアリング、清水建設、日本鋼管、大林組、東芝、日揮、日立製作所などで受験者が多い。学生の立場からは修士 1 年次に試験に合格し、FE 試験受験者の多い有力企業に就職するのが有利である。また、筆者が企業の採用担当者なら迷うことなく FE 試験合格を入社の条件とする。FE 試験合格で学力が保証される上に米国試験協議会の倫理規定が厳しいため問題を起こしにくい。また、会社の経営が厳しくなったときに転職がスムーズに行く可能性が高いのである。日本は大学入試時点の達成度が高いので大学生の FE 試験の合格可能性が高い。文科省が本当に技術者の国際競争力を高めたいなら FE 試験の大学別合格者数と企業別合格者累積数を公表することを継続するだけで十分と認識する。少しわき道に逸れた。ご容赦を頂きたい。

(2) 方法

　次に、教育方法について述べる。前掲の FE Review manual を用いた日本人学生・外国人留学生の混成ゼミでは留学生が一文読むごとに筆者が和訳するという方法を取った。翻訳は正確と簡潔を旨とし、一文単位のまとまりを特に重視した。また解説を適宜補足した。これにより日本人学生が以前に増して既習範囲の内容を正確に理解し、留学生は技術上の日本語の細かな言い回しが理解できるようになった。このゼミを通して教育上のノウハウがいくつか身についた。

　まず、数学など説明文の理解に時間がかかる科目は英語など母国語以外の言語で書かれた教材が適している。それは理解する速度と読む速度が近く一種の共鳴効果が期待できる上、母国語でないため一字一句注意して読まなければならないからである。また、英語は日本語に比べて論理的で曖昧さが少なく、特に数学の教材は少量の文章で事足りるため英語教材が適する。英語圏には良質の教材を評価する風土が以前から根付いており、実際優れた教材が世に出ていると思われる。少なくともページ数を削るという"努力"のあとは感じられない。それと英語教材を翻訳する作業は内容の理解・定着にも大変効果的である。翻訳の最中には自分の中の日本語を総動員して的確な翻訳を行なっている。また日本語で習った事項を自分の言葉で言い直している。このため、翻訳作業で日本語作文力が鍛えられ、さらに良書はまとまりが良いため文章全体のバランス感覚が身につく。中学や高校でよい文章を書こうと思えばよい文を読めと言われていたが、翻訳作業はこの目的のためには単なる読書よりかなり大きな効果があると感じている。

3　今後目指すべき方向

　以上では主に大学の数学教育に関連した課題や改善の取り組みを筆者の体験を中心に述べてきた。しかし、少子化の影響で工学部でも入試に数学を課すことができない状況にある大学が国立大学にも出てきている。これは技術立国しか生きる道がない日本にとって由々しき事態であり、体系的

な教育改善を組織的に行なう必要があるが、決め手となる解決策を実行して教育の実質化に成功した大学があるようには思われない。この場を借りて私案を述べる。

(1) 高校数学の改善案

　最重要課題は高校数学の教科書を、生徒が興味を持てる題材を示して生き生きとした内容にすることであろう。また試験に頼る教育からの脱却が求められる。筆者が使った高校数学テキストは応用を極力省いて数学的なアプローチに終始していたが、内容理解には種々の応用事例を挙げて理解を促すことが肝要と確信する。現実問題の中に数学の宝が潜んでいることを気づかせることが特に重要である。要は教育と評価を厳正に区別しそれに基づいて着実に行動することである。すなわち、解説では数学以外の題材を用いるにしても試験評価では数学以外のことを必要以上に問わない、これさえ遵守すれば何も問題はないはずである。ルール違反に対しては監督官庁が具体的に論評を発するまでである。また、高校の授業で関数電卓とグラフ用紙を使って手作業で理解させることも不可欠と言える。電卓使用は高校以降の数学では筆算による数値演算はエネルギー浪費以外の何物でもないとの認識からの提案である。べき関数を対数グラフに描いてみるだけで大分違う。対数グラフの使用は約10年前に母校でやってみせたことがあるが、生徒たちの驚きの顔を今でも思い出す。

(2) 大学教育の工夫

　ベクトルの内積は、物理の「仕事」の理解に不可欠の概念で、他にも太陽光発電の発電力の評価に直接関わる。Foerster著の「Calculus」は米国の高校数学のテキストと思われるが、これには日常の問題から科学技術の問題に至る多様な応用が例示されており、日本の大学生が入学当初から取り組む書として好適である。高校で学んだ内容を大学入学直後に英語で学ぶことは理解徹底と英語力向上の両面で大変効果的である。説明の方法や内容の配列が少し異なることが刺激になる要素がある。筆者自身の経験によると、翻訳は内容の理解・定着で大きな効果を挙げる。翻訳をワープロ入

力することで自動的にワープロ鍛錬にもなる。慣れれば英文から直接翻訳のワープロ入力が可能になる。注意すべきこととして、他人の翻訳をコピーすると著作権法に抵触することを学生に周知することが必要である。この法的な制約はかえって学生の学力向上にプラスに作用する。不便は勉強の元、便利は不勉強の元、ということか。

また、工学部の物理系の学科ではベクトル解析、テイラー展開、偏微分、連鎖定理、ベクトルの微分演算子、線積分・面積積分・体積積分の直感的理解、接平面と法線の方程式の理解の徹底が求められる。これらの補強のための演習が不可欠である。専門学科に一人か二人くらいは必ずと言っていいほど数学に興味を持つ教員がいる。それらの教員と懇意になり信頼関係を築いた上で協力して授業を行なうと効果的であろう。

4　結語

以上、工学部教員から見て数学教育に関して感じること・考えることを長々と述べてきた。工学教育の実質化を学内で達成するには、数学教員と専門学科教員の間の形に囚われない有機的連携が不可欠であろう。現在山口大学工学部は広島大学工学部と共同して全国の大学と高専に呼びかけて工学系数学統一試験を行なっている。これは、工学分野で共通して必要とされる基礎数学の学力定着を目指して始めたが、数学教員と専門学科教員との有機的連携の必要性を痛切に感じるところである。このほか、工学部など実学の分野では、雇用確保の意味から講義要目に沿う学習で挑戦可能な有力技術者資格を視野に入れた指導をすることが望まれる。

最後に大学教育の外的環境について述べる。政府や財界、あるいはマスコミの「技術立国」という掛け声は勇ましいが、土曜完全休業、ハッピーマンデー、事務業務の肥大化などによる春季休業の長期化により大学教育の中身が年々貧弱になっている。ハッピーマンデーは、1990年代に欧米諸国から日本人は働きすぎと言われて土曜休業にしたときに導入されたが、授業日数純減と不規則休日が学校教育に支障を来たしている上、資源に乏しい日本の繁栄の源泉である勤勉心を奪っている。明らかに国益を損なう

有害な制度で、即刻廃止すべきである。また、大学教員が本来の教育と研究以外の業務に追われている状況は正常な姿ではない。個々の事務業務やJABEEの必要性に関する徹底した検証とそれに基づき的確な対応を早急に行なうことが必要である。その上で、重要な項目・事項を着実に教育することであろう。加えて重要なこととして、大学以前の教育課程とテキストに目を光らせることは当然であろう。

【引用・参考文献】

1　Paul A. Foerster (2005) Calculus: Concepts and Applications, Key Curriculum Press.
2　イ・エヌ・ブロンシュタイン、カ・ア・セメンジャーエフ著、小倉金之助、矢野健太郎監修、宮本敏雄、松田信行訳編 (1964) 基礎数学ハンドブック、森北出版。
3　Michael R. Lindeburg (2006) FE Review Manual 2nd ed., Professional Publications, Inc.
4　服部泰、大和田広元 (1963) 代数学と幾何学、廣川書店。
5　水野克彦、解析学、学術図書出版。
6　金原誠 (1967) 応用数学入門、広川書店。
7　寺沢寛一 (1960) 数学概論 (増補版)、岩波書店。
8　犬井鉄郎 (1957) 偏微分方程式とその応用、コロナ社。
9　C. R. ワイリー著、富久泰明訳 (1970) 工業数学 (上巻)、ブレイン図書出版。
10　Richard S. Lindzen (1990) Dynamics in atmospheric physics, Cambridge University Press．
11　吉田耕作 (1978) 微分方程式の解法 (第2版) 岩波書店。
12　ウラジミル・イワノビッチ・スミルノフ著、弥永昌吉、菅原正夫、三村征雄、河田敬義、福原満洲雄、吉田耕作 翻訳監修 (1961) スミルノフ高等数学教程 9 －Ⅳ巻 [第二分冊]、共立出版。
13　神部勉 (1987) 偏微分方程式、講談社。

3.2 生涯学習から大学教育を構築する

渡辺 信

1 問題設定

　数学教育の変化は40年前にシカゴから始まった。当時、数学嫌いの生徒が増加した学校教育の改善の方向を情報機器活用によって生徒が自ら考えることが可能な数学の学び方を模索した。社会はいまだにコンピュータを自由に使うことができない中で、生徒が自ら考える補助となる道具を模索した。生徒が持つ道具としては教科書が主体であったが、より数学を『見て・触れて・考えられる』ようにする方向を模索したことは新しい社会への方向として正しい歩みを始めたと言えよう。この時に誰もが『いつでも・どこでも・使いたいときに』使える道具としてグラフ電卓が開発された。考える補助としての道具の活用は生徒にとって数学が楽しい教科に変わったことは、今後の数学教育の方向性を明白に示したと言えよう。しかし、日本の数学教育は教育の成果が高く、誰もが計算力が豊かであり、その能力を道具に置き換えることに躊躇したと言えよう。数学教育の中にグラフ電卓を持ち込むことは数学力低下につながると危惧した節がある。

　その後、情報機器を活用した数学教育は新しい社会にふさわしい方向として多くの人々の教育方法となった。数学の知識を覚えることではなく、数学的思考が可能になったことによって数学へ向かう態度が変わった。自らが考えることが教育にとって重要なことであることが示されていると言ってもよい。この自ら考える教育こそ、将来の教育の在り方を示すとともに、今回問題にしたい生涯学習との結びつきにもかかわっている。

　しかし、数学教育の評価を計算技能の評価として見る日本の数学教育には情報機器の活用は不可能である。道具がなくても数学力の高いことが、

数学教育の改革には結びつかないことは残念であった。数学教科書の問題はその80％はボタンを押すと答えが得られる状況の中で、日本の教育として確立した方法・内容を変えることは現在でもできない。アジアにおけるTechnology活用の数学教育国際会議では、日本から発信できる事柄はない。多くの国の数学教育は数学を学ぶことを楽しみとし自ら学ぼうとしているが、日本の生徒の数学に対する態度は非常に消極的であることは今回のOECDが行った数学力リテラシー調査でもはっきりと表れた。

　情報機器の活用は数学技能の低下につながることは避けられない。電卓を持つことによって計算力は低下する。関数のグラフを描くために訓練した増減表を用いなくてもグラフは簡単に見ることができる。これだけでも数学技能の訓練は必要がないように思われるが、数学の世界を広げるためには道具の活用が不可欠である。現在の社会が必要とする数学的能力は、数学的思考をもちいた問題解決にあり、いろいろな条件のもとでの最適解を求めることである。この数学的思考を身に付けた社会人の育成が大学教育に求められている。数学教育に求められていることは、知識の伝承のみではなく、知識の活用と共に社会の中で生きていく力が必要である。

2　生涯学習と数学的思考

(1) 生涯学習の定義

　生涯学習という言葉は学校教育からは、何を意味するかは明確ではない。義務教育、高等教育を卒業した後の学習として広くとらえることも可能であるが、今回の立場はより狭い範囲に生涯学習を定義する。学校教育 (In School) に対して、学校の外 (Out School) における学習とする。言葉を変えて、学校教育では知識を与えられることが主体な活動に対して、生涯学習ではすでに得ている知識の活用を指し示す。この様なとらえ方からは、学校を卒業後、再び大学等に再入学することは生涯学習には含まないこととする。

> **生涯学習の定義**
> 知識を学ぶことに対して、その知識を活用する学習とし、学校教育の外での積極的な能動的学習を示す。

(2) 数学の定義

　この様な生涯学習の中での数学教育とは、学習する内容となる数学については、学校教育における数学が指し示す内容をより広い立場で考える。学校教育における数学は、体系的な数学知識を具体的に考えることとし、生涯学習における数学は知識にとどまらず、数学を広く方法論をも含めて考えることにする。この立場から、生涯学習の数学を、『与えられた条件のもとで、判断し行動するための最適解を求める活動』とする。

> **数学的思考の定義**
> 数学の定義という言葉を数学的思考の定義に改める
> 与えられた条件（データをも含めて）のもとで、判断し行動するための最適解を求めることで、問題解決に近い学習を指す。このためには学校教育において学んだ数学が役に立つ。学校教育における数学教育が直接、生涯学習において形を変えないで使うことは無い。

(3) 生涯学習の数学的思考の例

　今回行われた成人力調査(PIAAC)を参考にして、学校教育と生涯学習との差異を見たい。国際調査成人力数的思考力ではつぎの問題が写真と共に与えられた。

　問題　黒糖まんじゅうの箱の写真を見てください。数字キーを使い、次の質問の答えを入力してください。
　1箱に全部で105個の黒糖まんじゅうが入っています。この黒糖まんじゅうは、1箱の中に何段重ねで箱詰めされていますか。
　この問題は学校教育ではより自然な流れの中に位置づけられる。小学校の問題としては初めの段階では次のような問題として提示されるであろう。

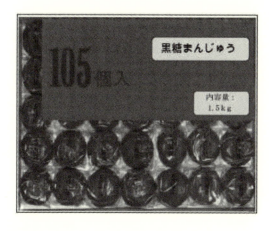

問題（小学校算数の問題）
箱の中に黒糖まんじゅうが7個ずつ5列、3段に並んでいます。全部で何個入っていますか？

　　答え　$7 \times 5 \times 3 = 105$　　　　　105個

　7個ずつ5列、3段に並んだお菓子の個数を計算することが自然な問題であり、全体の個数を求める問題として計算をすることによって数え上げられることを要求する。(この問題では写真は不要) この問題が社会に出た時にどのように変化するかを考えたい。全く同じ形式で社会の中で問われることは無い。成人力調査の問題は学校での問題を少し違う角度から眺めていることが分かる。

問題（国際調査成人力数的思考力）
黒糖まんじゅうの箱の写真を見てください。1箱に全部で105個の黒糖まんじゅうが入っています。この黒糖まんじゅうは、1箱の中に何段重ねで箱詰めされていますか。

　　答え　$105 \div (7 \times 5) = 3$　　　　　3段

　今回提示された国際調査成人力数的思考力の問題は生涯学習としての問題にはまだ遠い。この成人力調査の数学的思考の問題では、学校の数学教育の延長線上にあって、社会の中で生じる数学的思考の可能性からはまだ

いくつかの段階を踏む必要がある。生涯学習の数学的思考は自らが考えることが必要であり、公式的な数学知識の見方を変えるだけでは役立たない。数学的思考を『与えられた条件に最もふさわしい解（最適解）を求める手段』としたことから、生涯学習における問題は次のように変化する。

この、学校教育の数学から生涯学習の数学的思考力への変化のギャップが大きい。このギャップを乗り越えるために大学教育のあるべき姿が浮かび上がってくると考えられる。学校教育の問題をそのまま用いるような社会的問題にぶつかることはほとんどない。問題解決のために途中で学校教育で学んだ数学知識を使うことがあっても、その知識は形を変えている可能性が強い。

生涯学習としての問題（数学的思考を生かす）
社会の要求として、菓子を作っているメーカーに箱を納入する

　　答え　最適な箱を作る

　問題を提示される対象が『お菓子の箱を作っているメーカーに関わっている』とする。お菓子会社から与えられる条件のもとで、最適な箱を作り納品することを求められているとする。どのような箱を作ることが求められた条件のもとで最適な箱なのかを考え、作ることが求められる。お菓子のメーカーから言われたとおりの寸法で箱を作ることは日本人は得意である。その過程において数学的思考を使っているとは考えないが、寸法を間違いなく作る過程には相手の求める通りの箱ができればよいという時代は終わった。この問題に携わる（問題が与えられた側に求められることは）より最適な箱を作って欲しいという問題になる。大量生産可能な箱ではなく、個々の条件にふさわしい箱が要求される社会になったと考えたい。

> **お菓子の箱を作りたい（生涯学習としての問題）**
> 条件は何か
> お菓子をできるだけたくさん売りたい箱が欲しい
> 105個を入れる箱が欲しい
> 箱の単価は？
> お菓子の大きさは？
> 大きさはどのくらいが良いか 段数は？
> 箱の大きさを考えて段数が決まる（段数は105の約数）1, 3, 5, 7, 15, 21, 35, 105
> 段数が決まれば、縦・横が決まる
> お菓子の間に隙間を空けるか？
> 箱の中に宣伝等を入れるか？
> ほかに考えられる条件は何か？
>
> 求められたことが条件のもとで最適解になっているかが問われる。
>
> お菓子会社が箱を作る会社への発注とその受注において、発注の条件を満たす箱を作ることができることが要求された最適なもの（箱）が可能な社会には「数学」が存在する。この発注と受注の相互関係の中での最適解の存在が数学的思考になる。

　社会の問題としてこの問題が提示されることはないであろう。なぜなら社会的には不自然なことが多い。家庭で一回に105個のお菓子をもらうことは考えられないが、数学（算数）の問題としては105という数字が約数が多いことで使われたと考えられる。数学の問題が実生活と遊離していることは問題がある。105という数字は約数が多くおもしろい数字かもしれない。しかし、お菓子として使われる数字であろうか。また、社会の中に現れる数値としては興味がない。

3　大学教育の改善の方向

　現在の大学教育の問題点は『就活』が話題になっている。日本社会の中での製造業の生産労働に従事する労働人口はへり、多くの労働場所はアジ

ア諸国へと移動してしまった。日本の労働力の空洞化現象はさらに進み工業化社会から情報化社会への変化が労働市場を大きく変えた。社会ではこの現象を『知識基盤社会への対応』としてとらえている。仕事の変化がはっきりと表れていて、知識情報産業での仕事が中心になっている。大学卒業生のうち多くの人が仕事にありつくことができない状況になり、文部科学省の発表でも 70％程度の就職率である。残りの就職できない大学卒業生が社会の中に取り残されている状況からも大学の教育の在り方を変える必要がある。

　数学教育においては文系の学生は数学にはふれない。文系学生の数学は高校 1 年のまま止まっているので、ギリシャ時代の数学文化で終わっている。現在は 17〜18 世紀の微分積分学に見られた花々しい数学発展の後、1900 年前後の近代化から現代へと大きく発展している。現代数学を学ぶことは不可能であるし必要性は乏しいが、19 世紀の数学文化が現在の文化を作り出していることから、すべての人が数学的思考の訓練を受ける必要がある。たとえば、ピカソの絵を理解できない、アインシュタインの相対性理論は名前だけを知っているにすぎない等は 1900 年初めに作り出された学問に接近する方法を知らない。数学的には『4 次元世界』がポアンカレの数学として影響をしている。この数学が文化の基盤になっていることを考え大学の文系・理系を問わず全ての学生が学ぶ数学を構築しなくてはならない。少し誇張して言うならば社会の変化は数学から始まっているともいえる。

　生涯学習からの視点からは、学問を学ぶことが旧態依然とした『受動的教育』になっていることの改革をしなくてはならない。情報化社会へと変化し、知識が高度化し複合化するとともに、求められていることは『自ら考える』ことである。生涯学習の必要性は今までの学校教育では可能性が乏しい。学校教育の完成としての大学教育は生涯学習の準備を目指す必要がある。黒板を用いた講義は知識の伝達には効率が良い。しかし、現在は社会が求める人材は工業化社会とは異なっている。教養の面からは「読み・書き・そろばん」という標語を掲げてきたが、この標語は江戸時代に求められてきた教養である。「読み・書き・そろばん」は社会の基礎ではあ

るが誰もが獲得したことで、現在はこの標語のもとで新しい標語を必要としている。新しい時代にふさわしい教養とは何かを問うことは、生涯学習の視点から考えると、「読み・書き・そろばん」は消極的な標語にたいして、新しい標語はより積極的に行動することを考え、「考える・創造する・発信する」のような言葉にならざるを得ない。

　我々の人生は長い。大学卒業までの20年は人生の4分の1にしか過ぎない。この20年間で学習がすべて終わることはない。そこで大学卒業後に再び学ぶために教育機関の門をたたくようなことが必要と思うかもしれない。しかし、再び大学等の教育機関に入り新しく学びなおそうとすることは生涯学習にはならない。現在の状況では生涯学習への移行ができない大学教育の現状を考え、カルチャーセンターのような場を設定することも必要であろう。数学に興味を持って集まる一般市民も多い。彼らは数学を学ぶことによって直接仕事に役立てるのではないが、社会の中で数学的思考の重要性を知っていると思われる。生涯学習に付いての一般市民の現在の考えに付いて、茨城県日立市で行われた市民のための数学講座のアンケートを参考にした。学びは教えられるのではなく自らが考えることを重視した。今までの知識を生かし、自らが考える訓練が必要であることを痛感した公開講座であった。

表3-2-1　日立市で行われた数学一般公開講座（ワークショップ方式）

	参加者数	77
参加目的	算数・数学が好きでもう一度学びたい	33
	算数・数学が苦手であったが数学の必要性を感じる	27
	子供に教えたい	29
	生涯学習として数学は大切	22
	新しい仲間との出会いを求めたい	1
	科学館ボランティアをしたい	2
	その他	3
満足度	大変満足	42
	ほぼ満足	33
	やや不満	2
	不満	0

この生涯学習の視点からG.ポリアの「問題解決」(いかにして問題をとくか)をみたい。ポリアは数学問題解決において4段階のステップを用意する。この問題解決に対応して生涯学習における数学活動(Do Math)対応させ、必要な数学的思考「問題→条件→最適解→行動→結果→評価」と関連させることができる。

ポリア	市民の数学的思考
第1 問題を理解すること	問題
第2 計画を立てること	条件→最適解
第3 計画を実行すること	行動
第4 ふり返ってみること	結果→評価

ポリアの考えた数学の問題を解くことの過程はそのまま生涯学習における数学の必要性と対比できる。数学が必要なこととしてポリアは将来を見通して考えていたのではないだろうか。我々の数学教育は過去と現在を問うことが多いが、その先に広がる未来を見つめた数学教育が必要であると考える。その中から学校教育の重要性は知識の習得に重点を置くことが望ましいと考えた。

【引用・参考文献】

1 G. ポリア(1954)いかにして問題をとくか、丸善出版。
2 文部科学省(2013a)国際成人力調査 PIAAC (Programme for the International Assessment of Adult Competencies)。
3 文部科学省(2013b) OECD 生徒の学習到達度調査(PISA) OECD 生徒の学習到達度調査。
4 渡辺信(2013)生涯学習の立場から数学教育をみる、日本数学教育学会論文発表会。
5 渡辺信・垣花京子(2013)幾何:美しい定理・不思議な定理　筑波学院大学公開講座。
6 渡辺信(2013)代表生涯学習を目指す数学教育の構築—なぜ、生涯学習から教育を再構築したいのか—、日本数学教育学会春期研究会。

3.3 今後の数学的リテラシー教育

藤間 真

1 始めに

執筆依頼に際して依頼されたのは「会場に来られなかった方々にも、会場での議論が伝わる様な文章を、"今後の教育実践"という視点から」ということであった。そこで、今後の本務校での教育実践にどのように生かそうとするかという点から、藤間が二日間の研究会を横断的に振り返ることを通じて、そのことを目指す。

この様な文章なので、報告者である藤間の背景から始める。藤間は、応用解析で修士号を取った後、数理的思考での問題解決で社会に貢献しようという(今考えると青臭い)人生設計の元、IT企業に就職し、紆余曲折の後に現在の本務校で、「数学とコンピュータのリテラシー」を担当する様になった。教養教育担当者の減少という大学大綱化以後の全国的な傾向の中で、文科系大学において、どのような数理的思考を学生に提供すべきかを、一般情報教育との対比の中で思い悩む中でこの研究集会に参加した。また、このプロジェクトの集会に参加するのは始めてだったということも踏まえて読んで頂ければと思う。

2 教育実践の理論的基盤の三論点

(1) 教育実践の基盤としての三論点と第一論点

さて、二日間の研究集会の数多くの講演を横断的に振り返った時、会場に来られなかった読者に伝えたいのは、Hodgson講演・Artigue講演について熟読玩味するのは当然として、次に挙げる三つの論点を今後の教育実

践の基盤に据えるべきだということである。第一論点は議論の出発点についてであり、第二論点は「PISA」という言葉の二面性に象徴される矛盾であり、第三論点は ICT の活用という視点である。

　まず、第一の「議論の出発点」として強調したいのは、多くの講演が PISA の「数学的リテラシー」の定義から説き起こされたことである。このことは、「読み・書き・そろばん」と言った時の「書き」に芸術としての書道が含まれないのと同様に、「リテラシー」と銘打った以上、「世界を読み解く技能」に重点を置くべきだということに、多くの講演者が一致した結果であろう。また、純粋数学の崇高さ・深遠さとは違う切り口で「数学的リテラシー」が扱われていた研究集会だと換言することもできよう。

　特に、PISA の「数学的リテラシー」と「科学的リテラシー」の定義には「思慮深い市民」という観点が、また「読解力」の定義には、「効果的に社会に参加する」という観点が含まれている（国立教育政策研究所、2013）ことが重要だと感じた。すなわち、現実を超越した、人類の文化資産としての数学を教えるのではなく、より良い社会構築の為に市民が備えるべき能力の一端として教えるのだという視点が今後の「数学的リテラシー」教育の実践に関する議論の出発点であると考える。これは PISA の定義を鵜呑みにすれば良いということではなく、浪川報告で指摘されている様に、「言語」という側面を強調するなどして、日本の状況に合わせた「数学的リテラシー」を模索する出発点に PISA の定義を据えるということである。この方向性は、研究集会全体として数学の具体例の紹介を基軸にして考えさせる報告が目立ったことにもつながるし、色々な教育手法の試行錯誤もその様な観点から行われていたと感じる。なお、教育手法の試行錯誤の中でも、御園報告で紹介された「SPECC モデル」は、今までの、数学手法が先行してそれを組み合わせるドリルとして提供される演習問題とは一線を画した、世界を読み解く数学を教育するための教育手法として今後の展開が期待される。

(2) 第二の論点：「PISA」の二面性に象徴される矛盾

　さて、第二点でいう『PISA』の二面性に象徴される矛盾」とは、「高邁ではあるが浸透していない理念」と「表面的な評価への矮小化の浸透と悪影

響」の間に起こる矛盾のことである。まずは、なぜ「PISA」を象徴とするのかを中心にこの矛盾について述べる。

　先述した様に、PISA は、より良い市民社会の構築という高邁な理想を目指した学習到達度調査のことである。そして、実社会においても「PISA 型学力」という言葉は、指導要領での重要視や、「全国学力調査」の傾向への影響もあり、それなりに市民権を得てきている。では、その世間知に先に指摘した高邁な理念は含まれているであろうか？　管見するところ、「活用力重視」という風に解説していれば良い方であり、雑誌記事や塾などのチラシなどのレベルでは、小手先のテクニックで対策可能な新しい試験の方法と捉えているものの方が多い様に思われる。更に、「PISA 型学力」に密接する「全国学力調査」については、その順序等に一喜一憂する層からの圧力によって、現場が疲弊していることなど、世間での受け止め方が理念からは乖離していることは報告後の質疑応答で何度か指摘された。この、「高邁ではあるが浸透していない理念」と「矮小化した理解の浸透と悪影響」の間に起こる「矛盾」を直視する必要性を第二論点に据える。

　この「矛盾」は「PISA」に限定された議論ではないと考える。萩尾報告の冒頭での、曾野綾子氏の二次方程式の解の公式を不要とする発言に対して数学教育側の自省をも求める指摘などはまさにこの「矛盾」を止揚する必要性の指摘であろう。また、矢島報告での「きはじ指導」に代表される「手続き暗記数学」についても、成績を挙げる技法を優先せざるを得なくなるという「矮小化」のために、「量の体系の本質的理解」などの本質が欠落してしまった結果であるという意味で今述べている「矛盾」の一形態として理解できよう。また、井上報告で指摘のあった、「数学とは、90% 理解できなくても 90 点が取れる世界だ」「数学は公式に当てはめれば答えが得られる」という印象を持つ学生が育ってきた背景には、高邁さ・深遠さを持つ数学というものが学生に伝わっていないという「矛盾」が存在すると解釈できるであろう。

　「矛盾」の蔓延は初等中等教育に留まらない。羽田野報告で指摘があった様に、これまでの日本の高等教育での数学教育は、専門基礎教育においてすら「高邁な内容を教育することがいつか使えることに繋がる」という

教育に力点が置かれていて、実際の「活用」が軽視されていたと言われても仕方がないのではなかろうか。付言すると、羽田野報告は、技術者教育の振興と技術者の育成を旗印に掲げて設立されたJABEE（日本技術者教育認定機構）の教育現場への影響や、結局アメリカの教材に頼らざるを得ない状況などの報告もあり、先に指摘した「矛盾」が数学分野に限らないという意味でも興味深かった。この論点については、日本の数学研究が応用から遊離しているが故に細りかけているという科学技術政策研究所の「忘れられた科学－数学」（細坪護挙他、2006）での指摘との関連を議論すべきかもしれないが、研究集会で議論があった訳ではないので、ここでは関連性を指摘するにとどめる。

(3) 第三の論点：ICT活用

　さて、藤間が重要だと捉える第三の論点は「ICT活用」である。これには更に二つの側面がある。その一つ目は教材としてのICT活用であり、もう一つは支援機具としてのICT活用である。

　教材としてのICT活用とは、デジタル機器による教材作成・提供である。近年のICTの急速な発展によって、新しい教育が模索されている中に数学教育も包含されている。今回の研究集会では、小松川報告・永島報告で詳述されたアプローチである。特に大学教育という観点からは、MOOCS（Massive Open Online Courses、大規模公開オンライン講義）の急速な発展に伴い、この方向性は最近急速に研究・実践が進んでいる。MOOCSは学習者の詳細な記録を保持・分析することができ、その学習履歴分析により教材作成に関する実証的研究が可能であることも注目されている。その様な教育工学の進歩がどのように数学教育を変えて行くかについては今回の研究会では詳細な報告はなかったが、取捨選択の上教育に組み込んで行く必要性は指摘された。

　さて、もう一つの「支援機具としてのICT活用」とは、たとえば、グラフを表計算ソフトで描いたり、細かな計算を数式処理ソフトで検算したり、大量のデータを統計ソフトで分析したり、という形でのICT活用である。たとえば、西井報告で紹介された内容は、PCの援用無しでは不可能であ

ろう。また、井上報告においても、線形計画法による問題解決の実際的な部分については、表計算ソフトを援用している。この様な数学を支援するICTという側面は、入試での出題が難しい関係か、初等中等教育で広がっているとは言いがたいが、学生達が出て行く社会のICTを踏まえると、「リテラシー」として身につけさせるべき技能であろう。

3　今後の教育実践に向けて

さて、研究会で得られた内容をどのように教育実践に結びつけるべきかが読者諸賢の求めるところであろう。この様な視点からまとめたい。

Hodgson講演やArtigue講演を熟読することや、第一論点であるPISAの「数学的リテラシー」に向けた教材設計、第三論点であるICT活用なども重要であるが、それよりも、第二論点である「矛盾」が発生しない実践こそが重要だと考える。学生達が興味を持つ様な題材でモデル化し、モデル化した世界を数学で読み解くことを教育したとしても、学生に残るものが「如何に点数を確保する(採点者を満足させる)か―手続きの暗記」であるとすれば、「数学的リテラシー」教育としては失敗と判断すべきであろう。これは「勉強とは如何に点数を確保するかを学ぶこと」と感じている多くの学生について、「数学を自家薬籠中のものとすることを通じて世界を見る方法を身につける勉強」と感じてもらうことに他ならず、「勉強」に関するメタ認知の変更を目指すことになる。しかし、「メタ認知の変化」をきちんと評価することができなければ、「手続き暗記」によって安易に点数を稼ごうという方向性を排除するには至らないであろう。この様な新しい評価の枠組みについては、本研究会では深く議論するに至らなかった。

おそらく、新しい「数学的リテラシー」に相応しい学生評価は画一的にできることではなく、属人的な形成的評価、すなわち目の前の学生を見つめ、その学生に適切な教材を提供し、考えることを支援し、その過程に寄り添いながら各学生を高める過程そのものを評価する以外に無いのではなかろうか。その為には、「数学的リテラシー」教育担当者は包括的・一般的な数理科学の知識とともに、幅広い題材について個別的・具体的に理解

して学生に応じて提供できるだけの力量も求められ、更には形成的評価を中心に教育方法論に関して熟知することも求められるのではなかろうかと感じると同時に、この研究集会の多岐にわたる実践報告は、逆に「数学的リテラシー」の形成的評価に求められる広がりを示唆しているとも感じる。

　最後に、研究会ではあまり議論されなかったが、「実践」を進める上では非常に重要だと思われる点について私見を述べる。それは、数学に対するメタ認知の変化を進めなければならない対象は、学生だけではないという点である。大学大綱化以降工学部の数学講座がほとんど壊滅したという浪川(2014)での指摘に象徴される様に、専門教育のディシプリン強化の方向性により大学における基礎教育は希薄化が進んだ。この歴史の流れを直視すると、実際の教養数学教育が皮相的な手続き暗記に堕さないように予防すること、実用的な側に光を当てすぎて数学そのものの深遠さ・崇高さが次の世代に伝わらないことを予防することをも目指す必要がある。これは、一担当者レベルの問題ではなく、各大学でのディプロマ・ポリシー、カリキュラム・ポリシーに「数学的リテラシー」に本質を組み込む必要性があることを示唆し、大学全体の大学教育観が問われることを示唆する。この様な視点からの議論は藤間自身の今後の課題としても残っている。

【参考文献】

浪川幸彦(2014)数学の「能力」とは？数学セミナー、5月号、63-67頁。
国立教育政策研究所(2013)OECD 生徒の学習到達度調査、<http://www.nier.go.jp/kokusai/pisa/pdf/pisa2012_result_outline.pdf>。
細坪護挙・伊藤裕子・桑原輝隆、忘れられた科学－数学、<http://www.nistep.go.jp/achiev/ftx/jpn/pol012j/pdf/pol012j.pdf>。

第Ⅱ部　実践編

第4章　数学的リテラシー教育のデザイン

第5章　理工系専門基礎の数学的リテラシー教育

第6章　文系の数学的リテラシー教育

第 4 章
数学的リテラシー教育のデザイン

4.1　文系学生のための数学活用力を育む
　　　授業デザインとその実践

4.2　数的思考の学びを支援する ICT 活用教育の一提案

4.3　数学的活動の指導を実現する授業モデル
　　　「SPECC モデル」の提案

4.4　数学的リテラシーを育成する大学教育のデザイン

4.1 文系学生のための数学活用力を育む授業デザインとその実践

川添　充・岡本 真彦

1　はじめに

　現実世界の様々な問題解決場面では、数理科学なものの見方、考え方の重要性が大きくなっており、文系理系を問わず数理科学的思考力を身につけることの重要性が増してきている。しかし、大学の教育現場においては、とくに文系学生に対してこれまで十分な数学教育がなされてこなかった。筆者らの勤める大学では平成24年度の教育組織再編によって、文理の枠組みを越えた新しい大学教育をめざす教育組織「現代システム科学域」が既存の文系学部を含む形で誕生し、そのカリキュラムの中に共通教育科目「基礎数学I」「基礎数学II」が開設されることとなった。

　現代システム科学域は、知識情報システム学類・マネジメント学類・環境システム学類の3学類からなるが、このうち、一般入試を理系型で行っている知識情報システム学類を除いた残りの2学類で基礎数学Iは必修であり、マネジメント学類ではさらに基礎数学IIも必修である。基礎数学の目標には、各学類のカリキュラムの中で展開される数学関連科目（より専門的な数学科目や統計科目）の理解に必要な数学的知識の習得に加えて、学生が専門分野に進んでから、さらには卒業後社会に出てから、数学を思考ツールとして使いこなしていけるようになるための、現実場面での数学活用力の育成も含まれる。文系コース出身の学生が履修生の多くを占めるこれら2科目の授業設計にあたっては、文系学生の数学不安や数学への興味関心の低さを解消しつつも、単なる数学の学習への動機づけや基礎的な計算練習に留まることなく、彼らの数学的な思考力を高めるような授業を作り上げることが必要であった。本稿では、基礎数学I、IIの授業設計や実践にあ

たって我々が取り組んだことを紹介する。大学生がどのような数学力をどのレベルまで身につけるべきかについては、すべての大学で統一できるものではないが、一公立大学の取り組みとして参考になれば幸いである。

2　数学に対する苦手意識の背景とその解消のためのポイント

　基礎数学の履修者は文系コース出身の学生が多く、全体の約7割を占める。一般に、文系学生は理系学生に比べて数学を学ぶことに不安を感じたり、数学に興味を持てなかったりなどで(藤井、1994；西森他、2004)、数学に対して苦手意識をもつ学生が多く、授業をデザインするにあたってはこれらの解消が課題となる。これらの課題を解消するために、我々がポイントとして考えたのは次の2点である。

　1つめのポイントは「教員のことば」の問題である。数学に苦手意識をもつ学生に共通する体験として、「数学の授業では、わけが分からないままに、勝手に進んでいく」というものがある。この原因として、数学教員が用いる「ことば」と学生が理解できる「ことば」との間のギャップの問題があると考えられる(岡本、2011)。数学教員は数式やグラフの「読み書き」に長けていて、それらを用いた記述が簡潔でわかりやすいという感覚が身に付いているために、数式やグラフなどの「数学のことば」を用いた説明をしがちである。しかし、数学が苦手な学生は数式やグラフが表す内容について豊富なイメージをもっていないため、日常的なことばではなく数式やグラフを駆使した「数学のことば」で語られると、何を意味しているのかを理解することが困難となるのである(図4-1-1)。したがって、数学が苦手な学生に対する数学教育では、数学的なことばによる説明に加えて、学生に理解できる「ことば」を合わせて用いることで、学生が「数学のことば」を理解できるように橋渡しをすることが大切である。

　2つめのポイントは「数学と現実の乖離」の問題である。国立教育政策研究所の調査結果(国立教育政策研究所、2007)によれば、高等学校において、「数学を勉強すれば、私の普段の生活や社会生活の中で役立つ」と思う生徒は37.9%にとどまっており、数学を現実場面に役立つものとして捉えること

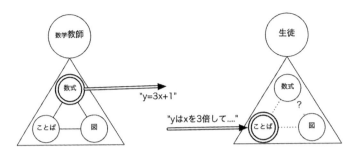

図4-1-1 教師と生徒の会話モードのずれ（岡本、2011）

ができていない。このことは高校においてどのような数学教育が行われているかに関連する。実際、同じ調査で「実生活における様々な事象との関連を図った授業を行って」いると回答した高校の数学教員は、「行っている方だ」「どちらかといえば行っている方だ」を合わせても29.4％に過ぎないことが報告されている。したがって、大学生の多くが、中学校から高等学校までの授業経験から、数学を現実とは切り離された学問として種々の計算や解法を習得する科目と捉えているのも無理からぬことである。現実と切り離された抽象的な数学に適応できる学生もいるが、多くの学生はそうではなく、学ぶ内容に親しみを持てず苦手意識を抱いてしまうことになる。数学に対する苦手意識の背景をこのように考えると、現実的な問題とつなげて、学習する内容に現実的な意味をもたせた形で数学を教えることが大切ではないかと考えられる。

　上に指摘した2つのポイントは、現実世界での数学活用力を養う上でも大切である。というのも、教員の「ことば」がわからないために意味の理解が伴わず、数学を現実と乖離した学問として教えられるために具体的にどういう場面で活用できるかが分からず学ぶ意味も見出せない、という状況のもとでは、「とにかくやり方を暗記して、暗記したやり方通りに手を動かす」という機械的な暗記学習に陥ってしまいがちであり、そのような暗記学習では、数学の学習内容を離れた状況下で数学を応用できるようにはならず（Mayer, 2002）、現実世界で数学を活用して思考する能力を身につけることにはつながらないからである。

3 現実世界で数学を活用して思考する力を養う授業デザイン

前項で指摘したポイントをふまえた上で、我々が基礎数学の授業デザインとして大切であると考えたポイントを以下に述べる。

(1) 現実的問題の提示、数学による解決、数学的知識のまとめの順で行う

伝統的な数学の授業では、定義や手続きがまず説明され、それらの習得のための練習問題を解き、最後に時間の余裕があれば応用例に触れることもある、というのが一般的な授業展開である。しかし、このような授業展開のもとでは、定義や手続きが現実のどのような場面で活用できるかについての理解のないまま数学的な練習問題に取り組むことになるため、学習の動機づけの面からも、また、現実場面で数学を活用して思考する力を養うという基礎数学の授業目標からも、望ましい授業展開とはいえない。そこで、基礎数学の授業では、学習の順序を逆転させ、まず、学生が身近な問題と感じるような現実世界での問題を示し、それを数学的な問題としてとらえて数学を用いて解決する過程を体験させ、最後にそこで用いた数学的概念や手続きをまとめて、同種の問題に取り組むのに必要な数学の基礎力を高めるための演習を行う、という順序にした。現実的な文脈の中で数学を用いる活動から入ることは、学習内容への関心や数学の有用性の認識を高めるために重要であるだけでなく、「学習を促進する重要な要素は、実世界での課題の性質を反映した環境で、生徒に課題の実行や問題解決をさせることである」(ソーヤー(編)「学習科学ハンドブック」、2009、p.45) という「状況に埋め込まれた学習 (situated learning)」の観点からも重要である。基礎数学では、既習の数学の活用を教える際だけでなく、未習の数学を使った応用事例を学ぶ際にもこの順序で授業を組み立てた。未習の数学概念や手続きが関わる場合は、現実的な問題を「数学化」して解決していく作業の中で、自然に新しい概念や手続きにたどり着くように演習内容を設計して、それらの新しい概念・手続きの意味やそれらを用いることの利点を理解できるようにしている。

(2) 現実的問題は「数学化」される前の現実で出会う「生」の形で提示する

　現実世界の問題は、あらかじめ数式で書かれていることも、どんな数学をどのように用いてアプローチすればよいかが明示されていることもない。つまり、現実世界の問題は「数学化」されていない。そのような問題に対して数学を活用して思考する力を養う授業では、「数学化」されてない問題をどのように「数学化」していくかの過程を学ぶ必要がある。このため、授業で扱う現実的問題は、数学的に整理されたり定式化されたりする前の、できる限り現実で出会う状況に近い問題であることが望ましい。さらに、現実感を高めるために、可能な限り現実のデータを使うことが望ましい。

(3) 数学的構造が同じ複数の題材や複数の数学的手法で扱える題材を用いる

　現実的問題の提示から始めて数学を活用した問題解決の方法を教えたとしても、1つの題材のみでは単発的な活用に終わり、数学を用いることの利点を感じさせるには不十分である。数学には、文脈を捨像して抽象化することで統一的な視点からものごとをとらえられるという利点があり、このことの理解のためには、見た目（文脈）は異なるが数学的構造が同じであるような複数の現実的問題を取り扱うのが効果的である。基礎数学では、1つの事例で数学の活用を学んだ後に、同じ数学的手法が適用できるが文脈や状況の異なる現実的問題を、授業中の演習や宿題でできるだけたくさん取り扱うようにしている。たとえば、数列の活用では、文脈は異なるが同じタイプの漸化式でとらえることのできる問題として、定期積立貯金の貯蓄額の推移、ローン返済での月々の借入残高の推移、薬の定期服用による薬効成分の体内残量の変化を扱う。また、数学的知識・手法は、個々に孤立したものとしてではなく、相互に関連し合ったものとして構造化されていくことが望ましい。このためには、複数の数学的手法でアプローチできる題材を授業の中で取り扱い、同じ問題を複数の単元で異なる数学を用いて「数学化」してみることが効果的である。これにより、数学的なとらえ方は一通りではなく多様な見方があることを知るとともに、問題を通して異なる数学的手法が結びつけられ、数学的知識として構造化されていくことにもつながる。基礎数学の授業では、たとえば、摂取したカフェイン

の体内残量の変化を、一定時間ごとに区切ってみた場合は数列、時間に対する連続的な量の変化とみた場合は関数としてとらえたり、借入額、金利、毎月の返済額と返済期間や利子も含めた総返済額の関係についての問題を、具体的な借入額、金利、毎月の返済額から返済期間や総返済額を求めるシミュレーションによってアプローチする場合は数列、返済期間や総返済額を借入額、金利、毎月の返済額という3つの変数から決まる関数としてみる場合は多変数関数の問題としてとらえたり、といったことを行っている。

(4) 数学的意味を分かりやすく伝えることばやイメージを積極的に用いる

　数学が苦手な学生は、数式やグラフが表す内容についての豊富なイメージを持たないため、学生が理解しやすい、より日常言語に近い表現や視覚的イメージを用いて、数学的表現の意味を伝える工夫が必要になる。たとえば、多くの文系学生は、数列の和を表すΣ記号に苦手意識を持っているが、基礎数学の授業では、Σ記号を使う際には「数列 a_n を n=1 から n=10 まで足し合わせる」などのことばによる説明や、数列の各項を幅1高さ a_n の棒グラフで表して数列の和を棒グラフの面積の総和として視覚的に説明するなどを合わせて行うことで、Σ記号の意味を日常言語に近いことばや視覚的イメージに結びつけ、学生のΣ記号に対するイメージを豊かにすることをめざしている。なお、数学を活用して思考するためには数学的表現を理解するだけでなく使いこなせるようになる必要がある。基礎数学の授業では、日常的なことばによる言い換えや視覚的イメージで数学的表現を理解できるようになったあとで、これらを使いこなすための基礎練習を行っている。

(5) 学生の理解過程にそった演習を中心に授業を組み立てる

　数学の学習が、意味の理解をともなったものとなるためには、授業のポイントごとに学生が理解・納得していくことが大切である。このためには、教員による一方向的な講義ではなく、学生自身が主体的に取り組む演習を中心として授業を組み立て、学生が授業の中で自らの理解度を確認しながら学習していけるようにする必要がある。基礎数学ではすべての授業で、

学生が理解しやすい流れになるよう演習を設計した上で、演習内容に沿ったプリントを準備して授業を行っている。伝統的な数学の授業では、問題演習は学習者が独力で取り組むものというイメージが強いが、グループで協同作業をしたり、意見を述べ合ったりすることで、さまざまな考え方に触れて数学の理解を深めたり、数学的思考の幅を広げたりすることができるし、互いに教え合ったりすることで一人では乗り越えられないものを乗り越えることができる。基礎数学の授業では、現実的問題についての予測を立てたり、シミュレーションや実験をしたり、現実のデータを加工してグラフを作ったりなど、グループでのディスカッションや協同作業が有効となる学習活動を積極的に取り入れている。

4 基礎数学の授業内容

　基礎数学の授業は、上述のようなデザイン方針を、本格実施1年前の平成23年度のパイロット授業で検証しながら作り上げた。平成24年度からは、前期の基礎数学I、後期の基礎数学IIともに同一曜日コマに4クラス開講して4名の数学教員が担当し、基礎数学のデザイン方針に沿って作成された教科書(川添・岡本、2012)を用いて、統一されたシラバスに従って授業を行っている。基礎数学I、IIの授業で扱うトピックとそこで扱う具体的題材の例としては、方程式・不等式(線形計画法)、数列(単利と複利、定期積立、ローン返済、薬の定期服用と体内残量、ベッカーの依存症モデル)、関数(心的回転、体内残量、細菌の増殖、感染拡大のデータ分析)、行列とベクトル(表計算、社会ネットワーク分析)、確率(リスク診断、ベイズ推定)(以上、基礎数学I)、固有値と固有ベクトル(生物の世代推移、格付推移行列、最適化問題、主成分分析)、三角関数(電力需要の周期的変動、音の合成)、微分(普及曲線、限界利潤、経済的発注量、ロジスティック関数)、積分(速度と距離、累積放射線量、標準正規分布)、多変数関数と偏微分(ローン返済、コブ・ダグラス生産関数、標準肺活量予測式)(以上、基礎数学II)などがある[1]。

　どの授業も現実世界の問題を考えることから始まり、多くの授業では、学生たちはいわゆる「数学的モデル化過程」を教員主導の演習で体験する

問題．某O大学では，キャンパスが広大であることからレンタサイクルサービスを開始することにした．正門脇の駐輪場とキャンパス奥の講義棟前の駐輪場にそれぞれレンタサイクル用指定駐輪場を設置し，この2カ所の駐輪場間では相互に乗り捨て自由としてサービスを開始することにしたい．事前のモニター調査の結果から，各駐輪場の自転車の1週間後の移動の状況が，右の表のようになると予想された（表中の数値は％）．自転車を100台以上用意して本格サービスを開始するにあたり，2つの駐輪場にどう配分するのがよいだろうか．

もとの場所↓	移動先	
	正門脇	講義棟前
正門脇	70	30
講義棟前	20	80

	学生の活動（1週目）	指導の手だて	学習のねらい
①	上の問題について，一方に多く配分すべきか（その場合どちらを多くすべきか），等分すべきかを班毎に議論し，予想する．予想に従って具体的な台数配分を決めて，週毎の台数変化のシミュレーションを行う．全班の結果をグラフ用紙にプロットして観察する．	班毎に異なる台数を与えて配分を考えさせる．（異なる初期状態に対するシミュレーション結果を得るため．）	2カ所の台数を表す点の週毎の動きについて，すべての点が同じ傾きの直線に沿って平行に動くこと，原点を通るある直線に近づいていくことを「発見」させる．
②	観察結果をベクトルの言葉で表す．「ベクトル $\begin{pmatrix}\Box\\\Box\end{pmatrix}$ と平行な直線方向に動きながら，ベクトル $\begin{pmatrix}\Box\\\Box\end{pmatrix}$ の定数倍で表される点に近づいていく．さらに，平行移動する距離は1回毎に□倍になっていく．」	「2つの直線はどんな直線？傾きをベクトルで捉えると？」「$\begin{pmatrix}-1\\1\end{pmatrix}$ 方向の動きの特徴は？1回毎に動く幅はどうなってる？」と問いかけてベクトルの言葉で捉えるよう誘導する．穴埋めで答えさせる．	点の動きの特徴が2つの特別なベクトル $\begin{pmatrix}-1\\1\end{pmatrix}$, $\begin{pmatrix}2\\3\end{pmatrix}$ で表されることを理解させる．
③	②のベクトルに推移行列をかけて，その結果を観察する．	$\begin{pmatrix}-1\\1\end{pmatrix}$, $\begin{pmatrix}2\\3\end{pmatrix}$ は「推移行列をかけても方向が変わらない特別なベクトルである」ことを説明する．固有値・固有ベクトルの定義を紹介する．まとめとして，台数の推移の特徴は固有ベクトルで捉えられることを述べる．	台数の推移は固有ベクトルで捉えられることを理解させる．

	学生の活動（2週目）	指導の手だて	学習のねらい
④	最初の台数配分を表すベクトルを固有ベクトルの和として表す． $\begin{pmatrix}200\\100\end{pmatrix}=\Box\begin{pmatrix}2\\3\end{pmatrix}+\Box\begin{pmatrix}-1\\1\end{pmatrix}$ ㋐　　㋑　　㋒	前回の内容を復習した後，最初の台数配分を与えて固有ベクトルの和への分解を穴埋めで答えさせる．	初期状態を表す平面ベクトルが固有値の異なる2つの固有ベクトルの定数倍の和（1次結合）で表せることを理解させる．
⑤	④の式の両辺に推移行列 P のベキ乗をかけて，$P^n(㋐), P^n(㋑), P^n(㋒)$ をグラフに書き，これらの関係と n を増やしていくときの動きを観察する．	P との積が分配法則に従うことを説明して，$P^n(㋑), P^n(㋒)$ を計算する．	P^n（固有ベクトル）の結果が（固有値）^{n}×（固有ベクトル）となることを理解させ，$P^n(㋐)=㋑+0.5^n㋒$ となること，n を大きくしていくと $P^n(㋐)$ が㋑に近づいていくことを理解させる．
⑥	週毎の台数を安定させるにはどうしたらよいかを考える．台数が安定する配分を求める問題を，固有値1の固有ベクトルで成分の和が総台数と一致するベクトルを求める問題に翻訳して解く．	⑤の観察の後「㋐がはじめから㋑だったら？」と問いかける．さらに，「週毎の台数が変わらないという条件は，ベクトルの条件ではどう書ける？」「総台数の条件はベクトルの成分の条件としてはどう書ける？」と問いかけ，ベクトルの問題への翻訳を誘導する．	台数を安定させるには，初期配分として固有値1の固有ベクトルをとればよいことを理解させる．
⑦	全体の振り返りを行い，推移行列とベクトルを用いて捉えられる現象の分析における，固有値・固有ベクトルの役割とその使い方についてのまとめを行う．	補足として，マルコフ連鎖，固有値1の固有ベクトルを持たない現象，コンピュータによる固有値・固有ベクトルの計算（Mathematica）について説明する．宿題として，演習とは異なる分野から推移行列の固有値・固有ベクトルを用いて現象を分析・説明する課題を課す．	推移行列とベクトルを用いて捉えられる現象の分析における，固有値・固有ベクトルの役割についての理解を深めさせる．固有値・固有ベクトルを用いた分析される現象・問題がたくさんあることを理解させる．

図4-1-2　固有値・固有ベクトルを学習する授業（90分×2回）の指導案

ことになる。教員主導で行うのは、高等学校までで数学の活用体験がほとんどないためである。ここでは、そのような授業の例として、基礎数学で実際に行っている授業内容を指導案の形で紹介しよう。前ページ(図4-1-2)に示したのは、基礎数学IIでの、固有値と固有ベクトルを学ぶ2週連続授業の指導案である[2]。なお、この指導案の授業開始時点において、学生は、行列の基本的な演算(基礎数学Iで学習)と推移行列を用いた量の変化の記述(基礎数学IIの前週までの授業で学習)を学習済みであるが、固有値・固有ベクトルは未学習であることを注記しておく。

5 授業実践による授業デザインの検証

最後に、授業実践の結果から上述のデザインの有効性を検証してみたい。ここでは、平成24年度の授業実践について、各回の授業で収集した学生のコメント、学期末のアンケート結果などをもとに検証を行ってみる。基礎数学の授業では学期末に、「この授業を受けて、あなたの数学への興味・関心はどうなりましたか」と「この授業を受けて、あなたの『数学を用いて考える力』はどうなったと思いますか」を尋ねている。その結果をまとめたのが次ページの表4-1-1、4-1-2である(川添他、2013)。これらの結果から、基礎数学の授業のデザインが、学生の数学への興味・関心を高め、また、数学を用いて考える力の向上を学生自身に実感させることに貢献していると考えられる。実際、とくに数学への興味・関心については、各回の授業でとっているコメントや学期末の自由記述欄の回答内容に、「数学ってすごいなと純粋に思った」「日常的にどのようにして数学を使えるかという授業が、高校の頃のただ問題を解く、計算をするというのと違い新鮮だった」「数学は勉強の中で一番苦手で嫌いだったけれど、この授業で考えることの楽しさがわかりました」「私はこんな数学がやりたかったんだ！と思いました」など、数学が現実世界で役に立つことに対する純粋な驚き、数学で考えることの楽しさへの気付き、もっと学びたいという意欲の芽生え、が読み取れるコメントが、数学が苦手だという学生からも多くみられ、数学に対する好意的な態度を引き出すことができているようである。また、

表4-1-1　学期末のアンケートの回答（1）（川添他、2013）

質問「この授業を受けて、あなたの数学に対する興味・関心はどうなりましたか？」

	非常に高まった	高まった	変わらない	低くなった	非常に低くなった	無回答	合計
基礎数学Ⅰ	32	140	100	4	0	9	285
基礎数学Ⅱ	14	123	79	4	1	5	226

表4-1-2　学期末のアンケートの回答（2）（川添他、2013）

質問「この授業を受けて、あなたの『数学を用いて考える力』はどうなったと思いますか？」

	非常に上がった	上がった	変わらない	下がった	非常に下がった	無回答	合計
基礎数学Ⅰ	32	179	63	2	0	9	285
基礎数学Ⅱ	15	145	55	5	1	5	226

　基礎数学の授業では、大学の数学の授業ではほとんど行われないグループ学習を取り入れているが、このグループ学習も学生には好評で、グループ学習を行った回のコメントには、「数学をみんなで考えるというのが初めてで楽しかった。みんなの意見を聞いて考え方が広くなったのが実感できた。」「理解が深まってよかった」「みんなで話し合う授業がなかなかないのでとても楽しかったです！！またこのような授業うけたいです。」などのコメントがみられ、グループ学習の導入が積極的な学習態度を引き出すのに効果的であることがうかがえる。

　とはいうものの、課題がないわけではない。基礎数学のクラスには文系コース出身の学生が多いとはいえ、3割程度は理系コース出身の学生も含まれ、数学的知識・能力は学生によってかなり異なっている。このため、授業の内容によっては上位レベルの学生が簡単すぎると感じてしまうこともしばしばある。基礎数学の授業では、数学の計算よりも現実的状況下での問題を数学化して数学の問題に帰着する部分に重点をおいているため、数学が得意な学生にとっても不慣れな内容ではあるが、それでも授業内での演習をこなす時間は学生の数学的知識・能力によって大きな差が出

てしまい、上位の学生は時間が余ってしまうということが起こる。今後は、高校での数学の履修状況や習得度の状況に合わせて、通常の内容のクラスと、より高度な内容のクラスに分けるなどの検討が必要になるかもしれない。また、学生の自己評価で「数学を用いて考える力」の向上を実感しているとのデータがあるとはいえ、実際に向上したのか、引き続き受講する科目での数学の理解にどれくらい貢献できているのかについてはまだ検証できていない。これらについては今後の検証で明らかにしたい。

【註】

1 年度によって扱う題材や順序は多少異なる。
2 実際の授業では、正門や講義棟は本学での実際の名称を使用して演習を行った。

【引用・参考文献】

岡本真彦（2011）"数学"という言葉の話し方、2010年度第16回FDフォーラム＜レジュメ・資料集＞、大学コンソーシアム京都。
川添充・岡本真彦（2012）思考ツールとしての数学、共立出版。
川添充・岡本真彦・大内本夫・数見哲也・吉冨賢太郎（2013）文系大学生のための意味の理解をともなった数学授業に関するデザイン研究、日本数学教育学会高専・大学部会論文誌、Vol.20、No.1（December 2013）、69-84頁。
国立教育政策研究所（2007）平成17年度高等学校教育課程実施状況調査、<http://www.nier.go.jp/kaihatsu/katei_h17_h/>。
R. K.ソーヤー（編）、森敏昭、秋田喜代美（翻訳）（2009）学習科学ハンドブック、培風館。
西森章子・岡本真彦・加藤久恵・三宮真智子（2004）大学生における日常的有効性認知を指標とした数学学習内容の分析、日本教育工学会論文誌、Vol.28、213-216頁。
藤井義久（1994）数学不安尺度（MARS）に関する研究、教育心理学研究、Vol.42、No.4、448-454頁。
R. Mayer（2002）The Promise of Educational Psychology Volume II: Teaching for Meaningful Learning, Pearson Education.

数的思考の学びを支援する ICT 活用教育の一提案

小松川　浩

1　はじめに

　イノベーティブな人材の養成が求められる社会環境の中、数的思考に関連した能力は、社会における様々な現実問題を解決する上での基本的な論理的思考力として多くの教育課程で取り扱われている。新課程の高校数学では、数学活用を通じて数的思考の育成が強化された。また、高校や大学の初年次系の数学では、線形計画等を題材にして、現実の問題の文脈を理解しながら数的思考力を用いて多面的に問題解決を図る数学的モデリングが注目され始めている(川添・岡本、2012)。一方、高校情報の科目群では、従来から、モデリング・シミュレーションの中で、問題を把握し、フローチャートを用いて整理するアルゴリズム的な内容が取り上げられている。
　こうした内容は、現実的な問題に対して変数を用いて手続き的に処理する点で、数的思考を意識した数学的モデリング(西村、2001)に近い。
　本稿では　数学的モデリングとモデル化・シミュレーションの教授方略の類似性を考慮して、共通して実施可能な反転型の授業モデルの一提案を試みる。具体的には、プログラム等の情報系の授業で良く行われる反転学習の要素を取り入れることとし、既習の知識の確認はeラーニングを用いて事前に学習させ、知識活用型の授業実践を行う反転学習を提案する(小松川、2014)(林・深町・小松川、2013)。さらに、授業後に個人学習を通じた一連の学習内容の振り返りを図れる教育内容の検討も行う。

2 授業モデルの提案

本授業モデルでは、数的思考の養成を兼ねた授業実践について、予習・授業・復習の3つのフェーズで、以下の方略を設定する。

(1) 事前知識(既習の解析的な数学知識や基礎的なアルゴリズム手法)を予習させる。
(2) 授業では協調的な学習を実施し、データ活用等の帰納的なアプローチによる検証を行わせる。
(3) 試行錯誤しながら協調的に学習を進める学生に対して、問題解決に向けた段階的な流れを意識させながら、教材の提示を図る。授業後に、当該教材を活用して、授業全体を振り返らせる。

(1)については、授業前に既習知識の定着を確実に図ることを主眼に設定している。本稿では、予習課題として上記の課題を設定するという意味で「反転学習」と呼ぶことにする。既修知識の事前学習を反転学習と呼ぶことには多少違和感もあろうが、既習知識を授業内で確認しながら進む、又は授業後の復習課題で既習知識の確認(補習)を行う教育手法も概ね一般的ととらえ、この呼び方とした。本稿ではこの既修知識の確認をすべてeラーニングで置き換えて予習として提示することにした。

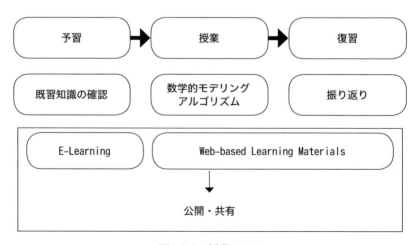

図4-2-1 授業モデル

(2)の授業に関しては、予習してきた知識を演繹的に活用すると同時に、学習者間でのデータ活用・検証を行いながら帰納的なアプローチも織り交ぜながら問題解決を図れるようにする。これらを授業で行うと同時に復習として学生が振り返りを行えるように、(3)で設定した授業中に提示する教材をデジタル化して、Web で閲覧できるように設計する。また、この教材を予習用の演習教材とセットにして、e ラーニングで配信することで、教育実践事例としての数的思考に関わる授業内容を広く公開し、多くの教育機関での利用を促すこともできる。一連の提案モデルを図 4-2-1 に示す。

3 提案教材（予習）

既習知識の確認のための e ラーニング教材として、千歳科学技術大学が高大連携の枠組みを活用して 2000 年より開発を進めてきた初等中等向けの数学 e ラーニング教材（演習のセット）を提案する（小松川、2004）。高大連携では、大学のリメディアル教育で必要な高校の数学教材と高校の通常授業で活用する共通教材について、双方が協力して整備を図り、Web 上で相互に利活用できる取組となっている。また、本教材は一般にも無償で公開されており、Web 上でアカウントの取得が可能となっている（千歳科学技術大学 e カレッジ）。

高校側は現場の教員が教材原稿を作成し、大学側は情報系専攻の学生が教育プログラムの一環で作成している。2013 年現在、中学から高校までの学習範囲の Web 型演習教材（26,000 コンテンツ）の整備が進んでいる。なお、中学の教材は、高校側の要請に基づき、高校の復習教材として、地域の中学校教員監修の下製作されている。一連の Web 教材は、ヒント情報を持つ演習形式となっており、ヒント情報は学習者のタイミングで段階的に表示できる形となっている。図 4-2-2 に演習問題の画面イメージ（平方根）を示す。ヒントは 3 段階で用意されており、すべて表示されると解説情報になるように設定されている。これにより、学習者が解説を適宜追いながら自学自習で解き進められる仕組みとなっている。

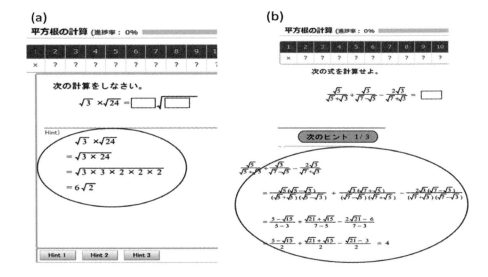

図4-2-2　予習用のeラーニング教材

4　授業事例

　ニューラルネットワークのニューロンの応答関数の形を考えさせる課題（アルゴリズムの授業ではあるが、やや数学モデリングに近い内容）について検証した。対象は、情報を専門とする理工系学生（3年生）、29名である。事前学習では、合成関数の微分、指数関数の形について、eラーニング課題を予習させた。高校の数Ⅲレベルの既習の数学知識の活用で理解可能な内容であるため、講義自体を高校生向けに合わせれば、本実践は高校でも十分可能であることを付記する。講義では、以下のように手続き的な授業シナリオについてデジタル教材（図4-2-3）を用意した。

　(1) 脳の仕組みとニューロンの生物学的特性の説明（教材1）
　(2) ニューロンの入力・応答・出力の信号の動きの提示（教材2）
　(3) 問題設定（グループワークGW）：数学的な表現をするには（関数化）（教材3）
　(4) 解決の方針（GW）：$-\infty$、0、$+\infty$の関数の動向から関数形を予測（教材4）
　(5) 関数形の提示（シグモイド関数）（教材5）

(6) まとめ（シグモイド関数の性質とニューラルネットワークで用いるメリット）
（教材6）

　事例の評価として、事前の予習を行った群（11名）と予習を行わなかった群（18名）を比較した。予習群は、グループワーク（GW）が役に立ったこと、また各自がそのGWで役に立った（貢献できた）との回答傾向にある。またニューロンの応答関数であるシグモイド関数の導出について、予習群の方が、GWを通じてより理解できている様子が分かる。以上から、予習による知識定着は、帰納的推論型の数的思考力養成に寄与する可能性があると考えられる。

　本授業で狙った数学的モデリングの重要性の認識は、アンケートの結果、予習する・しないに関わらず全体的に理解できていることが分かった。これは、授業で用いたデジタル教材のシナリオが、モデリングを行わせるものであり、その趣旨を十分理解できていたことを示唆している。図4-2-3に示した教材はHTML5の仕様に基づいて作成され、モバイル等を用いて自学自習で振り返り学習で使えるように配慮している。今回は、当該教材を用いて復習での振り返りまでは行えなかった。これは今後の課題となる。

5　まとめ

　本稿では、予習・授業・復習をセットで行えるICT活用型の学習教材を用いた授業提案を行い、数学的モデリングやモデル化とシミュレーションを想定した、数的思考養成に繋がる授業に適用した。そして予習におけるある程度の効果を示した。今後は、知識を纏める復習部分についての検証も行っていくことで、より提案モデルの有用性を示す必要がある。なお、本稿で示したデータは、科学研究費（基盤研究B　25282045）の助成を受け、研究の一環で収集された。

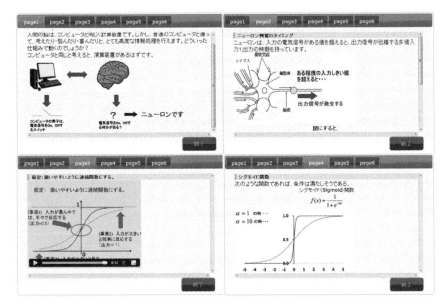

図4-2-3 授業で活用したWeb教材(復習での自学自習でも利用を想定)

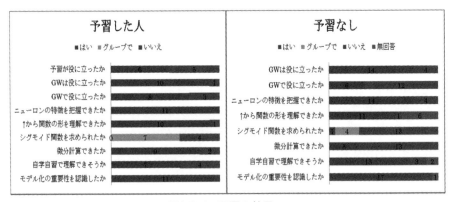

図4-2-4 予習の効果

【引用・参考文献】

川添充・岡本真彦（2012）思考ツールとしての数学、共立出版。
西村圭一（2001）数学的モデル化の授業の枠組みに関する研究、日本数学教育学会誌83（11）、2-12頁。
小松川浩（2014）数的思考を意識したアルゴリズムに関する反転授業の一提案、日本情報科教育学会　第7回全国大会予稿集。
林 康弘・深町 賢一・小松川 浩（2013）eラーニング利用による反転授業を取り入れたプログラミング教育の実践、社団法人私立大学情報教育協会、ICT利用による教育改善研究報告16、19-23頁。
小松川浩（2004）e-Learningを介した高大連携プログラム、大学教育学会誌26（2）、49-52頁。
千歳科学技術大学eカレッジ <http://himemasu.chitose.ac.jp/CIST-Shiva/Index>（2014年7月1日アクセス）。

4.3 数学的活動の指導を実現する授業モデル「SPECC モデル」の提案

御園 真史

1 はじめに

　本稿を執筆中の現在(2016 年 8 月)、次期学習指導要領の実施へ向け急ピッチで改訂作業が行われている。この次期学習指導要領は、平成 32 年度から小学校で、平成 33 年度から中学校で完全実施を目指している。また、高等学校では平成 34 年度からの年次進行での実施となる見込みである。次期学習指導要領改訂では、初等・中等教育段階で育成すべき資質・能力を①生きて働く「知識・技能」の習得、②未知の状況にも対応できる「思考力・判断力・表現力等」の育成、③学びを人生や社会に生かそうとする「学びに向かう力・人間性」の涵養という、いわゆる「3 つの柱」として明確にしている(中央教育審議会教育課程企画特別部会、2016a)。

　今述べた 3 つの柱を基盤に据えて、そのような資質・能力を育成するために、「どのように学ぶか」という観点から、「『アクティブ・ラーニング』の視点から学習過程を質的に改善すること」が求められている(中央教育審議会教育課程企画特別部会、2016a)。アクティブ・ラーニングというと、平成 24 年の中央教育審議会答申「新たな未来を築くための大学教育の質的転換に向けて～生涯学び続け、主体的に考える力を育成する大学へ～」の用語集に記載された以下の説明がよく引用される(中央教育審議会、2012)。

　　教員による一方向的な講義形式の教育とは異なり、学修者の能動的な学修への参加を取り入れた教授・学習法の総称。学修者が能動的に学修することによって、認知的、倫理的、社会的能力、教養、知識、経験を含めた汎用的能力の育成を図る。発見学習、問題解決学習、体験学習、調

査学習等が含まれるが、教室内でのグループ・ディスカッション、ディベート、グループ・ワーク等も有効なアクティブ・ラーニングの方法である。

　この説明は、具体的な方法が述べられることもあり、これまでにいくつも提案されてきたような協働的な学習の方法に私たちの目が向きがちである。しかし、現在の議論では、アクティブ・ラーニングは特定の学習方法を指すものではなく、あくまでも「『主体的・対話的で深い学び』を実現」(中央教育審議会教育課程企画特別部会、2016a)することを目指すものである。これは、「学習活動を子供の自主性のみに委ね、学習成果につながらない『活動あって学びなし』と批判される授業に陥ったり、特定の教育方法にこだわるあまり、指導の型をなぞるだけで学びにつながらない授業になってしまったり」(中央教育審議会教育課程企画特別部会、2016b)といった状況に陥ることを防ぐために特に強調されていると考えられる。これは、尤もなことであって、深い学びのない活動のみの授業では、学力そのものは低下しかねない。アクティブ・ラーニングを通して学力も今まで以上に伸ばそうとしているということを意識しておく必要があるだろう。

　では、算数・数学科で求められているアクティブ・ラーニングとはどのようなものであろうか。現在施行されている算数科・数学科の学習指導要領(小学校・中学校は平成20年告示、高等学校は平成21年告示)では、算数・数学科の授業の中で「算数的活動」や「数学的活動」を一層重視している。このことは、算数科・数学科の目標が、校種を問わず「算数的活動を通して」、「数学的活動を通して」という文言から書き始められていることからもみてとれる。中学校学習指導要領解説数学編(文部科学省、2008)によれば、数学的活動とは「生徒が目的意識をもって主体的に取り組む数学にかかわりのある様々な営み」とされ、中学校で特に重視されるのは、「既習の数学を基にして、数や図形の性質などを見いだし、発展させる活動」、「日常生活や社会で数学を利用する活動」、「数学的な表現を用いて、根拠を明らかにし筋道立てて説明し伝え合う活動」の3つの活動であるとされている(文部科学省、2008)。

　これらのことは、まさに「主体的・対話的で深い学び」であり、アクティブ・

ラーニングの目指す姿と一致しているといえる。また、小学校の算数、高等学校の数学でも基本的な方向性は共通である。つまり、算数・数学科では、算数的活動、数学的活動を通した授業を実現することが肝要と言えるだろう。

また、数学的な活動の内容も、学習指導要領解説にある程度示されている。例えば、「ヒストグラムや代表値などを利用して、集団における自分の位置を判断する活動」、「二つの数量の関係を一次関数とみなすことで事柄を予測する活動」などである（文部科学省、2008）。しかし、算数的活動・数学的活動を採り入れた授業をどうデザインすべきかについては、授業者に任され、結果的に、経験則によるところが大きくなってしまっていると考えられる。これでは、せっかく数学的活動を採り入れても、十分高い学習効果を保証することができなくなる可能性が高い。

そこで、筆者は、数学的活動に基づいた問題解決型の授業モデルとして、SPECCモデルを提案する。SPECCモデルでは、特に問題解決型の算数・数学の授業デザインの指針を授業設計者に示すことで、授業の学習効果を高めることを目指している。

SPECCモデルは、単元・内容に依存しないので、統計の指導はもちろんのこと、近年注目を集めている数学的モデリングの指導にも適用可能である。また、SPECCモデルは、学習したことを活用する場面のみならず、単元の導入にも利用可能である。さらに、学校種にも依存しないと考えられるため、初等教育から、中等教育、高等教育まで、幅広い授業デザインが可能と考えられる。

2　SPECCモデル

SPECCモデルは、「状況の共有(situation sharing)」、「問題の定義(problem definition)」、「問題空間の探究(exploration in the problem space)」、「結論づけ(concluding)」、「概念形成(concept generation)」の5つの段階から構成される。SPECCモデルという名称は、それぞれの段階の頭文字をとって命名した。SPECCモデルの流れ図を図4-3-1に示す。本項では、まず理論的なフレームワークを示し、具体的な実践事例は、後に述べることとする。

SPECC モデルにおいては、第 1 段階である「状況の共有」では、なぜその問題を解決する必要があるのかをクラス全体で共有する。これにより、問題解決への動機づけを高めることができる。せっかくの問題解決学習でも、その問題を解決する意図が理解できなければ、効果は半減する。

　この第 1 段階では、「状況に埋め込まれた学習」を目指している。「状況に埋め込まれた学習」は、「実生活の課題」(Collins、2006) に基づいており、「認知的スキルや知識、実際に使われるであろう文脈に埋め込むことができる」(Collins、2006) とされている。

　学習者への状況共有の方法としては、教師の口頭による情報の提示のほか、プレゼンテーションソフトを用いて作成したスライド、文書での提示、マンガによる提示、アニメーションや実写などのビデオによる提示が考えられる。また、小学校では、ミニゲームを行うなどの方法も有効である。こういったメディアを駆使したり、児童・生徒を巻き込む方法を工夫したりすることによって、問題解決のための豊かな情報が、後に第 3 段階で学習者が探究することになる問題空間に埋め込まれることになる。

　例えば、CTGV (the Cognition and Technology Group at Vanderbilt) による The Jasper Project では、実写によるストーリービデオのシリーズを開発している。作成されたビデオの 1 つに鷲を救出するプランを考える課題があるが、そのビデオストーリーの中には、ウルトラライトと呼ばれる小型飛行機の重量や燃費、飛行速度、離着陸に必要な滑走路の長さなど、さまざまな情報が盛り込まれている。CTGV (1990) は、当初、既存の物語や映画などを用いて問題解決する指導の効果を示したが、より教育効果を高めるため、後に The Jasper Project においてオリジナルビデオの制作を行った。

　これらのプロジェクトに共通する考え方が「アンカード・インストラクション」である。アンカード・インストラクションでは、例えば、よくある数学の文章題のように、局所限定された文脈 (micro contexts) ではなく、指導を、macro contexts と呼ばれる複雑な問題空間にアンカーし (つなぎ)、学習者は、その問題空間を探究することができる (CTGV、1990) ようにした。

　アンカード・インストラクションが導入された主要な目的は、Whitehead が 1929 年に指摘した不活性な知識 (転移されにくい知識) 問題の解決で

ある。学校で学ぶ知識は不活性な知識になりがちである。つまり、せっかく学校で学習した知識であっても、日常生活や社会生活でなかなかいかされにくいという指摘である。The Jasper Project のような、本格的なビデオ等の教材の制作にはコストがかかるが、アンカード・インストラクションの考え方に沿った実現可能な方法を用いて、クラスで問題場面の状況を共有できないか吟味すべきであろう。

　第2段階の「問題の定義」は、第1段階の「状況の共有」を受け、その時間に解決すべき問題を明確にする段階である。The Jasper Project では、ビデオの最後に解決すべき課題を提示している。近年の授業論でいうところの「めあて」の提示にも相当する。

　第3段階の「問題空間の探究」では、問題解決を目指して、学習者が議論や作業を通して活動を進める段階であり、主にグループ活動等の協働的な活動を主体とする段階である。グループ内で役割分担を行ったり、合意を形成しながら探究をすすめたりするなど、いわゆるフリーライダー（ただ乗り）が出ないように活動をデザインすることが求められる。

　第4段階の「結論づけ」は、第3段階の「問題空間の探究」での活動をもとに、結論を出す段階である。第3段階において、クラスの小集団でグループ活動を行っている場合には、各グループで出した結論を発表し、クラス全体での共有を図る。ただし、ここでは、結論の正しさはそれほど重要ではない。むしろ、各グループで出した解にどのような違いがあるか、それはどうして生じたのか、問題解決に用いた方法に遡って議論する方が好ましいといえるであろう。

　最後の第5段階の「概念形成」は、学習者にとって最も重要な段階である。出た意見をもとにさらに発展させて本時の目標に迫る段階を「練り上げ」という言い方をすることがあるが、この練り上げも含んでいるといってよいだろう。

　一般的な問題解決学習においては、問題を解決しただけで授業が終わってしまうことが多い。しかし、その授業で新たに学ぶことをはっきりさせ、概念化していくことが何より大切である。心理学的には、学習者は授業に入る前も何らかの既有知識、すなわちスキーマを持っているので、スキー

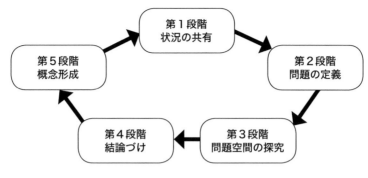

図4-3-1　SPECCモデル

マを再構成することであるともいえる。これは、まさに学習そのものであり、知識の体系化、意味・理解の促進などを含む「深い学び」を目指すものであるといえる。これまでの学習活動の中で、実感をもって学ぶべき概念を理解することができる上、問題を通して具体的に考えたことを抽象化する認知過程が含まれるので、他の場面にも転移しやすい知識を習得しうる。

多くの数学の授業は、必要な用語や概念を授業の最初に説明し、その後、それを使って問題を考えることが多い。そのような流れでは、何のためにその概念を学ぶのかという目的が見失われてしまう。SPECCモデルでは、概念形成を最後の段階としている。これにより、これまでの問題解決過程で考えたことをベースにして、より実感をもってその概念を理解することが可能となるため、学習者中心の構成主義的な授業展開が可能となる。

3　概念形成を成功させるための授業構成マップの作成

SPECCモデルによる授業を成功させるために、予め授業構成マップを作成しておくことを推奨する。この授業構成マップは、学習者が授業に入る際にどのような状況であるのかをとらえ、どのような思考過程を経て、本時の目標を達成するかを表現したものである。協働的な学習を想定した場合、学習者間の議論の流れを表現することもできる。また、授業中では、学習者が豊かな発想をもとに、重要な発言していることも多いが、教師が把握しきれず、そのまま流されてしまうこともある。学習指導案を作成す

る際には、理想的な学習者を想定しがちであり、こういった「実は重要な発想や発言」を見逃してしまうことも多いが、マップとして可視化するからこそ見えてくるものもある。つまり、学習者の多様な反応なども検討しておくことで、その反応に対してほめたり、価値づけたりすることがしやすくなると考えられる。

授業構成マップを作成する手順としては、まず、その時間で学習する目標（学習指導案での「本時の目標」）を明確にし、授業構成マップの最後にそれを記す。そして、学習者のもつ既有知識や既習事項を出発点として、問題としてどのようなものを扱うか、それに対して授業でどのようなことが起きるかを想定する。そして、本時の目標に向け、グループでの議論や、いわゆる練り上げの場面も含めたクラス全体での議論が、どのように行われるかを考えていく。場合によっては、扱う問題を見直したり、無理があるようならば、本時の目標自体も見直したりする必要があるだろう。

このようなデザインの方針は、いわばアクティブ・ラーニングのインストラクショナル・デザインといえる。インストラクショナル・デザインは、「教育活動の効果、効率、魅力を高めるための手法を集大成したモデルや、研究分野、またはそれらを応用して学習支援環境を実現するプロセス」（鈴木、2006）とされ、その中で授業は、入口と出口を結ぶ線に例えられる（渡辺、2015）。渡辺（2015）によれば、入口とは学習者について知ること、出口とは学習の目標のことであり、入口と出口を結ぶ線をどう引くかが、指導方法の選択であるとしている。ただし、授業構成マップを用いた授業デザインは、指導方法を選択することも含むが、入口の状態から、目標となる出口に向かって、学習者自身がどのように変容していくかを表現した図といえる。このことが、教師中心の一方通行的な講義形式の指導ではなく、学習者中心の授業デザインを実現するためのポイントとなる。

4　SPECC モデルによる授業設計事例

本項では、SPECC モデルに基づいた授業設計の具体例を示す。指導は、2013 年 10 月に、ある公立の中学校 1 年生を対象に行われた。本時の目標

は「文字式のもつ役割を理解すること」である。

　学習者は、小学校第6学年における比例や反比例などの学習をはじめとして、文字を変数として扱った経験をもつ。一方、小学校低学年から、わからない数を□や○として表すなどの活動を行っており、未知数としての文字の役割を認識している学習者も多いと想定された。文字にはいくつかの役割があるが、学習者の頭の中でうまく整理されていない状態（混乱している状態）にあるといえる。そこで、文字のもつ役割の違いを整理することが、立式がうまくいかないという問題点（例えば、藤井（2000）など）の克服につながるのではないかという仮説のもと、授業をデザインした。

　本指導に際し、予め描いた授業構成マップを図4-3-2に示す。また、学習指導案（抜粋）を表4-3-1に示す。本授業例では、中学校第1学年の方程式の利用で扱われる問題のひとつである「先に出発した者よりも、遅れて

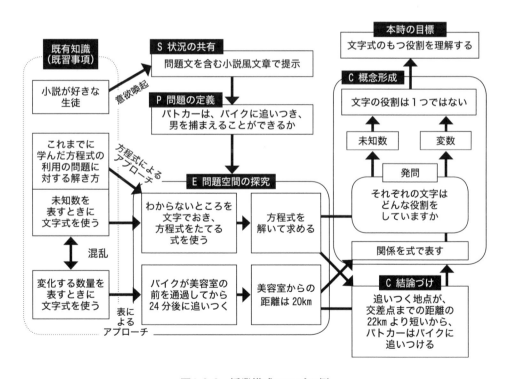

図4-3-2　授業構成マップの例

表4-3-1　学習指導案例（抜粋）

段階	学習活動（○）と予想される生徒の反応（・）	教師の支援
S 状況の共有	○課題を提示し、問題場面の状況を把握する	○「読み」が苦手な生徒に配慮し、課題を読み上げる
P 問題の定義	○解決すべき問題を明確にする ○不足している情報（バイク・パトカーの速度）を設定する	
E 問題空間の探究	○「表（関数）」、「方程式」のどちらが考えやすそうかを決めて思考を進める	○思考の際、まわりの友達と相談しても良いことを伝える
C 結論づけ	○それぞれの解き方での取り組みの結果を発表する ＜表（関数）＞ | 時間（分） | 0 | 3 | 6 | ～ | 21 | 24 | |---|---|---|---|---|---|---| | バイクの移動距離 | 0 | 5/2 | 5 | ～ | 35/2 | 20 | | パトカーの移動距離 | 0 | 0 | 0 | ～ | 16 | 20 | ・パトカーがバイクに追いつくのは、バイクが美容室の前を通過してから24分後で、美容室からの距離は20km ・結論　追いつく地点が、交差点までの距離の22kmより短いから、パトカーはバイクに追いつける ＜方程式＞ パトカーが追跡を始めてから、バイクの男がパトカーに追いつかれるまでの時間を x 分とすると、 $$(9+x) \times \frac{5}{4} = x \times \frac{4}{3}$$ これを解いて、$x = 15$ この間に、$(9+15) \times \frac{5}{6} = 20$ で、男は20km走行している． ・結論　パトカーはバイクに追いつける	○どんなアイデアが出たかをクラス全体で共有する ○どちらでも同じ結論にたどり着くことを確認する
C 概念形成	○表のバイクの移動距離は比例関係を式で表す $$y = \frac{5}{6}x$$ ○文字の役割について考える それぞれの解き方で用いられた文字の役割にはどんな違いがありますか ・表の解き方では、バイクが美容室の前を通過した時間を x とおいた→これは、変わっていく数量を表している ・方程式では、求めたい数を x とおいた ○文字の役割はひとつだけではないことを確認し、求める場面によって使い分けるとよいことを確認する	○変化を表すグラフや、小学校での既習事項である比例の式を使いながら、変数としての文字の役割を意識する

加代は、その一瞬で背筋を凍らせ、直立不動のまま動くことができなくなった。
　それは、忘れもしない平成25年10月16日の水曜日のことだった。加代は優れた技術をもった人気の美容師で、この数年間予約が絶えることがなかった。加代は、ここまでの地位を獲得するまでにそれなりの苦労をしていたのだが、自分の実力を活かせる現在の日々は、その苦労を忘れるぐらい充実していた。そもそも、加代は水曜日のこの時間に外に出ることはまずなかった。というのも、加代の店は、普段、水曜日は休業日だからである。しかし、この日に限っては、特別なお客——この町の市長の婦人——の予約を受けていたからだ。なんでも夕方に予定されているパーティーに出席しなければならないということで、特別に店を開け、ヘアスタイルのセットを行うことになっていたからだ。
　その日の午後、間もなく訪れる特別なお客のために、店の前を丁寧にほうきで掃いた。すると、やや不快な音をだんだんと大きくしながら近づいてくるバイクに目が入った。加代は、時速40km制限であるその道路を少し速めに迫ってくるバイクに乗ってくる1人の男が目に飛び込んできた。その風貌は一見普通の青年であるが、その鋭い目つきは、あたかも人をナイフで突き刺すかのようであった。加代が固まってしまった理由はそれだけではない。それは、消し去ることができないあの日の記憶があったからであった。あの日何が起こったのか——加代は毎日歩いて通勤しているのだが、その途上にある交番の前を歩いていた際に、掲示版に貼りだされていた指名手配犯のその鋭い目が、それまでの順風満帆な加代の心の中をも打ち砕いていったのだった。
　その男のバイクは、立ちすくむ加代に目をくれることもなく、美容室の前を通り過ぎて行った。自分の腕時計に目をやるとちょうど午後1時を示していた。
「確か、あれは、関西の事件だったはずなのに…」そういうと、加代は、はっとわれに返った。
「そうだ、通報しなくちゃ」加代はそういうとお店に戻り、急いで110番にダイヤルした。
「はい、110番です。事件ですか、事故ですか」
「実は…、指名手配の犯人らしき人をみかけたんです。ヘルメットをかぶっていたので、確かかどうかわからないのですが…」
「わかりました。今いる場所はどこですか」
「美容室ローズの前です」
「わかりました。パトカーが今向かいますので、その場を離れずにいてください」
　約4分後、パトカーが到着し、2人の警察官が車を降りた。そのうちの、若い方——彼は渡辺と名乗った——から矢継ぎ早に質問を受け、加代はそのひとつひとつに、わずかに残った力で何とか答えた。
　質問が一通り終わると、パトカーは赤色灯を点灯させ、サイレンを鳴らしながら、そのバイクの男を追跡し始めた。加代はそれまでの緊張が解け、ふらふらと体の力が抜け、その場にしゃがみこんでしまった。
　午後1時9分、パトカーは、男のバイクの追跡を始めた。渡辺が気になっていたのは、ただ1点だった。美容室ローズの22km先には交差点があり、ここまでに、男に追いつくことができなければ、男を見失い、捕まえるのは困難になってしまうだろう。
【さて、ここで問題です】パトカーは、バイクに追いつき、男を捕まえることができるでしょうか。

図4-3-3　第1段階「状況の共有」で提示された課題

出発した者がより速い速度で移動するときに、追いつけるかどうかを考える問題」を用いた。教科書に掲載される問題は、いわゆる文章題の形で、先に出発した人が忘れ物をして、後から出発した人が追いかけるといった問題が多い。本問題では、もう少し踏み込んでミステリー小説風の文章を用い（図4-3-3）、登場人物の心情や情景なども表現し、学習者が課題に没入できるようにした（状況の共有）。解決すべき問題は文章の最後に記載した（問題の定義）。ただし、問題文中には足りない条件があり、授業中に設定するという活動を組み込んでいる。その後、主に2つの方法（表（関数）による方法と方程式による方法）を利用することを足場かけとして問題に取り組み（問題空間の探究）、解決を図った（結論づけ）。それぞれの解法を振り返り、それらの違いを吟味することで、文字の役割が異なることを理解する（概念形成）。

　本稿に示した具体例はたった1つにすぎないので、SPECCモデルによる指導のイメージは十分に伝わりにくいかもしれないが、ほかにも筆者と筆者の共同研究者などにより、授業をいくつか開発している。詳細の説明は、またの機会に譲りたいが、ここでは、さらに2つほど概要を紹介する。

　小学校3年生では、「□をつかった式」の導入でミニオセロゲーム（6×6の36マス）を行い、白と黒で勝ち負けを決める際に、黒の石の個数を数えたところで、手がすべってしまい白の石の個数がわからなくなってしまうという状況を発生させる。そこで、どうしたら白の石の個数がわかるかを考えた実践を試みている。

　また、中学校3年生では、「標本調査」に関するアニメーションビデオを制作し、標本調査に関する基本的な意味・理解を目指した事例（佐渡・御薗、2014a；佐渡・御薗、2014b など）がある。

5　今後の課題

　本稿では、SPECCモデルという数学的活動を採り入れた授業を効果的に行うための新たな授業モデルを提案した。図4-3-3で提示した問題は、現実的にありえそうな状況の設定を目指しながら、計算しやすい数値を選

んでいることから、結果的に 22km 先まで交差点がないという非現実的な設定となってしまっており、さらなる改善が必要であろう。しかし、生徒を引き込むことができる場面は設定できたのではないかと考えられる。

　初等教育・中等教育の 45 分や 50 分といった授業時間の中だけで完結させるには、少しもの足りないかもしれない。そういった場合は、2 時間連続で時間割を組めないか検討することも必要になるだろう。一方で、高等教育の 90 分の授業では、授業でかなり踏み込んだ内容を扱うことができるであろう。

　アクティブ・ラーニングを取り入れる際には、現在議論されているカリキュラム・マネジメントが重要になってくる。つまり SPECC モデルに基づいた授業ばかりをやれば良いというわけではない。知識や技能を定着させる場面も必要である。どの時間にどのようなことを行うかという初等教育・中等教育でいうところの単元計画も重要である。要は、バランスをとりながら、冒頭に述べた資質・能力の 3 つの柱の育成を行っていくことが重要といえるであろう。

　現段階では、SPECC モデルによる授業の効果の実証が不十分である。今後は、SPECC モデルに基づいた授業を複数開発し、実践することによって効果を測定し、SPECC モデルの有効性を検証していきたい。

【引用・参考文献】

1　中央教育審議会（2012）新たな未来を築くための大学教育の質的転換に向けて：生涯学び続け、主体的に考える力を育成する大学へ（答申）。
2　中央教育審議会教育課程企画特別部会（2016a）第 19 回 資料 1 審議のまとめ（素案）のポイント、<http://www.mext.go.jp/b_menu/shingi/chukyo/chukyo3/053/siryo/__icsFiles/afieldfile/2016/08/02/1375316_1_1.pdf>（2016 年 8 月 3 日確認）。
3　中央教育審議会教育課程企画特別部会（2016b）第 17 回 資料 1 学習指導要領改訂の方向性（案）<http://www.mext.go.jp/b_menu/shingi/chukyo/chukyo3/053/siryo/__icsFiles/afieldfile/2016/07/08/1373901_1.pdf>（2016 年 8 月 3 日確認）。
4　Collins, A.（2006）Cognitive Apprenticeship（in Sawyer, R. K.（Ed.）The Cambridge Handbook of the Learning Sciences）（森敏昭・秋田喜代美（監訳）(2009) 学習科学ハンドブック、培風館、41-52 頁）。
5　CTGV（1990）Anchored Instruction and Its Relationship to Situated Cognition. Educational Researcher, 19（6）, pp 2-10

6 藤井斉亮 (2000)「式に表す」ことの困難性について、数学教育論文発表会論文集 33、349-354 頁。
7 文部科学省 (2008) 中学校学習指導要領解説数学編、教育出版。
8 佐渡由季子・御園真史 (2014a) SPECC モデルに基づいた標本調査における授業デザイン：アニメーション教材を利用して、日本教育工学会研究会研究報告集、14 (1)、143-148 頁。
9 佐渡由季子・御園真史 (2014b) アニメーション教材を利用した中学校数学科第 3 学年「標本調査」の問題解決学習における生徒の議論の分析、日本数学教育学会第 47 回秋期研究大会発表集録、319-322 頁。
10 鈴木克明 (2006) e-Learning 実践のためのインストラクショナル・デザイン、日本教育工学会論文誌、29 (3)、197-205 頁。
11 渡辺雄貴 (2015) 新たな教育手法をカリキュラムにどう組み込むか：インストラクショナルデザインの観点から、日本リメディアル教育学会誌、10 (2)、16-24 頁。

4.4 数学的リテラシーを育成する大学教育のデザイン

五島 譲司

1 はじめに

　昨今の大学教育は質的転換が喫緊の課題である。平成24年の中央教育審議会答申において、各専攻分野を通じて培う学士力として「知識や技能を活用して複雑な事柄を問題として理解し、答えのない問題に解を見出していくための批判的、合理的な思考力をはじめとする認知的能力」(中央教育審議会、2012)が最初に挙げられているように、情報化、グローバル化が進行し、変化の激しい社会においては、答えのない問題に対して自ら解を見出していく主体的学修の方法や、想定外の困難に際しても的確な判断力を発揮できるための教養、知識、経験を総合的に獲得できるような教育方法を開発し、実践することが早急に求められている。

　大学の数学教育においては、日本学術会議数理科学委員会 (2013) も触れているように、数学的表現と思考方法を用いることで事象を明確に記述し、数学の問題に翻訳して解決し、元の問題に戻る、というプロセスを学習することは、あらゆる分野において論理力・理解力・発想力を育てる手段として効果的に働くと考えられる。特に、新たな課題を見つけて対処していくためには、単に定型の解き方を知っているだけでは不十分であり、論理的思考力等を育むための具体的な練習が必要となる。

　このような課題に対して、本稿では、数学化（数学的モデル化）の問題解決プロセス全体に着目し、数学化の遂行による認知的能力の育成をめざした大学教育についてデザインすることを試みる。これによって、数学を活用する観点から問題を構造的・多面的に捉えて解決する活動を主軸に据えた教材の開発、授業実践、効果検証の取り組みを一体的に捉え、今後の展

開を展望する。

2　大学数学教育における数学的リテラシー

　我々が大学の数学教育において育成しようしている数学的リテラシーとは、PISA (2003) の定義をベースにした数学化（数学的モデル化）の遂行による様々な認知的能力の集合体を意味する。すなわち、「数学が世界で果たす役割を見つけ、理解し、現在および将来の個人の生活、職業生活、友人や家族や親族との社会生活、建設的で関心を持った思慮深い市民としての生活において、確実な数学的根拠に基づき判断を行い、数学に携わる能力」(OECD、2003、p.24) を、「問題の文脈を解釈して数学的な問題として捉え、数学的な知識や方略を適切に適用し、数学的な解決を行い、得られた解を元の文脈で解釈する」(三輪、1983) 数学的モデル化（モデリング）のプロセスを通して、大学レベルで育むことをめざしている。

表4-4-1　Criteriaのカテゴリーと主な項目

知識の再生と理解	再生	学習内容の正確な再生・再現
		定型的な問題を解ける
	関連付け	他の数学的知識との関係性の理解
		問題作り
	表現・推論	表現間のスムーズな翻訳
		合理的な推論等
問題解決	構造化	問題の概要の把握
		数学的な問題として扱うための諸前提の確認
	問題解決	方略の検討と採用
		定型的ではない問題を含む様々な問題の解決
	適切性の確認	解の吟味
		解決過程や推論の適切性の説明
反省的思考	判断	使用した知識や推論の根拠や妥当性を確認する
		自分の解法についての確信の程度を自己評価する
	調整	よりよい解法・推論・表現はないか調べて比較検討する
		前提条件の変更に伴う変化を考察する
		得られた知識を整理したり適用例を調べたりする
	コミュニケーション	他者の意見や評価を受け自分の知識や方略を振り返る
		解法をより充実したものへ発展させる
		意見をまとめて論理的に組み立てる

ここで、一般化・抽象化・定式化等により現実の世界から数学の世界へ翻訳する数学化は大変重要なプロセスで、このプロセス抜きの問題解決は、純粋に数学的な問題を解決する「狭義の」問題解決になってしまう恐れがあることに注意する。PISAで定義されるような数学的リテラシーの能力は横断的、不可分的、文脈的で、単に数学の(定型的)問題を解決するだけでは養成されない。むしろ、数学化が必要な問題状況が適切に設定され、数学化が誘発され、数学的な問題解決が行われることによって様々な認知的能力を育成することを重視すれば、数学化は問題解決における不可欠なプロセスと考えられる。

　そこで、我々は、数学化による一連の問題解決プロセスで要求される様々な能力をCriteriaとして整理した。前頁にカテゴリーと主な項目を記載する(**表4-4-1**)。

　ここで、「知識の再生と理解」は主に知識の再現、「問題解決」は主に問題の解決、「反省的思考」は主に数学化プロセスの振り返りに関わるもので、特に、「問題解決」を通した「反省的思考」を重視する。すなわち、知識があるだけでは不十分であり、問題を分析し、計画を立案・実行する過程や論理の展開について自己評価し、必要ならば調整・修正する(Shoenfeld、1992)といったメタ認知的な行為は、モデリングの過程においても重要な役割を果たす(Tanner & Jones、1995)。数学的な知識の習得自体を軽視することはしないが、ルーチン的手続きの過度な習熟はそれへの執着を生み、深く考えようとせず、柔軟性を阻害するだけでなく、狭い数学観を育む恐れがあることに留意する。知識や概念の適切な導入・復習に配慮しつつ、数学化のプロセスを通してどのような能力を身に付けさせるかについての観点を定めることが重要である。

3　授業デザインのアウトライン

(1) 数学化の観点

　授業をデザインするにあたり、数学化の遂行による問題解決を授業で扱う際の位置付けを整理すると、以下のように3つに大別できよう(**表4-4-2**)。

表4-4-2　数学化の目的・位置付け

内容としての数学化 (現実事象を基に数学的知識や概念を構成することが主眼)
・問題解決を通して基本的な概念を習得する
・現実的な問題と数学の問題との関係や数学的知識が使われる文脈を把握する
・他の数学的知識との関係を実生活や社会への応用例とともに理解する
方法としての数学化 (数学化により種々の数学的能力を養うことが主眼)
・事象を一般化し、抽象化して問題の構造を見抜く
・現実的場面に数学的な知識を活用する
・与えられたモデルを利用して関連する問題を解決する
・問題解決のプロセスを振り返る
目標としての数学化 (モデル化そのものやモデル化して問題を解決することが主眼)
・モデル構築に至るプロセスやモデルの適合性を検討する
・数学的な解の正しさや妥当性を検証する

　ここで、我々が重視する高大接続と専門基礎の観点からみると、数学化による問題解決を授業で行う目的は、現実的な現象の問題解決を通して数学的な知識や概念を使用したり、数学の有用性や数学と他の学問や社会との関連を理解したりすること(内容としての数学化)、数学化により様々な数学的能力－主に認知的能力－を養うこと(方法としての数学化)が中心になる。

　そして、高大接続教育では、既習の知識を用いてモデルを構築したり、構築したモデルを活用して関連する問題を解決したりする過程において、既習事項とのつながりや活用の仕方を学ぶ、すなわち、既習事項の総合的な活用と振り返りが重点になる。また、専門課程への移行としての専門基礎教育においては、専門で扱われる数学の基礎的あるいはコアとなる概念に触れながら、それらの実際の適用プロセスを体験することが主要な眼目の一つとなるであろう。

(2) 授業デザインの観点

　その上で、実際に授業をデザインする際は、教師の学生観に基づいて、取り扱う題材や知識、育成する能力や態度、それらの能力や態度を育成するための授業における工夫、結果の評価等について考慮することが大切となる。

　授業の題材は、日常生活において遭遇するような現実的状況、もしくは数学を活用することが問題の解決にリアルに直結するような状況(真正な

文脈)を重視し、リアリティは極力保ちながら授業で扱う(扱える)ようにする。ここでは、リアリティの程度を問題にするというよりも、リアリティがあることが前提となることに注意したい。取り扱う数学的知識については、専門課程との接続や既習事項等の前提に留意しつつ、知識の使われ方をよく理解させたい。

　能力や態度は、日常生活の問題であれば生活場面の数学化、現実社会の問題であれば真正な文脈における(近似的な)モデルの作成や活用、という数学化のプロセスを通して身に付けさせることを前提として、事象の構造化や問題の解決、自らの問題解決過程の振り返りやモデルの修正等を通じ、問題解決能力や思考の柔軟性の涵養を重点的な目標とする。

　授業では、これらの目標達成のため、適宜、ペアワークやグループワークを取り入れ、個人の課題解決を自己評価・相互評価してよりよい問題解決過程や数学的モデルを考察させたり、内容に応じてグラフの作成や数値のシミュレーション等でICTを活用したり、問題解決や振り返りを促進させる教師側の働きかけ等を工夫したりする。さらに、授業後に目標がどれだけ達成できたのか、効果を検証できるような評価方法について検討しておくことも重要である。

4　授業プランのプロット

　ここでは、本書で提案されている授業プランや教材案のいくつかについて、先述した授業デザインの観点—すなわち、題材、取り扱う知識、育成する能力や態度、授業における工夫、結果の評価—から整理してみる。基本的には直接的な言及のあるものはなるべくそのまま記載している。

　(なお、コメントには、育成する能力や態度について想定される主な事項等を記載した。)

○文系学生のための数学教育の試み [6章 6.3 萩尾]
・題材

　　Bachetの分銅問題(とその発展)、文章題、期待値の計算と解釈

- **扱う知識**

  多項式、数列（の和の公式）、確率（期待値）

- **育成する能力や態度**

  論理的思考力や演繹的思考力を育む、数学的な思考や論理的思考のよさ・必要性を知る、問題を丁寧に粘り強く考える

- **授業における工夫**

  学生が興味を持ちそうな問題を用意する。教師と学生との対話型の授業とする。毎回宿題を出して、それについて答えさせ、説明もさせる。講義中も問題を出し答えさせる。

- **結果の評価**

  出席率の上昇（発言には加点する）、学生達が自主的に勉強会を企画、抽象的思考の必要性や意義の理解

- **コメント**

  数学的知識と生活の結び付きを理解する、合理的な推論をする、問題解決過程を筋道立てて説明する、演繹的な考察により他の問題への適応を考える力の育成が重点。

  数学的な思考のよさを理解させ、どのように評価するのかは課題。

○文系学生に数学の有用性を認識させる教材開発［6章6.1 井上］

- **題材**

  線形計画法、放射性元素の崩壊（半減期）、音の波形

- **扱う知識**

  不等式と領域、一次関数、不等式、微分方程式、微分、対数（関数）、指数（関数）、フーリエ級数、三角関数、無限級数

- **育成する能力や態度**

  数学の有用性（数学的な考察が現実の世界で有効であること）を認識する

- **授業における工夫**

  計算ソフト（Excel）の活用

- **コメント**

  数学の他分野への応用を理解する、問題の諸条件を確認して定式化す

る、問題解決に使用した知識を確認し整理する力の育成が重点。
前提知識がない状況下での知識の取り扱い（微分、指数、三角関数等）や、作業の煩雑さの軽減（音の波形のグラフの合成等）、授業の効果の評価方法の検討が課題。

○数学モデリングの授業法〜データを近似する関数を推測する〜［5章5.3 松田］
・題材
　放物運動、バクテリアの個体数の増殖、コイルに流れる電流と電圧
・扱う知識
　二次関数、指数関数、対数関数、三角関数、ネイピア数 e
・育成する能力や態度
　工学的現象を数学的に扱おうとする意識付けや動機を育む
・授業における工夫
　学生が自分なりの方法で分析できる条件を設定する、データを方眼紙上にプロットさせ、近似関数の精度を高めさせる
・結果の評価
　学びあいは非常に良い効果をもたらす（どうしたら精度の高い近似関数が見つかるかについて議論が行われた）
・コメント
　学習の内容を正確に記述する、問題解決に必要な条件を整理する、関数で近似する際に適切に判断する、データを正確にプロットする、他の知識との関連や類題を考察する、コミュニケーションを通して自らの解決過程・方法を振り返り、改善する力の育成が重点。

5　展望

　教材開発や授業実践を進めるにあたって、まずは数学化のプロセスを通してどのような能力を育成するのか、重点を明確にすることが大切である。特に、数学化を通して思考の柔軟性を涵養する観点からは、問題解決後の反省的思考、すなわち、数学的に定式化されたモデルの現実場面との適合

性のチェック、モデルの比較検討を通したよりよいモデルへの修正、モデルが指し示す現実場面の検討等、現実の世界と数学の世界を柔軟に往還して考察を深める活動が重要と考えられる。そして、授業のポイントを明確化する際に、Criteria のリストから重点項目を選択する（ただし、すべてを網羅する必要はない）。その一方で、Criteria の各項目について、授業のねらいの達成具合や課題を把握し、授業の効果の検証と改善（PDCA サイクル）に役立てるため、いくつかの達成水準を設けた評価規準を作成し、熟達化の程度を評価規準に基づいて判断できるようにする。評価規準の作成や効果の検証は今後の課題である。

　まずは教材開発、授業実践を着実に積み重ねていくことが第一歩となるが、その先には、理系基礎教育のコースワークの弱さや、初年次のカリキュラムの不整合や欠落が指摘される現在の日本の大学教育において、主に低学年次の大学数学教育プログラムを再構築（大学教育学会、2009）することも視野に入れることが重要と考える。現状は大学教育における数学的リテラシー教育が脆弱で、個々の教員の熱意に依存しているといっても過言ではないが、数学が活用される場面は、自然科学では物理学、工学等、社会科学では経済学や経営学等、様々な分野・領域があり、それだけ様々な「真正な文脈」があるはずである。今後、数学と関連分野・領域の協同（collaboration）による事例開発を行い、数学的リテラシー教育のデザイン開発を進め、授業単位の取り組みから学科/コースとしての取り組みへ発展させ、教育プログラムとして体系立てていくことも重要な課題である。

【引用・参考文献】

中央教育審議会（2012）新たな未来を築くための大学教育の質的転換に向けて ─生涯学び続け、主体的に考える力を育成する大学へ─（答申）、5頁。

日本学術会議 数理科学委員会 数理科学分野の参照基準検討分科会（2013）大学教育の分野別質保証のための教育課程編成上の参照基準 数理科学分野（報告）、4頁。

OECD（2003）The PISA 2003 Assessment Framework: Mathematics, Reading, Science and Problem Solving Knowledge and Skills.: Paris, p.24.

三輪辰郎（1983）数学教育におけるモデル化についての一考察、筑波数学教育研究 2、117-125頁。

Schoenfeld, A. H（1992）Learning to Think Mathematically: Problem Solving, Metacognition, and Sense-Making in Mathematics. In Grouws, D.A.（Ed）, Handbook of Research on Mathematics Teaching and Learning. Macmillan Publishing Company. A Project of the National Council of Teaching of Mathematics. pp.334-370.

Tanner, H., & Jones, S.（1995）Developing Metacognitive Skills in Mathematical Modelling- A Socio-Constructivist Interpretation. In Sloyer, C., Blum, W., Huntley, I.（Eds.）, Advances and Perspectives in the Teaching of Mathematical Modelling and Applications. Water Street Mathematics, pp.61-70.

大学教育学会（2009）学士課程における新しい理系専門基礎教育のあり方、2006年―2008年度課題研究報告書。

Kaiser, G., & Schwarz, B（2010）Authentic Modelling Problems in Mathematics Education – Examples and Experiences. Journal für Mathematik-Didaktik, 31, pp.51-76.

Blum, W., et al,（2002）ICMI Study 14: Applications and Modelling In Mathematics Education – Discussion Document. Educational Studies in Mathematics, 51, pp.149-171.

第5章
理工系専門基礎の
数学的リテラシー教育

5.1 数理と専門をつなげる教材案

5.2 地球・月・太陽の測定と数学的リテラシー

5.3 数学モデリングの授業法
　　　—データを近似する関数を推測する—

5.4 工学院大学における入学前・初年次の数学教育

5.1 数理と専門をつなげる教材案

西　誠

1　専門を意識した数理教育

　大学での数学や自然科学系科目（以下理系科目）は専門の基礎となる科目で、専門を学ぶ上での基礎的なツールとして捉えられる。つまり、数理の科目は単独の科目としてその知識を有すべきものではなく、必要に応じて専門の学習に活用できてはじめて意味を持つことになる。そのため、学生は数理の内容が自らの専門にどのように関わっているのかを認識し、実際に数理の知識を専門に活用する能力を持たなければならない。

　他方で、高校までの数学と理科は、学習指導要領に基づき、法則や公式を使った計算方法の理解、そしてそれらの公式を使った計算スキルを向上させることを目的として実施されている。そして、高校の生徒や教員は最終目標を大学入試として位置づけ、数学や理科科目の学習を行っている。この場合、これらの科目は入試対策としての公式理解とその計算スキルを向上させることが最終目標となる。そして、このような教育を受けた学生が大学へ入学した場合、大学での数理の学習に対しても高校の延長として捉えがちになる。このような意識をもって学習した場合、学生の大学の基礎教育の数理の科目に対する認識や意義付が正しく捉えられず、数理科目の本来の教育目標を達成することが難しくなる。加えて、高校の延長として数理科目が捉えられた場合、学生の興味やモチベーションの低下を招く可能性がある。

　このような問題に対処するためには、入学した学生に対して、数学が単なる公式の暗記や計算スキルの向上を目的としているのではなく、専門にどのように必要であり、どのように活用されているかを理解し、経験する

ことが重要になってくる。このような経験を積むことによって、学生の数理に対する意識変化をもたらすことは、専門とのスムーズな接続につながることが予想される。

　以上の内容を踏まえて、本研究では数理学習項目の中で専門を意識できる教材を作成し、学生に教材の実践を通じて、専門と数理の知識の関連性を意識させることを試みている。ここでは、現在作成段階にある、実際に専門を意識できる教材について紹介するとともに、実際に授業の中でどのように実践すべきか記述している。

2　専門を意識したテーマの紹介

　理工系の大学において工学部系の学科は機械系、電気系、情報系、土木建築系などいろいろな専門分野の学科が存在し、それぞれが独自の科目群を持っている。そしてそれらの科目の中ではそれぞれ必要な数理の知識も変わってくる。したがって、数理の教材も学科によって違った視点や内容で作成されなければならない。ここで紹介する教材は機械系、土木建築系に関わる「揺れと振動」現象に関わるテーマである。

　機械系や土木建築系の基礎科目は様々な項目で数学が活用される。例えば機械系では力学的な分野だけでも専門基礎と呼ばれる科目に「機械力学」「工業力学」「材料力学」などがあり専門が進むにつれてさらに細分化される。これらの力学において、さまざまな数学的知識が活用されている。そして、力学的な問題についてはさまざまな数理の知識を活用して解析されている。したがって、数理の知識を専門科目に活用して初めて専門の内容を正しく理解できることになる。

　しかしながら、初年時の学生にとって、数学の知識を専門に活用することに関しては経験がないことから、その手法に関しては段階を踏んで学ばなければならない。特に1年生の専門的な知識のない状況であまりに専門的な問題に取り組んでも理解できず、消化不良になる可能性がある。そのため、取り上げるテーマは専門につながる前段階で身近な問題を取り上げ、そこで現実問題への活用法を学ぶことが大切である。

今回、教材としてあげる「揺れと振動」では、身近に取り上げる問題が多くある上、専門的なトピックにもつながりやすいテーマである。そして、この教材を実践するために金沢工業大学では、「工学のための数理工」「環境建築のための数理工」の授業内で実施している。金沢工業大学で行うこれらの科目は、工学の中で数学を理解することを目的として作られた科目であり、本教材を実施するのに適した科目であるといえる。

3 教材の実施にあたっての授業の流れ

テーマの実施にあたっては図5-1-1に示す流れで実施することとしている。

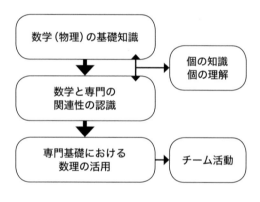

図5-1-1 教材実施の流れ

まず、教材を使って授業を実施するにあたって、その中で使用される数学項目について理解していなければならない。そのため、指定された項目について各自学習し、理解を深めておく。また、これらの知識に関しては、各個人が必要に応じて理解できるように、授業の進行の中で振り返り学習をできるようにしておく必要がある。

次に、これらのテーマを専門につなげるための、基本的な事例について、身近な問題をトピックにして例示し、その問題がどのように基礎的な数学につながっているかを確認する。

以上のことを、行った上で、チームを組んで「身近にある何かの現象」を

取り上げ、チームの協力と教員のアドバイスを受けながら、テーマにかかわる数学的な問題に取り組む。なお、チームとしては3〜4人として実施する。また、授業実践にあたってはアクティブラーニング型の授業実践を用いた。

4　教材を使った授業実践事例

今回の取り組みに当たっては、まず「揺れ、振え」をテーマとした教材案について紹介する。

(1) 個人的取り組み
① 揺れにかかわる問題のピックアップ

まず、最初に身近にある揺れについて考えてもらう。そしていくつかの揺れに関する現象についてどのような揺れなのかを説明する。実際には振動の代表である「音」「波」「楽器」「地震の揺れ」などについて演示実験や簡単な実験によって揺れや振動などを体験してもらい、その理解をふかめてもらう。

② 揺れを表現するための数学的知識の理解

次に揺れや振動を表し、その動きを解析するために必要な数理の知識について理解を深める。このテーマでの教育目標としては、以下の項目となる。

揺れや振動を三角関数などを使うことによって表現できること
運動方程式 (微分方程式) を作り、解くことによって現象の具体的な動きを表現できること

そのため、このテーマを実践するためには、数学的に三角関数の知識と微分と積分、そして微分方程式の知識と計算スキルが要求されることになる。また、振動に関する物理的な用語と公式を理解しておくことも要求される。

具体的にはまず、揺れや振動を数学的に表現するにはどのような式でどのように表すことができるかを、演習と実践を交えて理解する。具体的には、ふりこなどの現象を例として、三角関数

$$x = A\sin(wt + d)$$

などによってゆれを表現する。

そして、**図5-1-2**に示すように物理的に揺れを表現する言葉の定義やパラメータの変化による振動の変化について考える。

また、三角関数などを用いてエクセルを使って振動現象を視覚的に表現し、値によってどのように変化するかを考察する。

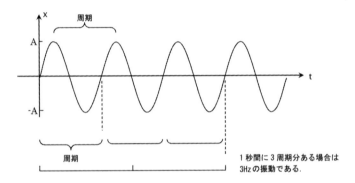

- sin 波は左図に示す通り同一の波形を繰返す
- 繰返しの時間長さを周期（記号：T、単位は時間：S）という。
- 1秒間に sin 波が何波繰り返されるかを表したものは振動数
 （周波数ともいう。記号：f 単位は Hz）という。
- 周期 T と振動数 f には $f = \dfrac{1}{T}$ の関係がある。

図5-1-2　三角関数の表現

③ 運動を表現し解析するための手法

運動を表現するためには運動方程式を立て、それを解くことによって求めることができることを学ぶ。そして、運動方程式は下の式に示すような微分方程式の形で表されており、解析するためには、微分や積分の知識と計算能力が必要であることを確認する。

$$m\frac{d^2x}{dt^2} + c\frac{dx}{dt} + kx = F$$

ここでは、実際の運動について運動方程式を立て、解析する例題を示し、演習を交えて、実際に簡単な運動現象について解析を行う。

なお、微分方程式の解析にあたって、図5-1-3に示すように、運動現象における変位、速度、加速後が微分と積分とどのような関係にあるのかについても理解を深める。

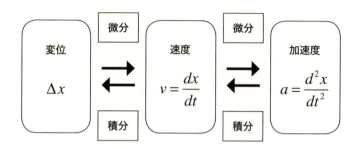

図5-1-3 現象を表現するためのパラメータにおける微積分の関係

ここまでを個人の取り組みとして実施し、テーマに取り組むための数学的な知識を深める。もし、理解不足がある場合は必要に応じて、副教材で復習したり、教員や友人の助けを借りて理解を深める。

(2) チームとしての取り組み

個人的な準備が終了した段階で、チーム課題が示される。具体的には以下のテーマが提示される。

課題

指定された物体の運動の中から自由に選択し、その運動についてモデルを考え、運動方程式を解くことによって求めよ。さらに運動の軌跡をエクセルに表現することによって、物体の運動状態について考察せよ。

この課題は以下の順序で取り組んでいく。

④ テーマ設定

個人活動で理解した基本的な事項をふまえて、3〜4名でチームを組む。

作成したチームの中で、まず個人として、揺れや振動に関わる身近な現象をピックアップし、それらの現象の中から興味ある現象を1つ選択し、調査を行う。そして、チーム内でそれぞれが選択したテーマについて話し合い、チームとしてのテーマを2つ選択する。なお、選択したテーマとその説明に関しては計画書としてまとめ、教員と打ち合わせてテーマの確定を行う。

⑤ **現象のモデル化と境界条件（初期条件）の決定**

チームとして選択したテーマの現象について、インターネットなどを使うことによって詳細を調査し理解する。その上で現象のモデル化を行い、簡単化する。さらに、運動方程式を立てて、初期条件や境界条件を決める。

なお、④と⑤の段階では教員との打ち合わせを密に行い、テーマの具体化を図る。教員は、学生の設定したテーマについて、モデル化や条件設定に対する検証を行い、テーマとして妥当であり、計算可能であるかを判断する。もし、2つのテーマとも計算が困難であるなら、計算可能な条件に誘導する。これによって、1つのテーマでは最終的な結論まで導出できるようにする。他方で、学生が自由な取り組みを促し、失敗を恐れず取り組みができるよう、テーマの1つは学生の自主性に任せることとした。

⑥ **現象の解析と表現**

教員のアドバイスを受けながら、チームで協力して、取り上げた現象を解析し、その現象について説明を行うとともに、レポートにまとめる。

⑦ **エクセルを使った運動軌跡の描画**

解析した現象について求めた結果をエクセルを使って描画を試みる。

以上の取り組みを実施することによって、専門における数学の活用について経験し、数学の重要性について認識する。

⑧ **チームプレゼンテーションと相互評価**

チームでまとめた内容をパワーポイントにまとめ、発表を行う。そして発表した内容をクラス全体で共有するとともに、相互評価によって、内容の評価を行う。

以上の取り組みを行うことによって、学生は専門を意識しながら数学の問題に取り組み、数学的リテラシーを向上させる。

5　学士力向上の評価について

　この教材の目的は、新しい問題や経験のない問題に対して、習得した知識・技能を相互に関連付けながら、総合的な課題の解決にあたる力を磨き、それによって

　① 数学的リテラシーの向上
　② 専門における数学の必要性の認識
　③ 専門を意識した数学的知識の活用法

などを向上させることであり、この能力を磨くことによって数理の学士力である「思考力、判断力、表現力」が向上することになる。この向上の度合いを評価するためには、定量的な評価が必要となってくる。この評価法としては、ルーブリックを作成し、クリティカルシンキングを活用した数理の学修力の向上指標を求めることによって、ジェネリックスキルの向上度合いを評価できると考えられる。

6　まとめと課題

　数学的な考え方の必要性と学修力を高めるための取り組みとして、身近なテーマ現象をテーマとしてとらえ、その現象を数学的に解析する学習を通じて、活用する数学的な知識の理解を深めるとともに、数学的な知識の必要性を意識させる取り組みのための教材を作成した。

　この教材を実施するにあたっては、「授業の中で実施するには時間がかかるため、どのように授業に取り込むか」「学生に何を教え、何を学生の課題とするか」「学生の知識レベルと興味の兼ね合いでどのように調整を図るか」などが、教材を実施する課題となる。

　以上のことをふまえながら、今後、この教材について授業で実践するとともに、この取り組みによって学生の数学に対する意識と学修力がどの程度向上したかについて評価することが必要である。

5.2 地球・月・太陽の測定と数学的リテラシー

寺田　貢

1　天体の距離

　地球から月までの距離や地球から太陽までの距離は、日常的に使われることは少なく、意識しなくてはならないことはあまりないといえる。天体の距離は天文学者にとっては重要な研究対象であるが、やはり一般の生活という観点から考えると、いわゆる「浮世離れした」話ということになるであろう。その一方で、光と熱の源である太陽と夜空で毎日形を変える月は、古代の人々にとってはまさに不思議な存在であったことと思われる。その大きさや地球からの距離はどのくらいかということを、疑問に思った人は多かったことは容易に予想される。古代の人々にとっては、信仰の対象でもあり、太陽は農作物の安定的な生産のために不可欠の存在であった。

　現代と異なり、天体望遠鏡もいろいろな対象を正確に測定する手段も持ち合わせていなかった古代の人々は、これらの疑問をどのように立ち向かったのか、数学とは異なる観点ではあるが多くの人の関心を引く問題である。

　本稿では数学とは直接関係ないと思われる地球と月・太陽の間の距離の測定という観点から、学習者の関心を喚起する数学的リテラシーの涵養方法について考察し検討する。

2　地球と月・太陽の間の距離

　ここでは、古代ではなく、現代では地球と月の距離や地球と太陽の距離はどのような技術により測定されているのかを示し、そこに用いられてい

る高度な測定方法について見ることとする。

(1) 地球と月の間の距離

　現代では、地球と月の距離の測定にはレーザー光線と月面に設置されたコーナーリフレクターという反射装置が用いられる。1960年代から70年代のアメリカ合衆国とソビエト連邦の月面探査の際に、このような反射装置が設置された。両国の軍事目的の競争であると言われてきたが、このような科学の進歩にも役立っている一例である。

　地球からレーザー光線を月面に発射し、反射装置に照射されたレーザー光線が反射して地球上で検出される。発射した瞬間と戻ってきた光が検出された瞬間の間の時間と光の速さを掛け合わせた値が地球と月の間の距離の2倍に相当する。往復する時間は約2.5秒間である。この方法で測定された地球と月の距離は約384,400 km、すなわち38万4千キロメートルである。

　真空中の光の速さは299,792,458 m/sとされて、これは毎秒約30億メートルの値である。1の位の数字まで正しい値であるから、30億分の1すなわち100億分の3.3の正確さである。また時間の測定の正確さは、高精度な原子時計では3,000万年に1秒、低いものでも3,000年に1秒である。この正確さの低いものでも、およそ946億分の1の正確さであることから、測定がうまくいけば非常に高い正確さで算出されることが分かる。

　正確ではある一方で、月面に照射されるレーザーを反射鏡に命中させることの困難さがあり、さらに測定に影響する要因として月と地球の相対運動、地球の自転、真空中と大気中の光の速さの差などが存在する。

(2) 地球と太陽の間の距離

　月の測定にレーザー光線という光が使われるのに対し、太陽の測定には電波を使ったレーダーが用いられる。レーダーは電波をパルス状に放出し、対象物から反射した電波を検出し、対象物までの距離を測定する装置である。電波は光と同じ性質をもつ電磁波である。電磁波は、電気と磁気が互いに互いを発生させながら伝わる波である。光と電波の性質の違いは、波

長の違いである。光が 400 nm 〜 800 nm（nm：ナノメートルは 10 億分の 1 メートル）であるのに対し、電波はミリメートルからメートル単位の波長である。波長に関わらず、電磁波が真空中を伝わる速さは、299,792,458 m/s で光と同じである。

　地球から発射された電波が太陽で反射して地球に戻るという実験は 1959 年に成功している。地球と太陽の間の距離は非常に大きいだけでなく、太陽の表面はコロナで覆われ、電波を良好に反射するとはいえないため、地球と太陽の間の距離を測定する方法としては、同じようにレーダーは使うが以下のような方法が採用される。レーダーによる惑星間距離の測定は、地球と金星や火星の間の距離であれば、地球から発射した電波がこれらの惑星の表面から反射して地球に戻ってくる。地球と月の間の距離を測定するのにレーザーを使ったのと同様に、地球と金星または火星の間の距離が測定される。このように測定された距離を用い、これにケプラーの第三法則を適用して地球と太陽の距離を計算し、地球と太陽の間の距離を求めるのが一般的な方法になっている。ケプラーの第三法則は、惑星の公転の周期の二乗は軌道の長半径の三乗に比例するというものである。ここで、地球と金星の間の距離がレーダーを用いて測定できたとすると、地球と金星の長半径の差が求められることとなる。地球も金星もともに、太陽のまわりを公転しているから、周期、すなわち一周に要する時間が求められれば、地球と金星の軌道の長半径の比が得られることとなり、この値とレーダーによって求められた地球と金星の長半径の差から、地球が太陽の周囲を回る軌道の長半径が得られ、これが地球と太陽の間の距離に相当する。この方法で測定された距離は 149,597,892 km で、約 1 億 5 千万キロメートルである。

（3）天体の大きさの測定

　天体の大きさは、ある位置から見た天体を見込む角度である角直径により測る。ある位置から天体を観測し、その直径の一端から他端までの視角に相当する（**図 5-2-1**）。角度は一般に度数法で表す。度数法では円の一周を 360 等分して 1°とする。この 1°の角度を 60 等分して 1'（1 分）、さらにこれを

60 等分して1''(1秒)とする。地球から見た太陽の角直径は30'、月の角直径は29'～33'である。このことから、太陽も月も角直径は約0.5°に相当する。

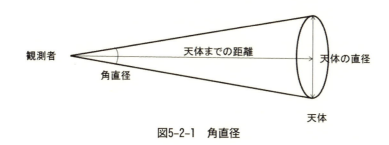

図5-2-1　角直径

　角度の表し方には、弧度法という表し方もある。弧度法はおおぎ形の中心角を、おおぎ形の半径とおおぎ形の弧の長さの比として角度を表すものである。角度が小さいときには、湾曲したおおぎ形の弧の長さは、その両端を結んだ直線であるおおぎ形の弦の長さに近似できる(図5-2-2)。おおぎ形は円の一部であることを考えると、円の中心角360°は、円周の長さを円の半径で割り算した弧度法の角度は2πとなる。これは円周の長さは、円の直径と円周率(π)の積であり、円の直径は半径の2倍であることによる。したがって、度数法の360°は弧度法の2πに相当する。

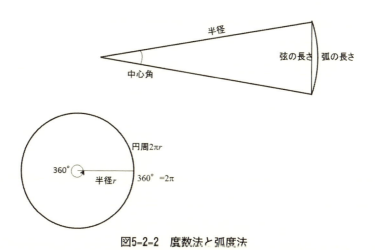

図5-2-2　度数法と弧度法

角直径を弧度法で測り、角直径を測定する位置から天体までの距離が分かれば、両者を掛け合わせることにより、天体の直径を求めることができることになる。地球から見た太陽の角直径は 30'、月の角直径は 29' 〜 33' であることから、地球と月および太陽との間の距離を使って、太陽と月の半径はそれぞれ約 65 万キロメートルと約 1,600 〜 1,800 キロメートルと計算される。

3 歴史的背景

天動説から地動説に至る宇宙観に基づき、天体の運行について考察されてきた。地動説は 17 世紀のはじめ、ヨハネス・ケプラー（Johannes Kepler）によりティコ・ブラーエ (Tycho Brahe) が収集した膨大な天体データを解析されたことにより確立された。ケプラーはブラーエの火星のデータを解析し、火星が太陽をひとつの焦点とする楕円軌道上を周回することを明らかにした。これを基にケプラーの第一法則を導き、それは、「惑星は太陽をひとつの焦点とする楕円軌道上を動く」というものである。これにより、地動説の天動説に対する優位性が決定的なものとなった。

この地動説は 16 世紀半ばにニコラウス・コペルニクス (Nicolaus Copernicus) が提唱したものであるが、それ以前は天動説が宇宙観としては主流であった。地球が宇宙の中心であるという天動説は 2 世紀半ばにクラウディウス・プトレマイオス (Claudius Ptolemaeus) によりまとめられた。天動説は信仰的な点からも 1,000 年間以上も支持され続けたが、一部にはそれに反対の立場の考え方もあった。次節では、そのような立場にたつ紀元前 300 年ごろのギリシャの科学者のアリスタルコス (Aristarchus) の考え方について述べる。

4 アリスタルコスの考察

アリスタルコスは、太陽・地球・月が真円の軌道上を動くとして太陽・地球・月の位置関係から、地球と太陽および月との間の距離を取り扱った。

（1）半月の地球・太陽・月の幾何学的取扱い

半月のときは、太陽からの光が地球から見て真横から月に照射されると考えた（**図5-2-3**）。これがアリスタルコスの考え方の優れた点である。そして、それとともに月が光って見えるのは、太陽からの光が照射されているためであるということを理解していたということは驚くべきことといえる。

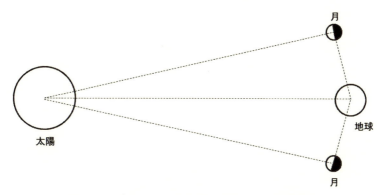

図5-2-3　半月のときの太陽・地球・月の位置関係

アリスタルコスの考えでは、太陽・地球・月は直角三角形の3つの頂点となり、月の頂角が90°である。地球と月の間の距離に対して地球と太陽の間の距離は非常に大きいため、地球から太陽を見た角度はほぼ90°に近い値となる。アリスタルコスの幾何学的な取り扱いは優れているが、90°に近い角度を正確に測定することは非常に難しかったものと容易に想像できる。さらに、太陽と半月がともに天空に上っているということは、観測は昼間に行われることである。したがって、昼間の明るさの中で、半月の観測は非常に難しかったものと考えられる。さらに、半月になった瞬間を特定することもきわめて困難であったと考えられる。アリスタルコスは地球から太陽を見た角度の測定値を87°とし、地球と太陽の間の距離は地球と月の間の距離の18倍～20倍であると結論付けた。さらに、地球から見ると月も太陽もほぼ同じに見えるため、太陽の大きさは月の大きさの18倍～20倍であるとした。

地球と月の間の距離38万4千キロメートルと地球と太陽の間の距離1

億5,000万キロメートルの値を使うと、地球と太陽の間の距離は地球と月の間の距離の約390倍となり、アリスタルコスの結果から20倍程度の差がある。また、大きさの点では、太陽の半径の約65万キロメートルと月の半径の1,700キロメートルから、太陽は月より380倍程度の大きさになる。これは測定に起因するもので、アリスタルコスの幾何学的取扱いの価値を損なうものではないと考えられる。

(2) 月食の地球・太陽・月の幾何学的取扱い

月食のときは、太陽・地球・月が一直線上に並び、太陽からの光が地球により遮られ、月に届かない状態である（**図5-2-4**）。前述の半月と同様に、アリスタルコスがコペルニクスの2000年近く前から地動説を主張していたことになる。

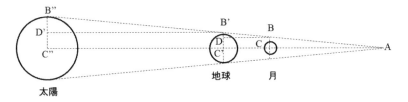

図5-2-4　月食のときの太陽・地球・月の位置関係

図5-2-4の△ABCと△BB'Dおよび△AB''C''と△B'B''D'の相似から、地球の大きさに太陽の大きさの比、月の大きさに対する地球の大きさの比、地球の大きさに対する地球と月の間の距離の比、地球の大きさに対する地球と太陽の間の距離の比の値を導出した。導出の過程に月の大きさと太陽の大きさの比が使われ、前述のようにその値の正確さに問題があるため、導出結果が正確な値とは言い難いが、その優れた着想の価値は大きい。

5　アリスタルコスの考え方を適用した演習問題

最近では、理工系の学生であっても、自分の専門分野における数学の重要性を認識せず、関心を示さない者も多い。学生に「古代ギリシャの科学

者の考え方を、現代の自らが学んでいる数学を用いるとどのように取り扱えるか」という問題意識を与えることにより、数学に対する認識を改めるようになる可能性がある。そのような観点から、以下のような問題を演習のために設定することができる。

1. 半月のときに、地球と月を結んだ直線と地球と太陽を結んだ直線のなす角89度51分は、「分」の単位を用いず、「度」の単位だけで表すといくらになるか。また、弧度法で表すといくらになるか、答えなさい。

解法：51分の角度は、$\frac{51}{60} = 0.85$ 度であるから、89度51分は89.85度である。また、度数法と弧度法の関係として180度はπラジアンであるから、89度51分は $\frac{89.85}{180}\pi = 0.4992\pi = 1.568$ ラジアンとなる。

2. 地球と金星が太陽を中心とする円軌道を運動するとし、地球と金星の公転半径をそれぞれ R_E と R_V、公転周期をそれぞれ T_E と T_V、真空中の光速度 c を 3.0×10^8 m/s として、以下の問いに答えなさい。

2-1 ケプラーの第三法則から、R_E、R_V、T_E と T_V の間に成り立つ関係式を導きなさい。

2-2 地球から金星に向けて発射した電波が金星で反射して地球で受信されるまでの時間が t [s] であったときの地球と金星の距離はいくらか。

2-3 R_E を T_E、T_V、c と t を用いて表しなさい。

2-4 地球と金星の公転周期をそれぞれ365日と224日、地球から発射した電波が金星で反射して地球で受信されるまでの時間が 2.8×10^8 μs であるとして、太陽と地球の距離を求めなさい。

解法：

2-1 ケプラーの第三法則は「惑星の公転周期の2乗は軌道の長半径の3乗に比例する」というものであるから、R_E、R_V、T_E と T_V の間に成り立つ関係式は $\frac{R_E^3}{T_E^2} = \frac{R_V^3}{T_V^2}$ である。

2-2 時間 t は電波が地球と金星を往復する時間であるから、片道であればその半分の時間となる。したがって地球と金星の間の距離は

$$c \times \frac{t}{2} = 3.0 \times 10^8 \times \frac{t}{2} = 1.5 \times 10^8 t \text{ となる。}$$

2-3 問 2-1 と 2-2 から $\dfrac{R_E}{\sqrt[3]{T_E^2}} = \dfrac{R_V}{\sqrt[3]{T_V^2}}$ 及び $R_E - R_V = \dfrac{ct}{2}$ であるから

$$R_E = \left(R_E - \frac{ct}{2}\right)\sqrt[3]{\frac{T_E^2}{T_V^2}} \text{ と変形でき、} R_E = \frac{ct}{2\left(1 - \sqrt[3]{\left(\dfrac{T_V}{T_E}\right)^2}\right)} \text{ が得られる。}$$

2-4 $c = 3.0 \times 10^8 \text{ m/s}$、$t = 2.8 \times 10^8 \times 10^{-6} = 2.8 \times 10^2 \text{ s}$、

$T_E = 365$ 日、$T_V = 224$ 日であることから、

$$R_E = \frac{3.0 \times 10^8 \times 2.8 \times 10^2}{2\left(1 - \sqrt[3]{\left(\dfrac{224}{365}\right)^2}\right)} = 15 \times 10^{10} = 1.5 \times 10^{11} \text{ m が得られる。}$$

6 むすび

太陽および月の大きさ、地球と太陽および地球と月の間の距離は、いまとなっては既知の値で、理科年表を見れば分かる。紀元前のギリシャの科学者が考えて試行して得た値と現代科学で解き明かされた値を比較する過程を組み込むことにより、三角形の相似や三角関数などの数学的な概念が、どのように利用されるかということが明らかになる。数学は受験勉強のために、計算方法だけを追いかけるものという捉え方をする大学生は少なくないものと考えられる。そのような学生に対して、本稿で示したアプローチにより、数学が様々な場面で有用な学問であることを意識させる教材となることが期待される。

5.3 数学モデリングの授業法
―データを近似する関数を推測する―

松田 修

1 はじめに

　本稿では、高専や工学系の低学年の数学の通常授業において実践できる数学的モデリングの効果的な授業法を提案する。より具体的に言えば、それは「データを近似する関数を推測する」というタイプのモデリングの授業法であり、その効果について論じる。この授業法は論文「数学的モデリングの授業法（初等関数編）」（文献1）で論じたものであり、通常の数学の授業の中で学生に与える問題とは異なった方法で問題解決に向かわせるものと考えている。また、近年いろいろな場面で試みが行われている数学的モデリングは、例えば、佐伯（文献2、6）などが行ったような実践研究などのように、実験を伴ったものが報告されているが、実験を伴ったタイプの数学モデリングの授業法は、それを実施するための時間的な問題という大きな課題がある。この意味において、通常の授業において統一的に扱うことができる数学的モデリングの授業法を提示するまでには至っていなかったといえる。

　本稿で紹介する「データを近似する関数を推測する」というタイプのモデリングの授業法は、通常の授業の中で無理なく実践できる数学的モデリングの授業法であり、「工学的現象を数学的に扱おうとする意識付けや動機を育む」という視点から考案したものである。より具体的には、高専1年生で扱う2次関数、三角関数、指数・対数関数に関して「データを近似する関数を推測する」というタイプのモデリングの授業法であるが、今後これを発展させ、微分積分や線形代数などの授業の中で扱える数学的モデリングの授業法の研究に繋がることを願うものでもある。

2 データを近似する関数を推測する授業法

本稿で提案する「データを近似する関数を推測する」というタイプの数学的モデリングの授業法は以下の7項目からなる。

(1) 教師は扱う単元の関数に関係するデータを、物理や工学の現象を利用して、教育的な配慮に基づいて適切に用意する。
(2) 作業は3人から4人のグループを作り、学び合いのスタイルで行う。
(3) 方眼紙を用意し、データをなるべく正確にプロットさせる。
(4) プロットした方眼紙にデータを近似する曲線を描かせる。
(5) 近似曲線をもとに近似する関数を推測させ、それを求めさせる。
(6) もとのデータに対応する近似した関数の関数値を計算させ、与えられたデータと対比させる。
(7) 近似関数からある種の量を予測させる。

グループの構成人数を3人から4人とする理由を述べる。これは経験的な意見であるが、数学のグループ学習において、5人以上のグループで行った場合は、集中力という点から少し難点があると感じている。またペア学習は学習者の相性という問題が起こる。このようなことから3人から4人のグループを提案している。

データを方眼紙の上にプロットする作業は、意外にも個人差が出やすい。実際、近似関数を求める作業の中からも明確にわかったことであるが、正確にプロットする学生の方が、雑にプロットする学生よりも近似関数の精度が高かった。すなわち、データをなるべく正確に方眼紙の上にプロットする作業を行うことが、その後の作業および学習内容の理解に大きく影響するのである。また、データを近似する曲線についてもなるべくきれいな曲線を描く者の方がそうでない者よりも近似関数の精度が高いということが見られた。

項目(7)については、例えば2次関数においては、頂点の座標や、軸との交点の座標を求めさせるなどの問題であり、その目的はデータで与えられ

た以外の数値に対しても関数値が予測できることを体験させる点にある。

3　2次関数の教材例

数学モデリングの授業法をイメージするために、2次関数の教材例を紹介する。論文「数学的モデリングの授業法（初等関数編）」（文献1）では、投げられたボールの軌跡に関する近似関数を考えさせる問題を例示した。2012年から2013年における実際の授業で試した結果、学び合いなどを含む多くの学生の主体的な学習行動が確認された。しかし、年間の数学の授業計画から考えると、割り当てる時間をもう少し短縮し、かつ同じような効果が期待できる教材に変更する必要性があった。2014年から以降はデータ数を5つにした次のような教材に変更した。

教材例1（2次関数）

次はある2次関数のデータであるが、誤差が含まれている。

	0.00	1.00	2.00	3.00	4.00
	8.51	4.43	2.11	1.60	2.97
近似関数値					
誤差					

(1) データを下の方眼にプロットせよ。
(2) データを近似する2次関数を、各関数値とデータとの誤差が　以内になるように求めよ。
(3) $y=0$ となるの値を予測せよ。

2015年度の2次関数におけるモデリングの授業は30分間の時間設定で行い、データを変えて2回実施した。授業を受けた学生は2クラスで合計80人であり、学生には50字の感想を求め、それらは著者のホームページ（文献7）に掲載している。感想に共通している感情表現のキーワードが「ドキドキ感」や「やりがい」といった言葉で表されていた。数日後に行った2回目の授業の感想に多く見られたキーワードは「こつ」であった。教室での

学び合いでは「グラフの形」、「頂点」、「微調整」といったキーワードが多く聞こえてきた。

4　授業パターンと学びの目的

「数学的モデリングの授業法（初等関数編）」（文献1）でも論じたが、「データを近似する関数を推測する」というタイプのモデリングの授業法は、体育の授業のミニゲームに対応するものである。体育の授業の一つの単元においては、以下のステップを踏んでその授業が展開される。

(1)「オリエンテーション」ホワイトボード等を使って、競技のルールとその競技に必要な効果的な体の動きなどの説明が行われる。
(2)「練習方法（基礎訓練）の体験」オリエンテーションで説明された競技の中での基本的な動きを実際に行わせてみる。
(3)「ゲームあるいはミニゲーム」実際の競技を体験させる。

体育の授業の一つの単元の構成をみて考えさせられることは、その学びの目的である。教育においては「何のために学ぶのか」という問いは常につきまとう。最初の段階でその単元の概念すら知らない学習者が学びの目的を理解することは、その単元の概念が明確に認識されている教える側とは大きな隔たりがある。学びの目的は学習者自らが学習の中で個々に獲得するものであり、そして多くの学習者がそのような機会を得られるような授業法を研究することが、教える側に課せられたテーマであると考える。

体育の授業パターンと数学の授業パターンを比較してみよう。通常の数学の授業において(1)に対応するものが、講義の時間、すなわちその単元で扱われる基本的な概念の定義の説明、そこから得られる定理や公式等の説明、公式などの使い方の説明にあてられる時間である。そして(2)に対応するものが、演習の時間、すなわち学生にそれぞれ、教科書の章末問題や問題集などの問題に取り組ませる時間である。しかし(3)に対応するものが存在しない。

(2)に対応する演習において使われる教科書の章末問題や問題集などの問題は、ほとんどが教育的に非常に洗練された問題ばかりであり、その中に物理や工学に関連付けられたものもある。演習問題の研究は非常に重要であり、それらによって学習者自らが個々の学びの目的を獲得することも大いに期待できる。しかし、もし単元ごとにオリエンテーション（講義）と基礎訓練（演習）ばかりが繰り返されたならば、いくら重要性を繰り返し説明されたとしてもうんざりするであろう。そしてその目的をネガティブなものとして学習者が受け取る可能性も高い。現在の数学の授業はこのようなパターンを繰り返してはいないだろうか。

　ミニゲームにおいては、チームのメンバー全員が協力して目的を達成するために活動する。そのことが学習者に楽しみを与える。そこには全員が共通理解している目的が存在している。したがって、各単元の最後に必ずミニゲームなどが取り入れられる場合には、学習者は学習の目的を各単元の最後に必ず感じ取ることが可能となる。本稿は体育の授業のミニゲームに対応するものとして「データを近似する関数を推測する」というタイプのモデリングの授業を提案するものである。具体的には4人程度のグループで行わせ、お互いに協力し合いながら攻略するためのポイントを考えさせるものであり、そのポイントに気付くことが学習の目的である。しかもこれはグループ全員が必ず達成できるテーマなのである。

5　問題解決行動の分析カテゴリーとの比較

　本稿が提案する「データを近似する数学モデリング」の授業法を、清水の著書（文献3）にあるシェーンフェルド（文献5）の示した「知識と行動の四つのカテゴリー」から論じる。まず、シェーンフェルドの四つのカテゴリーを以下に列挙する。

(1)「資源」個人によって獲得された事実的・手続き的・命題的知識
(2)「ヒューリスティックス」効果的な問題解決のための経験則
(3)「コントロール」問題解決を試みるなかで、「資源」の管理や割当につ

いての疑問を処理するもの
(4)「信念システム」個人の数学的世界観であり、その個人が数学や数学的課題に接する際の展望

　上の四つのカテゴリーは一般的な問題解決の行動分析に関して分類されたものであり、特に「ヒューリスティックス」、「コントロール」、「信念システム」はメタレベルに対置されるものであり、そしてこれらは問題解決行動に影響する重要な要因と考えられている。

　「資源」に関して「2次関数に関するデータを近似する数学モデリング」について考えると、2次関数のグラフの凹凸、頂点の座標や軸の方程式、平行移動などの概念が挙げられる。2次関数の上に挙げられたような概念は、学習者の立場からみると、教えられたからといってしっかりと定着した概念ではなく、あいまいな状態で個々の学習者に単なる経験的な要因として記憶されているものに過ぎないものである。「ヒューリスティックス」に対しては、学習者が2次元データを方眼にプロットし、自分なりの近似曲線をイメージする行動に現れる。「コントロール」は、あいまいな状態で個々の学習者に単なる経験的な要因として記憶されている教えられた概念(グラフの凹凸、頂点の座標や軸の方程式、平行移動)の中で、どれを選択すればイメージされた曲線に近い式を得ることができるかを考える行動として現れる。そして「信念システム」、すなわち数学的課題に接する際の展望をあたえるものは、与えられたデータと個々の学習者が予測した近似関数の値との比較から得られる誤差(例えば± 0.2)から、より精度の高い近似関数を求めるための試行錯誤という行動に現れるのである。

6　学びにおける反省の意義

　清水の著書(文献3)にあるJ. ヒーバートが指摘した学びにおける「反省」の重要性から、「データを近似する数学モデリング」の授業法を考えてみる。まず以下にJ. ヒーバート(文献4)の三つの指摘を簡単に紹介する。

第一に、反省によって思考の対象の水準が上がる。
第二に、自分自身の思考に対する制御を得る方法を獲得する。
第三に、反省することそのものが、心の構えを生む。

ここで、「反省」という言葉の中に「自ら」という言葉が含まれていることに注意したい。つまり、反省は教える側から促されて行う行動を指すのではなく、学習者自らが学習者自身の基準で振り返る行動を指す。したがって、「反省」という行動が起こること自体、教育的目的の重要な点が達成されており、そのような教育的手法の価値は充分に高いものであると考える。

さて、「データを近似する数学モデリング」の授業法において、教室では随所に反省の声が囁かれる。それは特に誤差をチェックする段階で起こる。多くの学習者の行動を見ていると、通常の演習で取り上げる練習問題の答え合わせとは多くの点で異なる。

練習問題の答え合わせにおいては、答えが合っているかどうかだけにしか関心を示さない者、練習問題の意味そのものが理解できていないために、答え合わせに積極的になれない者もいる。勿論グループ学習を取り入れて学習レベルの高い者が教える様子は頻繁に見受けられるが、その様子を観察すると教える者が教える中から自分の理解していない点に気付き反省していることをしばしば見かける。逆にグループ内で教えられる側は、時に人間関係という点から適当に相槌を打ってその場を取り繕う光景も見受けられる。著者は練習問題の答え合わせにおいて反省できない者の心理として、答えそのものの意味が理解できないのではないかと考えている。

しかし、「データを近似する数学モデリング」の活動においては、ほとんどの参加者が、何故、自分が予想していた誤差よりも大きいものであったのかを個々に真剣に考え、そしてグループ内でこのことについて活発に議論している光景が見られるのである。それは誤差を小さくするという目的そのものの意味が多くの学習者にとって理解しやすい設定になっているからであると考える。

7　数学的モデリング教材例

論文「数学的モデリングの授業法（初等関数編）」（文献 1）で取り上げた 2 次関数以外の教材例を改めて紹介する。

教材例 2（指数・対数関数 1）

以下の表は、あるバクテリアの個体数の増殖の様子を 1 時間ごとに調べたデータである。以下の問いに答えよ。

t	0.00	1.00	2.00	3.00	4.00	5.00	6.00	7.00	8.00	9.00	10.00
s	100	117	131	149	171	196	229	260	298	341	390
関数値 s											

(問 1) データを方眼紙になるべく正確にプロットせよ。
(問 2) 上のデータから、関数 s がどういうものとなるかを推測し、自分なりの式を導け。
(問 3) (問 2) の式を使って、関数値 s の欄を埋めよ。
(問 4) データのような増加率で今後も増え続けた場合、バクテリア数が 2,000 個を超えるのは何時間後と考えられるか。

対数関数の実用的価値として、以下の例題を提示する。

教材例 3（指数・対数関数 2）

以下の表は、あるバクテリアの個体数の増殖の様子を 1 時間ごとに調べたデータである。以下の問いに答えよ。

t	0.00	1.00	2.00	3.00	4.00	5.00	6.00	7.00	8.00	9.00	10.00
s	100	117	131	149	171	196	229	260	298	341	390
$\ln s$											
関数値 s											

(問 1) バクテリア数 s から $\ln s$ の値を計算し、空欄を埋めよ。
(問 2) 方眼紙に横軸を時間 t、縦軸を $\ln s$ として、その点をプロットせよ。
(問 3) (問 2) でプロットした点の様子から t と $\ln s$ の関係式を推測せよ。

(問4) (問3)の関係式からの関数の式を求め、関数値の空欄を埋めよ。

(問5) データのような増加率で今後も増え続けた場合、バクテリア数が2,000個を超えるのは何時間後と考えられるか。

教材例4（三角関数）

以下は、[V]の交流電圧をコイルに接続したときの秒後の電流[A]のデータである。以下の問いに答えよ。

(問1) データを方眼紙になるべく正確にプロットせよ。

t	0.000	0.002	0.004	0.006	0.008	0.010	0.012
I [A]	0.0×10^2	5.8×10^2	9.4×10^2	9.6×10^2	6.3×10^2	0.6×10^2	-5.3×10^2
関数値 I [A]							

t	0.014	0.016	0.018	0.020	0.022	0.024	0.026
I [A]	-9.2×10^2	-9.8×10^2	-6.8×10^2	-1.3×10^2	4.7×10^2	8.9×10^2	9.5×10^2
関数値 I [A]							

(問2) 上のデータから、関数がどういうものとなるかを推測し、自分なりの式を導け。

(問3) (問2)の式を使って、関数値の空欄を埋めよ。

(問4) の最大値と最小値を推定せよ。

(問5) 物理において「コイルに流れる電流は電圧よりも位相が遅れる」とされている。時間における電圧を示す関数を推論せよ。

【引用・参考文献】

1 松田修 (2012) 数学的モデリングの授業法（初等関数編）、日本数学教育学会高専・大学部会論文誌 VOL.19 NO1、79-88頁。
2 佐伯昭彦 (2006) テクノロジーを活用した数学的活動の教材開発とその有効性に関する研究、日本数学教育学会誌．臨時増刊，数学教育学論究 86、27-34頁。
3 清水美憲 (2007) 算数・数学教育における思考指導の方法、東洋館出版社。
4 Hiebert, J. (1992) Reflection and communication: cognitive considerations in school mathematics reform. International Journal of Educational Research, Vol.17, No. 5, pp.439-456.
5 Schoenfeld, A.H. (1983) Beyond the purely cognitive: belief systems, social cognition, and metacognition as driving forces in intellectual performance. Cognitive Science,

Vol. 7, pp.329-363.
6 槻橋正見、佐伯昭彦、氏家亮子(1998)グラフ電卓と各種センサーを用いた数物総合の実験・観察型授業について：数物ハンズオン授業、日本教育工学会大会講演論文集 14、43-44 頁。
7 松田修、数学モデリングの教材(授業中に簡単に行える教材開発)<http://www.tsuyama-ct.ac.jp/matsuda/mathED/me_index.html>。

5.4 工学院大学における入学前・初年次の数学教育

高木 悟

1 背景

(1) 大学入学前の教育

近年、推薦等による入試が多様化しているが、このような推薦による入試制度で大学へ入学する生徒に対し、大学での授業にスムースに接続できるよう、そして大学入学直後の全新入生の学力差を出来る限り縮めるよう、合格(入学内定)から実際に入学するまでの期間を利用した大学入学前教育を実施している大学は多い。例えば、eラーニングを活用した事例としては千歳科学技術大学や愛知大学の取り組み(川西・新井野・湯川・小松川、2008)、そして合宿形式の事例としては鳥取大学の取り組み(森川、2008)が挙げられる。また、数学教育としては早稲田大学での取り組み(星・高木・前野・楠元・瀧澤、2011)が挙げられる。

(2) 大学入学後の教育

一方、大学入学前だけでなく、大学入学後の初年次における教育も専門科目の授業へつながる導入教育や、就職活動を含めた卒業後の社会で必須となるスキルを身につけるキャリア教育と位置付けられ、大学ごとに工夫を凝らした教育をしている。例えば、早稲田大学では初年次生に向けたICT (Information and Communication Technology：情報通信技術)を活用したフルオンデマンド形式の全学基盤教育が確立されており、その数学分野についての取り組み(高木、2011；2012)が参考になる。同じく初年次の数学教育については、例えば大阪府立大学での取り組み(大阪府立大学、2010)も挙げられる。また、工学院大学の例えば工学部機械システム工学科では、1

年前期に基礎演習という少人数制のゼミを必修で設けており、キャリアデザインのほかロボット製作やマイクロ加工などの専門的な技術も早い段階で経験させ、大学での学習意欲を高める工夫をしている(高信、2010)。

ここでは筆者の本務校である工学院大学における「数学」の入学前教育と初年次教育について、「一人の実施担当教員としての事例」を報告する。

2 大学入学前の数学教育

(1) 2006年度

2006年度、筆者は工学院大学学習支援センター講師として、工学院大学附属高等学校からの推薦入学内定者に向けた数学授業を担当した。具体的には、2007年2月の4日間、大学(八王子キャンパス)の教室にて高校数学、特に三角関数や指数・対数について、定義や性質の確認、問題演習をおこなった。事前におこなった数学習熟度による少人数クラス編成のため、クラス内の理解度に合わせて授業をすることができた。

(2) 2007年度

2006年度と立場は同じであるが、受講対象者を推薦入試による入学内定者全員に拡大し、さらに入学予定学科ごとにクラスを分けたうえで数学の授業をおこなった。2008年2月の2日間、大学(新宿キャンパス)の教室にて高校数学、特に三角関数、ベクトル、図形と方程式について、問題演習を中心におこなった。

(3) 2012年度

2008年度から4年間は他大学に所属していたために、ここでは再び工学院大学に着任した2012年度の担当事例を報告する。なお、2012年度に着任した部署は基礎・教養教育部門であり、以前所属していた学習支援センターとは別の部署であることを注記しておく。2012年度に実施した入学前教育も、2007年度と同様に推薦入試による入学内定者全員が受講対象であるが、筆者は工学部機械システム工学科への入学内定者に対して数

学の授業を担当した。内容は各教員に任されていたため、筆者は大学1年での微分積分学習時につまずきやすいマクローリン展開の話をすることにした。具体的には、ネイピア数 e を底にもつ指数関数のマクローリン展開から、それを利用した近似値計算を説明したのだが、冒頭は複利計算の話をして連続複利でネイピア数が現れることについても触れた。

(4) 2013年度

2013年度は2012年度とほぼ同じ状況であったが、担当学科が情報学部コンピュータ科学科となった。ここでは、次項に述べるネイピアの計算盤を利用した教材（高木・前山、2014）を用いて実施した。

(5) ネイピアの計算盤を利用した数学教材

筆者が2013年度前期に担当した工学院大学情報学部コンピュータ科学科1年必修科目「情報数学Ⅰ」の受講生であった前山和喜氏が、当該授業で扱った2進数を自分でより深く調べてまとめた論文（前山、2014）の中でネイピアの計算盤について触れており、それをもとに筆者が情報系学科への導入教育に生かせるのではないかと思ったことが、本教材を考えることになった発端である。

ネイピアの計算盤とは、ジョン・ネイピア（John Napier）が著書 "Rabdologiae" の付録 "Arithmetica localis, quae in Scacchiae abaco exercetur, Liber unus" の中で発表しているチェス盤や囲碁盤のように格子状になった盤の上でコマを動かすことによって四則演算をおこなうというものである。これは特に2進数の四則演算を視覚的に分かりやすく説明できる計算盤であり、これを利用することにより情報学の初学者でも2進数の四則演算が簡単にでき、さらにこのことがきっかけで情報学への興味が湧いてモチベーションの高い状態で入学後の初年次教育へつなげられると期待される。

具体的には、以下の流れで45分の授業時間を想定し、授業ノートを作成した。ネイピアの計算盤を実際に動かすことが難しい状況でも対応できるよう、その操作をパワーポイントのスライドとして作成し、さらに板書や理解を補うための補足プリント、授業後に家で復習し、さらに発展的な

問題にも挑戦できるような課題プリント、また今後の授業改善のために率直な意見を聞くための授業アンケートを用意した。

  (1) 10 進数とは？
  (2) 2 進数とは？
  (3) 2 進数の四則演算
  (4) ネイピアの計算盤とは？
  (5) ネイピアの計算盤を利用した 2 進数の四則演算
     （加法・減法・乗法・余りのない除法・余りのある除法）
  (6) 課題プリント配布
  (7) 授業アンケート

2014 年 2 月の入学前教育時にこの教材をもとに実施したが、実際はこの教材で想定していた授業時間 45 分の半分も使えなかったため、特に 2 進数の乗法や除法まで説明することができず、満足のいくような授業ができなかったことが唯一の心残りである。ただ、受講者のアンケート回答を見る限り、授業時間はちょうど良いと感じていて、これから大学に入ってから授業を受けるのが楽しみだという意見が多勢を占めた。このうちの何人かは、入学後に筆者が担当している「情報数学 I」の授業を受けているが、とても積極的な授業態度であるように感じるのは、この入学前教育が少しは影響しているのかもしれない。

3　大学入学後の数学教育

(1) 2006 ～ 2007 年度

筆者は工学院大学学習支援センター講師として、学部の通常科目ではなく補習となる基礎講座や個別指導、さらには e ラーニング教材の開発をおこなったので、ここではその立場での事例を報告する。個別指導では、質問者の情報や質問内容、対応方法などを、当時の LMS (Learning Management System：学習管理システム) に新設されたポートフォリオシステムに電子カルテとして記録し、学生側としては学習履歴として、教員側としては指導履歴として大いに役立っている点が特筆すべき点である。また、e ラーニ

ング教材については、当時同じく学習支援センター講師であった吉村善一氏（名古屋工業大学名誉教授）とともに、学生からの質問が特に多かった「微分法」に関するコンテンツを作成したことも挙げられる。これは、従来の数学eラーニングコンテンツとして主流であった問題演習のみのものとは大きく異なり、いわゆる教科書形式で説明、定義、性質、定理、証明、例題、問題、解答の流れをもつコンテンツとした。また、HTML利用であるためにそのメリットを最大限生かすべく、式変形やグラフに色を多用し、さらにハイパーリンクで用語集や解答解説画面が開く仕様とした。さらに、web画面を印刷してもきれいにコンテンツが印刷できないことから、印刷用のPDFファイルも別途用意して、webだけでなく机の上でもじっくりと取り組める工夫をした。

（2）2012年度～現在

基礎・教養教育部門の専任教員として、いわゆる工学の専門基礎科目である微分積分学、線形代数学、情報数学を主に担当している。また、工学部機械システム工学科の基礎演習も担当し、数学だけでなくキャリア教育についても少人数ゼミ形式で対応しているが、この点については次項で述べることにする。

大学初年次における数学の授業については、特に工学院大学では対象が数学を専門とはしていない工学系の学生であるため、彼らの専門分野で理解に支障の無い範囲で数学が使えるようになれるよう工夫して授業をしている。また、毎回家で復習する習慣をつけてもらうべく、提出必須の宿題を毎回出し、提出後は採点してコメントしたうえで返却している。その宿題には、毎回の授業での感想も書かせているため、次の授業ですぐフィードバックできる点も大きく、また普段はなかなか聞きにくい素朴な疑問なども書いてくることがあり、それを授業で全受講生に向けて解説することで、受講生全員に知識を共有することもできている。一方、理解度が足りていない学生に対しては、追加の課題を出したり、学習支援センターで個別指導を受けるよう促したりしている。

（3）キャリア教育

　ここでは数学教育とは離れるが、初年次教育の重要な柱の1つであるキャリア教育について、筆者が2013年度から担当している工学院大学工学部機械システム工学科の基礎演習（1年前期必修科目）を例に紹介する。

　就職活動を含めたこれからの大学生活について、さらに卒業後のことについて、また専門分野の学習について、10名の少人数ゼミ形式（さらに5名ずつ2班に分かれる）と、30名程度の合同クラスでの形式を内容に応じてカスタマイズしながら進めていく。専門分野の学習については、その学科の専任教員が担当するため、筆者は主に大学生活や卒業後のことについてのディスカッションを少人数ゼミ形式で担当している。この少人数ゼミでは、1クラス10人をさらに半分の5名1班の2グループに分け、それぞれの班でディスカッション内容を決めてもらう。このとき、各班のリーダーと書記を決め、彼らを中心に班ごとに作業を進めてもらう。このディスカッションの最終目標は、60名程度の学生の前でそのディスカッションについてまとめたものを発表することであり、まずはディスカッション内容にかかわる資料の収集、発表会に向けたスケジュール管理、スライド作り、発表練習などをスケジュールどおりに実行していく。特に最初のディスカッション内容を決めるところでは、各自で考えてきたキーワードを付箋に書き、模造紙に貼ることでグルーピングをしていく手法で、さらにリーダーを中心にテーマを決めている。また、スケジュール管理については過去の自分の経験を一人ひとり話してもらい、どのような点に注意をしてスケジュールを組むべきかを意識させている。これは今後の大学での生活だけでなく、就職活動や社会人となっても役立つ能力である。大学入学直後の段階から、このような将来の自分を視野に入れた取り組みを通じて、これからの大学生活を有意義に過ごしてもらいたいと願う。

　一方、筆者は担当していないが、専門分野の学習ではロボット製作やマイクロ加工演習を実際にやることで、これから大学で勉強するためのモチベーションを高めている。それだけでなく、例えばロボット製作の中では三角関数のことにも触れ、数学や物理学などのいわゆる専門基礎教育が専門分野を理解する土台になっていることも説いており、特に大学初年次に

設置されている専門基礎科目もないがしろにすることなく受講させる環境にしている。また、このような専門分野の学習だけでなく、近似や有効桁数の計算などの専門の基礎部分についても講義しており、とても考えられた授業設計となっている。

4　今後の方向性

　以上に述べたように、大学入学前と入学後の教育を担当しているわけだが、それぞれを別々のものとして考えるのではなく、一連の流れ、つまり大学入学前の教育で入学後の初年次教育につながるよう、そして高いモチベーションを維持させるような取り組みが必要不可欠である。

　また、eラーニングの上手な活用がカギになると考えている。大学入学前の段階での活用、大学入学後の授業の補足としての活用、専門分野の学習をしているなかでの基礎知識の振り返りなど、応用場面はさまざまであり、利用価値はとても高いと感じる。それに加え、近年はスマートデバイスを併用した取り組みも報告されており、いわゆるモバイルラーニングも視野に入れた取り組みも積極的に検討していきたい。なお、工学院大学のeラーニングシステムにおいて、スマートデバイスを併用した学習が可能かどうかについては、すでに筆者が検証している。例えば、電子教科書のようなコンテンツはスマートデバイスで閲覧可能であり、移動中に読むことも、またPCで問題画面を表示させながらスマートデバイスで教科書の説明を見て問題を解くことも可能である（図5-4-1参照）。

　筆者としてもまだまだ試行錯誤の段階ではあるが、今後も大学入学前と入学後の教育を「一連の流れ」として意識し、さらにはeラーニングの活用を視野にいれた取り組みを心がけていきたい。

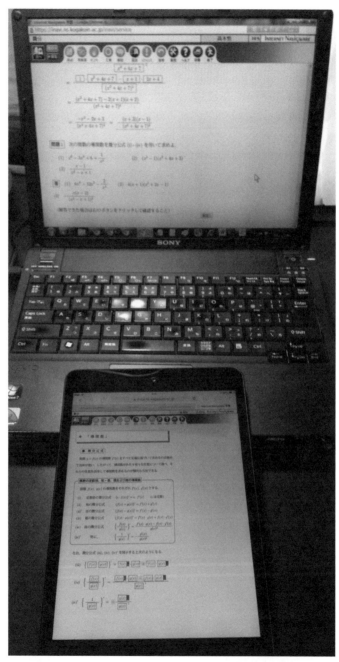

図5-4-1　PCでeラーニングコンテンツの問題を表示させ
スマートデバイスでeラーニングコンテンツの電子教科書を表示させた様子

【引用・参考文献】

大阪府立大学(2010)文部科学省「特色ある大学教育支援プログラム」平成19年度採択取組「大学初年次数学教育の再構築」成果報告書 平成22年3月 < http://www.las.osakafu-u.ac.jp/gp/pdf/GP-FinalReport.pdf > (2014年5月15日).

川西雪也・新井野洋一・湯川治敏・小松川浩(2008)e-Learningを活用した入学前教育に関する実証研究、メディア教育研究、5、87-95頁。

髙木悟(2011)早稲田大学におけるICTを活用した数学リテラシー教育の報告、獨協大学情報センター情報科学研究、28、73-79頁。

髙木悟(2012)早稲田大学における数学リテラシー教育(6)、数学教育学会誌臨時増刊2012年度春季年会発表論文集、255-257頁。

髙木悟・前山和喜(2014)ネイピアの計算盤を利用した情報系学部における入学前教育、数学教育学会誌臨時増刊2014年度春季年会発表論文集、252-254頁。

高信英明(2010)機械システム工学科1年生必修科目「機械システム基礎演習」の取り組み、工学・工業教育研究講演会講演論文集 平成22年度、8-9頁。

星健太郎・髙木悟・前野譲二・楠元範明・瀧澤武信(2011)早稲田大学における2011年度大学入学前導入教育について、2011 PC Conference論文集、146-149頁。

前山和喜(2014)ネイピアの計算盤による自然2進数の四則演算、第162回ファジィ科学シンポジウム講演論文集、28、1-15頁。

森川修(2008)AO入試および推薦入学合格者の入学前におけるe-learningの利用、第6回高大連携教育フォーラム報告集 <http://www.adm.zim.tottori-u.ac.jp/aoitori/event/report-1.pdf> (2014年5月15日)。

第6章
文系の数学的リテラシー教育

6.1 文系大学生に数学の有用性を認識させる教材開発

6.2 手続き暗記数学からの脱却

6.3 文系大学生のための数学教育の試み
　　―対話による数学的・論理的思考の育み―

6.4 「数学基礎」から「数学活用」へ
　　―「数学活用」の話題―

6.5 数学史を取り入れた教育の実践

6.6 早稲田大学における ICT を活用した数学基礎教育

6.1 文系大学生に数学の有用性を認識させる教材開発

井上 秀一

1 はじめに

　文系大学生の多くは、数学に無関心であり、役に立たないというイメージを持っている。数学は一般化や抽象化するため、どのような分野に使われているのか解らないという学生も多い。これらの問題の多くは教師の説明不足により生みだされたものと言える。文系の多くの学科で現象を解析するために数学の恩恵にあずかっている。学生の数学に対する誤解を解くために、数学の有用性を認識させることが不可欠である。数学の教師が数学の有用性について学生に働きかけが不十分であった。働きかけても学生に届いていなかったのである。数学の有用性は、数学が問題解決に有効に機能したことを実感して初めて納得するものである。学生が将来仕事に役立つことを数学的な考察によって確認できる事例を授業の中に多数取り込んだ教材開発が急務である。文系の大学生に、無用の用は通用しない。彼らに数学の有用性を感じてもらうために数学的モデリング教材を作成し、数学の有用性を学生に実感させる授業を行った。

2 実践から

実践報告（1）

　解決したい諸問題に直面した時、まず現象を理解することに取り組み、問いを立て、それらの関係性、法則性を見出し、数学モデルを作って数学の世界に持ち込み解析を行う。そしてその結果を現実に照らし合わせて問

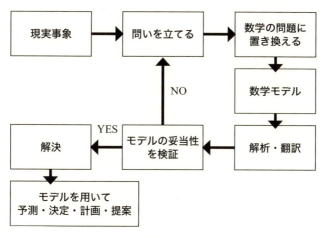

図6-1-1

題を解決するというアプローチを取ることがある。この手法を数学的モデリングと言い、自然科学ばかりでなく社会科学や人文科学の分野でも活用されている。**図 6-1-1** はその過程を示したものである。学生がモデリングの意味を理解し、数学の有用性を認識出来るように、文系の学生にも避けては通れない課題に取り組んだ。

現実事象：
　教材として「ローン問題」を提示した。学生が興味関心をもって取り組めるようにグループディスカッションを行い、学生が主体となって現実事象のテーマを決める。今回は、テーマを「独身のAさんのローンを活用した新車購入計画」とした。

問いを立てる：
　現実事象のテーマをもとに、グループディスカッションを行い、仮定を立てる。多くの仮定の中から、優先順位や制約条件を考慮し、問いを設定する。
　今回は以下のような「問い」になった。
　「独身のAさんが250万円する新車を購入したい。Aさんの年収は400万円である。ローンを組み、5年程度で返済したい（元利均等返済）。Aさんの経済状況を考えて新車の購入は可能でしょうか。」

Aさんの経済状況から金融機関の金利や返済期間の問題等、毎月の返済が可能な返済金額を事前に想定し、人任せでなく、購入可能かを自分で考える良い機会になる課題と言える。

数学の問題に置き換える：

この「問い」は、等比数列を金利計算に活用した問題である。

- 年収 400 万円
- 借入金 P 万円
- 金融機関の金利 r
- 毎月の返済額を y 万円、返済回数を x 回、金利を r とする。

数学モデル：

等比数列の知識が不足している学生には教師が講義や質疑応答により支援する。借入金 P 万円、毎月の返済額を y 万円、返済回数を x 回、金利を r とする。

1 か月後の残高 $= (1+r)P - y$

2 か月後の残高 $= (1+r)\{(1+r)P - y\} - y$
$= (1+r)^2 P - (1+r)y - y$

3 か月後の残高 $= (1+r)\{(1+r)^2 P - (1+r)y - y\} - y$
$= (1+r)^3 P - (1+r)^2 y - (1+r)y - y$

$\vdots$

x か月後の残高 $= (1+r)^x P - (1+r)^{x-1} y - (1+r)^{x-2} y - \cdots - (1+r)y - y$

x か月後に返済が終了したとすると

$0 = (1+r)^x P - (1+r)^{x-1} y - (1+r)^{x-2} y - \cdots - (1+r)y - y$

$y\{1 + (1+r) + (1+r)^2 + \cdots + (1+r)^{x-1}\} = (1+r)^x P$

$y \cdot \dfrac{1-(1+r)^x}{1-(1+r)} = (1+r)^x P$

よって $y = \dfrac{P \cdot r \cdot (1+r)^x}{(1+r)^x - 1}$

解析・翻訳：

・借入金 250万円 月利率 $r = 0.00417$（年5%）で返済する場合
（金融機関からの融資）

$$y = \frac{1.0425 \times 1.00417^x}{1.00417^x - 1}$$

x	y
40	6.7987
45	6.1046
50	5.5497
55	5.0960
60	4.7183
65	4.3989
70	4.1254
75	3.8886
80	3.6816

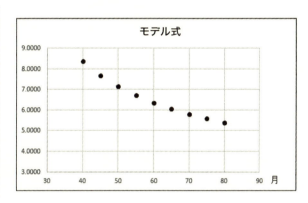

・借入金 250万円 月利率 $r = 0.015$（年18%）で返済する場合
（消者金融からの融資）

$$y = \frac{3.75 \times 1.015^x}{1.015^x - 1}$$

x	y
40	8.3568
45	7.6799
50	7.1429
55	6.7075
60	6.3484
65	6.0477
70	5.7931
75	5.5752
80	5.3871

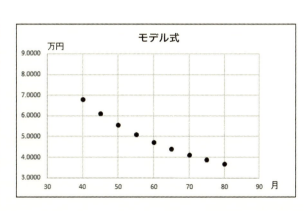

モデル式を使ってシミュレーションを行い、グラフを作成してビジュアルに捉えることに取り組む。PCやモバイルの活用が活かされた。

モデルの妥当性を検証：

借入金250万円、年利5％で返済する場合、5年の返済では毎月4万7千円で年収400万円ではかなり負担となる。消費者金融からの借入金は年18％程度で負担がさらに多くなり購入が難しい。

頭金をある程度払うか、返済回数を増やす必要がある。消費者金融からの借入金は考えられないなど、学生からの報告があった。

解決：オープンエンド

学生の報告例
- 頭金100万円とすると、年率18%で月額38,090円の支払いなら消費者金融からの融資でも支払い可能。
- 金融機関から年率5%で返済回数70ならば月額41,250円で支払が可能。

予測・決定・計画・提案： 個々の条件を踏まえて購入計画を実行する。

実践報告（2）

線形計画法を活用した事例。線形計画法は現実に役立ち、学生に興味を持って取り組ませることができる内容である。文系の学生にも十分理解できる。高校数学Ⅱの不等式と領域における最大値、最小値に次のような問題がある。

次の連立不等式の表わす領域をDとする。
$P(x_1, x_2)$ がこの領域D内を動くとき $9x_1 + 22x_2$ の最大値を求めよ。

$$x_1 + x_2 \leq 40,\ x_1 \leq 25,\ x_2 \leq 25,\ x_1 \geq 0,\ x_2 \geq 0$$

このような問題を解いている限り、数学が一般社会で役に立つとは思えない学生の気持ちはよくわかる。これがどのような分野に使えるのか説明がほとんどされていないのである。実は上の問題は以下の問題を式だけで表現したものである。

「ある工場で2種類の製品A、Bの生産計画を考えている。生産ラインは2製品共通で唯一のため、両方同時に生産することができない、また生産ラインの操業時間を40時間以内に保つ必要がある。A、Bの生産に関する情報が以下の表に与えられている。このような条件を満たしつつ、最大の利益を得るためにはA、Bをそれぞれ何時間ずつ生産すればよいか。」

製品	生産効率 （トン／時間）	利益 （万円／トン）	生産上限 （トン）
A	1	9	25
B	2	11	50

この問題は最適化問題であり、問題の解決は例えば会社の経営にとって重要なことがらになる。数学が社会の中で問題を解決するための力になっている一つの例と言える。最適化問題の数学モデルは、変数を使って目的関数と変数の制約条件を作成し、それをもとに最大、最小を決定するものである。

ここでは数学モデルにおける目的関数、制限条件、最適化（最大、最小）について説明する。

線形計画法は、最適化問題のなかで目的関数が線形関数で、線形関数の等式と不等式で制約条件を記述する。

線形計画法は一般に目的関数が

$$y = c_1 x_1 + c_2 x_2 + \cdots + c_n x_n \qquad \cdots (1)$$

で制限条件が例えば

$$a_{j1} x_1 + a_{j2} x_2 + \cdots + a_{jn} x_n \leqq b_j \qquad \cdots (2)$$
$$(j = 1, 2, \ldots, m)$$

と表わされたとき(1)を最大または最小にするような非負の変数

$$x_1 \geqq 0,\ x_2 \geqq 0,\ \ldots,\ x_n \geqq 0$$

の値を決定する問題である。

・図によって求める。

まず先ほどの問題を図6-1-2(1)によって求めてみる。

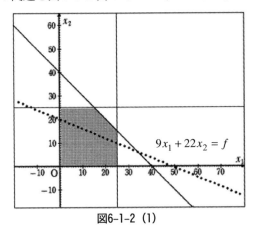

図6-1-2 (1)

目的関数　　$f = 9x_1 + 22x_2$

制限条件　　$x_1 + x_2 \leq 40$, $x_1 \leq 25$, $x_2 \leq 25$, $x_1 \geq 0$, $x_2 \geq 0$

制限条件を満たす領域を図示し、目的変数の最大値を求める。図6-1-2(1)からわかるように目的関数 $f = 9x_1 + 22x_2$ が領域内の点 $(15, 25)$ を通るとき最大値は685となる。このような問題は図を描くことで求めることができ

基底変数	x_1	x_2	x_3	x_4	x_5	定数項
f	-9	-22	0	0	0	0
x_3	1	1	1	0	0	40
x_4	1	0	0	1	0	25
x_5	0	1	0	0	1	25
基底変数	x_1	x_2	x_3	x_4	x_5	定数項
f	-9	0	0	0	22	550
x_3	1	0	1	0	-1	15
x_4	1	0	0	1	0	25
x_2	0	1	0	0	1	25
基底変数	x_1	x_2	x_3	x_4	x_5	定数項
f	0	0	9	0	13	685
x_1	1	0	1	-1	0	15
x_4	0	0	-1	1	1	10
x_2	0	1	0	0	1	25

図6-1-2 (2)

るが、変数が多くなると図を描くことが不可能になり、図を使った方法では解決できない。

そこで線形計画法の問題を計算で解くことを考える。シンプレックス法は、実行可能解の1つから出発して目的関数の値を最大(最小)にするようなところに移動していく動作を繰り返し、最適解を見つけ出す方法である。

先ほどの問題をシンプレックス法で解いてみる。**図 6-1-2 (2)** のように、シンプレックス法の原理を理解するためにシンプレックス表により求めたが、シンプレックス法でも変数が多くなると手計算では手間がかかるため、ソフトウエアを用いて解かれることが一般的である。

・Excel ソルバーにより求める。

線形計画法の概念がわかったところで、計算ソフトを活用して、問題解決することにする。手軽に扱えるソフトが出回っているが、我々に身近な Microsoft Excel のソルバー機能、**図 6-1-2 (3)** を使って解決することにした。

変数

xの係数	yの係数
1	1

制約条件

xの係数	yの係数	計算値	符号	制約値
1	1	2	$\leq$	40
1		1	$\leq$	25
	1	1	$\leq$	25
1		1	$\geq$	0
	1	1	$\geq$	0

目的関数

xの係数	yの係数	最大値
9	22	31

変数

x_1	x_2
15	25

制約条件

x_1の係数	x_2の係数	計算値	符号	制約値
1	1	40	$\leq$	40
1		15	$\leq$	25
	1	25	$\leq$	25
1		15	$\geq$	0
	1	25	$\geq$	0

目的関数

x_1の係数	x_2の係数	最大値
9	22	685

図6-1-2 (3)

実践報告(3)

何らかの現象を解析するには、対象となる現象を数学モデルとして構築する必要がある。多くの現象は微分方程式の形で数式化される。ここでは、対数を活用して、近似解を求め、予測や決定を行っていく。事例として、

福島原発事故による被害で問題となっている放射性物質を取り上げた。放射性元素の崩壊を例に数学モデルの作成について説明する。

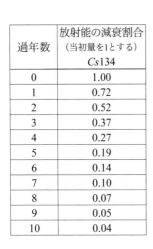

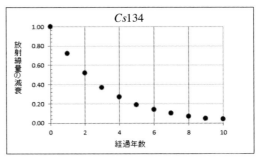

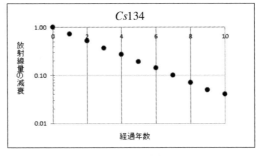

図6-1-3 (1)　　　　　　　　図6-1-3 (2)

Cs134 の放射性元素の崩壊を片対数でグラフにプロットすると、図6-1-3(2)のようにグラフは近似的に直線となり式に表わすことができる。
$$\log N = -\lambda t + \mu \quad \cdots(1)$$
時刻 t における放射性物質の中の原子の個数を $N = N(t)$ で表わすと、
(1)より
$$N = e^{-\lambda t + \mu} \quad \cdots(2)$$
時刻 $t = 0$ における初期条件を $N = N_0$ とすると
$$N(t) = N_0 e^{-\lambda t} \quad \cdots(3)$$

放射性元素では半減期が登場するが、放射性元素が最初の量の半分に減る時間で、放射性元素がどれくらいの速さで崩壊するかの目安を与える指標になる。半減期を τ として

$$N = \frac{N_0}{2} = N_0 e^{-\lambda \tau}$$

よって
$$\tau = \frac{1}{\lambda} \log_e 2 \quad \lambda:崩壊定数$$

$Cs134$ の半減期は 2.06 年なので、$Cs134$ における崩壊定数 λ は

$$\lambda = \frac{1}{\tau} \log_e 2 = \frac{1}{2.06} \times 0.693 = 0.3365 \; (／年)$$

放射性元素が最初の量の半分に減る時間で、放射性元素がどの程度の時間的経過によって崩壊するかの目安を与える指標になる。

崩壊モデルの方程式 $N(t) = N_0 e^{-\lambda t}$ は他の放射性元素の崩壊の場合にも活用できる。^{14}C の崩壊を利用して年代測定を行うことができる。炭素 ^{14}C の含有量（または崩壊速度）が、生きている木の 90% である木材があるとする。この木材はいつの時代のものかを年代測定する。

ただし、^{14}C の半減期は 5,568 年である。

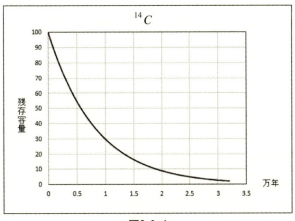

図6-1-4

崩壊定数 λ は $\lambda = \dfrac{1}{\tau}\log_e 2 = \dfrac{1}{5568} \times 0.693$

$$= 1.2446 \times 10^{-4}$$

$$N(t) = N_0 e^{-\lambda t} = \dfrac{9}{10} N_0$$

$$\lambda t = \log \dfrac{10}{9} \text{ より}$$

$$t = \dfrac{1}{\lambda} \log \dfrac{10}{9} = \dfrac{0.10536}{1.2446 \times 10^{-4}} = 856.537$$

3　終わりに

　数学モデリングはオープンプロセス、オープンエンドである。学生が自由に発想・思考でき、意欲的に取り組むことができる教材である。しかし、世の中の複雑な問題を数学モデルに表現することは実は非常に困難なことが多い。学生にとって数学を社会で役立てるためには更なる努力が伴うが、問題解決に数学が重要な役割を果たしていることを理解できれば数学に無関心ではいられないはずである。数学の有用性を認識させる教材開発は数学教育の中で最も遅れている研究であると思われる。今後、様々なモデリング教材を開発し、文系大学生が数学モデリング教材を活用した問題解決のスキルを習得していける環境を整えていきたい。

　近年、社会における数学の役割は飛躍的に増大している。学生がこれからの社会に活躍できる真に自立した社会人になっていくために、数学モデリング教材が役立つことを願っている。

【引用・参考文献】

石井吾郎(1971)数理計画法入門、サイエンス社。
八木浩輔(1971)原子・核物理学、朝倉書店。
柳本哲(2011)数学的モデリング、明治図書。
井上秀一(2014)「数学モデリングのための教材開発」、日本リメディアル教育学会第10回全国大会。

6.2 手続き暗記数学からの脱却

矢島 彰

1 数量的スキル

「数量的スキル」は学士力の汎用的技能とされ、専門分野を問わずに学生が持つべき能力であるとされている(中央教育審議会、2008)。「数量的スキル」という表現からも、中学高校の数学そのものを指しているわけではないと考えられ、大学に求められていることが中学高校数学の単なるやり直しではないことは明らかである。

一方で、中学高校数学の典型的な問題が解けるようになることを望んでいる学生は多く、学生が持つべき能力と学生の希望は一致していない。中学高校数学の典型的な問題は公式の丸暗記で対応できるものも多く、文系大学で中学高校時代の数学の成績が良かった学生であったとしても「数量的スキル」が身に付いていないことが多い。公式に当てはめて解く問題を過多に解き続け、考えることが出来なくなる「公式中毒」、そして、どのような問題に対しても公式を用いようとする「公式依存症」が見受けられる。

この原因として考えられることは、「量の体系」(遠山、1972)に関する理解が少ないことと、グラフを中心とした関数・方程式・不等式の理解ができていない点である。「量の体系」と「グラフ」に関する理解度調査結果や学生の授業感想に基づいて、「数量的スキル」を重視した「数学リテラシー」を身につけるための数学リメディアル教育について述べる。

2　手続き暗記数学的解法

(1)「はじき」

　手続き暗記数学的解法の代表が、**図6-2-1**を用いた、「はじき」「きはじ」「みはじ」の公式の存在である。「は」は速さ、「じ」は「時間」、「き」は距離、「み」は道のりであり、これらの量の関係を図で表したものを丸暗記し、求めたい量を指で隠すことによって、他の2つの量からどのように求めるのかが分かるというものである。例えば「き」を指で隠すと、「は」×「じ」となり、距離が速さと時間のかけ算であることが分かる。

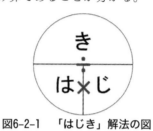

図6-2-1　「はじき」解法の図

(2) 連立方程式

　連立方程式の解法も、多くの学生にとっては手続き暗記である。一般的な解き方は**図6-2-2**の通りであり、もちろん正しい解を求めることができる。単なる機械的操作である。

$$\begin{cases} 0.1x + 0.4y = 0 & \cdots ① \\ \dfrac{1}{2}x + \dfrac{2}{3}y = \dfrac{4}{3} & \cdots ② \end{cases}$$

$$\begin{cases} x + 4y = 0 & \cdots ①\times 10 \\ 3x + 4y = 8 & \cdots ②\times 6 \end{cases}$$

下の式から上の式を引くと $2x = 8$

よって $x = 4$

$x = 4$ を $x = 4y = 0$ に代入して $y = -1$

$$\begin{cases} x = 4 \\ y = -1 \end{cases}$$

図6-2-2　連立方程式の解法

(3) 2次不等式

2次不等式の解法も、同様に、多くの学生にとっては手続き暗記である。一般的な解き方は**図6-2-3**の通りであり、もちろん正しい解を導くことができる。

$$x^2 - 3x - 10 < 0$$
$$(x+2)(x-5) < 0$$
$$-2 < x < 5$$

図6-2-3　2次不等式の解法

このとき、多くの学生の頭の中は、(　)(　)＜0ならば、解は○＜x＜△、(　)(　)＞0ならば、解はx＜○、△＜xという機械的操作である。

(4) 数列の和

数列の和を求める問題に対して、次のような解答をする学生もいる。

$$\sum_{k=1}^{2} k^2 = \frac{2(2+1)(4+1)}{6} = 5$$

図6-2-4　数列の和の解法

これも典型的な手続き暗記数学である。Σの意味を分かっていれば、$1^2 + 2^2 = 5$で計算できる。公式というものが何のためにあるのかを理解していない。

3　手続き暗記数学に潜む二つの大きな問題

手続き暗記数学には二つの大きな問題が潜んでいると考えている。1つは「量の体系」に関する理解がないこと、もう1つはグラフを描くことが軽視されていることである。

(1)「量の体系」とは

学生の「量の体系」(**図 6-2-5**)に関する理解度が足りないのではないかということは、文系の大学1年次学生が記した授業感想や演習問題への解答

状況からある程度は把握できる。「量の体系」は、数学者の遠山啓が数学教育で重視すべき考え方として提案したものである。

図6-2-5 量の体系（遠山、1972）

「量の体系」について以下に簡単に説明する。量は「分離量」と「連続量」に分けることができる。「分離量」とは数える量であり、「連続量」は測る量である。「分離量」は1を細分化することができないのに対して、「連続量」はいくらでも細かく分割することができる。それ以上に分けることができない「個数」や「人数」などが「分離量」であり、いくらでも小さくできる「長さ」や「時間」などが「連続量」である。

「連続量」は「外延量」と「内包量」に分けることができる。「外延量」は大きさを表す量であり、「内包量」は性質を表す量である。例えば、お湯の体積は大きさを表す量であるが、お湯の温度は性質を表す量である。200mlで40度のお湯と300mlで50度のお湯を併せると、体積は200ml+300ml=500mlとなるが、温度は40度+50度=90度とはならない。大きさを表す量は、併せることを足し算で表すことができるが、性質を表す量は併せることを足し算で表すことはできない。

「内包量」は「度」と「率」に分けることができる。「度」は違う種類の量を割り算して導かれた量であるのに対して、「率」は同じ種類の量同士の割り算である。例えば「度」の場合、速度は100m÷5秒=20m/秒、密度は40g÷20cm^3=2g/cm^{3}であり、「率」の場合、消費税率は8円÷100円=0.08（8%）、合格率は20人÷50人=0.4（40%）となる。

(2) 「量の体系」に関する理解度調査

このような「量の体系」を学生がどの程度理解しているか、文系1年次

学生数学リメディアル科目受講学生を対象として調査を実施した。対象となった53名の全体的な学力は、1次方程式の問題の正答率が92.5%であることや、1次不等式の正答率が58.5%であったことから判断できる。式の展開、括弧の扱い、移項などほぼ全員ができるが、不等式を解く際に、両辺を負の数で割る場合の不等号の扱い等を間違える学生が現れるレベルである。日本の文科系学生の平均程な数学力よりは上の数学力を持つ集団である。そして、個々の問題の正答率以上に重要な意味をもつのは、各問題の正答率の比較である。

表6-2-1　速度の理解に関する調査問題・表6-2-2　密度の理解に関する調査問題

距離	時間	速度	重量	体積	密度
10km	2時間	[1]	100g	10cm^2	[1]
200m	[2]	8m/秒	200g	[2]	100kg/m^3
[3]	5分間	100m/秒	[3]	20cm^3	5g/cm^3

　量の体系への理解が不足していることは、速度と密度に関する理解度の結果からわかる。速度の理解に関する調査問題が**表6-2-1**であり、3カ所の空欄に当てはまる値を求める問題である。同様に**表6-2-2**は、密度の理解に関する調査問題である。速度の理解に関する調査問題の正答率が80%程度であるのに対して、密度の場合は正答率が30%程度となる。同じ構造の問題でありながら、正答率に差がつく原因として考えられるのは、「はじき」の図を用いた手続き暗記的解法の存在である。

(3)「量の体系」の理解不足の問題点

　学校教育において、量の体系は図6-2-5のように整理されて教育されているわけではなく、小学校入学以後に長い時間をかけて、自然と概念が身に付くことになっている。一定の速度で歩く人の様子を、横軸が時間、縦軸が距離のグラフで表すと直線となる。このとき、両軸は外延量であり、直線の傾きが内包量の度に当たるのである。量の体系の概念の理解が、正比例や微分係数の理解に繋がる。

表6-2-3は、前述の速度と密度の理解度調査において、速度に関する問題3問が全問正解であった36人を抽出し、解答用紙に「はじき」「きはじ」の図の記載の有無と、密度問題の正解数の関係を記したものである。速度の問題全問正解者の4割程度が「きはじ」「はじき」といった手続き暗記解法を用いて問題を解いていたことになる。

表6-2-3 「はじき」「きはじ」依存と密度問題正解数

		きはじ		総合
		記	不	
正解数密度問題	0	52.9%	47.1%	17
	1	33.3%	66.7%	3
	2	50.0%	50.0%	6
	3	10.0%	90.0%	10
	総計	38.9%	61.1%	36

一方で、密度問題3問全てに正解した人のほとんどが「はじき」「きはじ」を用いていない。速度や密度がどのような量か理解できている。量の単位に注目する姿勢があれば、多くの初見の量に対応できるであろう。

(4) グラフ軽視の問題点

多くの学生が、連立方程式や2次不等式を手続き暗記解法で解を求めており、直線や2次関数のグラフとは無関係なものとなっている。学生はグラフが苦手であるために、このような手続き暗記解法しか用いることができないと考えられる。調査対象の53名に$y = x^2 - 4x + 3$のグラフを、頂点や座標軸との共有点を明示して描くことができるかの調査も実施した結果、正答率は32%であった。頂点は求められたが座標軸との共有点が明示されていなかった誤答が36%、逆に座標軸との共有点が求められているが頂点が明示されていない誤答は4%であった。方程式や不等式を解くことと、グラフを描くことが結びついていないのである。ある現象を、言葉、数式、グラフのうちの2つで表現することができる人同士であれば、数量関係についてコミュニケーションすることは可能であるが、グラフの持つ

情報量の恩恵を受けることができないことは大きな問題である。

4　手続き暗記数学からの脱却

　大学入学時という時期は、公式中毒・依存症や手続き暗記数学から脱却させるのに最も適切な時期である。大学入学前に、手続き暗記数学ではいけないということをどれだけ伝えたとしても、試験で良い点をとるために効率的な手続き暗記数学から離れることはできないと考えられる。入試を終えた大学入学時であれば、考えを変えさせることも可能である。例えば、大学に入学してきたばかりの学生に、次のような問題について、個人で考えさせた後にグループワークを実施すると、量の体系を意識させることができる。

　Aグループは5人中女性が2名、Bグループは7人中女性が3名、2グループあわせると12名中5名が女性だから、$\frac{2}{5}+\frac{3}{7}=\frac{5}{12}$ である。

　外延量は足すことができるが、内包量は足すことができない、足すことに意味がないことを実感させることができる。温度が異なる2つの水をあわせたときの体積と温度の例や、2つの町が合併したときの面積と人口密度なども同様の例として用いる。
　連立方程式に関しては、解を求めるまでの過程を**図 6-2-6** のように視覚的に表現すると、学生の意識が変わる。

$$
\text{A} \begin{cases} 0.1x + 0.4y = 0 \\ \dfrac{1}{2}x + \dfrac{2}{3}y = \dfrac{4}{3} \end{cases} \Leftrightarrow \text{B} \begin{cases} x + 4y = 0 \\ 3x + 4y = 8 \end{cases} \Leftrightarrow \text{C} \begin{cases} 2x = 8 \\ 3x + 4y = 8 \end{cases} \Leftrightarrow \text{D} \begin{cases} x = 4 \\ y = -1 \end{cases}
$$

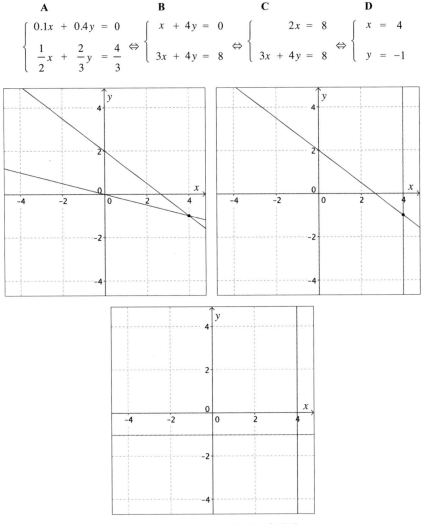

図6-2-6　連立方程式解法の視覚化

　図 6-2-6 において、A から B への式変形は、グラフでは何の変化もない。C は 2 つの直線のグラフのうちの 1 つが座標軸に平行となり、連立方程式の解である D は、グラフが共に座標軸に平行となり、その交点が分かりやすい形となっている。連立方程式を解く過程は、グラフの交点が分かりやすいように同値変形することであり、この解法は行列の基本変形と同じ

であるため、大学での数学の学習へ接続しやすいものである。

　グラフの重要性を認識させるための問題例をもう1つ挙げると、方程式 $2^x = x^2$ である。$x = 2$ が解であることはすぐに分かる。よくできる学生は $x = 4$ も解であることを見つける。他にも解があることは図6-2-7のようにグラフを描けばすぐにわかるが、描かずに分かることは難しい。

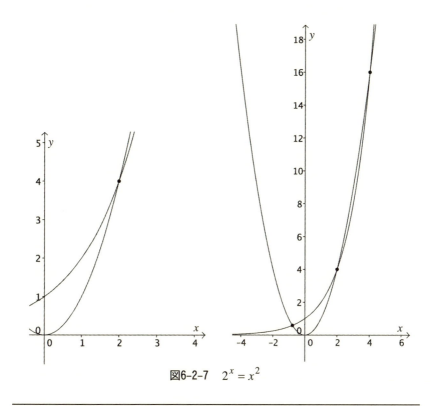

図6-2-7　$2^x = x^2$

5　おわりに

　「数学リテラシー」として重要な量の体系の理解とグラフによる可視化について述べてきた。数量的関係はコンピュータで扱うことも多く、数学的問題解決においては、コンピュータが人間にとって代わることも多い。しかしながらコンピュータを動かすためには、少なくとも現象を数式で表現する力は必要であり、また計算結果をどのように可視化するかの選択は

人間が行わなければならない。数式による表現は、量の体系の理解が必須であり、グラフを読む力がなければ適切な可視化もできない。コンピュータを多用する社会は、数学リテラシーが不要となったわけではなく、むしろコンピュータができないことに人間が取組まなくてはいけないという意味では、より高度な数学リテラシーが要求される社会になっている。数学リテラシーを身につけた学生を社会に輩出することは、大学で数学科目を担当するものにとってきわめて重要な課題であろう。

【引用・参考文献】

中央教育審議会(2008)学士課程教育の構築に向けて(答申)、文部科学省。
遠山啓(1972)数学の学び方・教え方、岩波新書。

6.3 文系大学生のための数学教育の試み
―対話による数学的・論理的思考の育み―

萩尾 由貴子

1 はじめに

仄聞したところでは「二次方程式などは社会へ出て何の役にも立たないので、このようなものは追放すべきだ」という作家曾野綾子氏の発言を受けた三浦朱門氏（当時教育課程審議会会長）の提案で、2002年度より、数学の中学課程で「二次方程式の解の公式」は必修の事項から外されたという。その真偽はともかく、この話はインターネット上で広まり、今やインターネットで検索すれば、これに関して曾野、三浦両氏を非難する書き込みがいくつもみつかる。しかし、少なくとも数学教育に関わる者は、曾野発言を揶揄する前に、彼女にそう思わせた数学教育を省みるべきではないか。彼女にとって二次方程式の解の公式は「ただ丸暗記して、数字を当てはめる」だけの意味を持たないものであった、そういうものとしてしか教えられなかったのである。全く具体に繋がらない数式、二次方程式の解の公式が無意味なものにしか見えないのは、今の学生でも同じであろう。多くの人が「必要ない」「やらない方がマシ」という認識に至っても当然のことである。

大学生の数学力低下が問題視されるようになって久しい。12年間私立文系の学生に数学や推論を教えてきて、それを強く実感する。中学レベルのごく基本的な数学テストを実施すれば、予想を超えた悲惨な結果となるし、10年前にはほとんどの学生に通じた解説で、今の学生を納得させられない。彼らは数学を、なぜこんなに忘れてしまっているのか、なぜこんなに理解できないのか、なぜ興味を持って学べないのか。こういった問題に対峙することなく、数学嫌いの大学生に再び中学や高校の数学の問題を教えても、彼らにはただの苦行でしかない。最近は、学習塾や予備校と提

携し、ひたすらプリントの問題を解かせる大学もあるようだが、それにどれほどの意味があるのだろう。

そもそも、文系の大学生が数学を学ぶ意義はなんであろうか。意義があるとすれば、どのように教えられるべきなのだろうか。リメディアル教育や初年次教育の必要性が指摘され、ユニークな試みや教材、教授法が試され、紹介される中、この根本的な問いに関して十全な議論がなされているとはいい難い。

ここでは、まず数学を苦手とする文系大学生たちの特徴を把握し、それも踏まえた上で、彼らが数学を学ぶ必要性について考え、その観点から試みた授業方法や教材を紹介、考察する。

2　学生の現状

著者は2001年春から私立文系大学で1、2年生向けの数学、推論の授業を行ってきた。学生の大きな変化を感じたのはゆとり教育世代が入学してきたと言われる2006年頃である。これ以降に入学した学生は数学についての基礎的知識不足のみならず、理解力も乏しい。方程式を立てさせれば、まるでうろ覚えの英単語を綴るかのようにまったく一致しないものを等号で結ぶ。また、三段論法や対偶関係を「さっぱりわからない」と言ってくる。単純な命題をオイラー図で表現させようとしても「描けない」「難しい」と諦める。事項と事項のつながりや関係を捉えるのが苦手であるので、演繹ができない。乙ならば甲、甲だから丙、よって乙ならば丙、と彼らの思考はつながらない。つながりの丁寧な説明を「わかりやすい」とは感じない。むしろ面倒に感じるだけの学生もいる。

この実態を踏まえ、推論テストを試みた。

(1) 推論テスト

私立大学の法学部・文学部・経済学部の大学生を対象に、2012年4月と2013年4月に推論テストを実施した。問題数は5問とし、すべて5択の問題をマークシート用紙に記入させた。ここでは、そのうちの2問を紹介する。

【第1問】ある高校生のグループに行ったアンケートの結果がア〜ウのようであったとき、これらから確実に正しいといえることはどれだと思いますか。1〜5の中から1つだけ選んでください。なお、答えた人は全員、科目については「得意」か「苦手」の2種類どちらかを選んだものと考えてください。

　ア：数学が得意な人は、国語も得意である。
　イ：理科が得意な人は、社会も得意である。
　ウ：国語が得意な人は、社会は苦手である。
　1　数学が得意な人は、理科も得意である。
　2　社会が得意な人は、国語も得意である。
　3　理科が得意な人は、数学は苦手である。
　4　国語が苦手な人は、社会は得意である。
　5　社会が苦手な人は、国語は得意である。

【第4問】次のア〜ウのことがわかっているとき、確実に正しいといえることはどれだと思いますか。1〜5の中から1つだけ選んでください。

　ア：AならばBである。
　イ：CならばDである。
　ウ：BならばDでない。
　1　AならばCである。
　2　DならばBである。
　3　CならばAでない。
　4　BでないならばDである。
　5　DでないならばBである。

　問題は5問ともすべて三段論法と対偶関係を理解していれば正解を導くことができる問題である。難易度からみれば、1問2分もあれば解ける問題ではあるが、今回は時間が足りずに最後まで問題を見ることができない学生を極力なくすために5問に20分を与えた。

　5問の中に2問だけ（第1問と第4問）、同じ演繹力（三段論法と対偶）を問う問題を混入させた。ただし、一方はなじみのある日本語で書いた問題、

他方はアルファベットを使って書いた問題である。

結果

全体の正答数平均は2012年で1.40問、2013年は1.48問と予想以上に低いものとなった。平均正答数は、1年生のみでは、2012年で1.39問、2013年1.48問と全体と大きな違いはない。

各問の正答率は**表6-3-1**の通りである。

表6-3-1　問題別正答率

	【1】	【2】	【3】	【4】	【5】
2012	14.20%	47.10%	14.60%	52.60%	11.60%
2013	15.10%	46.80%	16.60%	52.80%	15.90%

2012年　646名（1年生514名・2年生以上132名）
2013年　614名（1年生505名・2年生以上109名）

(2) 増加率に関するテスト

2013年12月に298人（無回答：13人）の学生を対象に以下の質問をした。
3年間の年収合計が一番高くなるのはどれですか？（3択）

① 3年間毎年400万円ずつ（計算結果：1,200万円）
選択者数236人（79.2%）

② 1年目400万、2年目1年目の2割増、3年目、2年目の2割減（計算結果：1,264万円）
選択者数11人（3.7%）

③ 1年目400万、2年目1年目の2割減、3年目、2年目の2割増（計算結果：1,104万円）
選択者数38人（12.8%）

(3) 2つのテストから得られる知見

推論テストの結果で特に興味深いのは、類似問題【1】と【4】の正答率の差である。2012年、2013年とも【1】を正解した生徒と【4】を正解した生徒には大きな違いが出た。

両問とも高校数学で学ぶ形式論理の知識で、抽象化された記号なら処理できるが、それが意味を持つ日常言語に応用されていない。機械的に処理すればよいものなら分かるが、それを具体事例には応用できない。「国語」や「社会」といった言語に（認知科学で言うところの）信念バイアスが生じたのであろうか。そうではなさそうなことが、多くの学生の選択からわかる。【4】のときには命題の対偶を考え、三段論法により正しい推論ができる学生の多くが、【1】のように問われると、あっさりと１つの命題の逆を選んだ。ある学生に問うたところ、「【1】はややこしそうだったから、簡単に選んだ」と言う。

この面倒そうなことは深く考えないという傾向は、増加率の問に対する答えにもみえる。この問題は、単純なかけ算と足し算をすればはっきり答えが出る。しかし、多くの学生はその手間を省き、直感だけで選んだか、もしくは３年目の金額だけで①を選んだのではないだろうか。後者であったとしても、やはり「深く考えていない」のである。

3　講義の試み

そもそも文系の大学生に数学を学ばせるのはなぜか。就職試験対策や学部の専門科目理解のためだけであろうか。もちろんそれも必要であろうが、数学を学ぶことで、根拠を明確にとらえて多様な見方を検討しながら丁寧に繋がりよく推論をする力を養うことができるはずである。数学の有用性や面白さを伝えつつ、同時に丁寧に思考する態度を身に着けさせられないものだろうか。そういったことを睨みつつ授業を企画した。

(1) 授業形態

１クラスの人数が90人―250人と多いこともあり、これまでは座学型の授業を実施してきたが、2013年対話型授業に変更した。毎回授業の最後に宿題を出し、次の回の最初に答えさせ、説明も求める。宿題に関しては、解答者を指名する。また、授業中にも学生に問いを投げかけ、挙手により解答、説明させる。必要があれば、黒板も使わせる。説明が不十分な場合は、教員や他の学生と対話させながら丁寧な説明に誘導する。出席点は与

えないが、発言者には、内容に応じてその都度評価点を与える。また、授業時間外の質問に対しても適宜加点した。期末には、60分の試験も行う。

(2) 教材について

学生が特に集中して取り組む3項目に対して以下の教材を用意した。

①面白く学べる問題
・パズルやゲーム的で数学的思考が広がるもの
　例）バシェの分銅問題と倉庫問題(数の性質、N進法、数列)ハノイの塔
・丁寧な説明をさせることで演繹力を養うもの
　例）魔方陣、覆面算の解法説明　論理パズル

②自分の役に立つと思える問題
・就職試験(SPIなど)で扱われる数学の問題を様ざまな解法で解く
　例）中学数学レベルの問題を一旦方程式を使わずに解く
　（特殊算も使い、代数を使うこと使わないことのそれぞれの良さを知る）
・仕事や日常生活で応用できる数的感覚を養うもの
　例）比率や量の捉え方　概算の仕方　統計

③新しい発見や驚きのある問題
・新しい学問に触れる
　例）グラフ理論、数理社会学の問題、モンティホール・ジレンマ（ベイズ定理）

4　実際の授業例

(1) Bachetの分銅問題の応用 (Bachet etc.)

【第1問】天秤はかりと分銅を使って食塩の重さを量ることを考える。1g刻みで、1gから200gまで1回で量れるようにするには、最低何個の分銅が必要か。ただし、分銅と食塩を同じ側の皿にはのせられない。

【講　義】1gの分銅と2gの分銅があれば、1g〜3gまでを量るこができる。次に4gの分銅を用意すれば、3つの分銅で7gまでを量ることができる。

よって次に必要な分銅は 8g である。

　同様に考えると、1g から順に 2 の累乗の重さの分銅を用意すれば、それらの総和の重さまで 1g 刻みで量ることができることがわかる。よって、必要な分銅は、

　1g、2g、4g、8g、16g、32g、64g、128g の 8 個（255g まで可能）

　この問題から、任意の正の整数 N は次の式で表すことができることを導かせる。

$$N = a_0 \times 2^0 + a_1 \times 2^1 + a_2 \times 2^2 \cdots a_n \times 2^n$$

（ただし、各は 0 または 1）

　また、任意の重さを量りたい場合、使う分銅の選別の仕方を考えさせ、二進法を教える。

解説：例えば、188g を量りたいとき、188 を二進法で表すと、10111100 となる。このとき、1 が割り当てられた桁の分銅だけを使えばよいとわかる。

128g	64g	32g	16g	8g	4g	2g	1g
1	0	1	1	1	1	0	0

【第 2 問】 天秤はかりと分銅を使って食塩の重さを量ることを考える。1g 刻みで、1g から 300g までを 1 回で量れるようにするには、最低何個の分銅が必要か。ただし、分銅と食塩を同じ側の皿にのせても構わない。

【講　義】 この場合は、3 の累乗の重さの分銅を用意すれば、それらの総和の重さまで 1g 刻みで量ることができることが知られている。ここから、以下のような結論に至ることが可能となる。

　任意に与えられた正の整数 N に対して、N に応じて n、a_0、a_1、$\cdots$、a_n をうまく選ぶと、次の式を成り立たせることができる。

$$N = a_0 \times 3^0 + a_1 \times 3^1 + a_2 \times 3^2 \cdots a_n \times 3^n$$

（ただし、a_0、a_1、$\cdots$、a_n は、-1、0、1 のいずれか）

この問題の場合で任意の重さを量りたい場合、三進法は使えるだろうか。ここでは、-1、0、1を使った三進法を考えることができる。

さらに、これらの2問から数列の和について考察することも可能である。

(2) 就職試験（中学数学レベル）の問題から

【第1問】1周360mの円状の道を、同じ地点からP、Qが同時に同じ方向に出発すると、Qが9分後にPを追い抜く。また、同じ地点から2人が反対方向に向かって同時に出発すると、2人は4分後に出会う。Qの速さは、分速どれだけか。

【よくある学生の解答例】

Qの速さをx、Pの速さをyとおく。

$$\begin{cases} 9x - 9y = 360 \\ 4x + 4y = 360 \end{cases} \quad x = 65$$

よって、分速65m

この連立方程式はそれぞれ何を表したものかを説明させた上で、次に代数を使わずに解くことを思案させる。

【講師の解答例】

$$360 \div 9 = 40$$
$$360 \div 4 = 90$$
$$(40+90) \div 2 = 65$$

よって、分速65m

この計算の意味を考えなさい。それぞれの式は何を求めたのか説明しなさい。（ここでは、相対速度の考え方も教えることが可能）

現実的な社会生活においては、代数を使って数的処理を行うことは少ない。しかし、非常に煩瑣な問題にあたる場合、代数は有効である。

1つの問題をこういった形で多様に解く授業を繰り返すことで、学生に代数の便利さを認識させるとともに、場面によっては代数を使わない方が

実用的であることを体験させられる。また、多様な解法を模索することで、前提条件を間違えずに捉え、筋道正しく考えれば同じ正解にたどり着くことも実感させる。

5　講義による成果と課題

　学生と話しながら解法を模索し、問題を発展させるという授業に変更して顕著に変わったのは、出席率が上がったことである。6割から7割弱の出席率であったのが8割〜9割になった。指名し喋らせることで出席率は下がると覚悟していたのでこれは想定外であった。おそらく、発言に対する評価点の効果であろう。質問も増え、興味をもった問題に関する数学の書籍の紹介を求めてきた学生や後に思いついた独自の解法を持ってくる学生もいた。これらは、従来型の講義ではほとんど見られなかった傾向である。そして、彼らの質問の質にも成長が見られた。ただし、自分で見いだした解法が正しいものであるか、たまたま正解と一致したものであるかを検証する力はなく「これであっているか見て下さい」といったことに留まる。

　さらに、自主的な数学勉強会を開く学生や、授業についていけない小中学生に算数や数学を教えるボランティアを始める学生も現れた。対話型授業にしたことで、自分たちの力量を相対的に自覚し、また説明することの大切さを学んだようである。

　ここでは、教材を二例しか挙げていないが、1年間様ざまな問題を学生と語り合いながら解いた。ただ、慣れないせいもあり、教員が口を挟み過ぎた。正解への誘導が過度であったかもしれない。もう少し学生に考える時間を与えるべきであったが、そうするとさらに扱う問題が減る。今回の授業では、従来型の授業より扱える問題数は3割ほど減り、1回の講義で2問程度しか扱えない日もあった。ただし、これは学生たちが活発に発言したことにもよる。それくらい、授業中の発言に点を与えることは効果があった。

　学生の解答や質問を聞くうちに、数学はあらかじめ解法が決まっており、それを教わり、その通りになぞるように計算をして正解に向かうものだと

誤解している学生がほとんどであることを改めて知った。彼らは、式の意味するところに頓着せず、でたらめな方程式を立てることもある。今回、多少なりともそれを自覚させたつもりである。また、授業中に対話することで、彼らの短絡的思考や飛躍した論理を自認させることも目指した。

数学的思考のよさは、単なる演繹的思考を超え、いったん具体的なものから意味を外して抽象化し、そのままでは見えにくい構造を正しく把握し、その成果により具体的なものの本質をつかむといったところにある。修飾語にまみれた日常言語をそのまま感覚的に読んで、わかったような気になるという「思考停止」を防ぐことは、文系の学生にも必要であろう。その点、数学をじっくりと学ぶことは有効である。

今回の試みはまだ始めたばかりである。さらなる工夫を加え、また、テストにより効果を考察していく。数学を扱いながら、学生に思考することに怠惰にならず、丁寧に、筋道立てて、また多角的に考えることを指導したい。

【引用・参考文献】

Bachet, Claude-Gaspar, sieur de Méziriac(1581-1638)Problèmes plaisants & délectables qui se font par les nombres.
（上記文献が初出であると思われる。その後、多くの人がこの問題に関心を持ち、さまざまな方向への発展があった。）

6.4 「数学基礎」から「数学活用」へ
―「数学活用」の話題 ―

西山 博正

　2003年（平成15年）から、前回の学習指導要領改訂（ゆとりと生きる力）に基づく授業が始まり、1989年（平成元年）の学習指導要領改訂（新しい学力観）での6科目「数学Ⅰ」、「数学Ⅱ」、「数学Ⅲ」、「数学A」、「数学B」、「数学C」に「数学基礎」が加わった。そのときの教育課程審議会の方針は「高等学校では、数学史的な話題や日常の事象についての統計的な処理などの内容を取り入れた科目「数学基礎（2単位）」を設け、必修科目として選択的に履修できるようにする。」であった。

　その後、2008年（平成20年）1月の中央教育審議会の「答申」では、数学の目標と科目構成および「数学活用（2単位）」について、次のように述べられている。

　高等学校においては、目標について、高等学校における数学学習の意義や有用性を一層重視し改善する。また、科目構成及びその内容については、数学学習の系統性と生徒選択の多様性、生徒の学習意欲や数学的な思考力・表現力を高めることなどに配慮し改善する。科目構成は、「数学Ⅰ」、「数学Ⅱ」、「数学Ⅲ」、「数学A」、「数学B」及び「数学活用」とする。

　「数学活用」は、「数学基礎」の趣旨を生かし、その内容を更に発展させた科目として設け、数学と人間とのかかわりや、社会生活において数学が果たしている役割について理解させ、数学への興味や関心を高めるとともに、具体的な事象への活用を通して数的な見方や考え方のよさを認識し数学を活用する態度を育てることをねらいとする。

高等学校学習指導要領解説 数学編（平成 21 年 12 月）によると、「数学活用」の「目標」は、次の通りである。

> **目標** 数学と人間とのかかわりや数学の社会的有用性についての認識を深めるとともに、事象を数理的に考察する能力を養い、数学を積極的に活用する態度を育てる。

ここで着目すべきは、「数学活用」の「(1) 数学と人間の活動」と「(2) 社会生活における数理的な考察」の二つの内容は、「数学基礎」の三つの内容のうちの二つを引き継ぎ、発展させていることである。ここでは、「数学活用」の授業で活用できる話題を取り上げてみる。また、ある高等学校の 1 年生による「数学活用プレゼンテーション授業」の報告も紹介する。これらの事例は、大学初年級の授業に、高大接続の題材として十分に活用できると思う。

1　カプレカー数 (Kaprekar Number) の魅力

カプレカー数 (Kaprekar Number) には 2 種類のものがある。いずれも整数であり、それぞれ次のように定義される。

【1】整数を 2 乗して前の部分と後ろの部分に分けて和を取ったとき、元の値に等しくなるもの。ただし、2 乗した整数が偶数桁 $2n$ 桁である場合は先頭 n 桁と末尾 n 桁とに分け、奇数桁 $(2n+1)$ 桁である場合は先頭 n 桁と末尾 $(n+1)$ 桁に分けて、それぞれ和を取る。

　　カプレカー数の例　① 99　② 2223

解説　① $99^2 = 9801$ より $98 + 01 = 99$
　　　② $2223^2 = 4941729$ より $494 + 1729 = 2223$

【2】整数の桁を並べ替えて、最大にした整数から最小にした整数の差を取る。この操作 (**カプレカー操作**) によって元の値に等しくなる数を**カプ**

レカー（定）数と呼ぶ。例えば 7641−1467 = 6174 であるから、6174（7641）はカプレカー（定）数である。

今回は【2】で定義されるカプレカー数の話題を取り上げる。このカプレカー数を**カプレカー定数**と呼ぶ。なお、全ての桁が同じ数字の場合は除く。

(ア) **2桁の整数について、カプレカー数を求める。**

最初に与える2桁の整数を $ab(9 \geq a > b \geq 0)$ とおく。

```
   a b
−) b a
─────
   A B
```

とおくと、$a > b$ より、

$$B = (10+b) - a \qquad A = (a-1) - b$$

と表される。

A、B がもとの整数 ab の a、b のどちらか一方に一致するかどうか調べてみる。

(i) $(A, B) = (a, b)$ のとき、

$A = (a-1) - b = a$ より、$b = -1$ となり矛盾。

(ii) $(A, B) = (b, a)$ のとき、

$A = (a-1) - b = b$ より $a = 2b+1$ ……①
$B = (10+b) - a = a$ より $b = 2a-10$ ……②

①, ② から $a = 2b+1 = 2(2a-10)+1 = 4a-19$

よって、$a = \dfrac{19}{3}$ となり矛盾。

以上 (i)、(ii) から2桁の整数 $ab(9 \geq a > b \geq 0)$ について、$AB = ab - ba$ が ab または ba のどちらか一方に一致するものは存在しない。つまり、$ab - ba$ が a と b の組合せで表されることはない。

次に、$ab - ba$ がこの操作によりどのような整数の巡回になるか調べてみる。

2桁の最大数は $X = 10a+b$、最小数は $Y = 10b+a$ だから

$$ab - ba = X - Y = (10a+b) - (10b+a) = 9(a-b)$$

ここで、a は1から9までの整数値、b は0から9までの整数値をそれぞれ取るので、$a-b$ は1から9までの整数値をとる。$ab - ba = X - Y$ を求め、カプレカー操作を繰り返すと次の表のようになる。

$a-b$	$a>b$ なる整数 ab の個数	$ab-ba$ $=X-Y$ $=9(a-b)$	$X-Y$ の値を(+の位) > (-の位)に並べ替えた数(C)	$C-(X-Y)$	結果順
1	9	9 (09)	90	81	①
2	8	18	81	63	②
3	7	27	72	45	④
4	6	36	63	27	③
5	5	45	54	9 (09)	⑤
6	4	(54)	(54)		
7	3	(63)	(63)		
8	2	(72)	(72)		
9	1	(81)	(81)		
合計	45				

よって、「81 → 63 → 27 → 45 → 09 → 81」の循環表が得られた。

(イ) 3桁の整数について

最初に与える、3つの桁すべてが同じ整数を除く、3桁の整数を abc $(9 \geq a > b \geq c \geq 0)$ とおく。それらは、3桁とも互いに異なる整数が $_{10}C_3 = 120$ (個)あり、3桁のうち2桁だけが同じ整数が $_{10}C_2 \times 2 = 90$ (個)あり、全部で $120 + 90 = 210$ (個)ある。

【注意】100 から 999 までの、3 つの桁すべてが同じ整数を除く、3 桁の整数は全部で 999 − 99 − 9 ＝ 891（個）ある。

$$\begin{array}{r} a\ b\ c \\ -)\ \ c\ b\ a \\ \hline A\ B\ C \end{array}$$

とおくと、

$$C = (10+c) - a$$
$$B = (10+b-1) - b = 9$$
$$A = (a-1) - c$$

と表される。

A、B、C がもとの整数 abc の a、b、c のどれか 1 つに、それぞれ一致すると仮定したとき、

A、B、C の値を求めてみる。

$B = 9$ であるので、a は A、B、C のうちのどれか 1 つであり、かつ、$9 \geq a > b \geq c \geq 0$ から

$a = B = 9$ となる。

これより、

（ⅰ）$(A, B, C) = (b, a, c) = (b, 9, c)$ または

（ⅱ）$(A, B, C) = (c, a, b) = (c, 9, b)$

である。

（ⅰ）$(A, B, C) = (b, a, c) = (b, 9, c)$ のとき

$A = (a-1) - c = 8 - c = b$ かつ $C = (10+c) - a = 1 + c = c$ より

$1 = 0$ となり矛盾。

（ⅱ）$(A, B, C) = (c, a, b) = (c, 9, b)$ のとき、

$A = (a-1) - c = 8 - c = c$ かつ $C = (10+c) - a = 1 + c = b$ より

$c = 4$、$b = 5$ となる。

以上より、$A = 4$、$B = 9$、$C = 5$ となり、

$abc - cba = ABC = 495$（カプレカー定数）

が成り立つ。

次に、$abc - cba$ がこの操作によりどのようにカプレカー定数に到達するかを調べてみる。

3桁の最大数 X は $X = 100a + 10b + c$、最小数 Y は $Y = 100c + 10b + a$ より、
$$abc - cba = X - Y = (100a + 10b + c) - (100c + 10b + a) = 99(a - c)$$

ここで、2桁の場合と同様に、$a - c$ は1から9までの整数値を取る。$abc - cba = X - Y$ を求め、カプレカー操作を繰り返すと次の表のようになる。

$a-c$	$a \geq b \geq c$ である整数 abc の個数	$abc - cba$ $= X - Y$ $= 99(a-c)$	$X-Y$ の値を、百の位から一の位へ大きい順に並べ替えた数(C)	$C-(X-Y)$	結果順
1	18	99 (=099)	990	891	①
2	24	198	981	792	②
3	28	297	972	693	③
4	30	396	963	594	④
5	30	495	954	495	⑤
6	28	(594)	(954)		
7	24	(693)	(963)		
8	18	(792)	(972)		
9	10	(891)	(981)		
合計	210				

よって、カプレカー定数495が得られた。

性質:一の位と百の位が異なる3桁の整数 A について、A の一の位と百の位を入れ替えた数を B とし、$C = |A - B|$ とおく。ただし、C が2桁の整数のときは、百の位は0とみなす。さらに、C の一の位と百の位を入れ替えた数を D とし、$E = C + D$ とおくと、$E = 1089$ である。

(証明)

$A = 100a + 10b + c$、$B = 100c + 10b + a$ とおくとき、

$a \neq c$ より、$a > c$ としてよい。

このとき、$C = |A - B| = A - B = 99(a - c)$

$A = 100a + 10b + c = 100(a-1) + \{100 + 10(b-1)\} + (10+c)$
と変形する。
$B = 100c + 10b + a$ より、
$C = A - B = 100(a-1-c) + 90 + (10+c-a)$
$= (a-c-1) \times 100 + 9 \times 10 + (c-a+10) \cdots ①$
かつ $0 \leq a-c-1 \leq 8$、$1 \leq c-a+10 \leq 9$
が成り立つ。
よって、$D = (c-a+10) \times 100 + 9 \times 10 + (a-1-c) \cdots ②$
①、②より、
$C + D = 900 + 180 + 9 = 1089$

(証明終)

【注意】 1089 は次のように表される。
$1089 = 1000 + 80 + 9 = 1000 + (100-20) + 9 = 1000 + 100 - 11$
$= 10^3 + 10^2 - (10+1) = (10^3 - 10) + (10^2 - 1) = 10 \times (10^2 - 1) + (10^2 - 1)$
$= (10+1) \times (10^2 - 1) = 11 \times 99 = 11 \times 11 \times 9 = 11^2 \times 3^2 = 33 \times 33$

(ウ) 4 桁の整数について

最初に与える、4 つの桁すべてが同じ整数を除く、4 桁の整数を $abcd$ ($9 \geq a > b \geq c \geq d \geq 0$) とおく。

$abcd - dcba$ についてもカプレカー操作を繰り返すと、カプレカー定数 6174 を得る。

$abcd - dcba = (1000a + 100b + 10c + d) - (1000d + 100c + 10b + a)$
$= 999(a-d) + 90(b-c) \cdots ①$

ここで、$a-d$ は 1 から 9 までの整数値を取り、$b-c$ は 0 から 9 までの整数値を取るので ① の形の 4 桁の数は全部で 90 個ある。各数字を千の位から一の位まで大きい順に並び替え、重複する数を一つとして数えると全部で 30 個になる。これらにカプレカー操作を繰り返すと、次の表の通りすべて 6174 に到達する。

7641（6174）への流れ

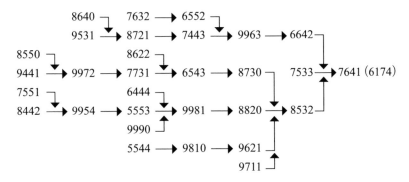

この表より、すべての4桁の整数 $abcd$ $(9 \geq a \geq b \geq c \geq d \geq 0)$ は、カプレカー操作により6174に到達することがわかる。また、5桁以上の整数についても研究がなされている。

2 「数学活用プレゼンテーション授業」について

平成24年9月以降半年間において、海城高校1年生による「数学活用プレゼンテーション授業」の報告があった。内訳は、原崇泰先生担当の2クラス計16のグループと川崎真澄先生担当の4クラス計32グループの総計56グループ（1グループは5人）の発表から構成されている。そのうちのいくつかの発表のタイトルを紹介すると次の通りである。

1. 無限とパラドックス　　2. バーコードの仕組み　　3. ハノイの塔
4. グラフ理論　　　　　　5. オイラーの多面体定理　6. 和算について
7. 黄金比とその神秘　　　8. カテナリー曲線

ここでは、今まで授業で学んだことと数学活用の教科書を基に生徒自らが興味を持ったことについて知識を深め、本やインターネットを利用しながら世の中での応用例を調べ、プレゼンテーションするというテーマで取り組んだそうである。

これからの数学教育においては、この発表のように、もっと知りたい、学びたいという姿勢や探究心をもつ生徒、学生が一層増えるような授業を目指すことが求められていると思う。

【引用・参考文献】

M. ラインズ、片山孝次訳（1988）数―その意外な表情、岩波書店。
西山豊、6174の不思議 <www.osaka-ue.ac.jp/zemi/nishiyama/math2010j/6174_j.pdf>。
私的数学塾、カプレカー操作について <www004.upp.so-net.ne.jp/s_honma/kaprekar.htm>。

6.5 数学史を取り入れた教育の実践

高安 美智子

1 はじめに

　学士課程教育における「学習成果」に関する指針の一つに、卒業後も自律・自立して学習できる「生涯学習力」が挙げられている（中央教育審議会、2008）。これまで数学を苦手としてきた学生にも、数学のよさや有用性を理解させ、数学的リテラシー形成を軸に据えた生涯学習力につながる数学教育をめざしていきたいと考えている。

　本研究集会のテーマ『高水準の数学的リテラシー教育と高大の接続・移行』における教材開発について、特に、文系大学における実践報告に興味・関心を持って本研究集会に参加することにした。

　ここでは、自らの実践を振り返り、高大接続の課題・移行を踏まえて、「数学史」を取り入れた授業と、学生の自発的な取り組みを促すための授業外学習の学習支援の試みについて紹介する。

2　高大接続の課題と数学的リテラシー教育

　前回の学習指導要領（高等学校では2003年度から実施）において、個に応じた指導の工夫・改善を図るとともに、「自ら課題を見付け、自ら学び、自ら考え、主体的に判断し、よりよく問題を解決する資質や能力を育てる。」ことをねらいとした「総合的な学習の時間」が創設され、教科指導を含めた全ての学習活動にその趣旨を活かすことが求められてきた。その趣旨は、数学的リテラシー育成に通ずるものであると考えている。しかし、その後の大学入試の在り方に大きな改善はなく、高等学校における学習指導にお

いて、学習指導要領のねらいは徹底されたとは言い難い。むしろ入試の多様化と少子化の影響により勉強をしなくても大学に合格できるという状況が醸成されていった。学習指導要領に謳われている個に応じたきめ細かい指導は、個の進路に応じて学習をしなくてもいいという状況さえつくりだしていったのである。このような経緯の中で、数学を学ぶ機会や生徒の学ぶ目的も変遷してきており、高校生にとっては、大学入試に数学を必要とするかしないかで数学を学ぶ意義に揺らぎが生じていることは否めない。まさにそれこそが、高大接続の課題であると考えている。

その課題改善に向けて、本研究集会で提唱している「数学的リテラシー形成を軸に据えた教育」を目標として、実生活の問題を数学的な知識や方略を適切に適用し、数学的な解決をめざす教材開発に取り組んでいく。

3　受講生の実態を踏まえた授業のあり方

本学の教養科目の数学は選択科目であるが、アンケートから受講生の多くは数学を苦手とする学生である。履修の目的は、「自然科学系科目を履修しなければならないから」というのが大半で、数学が苦手な理由を「沢山覚えることがあって複雑。公式が難しく公式や定義を理解することが苦手。」と応えている。また、授業に対しては、「数学の苦手意識をなくして面白さを発見できるようにしたい。苦手な分野を克服したい。」等と期待しており、授業への要望は、「できるだけ丁寧に教えて欲しい。楽しい授業をして欲しい。」である。

そこでこのような期待や要望に配慮しつつ、授業者の基本方針を説明している。「① 数学は、考える学問である。つまり何について書かれているのか、何が問われているのか、自ら思料すること。② 単に教えてもらうという受動的な姿勢や答えを導くという機械的な態度ではなく、主体的に問題と向き合い、予習・授業・復習を行うこと。③ 自ら求めた解の意味を吟味し、検算を行い、自分の言葉で説明できるようになるまで理解を深めてもらいたい。④ 数学が苦手な人は、何が分からないのかを明確にした上で積極的に数理学習センターを利用して自らの学習の自己管理を行う

こと。⑤ 数学を楽しく学べるかどうかは、本人の努力次第である。」以上のことを最初に理解させる。

遠山啓（1983、pp.9-10）は、「数学教育の中でやる気をなくした生徒に、もう一度やる気を起こさせるためには、ありきたりの道を走らせてはだめである。新しいバイパスを開発し、もう一度走る気を起こさせる必要がある。それは楽しく快適なものでなければならない。生徒ばかりか教師が楽しめるということが不可欠である。」と述べている。

それは、大学教育においても同様に言えることであろう。大学での学習内容が、高校での学習内容と乖離しては学ぶ意欲を削ぐことになりかねないが、単なる高校教育の学び直しにならないように配慮する必要があるだろう。そこで考えた新しいバイパスとは、「数学史」を取り入れた授業と苦手克服の学習支援である。

4　「数学史」を取り入れて

「数学史」を取り入れる目的は、学力差の大きい学習集団に新しい数学の世界の広がりや、現在も発展し続ける生きた数学に触れさせることで、数学を学ぶ意義や数学のよさを主体的に考えさせるためである。そのため、授業外学習にも数学史に関する調べ学習を行わせ、レポート提出を課している。「数学史」を受け身の姿勢ではなく、学習者自身が様々な「数学史」に関することについて主体的に調べる過程で、数学が人間の知恵と努力によって創造された産物であることや、数学を学ぶ意義や数学のよさに気づき、数学に対する意欲や興味・関心に変化をもたらすと考えている。特に、証明に至るまでの数学者の苦悩や努力、業績など数学者の人物像に触れたり、現在活用されている数式の中には、紀元前に導かれた数式があることや、生活の中から必要とされて創造されたものがあることを知ることで、生きた数学や未知の数学の世界を実感したという感想もあり、「新たな数学的世界観を形成できる」（塚原、1999、p19）と感じている。

授業では、単に問題が解けるか解けないかという結果だけを学ぶのではなく、数の概念やその拡張の歴史に触れ、無理数や複素数の世界を広げて

いく。また、パスカルの三角形から様々な数列を見出し、一般項を導き出す過程を考えさせたり、自分の言葉で表現させたりしながら、主体的に考える場面を作り、数学が実生活と関わりのあることにも気付かせる。さらに、「フェルマーの最終定理」の解決の過程で発見された新たな定理や現在も研究され続けている「リーマン予想」の問題などに触れ、発展し続ける未知の数学の世界を紹介する。

(1) 学生のレポートのタイトルから

「数学の神様ピタゴラス」、「未来の数学を過去から学ぶ」、「大数学者ガロアと革命家ガロア」、「確率論のはじまり」、「日常の数学の世界」、「女性数学者 ソフィア・コワレフスカヤ」、「ロシアの数学者 ポアンカレ予想の証明」、「数学の帝王ガウス」、「数学は日本にも 〜関孝和と和算〜」、「無限の世界」、「タレスから生まれた三角比」、「インドの魔術師：ラマヌジャン」、「0の誕生―インド人と数学―」、「リーマン 素数と音楽」、「ガロアの生涯は数奇だった」、「20世紀異才の数学者 放浪のポール・エルデシュ」、「薄幸の天才数学者―ニールス・アーベル」、「算数教育に水道方式を導入した遠山啓」…等。

(2) 受講生のレポートの考察より抜粋

① 数学史を学び、現在活用されている数式が、紀元前に導かれた数式であることや、生活の中から必要とされて創造されたものであることを知ることで、現在まで生き続け発展し続けている数学や未知の数学の世界を学ぶことができた。

② フェルマーの定理だけでも様々な国や地域、時代や言語を超えて数学者は共通の問題に取り組んでいる。数学においては全世界共通ではないだろうか。全く国籍の違う人が同じ数式を見たとして、それを違う言語を使う者同士が見たとしても何を表しているのかは理解出来る。その感じが一見機械的なイメージのある数学にも人間味を帯びているような気がしてすごく面白いと思えた。

③ 数学史を調べて、数学というものの価値や理念などを理解したよう

に思える。中学や高校まではなぜこんな公式があるのか、そういった疑問を持たず、ただ覚えて問題の中で用いて取り組むことが当たり前だった。しかし、数学のあらゆる公式や定理にはつくられるまでの過程や、そこからどのように適応されるようになったかなどそれぞれ歴史があり、現代まで生き続けてきた。数学者にとって公式や定理を発見すること、作り上げることはひとつの闘いのようなものに思える。難しいと恐れずに、新しい数学の世界を見ることができることに感銘を受け、自分の数学の知識を豊かにしていけるように励んでいきたい。

④ガロアの生涯や実績を調べてみて、そして大学の講義を通してわかったことは、数学には人生を懸けてしまう人もいるほどの魅力が潜んでいるということだ。ひまわりの種の並びやオウム貝といった自然界のものまで数学の世界が隠れている。確かにそれらに潜んだ数学は複雑なものではあるが、自分の生活から遠く離れたものではなく身近にあふれたものだと知ることで数学への嫌悪も少し消えていった。長い年月をかけて作り上げられた数学の世界の身近さを多くの人に知ってもらいたい。

⑤今回学んだことは、自ら調べるということは、数学の勉強の際だけでなく、様々な分野の勉強や、社会に出て自分が成長するために、とても大切なことであると感じた。これから、考えること、疑問を持ち、解決させることを意識し、今回学んだことを活かして、成長していこうと思う。

⑥ガロアは数学に魅せられ、数学を追及しその数学を純粋に楽しんだ結果としてガロア理論などの業績を築くことができたのではないだろうか。数学を楽しむこと、それがガロアの生涯や業績について調査した結果感じた一番大きな成果だと筆者は考える。今は数学を楽しいと感じつつ取り組んでいる。

5　連携授業による「学習支援」

この授業には二つの特徴がある。一つは数学史を取り入れた授業で、二

つ目は学生による学習支援である。受講生の中には中学からの学び直しが必要な者も少なくない。そうでなくとも数学に対する苦手意識が大きい。しかし、そこを乗り越えるために敢えて数学を履修する学生もいる。そのため授業外の学習支援が必要となる。受講生は毎回課題が与えられ、解答の過程をノートにまとめ、数理学習センターで点検を受ける。自力では解けない学生もいるが、このような受講生は数理学習センターで予約をして、学生チューターの学習支援（チュータリング）を受け学習活動を進めていくというシステムである。また、中間試験及び期末試験前には、数理学習センターにおいて試験対策講座が開設され多くの受講生が活用している。数理学習センターのチューターは、数学を苦手とする受講生の心強いサポーターであり、授業外学習における手厚い学習支援により数学の苦手克服に大きく貢献している。

　このように本授業には、自習課題は毎週提出の義務があり、授業では毎回、予習課題または自習課題から出題する確認テストがある。中間試験、期末試験、数学史に関するレポート課題もあり、数学を苦手とする学生にはハードな授業であるが、終了時には受講生の達成感や充実感は大きく授業評価も比較的高い。

○**受講者の感想より抜粋**
　中学・高校まで、なにがなんだかわからずに、問題と答えを丸暗記して、数学の問題を解いていたような記憶があるが、授業では「なぜそうなるのか？」という数学の急所に焦点をあてて教えてくれるので、少しずつ数学に対する苦手意識が消え、数学＝「わからない」という思いはなくなった。また、この授業では毎週課題や予習問題がでていたので授業外で学習をする機会があった。私は正直大学に入学し、1年以上が経つが授業外での学習をほとんどしてこなかったが授業外での学習がいかに大事であるか身に染みて感じた。数学以外の他の授業でも頻繁に授業外での学習をするようになり勉強の楽しさが少しずつ分かるようになってきた。もっと早く数学を履修するべきだったと思った。

6　おわりに

　大学教育は、「何を教えるか」という視点から「何ができるようになるか」（中央教育審議会、2008）という方向への授業改善が進められている。授業では数学を学ぶ意義について自分の意見を述べられるようになること、受講生自ら「主体的に・興味を持って・楽しく学ぶ」ことを意識させ、実生活の問題解決に数学を活用する力や態度を育成することが目標である。最終的には、数学のよさや有用性を理解するとともに、数学的リテラシーを身に付け、生涯学習につながる主体的に学ぶ力の育成をめざしている。

　数学史を取り入れた数学教育は、高等学校の学習指導要領（文部科学省、2009）にも示されているが、その指導方法は個々の教師に任されているという課題もある。高大接続・移行を考えたとき、特に教養数学だからこそ工夫した取り組みが可能であり有効だと考えている。また、幅広い学力層の学生を対象とする授業では、授業外の学習支援のシステムがあることで、学習時間の確保と個に応じた指導が可能となり問題解決の達成感を味わわせつつ主体的な学びへの姿勢を身に付けさせることができ、生涯学習への発展につながると考えている。

【引用・参考文献】

中央教育審議会（2008）学士課程教育の構築に向けて、文部科学省。
遠山啓（1983）数楽への招待Ⅰ、太郎次郎社。
塚原久美子（1999）数学史をどう教えるか、東洋書店。
文部科学省（2009）高等学校学習指導要領解説数学編、実教出版。

6.6 早稲田大学における ICT を活用した数学基礎教育

上江洲 弘明・永島 謙一

1 はじめに

早稲田大学は 2007 年に創立 125 周年を迎え、あらゆる学問分野の基礎的能力の向上を目指し、全学基盤教育の推進に「WASEDA 式アカデミックリテラシー」を掲げている。この WASEDA 式アカデミックリテラシーは、「英語コミュニケーション力」・「文章作成能力」・「数学的思考力」の3つの力（英語・日本語・数学）を身に付けるためのプログラムである。本論文では、このうち「数学的思考力」における取り組みについて紹介する。

2 数学基礎プラスシリーズの概要

数学基礎プラスシリーズは、2008 年度後期（秋学期）より、ICT (Information and Communication Technologies) を活用した早稲田大学独自の LMS (Learning Management System) の Course N@vi によりフルオンデマンド授業によって展開されている（図 6-6-1）。

図6-6-1 Course N@viのトップページ

数学基礎プラスシリーズは、現在「数学基礎プラスα（金利編）」（以下、α金利編）、「数学基礎プラスα（最適化編）」（以下、α最適化編）、「数学基礎プラスβ（金利編）」（以下、β金利編）、「数学基礎プラスβ（最適化編）」（以下、β最適化編）、「数学基礎プラスγ（解析学編）」（以下、γ解析学編）、「数学基礎プラスγ（線形代数学編）」（以下、γ線形代数学編）の6科目があり、2008年度科目開設時からこれまでの科目構成は**表6-6-1**のとおりである。記号α・β・γは各科目のレベルを表し、順に初級・中級・上級に相当する。α（金利編）→β（金利編）→γ（解析学編）、α（最適化編）→β（最適化編）→γ（線形代数学編）と受講することでステップアップして学ぶことができ、数学に対し苦手意識がある学生や文系学生でも無理なく取り組めるようにしている。なお、各科目の繋がりの詳細については、早稲田大学グローバルエデュケーションセンターが数学学習マップ（http://www.waseda.jp/inst/gec/assets/uploads/2016/01/learning-map_Jpn1.pdf）を公開している。

表6-6-1　数学基礎プラスシリーズの科目構成

年度	学期	科目
2008	後期	α（金利編）
2009	前期	α（金利編・最適化編）
	後期	α（金利編・最適化編）、β（金利編）
2010	前期	α（金利編・最適化編）、β（金利編・最適化編）
	後期	
2011	春学期	
	秋学期	
2012	春学期	α（金利編・最適化編）、β（金利編・最適化編）、γ（線形代数学編）
	秋学期	α（金利編・最適化編）、β（金利編・最適化編）、γ（線形代数学編・解析学編）
2013	春学期	
	秋学期	

　各科目とも講義回数は8回となっており、各回の受講期間は1週間と設定されているので、通常の半期の半分（約2ヶ月）の期間で授業は終了する。
　講義はすべてCourse N@viによって配信され、第1回から第7回はビデオ講義・問題演習（ドリル）・対策問題・小テスト・腕試し問題から構成され、

第 8 回は最終試験のみとなっている。このうち成績に加味される課題は次の 3 種類である。

- **問題演習（ドリル）** （再受験可、各回 6 点満点、第 1 回～第 7 回に設置）
- **小テスト** （再受験不可、各回 4 点満点、第 1 回～第 7 回に設置）
- **最終試験** （再受験不可、30 点満点、第 8 回に設置）

各課題はすべて Course N@vi 上で行われ自動採点される。成績は各課題の点数を合計し（100 点満点）、合計点数が 60 点以上であれば 1 単位を取得できる。

(1) 数学基礎プラスシリーズの科目内容

各科目とも授業回数は 8 回であるが、8 回目は総復習と最終試験となっているので、内容としては 7 回分である。また、科目に対応した専用の教科書があり、いずれも Amazon (http://www.amazon.co.jp) で購入可能である。

① α 金利編

指数、対数、数列、二項定理、極限など基礎知識を学び、金利問題（単利・複利、連続複利の計算）について理解を目指す。

② α 最適化編

行列の演算、連立 1 次方程式の行列による解法などの基礎知識を学び、線形計画問題の最大問題・シンプレックス法について理解を目指す。

③ β 金利編

α 金利編の上位レベルであり、α 金利編をもとに関数の極限・連続性、数列の漸化式など基礎知識を学び、ローン計算（元金均等返済と元利均等返済、年利と実質年率、ローン返済）について理解を目指す。

④ β 最適化編

α 最適化編の上位レベルであり、行列の簡約化と階数、連立 1 次方程式の不能解と不定解、逆行列など基礎知識を学び、線形計画法の最小問題についての理解を目指す。

⑤ γ 解析学編

α 金利編・β 金利編の上位レベルであり、より数学的な内容を扱う。1 変数・2 変数関数の微分の基礎知識を学び、経済学における効用最

大化問題について理解を目指す。

⑥ γ線形代数学編

α最適化編・β最適化編の上位レベルであり、より数学的な内容を扱う。行列式や固有値・固有ベクトルの基礎知識を学び、行列の対角化と簡単なマルコフ連鎖モデルについて理解を目指す。

3　2013年度　実施報告

(1) 2013年度春学期　実施報告

　2013年度春学期の6科目の受講者数は延べ2,489名(実人数1,572名)である。本科目シリーズは、数学に対する苦手意識がある学生や文系学生を想定して科目を構成しており、文系学部の受講人数はそれぞれ商学部333名、政治経済学部283名、法学部205名となっており数学に対し関心を示していることがわかるが、理系学部である基幹・創造・先進理工学部の学生が592名も受講していることは興味深い(他学部の中には文系・理系の両コースともある学部があるため、理系の受講者数を考えるとさらに増える)。このことから、理系学部の学生であっても、数学が実社会でどのように応用されるかということに興味を持っている学生が一定数いるということが分かる。

(2) 2013年度秋学期　実施報告

　2013年度秋学期の6科目の受講者数は延べ3,843名(実人数は2,443名)であり、これまでの各科目の受講者数の推移は**表6-6-2**のようになっている。

　秋学期は、文系学部の受講人数はそれぞれ商学部381名、政治経済学部278名、法学部286名となっており数学に関心を示していることがわかるが、理系学部である基幹・創造・先進理工学部の学生が585名も受講している。春学期と同様に理系の受講者数も多いことが分かる。

表6-6-2 受講者数の推移

	2008 後	2009 前	2009 後	2010 前	2010 後	2011 春	2011 秋	2012 春	2012 秋	2013 春	2013 秋
α金利編	702	581	470	745	773	839	979	804	994	1,016	1,596
α最適化編		500	423	597	613	655	760	596	719	685	1,019
β金利編			220	174	298	230	373	253	374	296	458
β最適化編				153	199	210	287	212	305	237	352
γ線形代数学編								146	148	132	196
γ解析学編									144	123	222

4 2013年度の特徴・問題点と2014年度へ向けての展開

毎学期、受講生のアンケートなどの意見や後述するTA/SAの改善案をもとに改善を図っている。実際に実施してみることにより、特徴・問題点と更なる2014年度への改善案としての科目の展開を述べる。

(1) 2013年度 春学期の特徴・問題点

2013年度春学期にはα金利編の受講者数が1,000名を超え、学生にも科目の知名度が浸透してきていることがうかがえる。α金利編は前学期（2012年度秋学期）よりも増加しているが、α金利編以外の科目は受講者数が減っている（毎年度、秋学期の方が多い傾向にある）。

2012年度秋学期は救済試験があったが、教育効果があまり上がらず、有効でないと判断し今学期は救済試験を廃止したが、前学期（2012年度秋学期）と比較して単位取得率はほとんど同じであるため、救済試験の廃止は適切だったと考えている。

フルオンデマンドの授業ではあるが、受講生に対するフォローの体制は整っておりBBS、ML（メーリングリスト）での質問対応、早稲田・所沢キャンパスで開室している対面指導室でTAによる質問・採点対応などがある。

成績に加味される各種試験の受講率は70～80%程度と好調であるのだが、成績に加味されない対策問題と腕試し問題（Course N@viの自動採点を利用せず、TAが採点する）の提出率はいまひとつである。採点は、解答を手

書きしたものを対面指導室で TA に採点してもらうか、Course N@vi で数式エディタを利用して記述式で解答し、後に TA が Course N@vi 上で確認しながら、採点するという方法をとってきたが、対面指導室に足を運ぶのが難しいことや数式エディタで記述するのが負担であるというコメントもあった。

(2) 2013 年度　秋学期の特徴・問題点

　α 金利編に続き、α 最適化編ともに受講者数が 1,000 名を超え、本シリーズに対する学生の認知度が上がってきた（6 科目全て、2013 年度春学期から増加）。また、先に述べたとおり、理系学生の受講者数が増加の傾向にあるが、これは簡単に単位が取得できると考えた理系学生が増えたためと考えている。しかし、本シリーズは数学を苦手とする文系の学生向けという位置づけであるので、理系学生に対し何か工夫が必要であると考えている。但し、理系の学生にも数学が現実社会でどのように応用されているか、また初年度以外で数学の科目がない学科であるため数学に触れたかったという意見もあったため、一概に理系学生が選択できなくするには難しい状況である（春学期も同様の特徴）。

　また、成績に加味される各課題の受験率は、（こちらも春学期から引き続く特徴であるが）$\alpha \cdot \beta$ は 70 〜 80% とおおむね好調であるが、γ は 50 〜 70% であるので BBS などを用いて受験に対する注意喚起などを書き込むことによって改善していきたい。

　フルオンデマンドの授業ではあるが、受講生に対するフォローの体制は整っており BBS、ML（メーリングリスト）での質問対応、早稲田・所沢キャンパスにある対面指導室で TA による質問・採点対応などがある。

　成績に加味されない対策問題と腕試し問題の提出については、スキャナーなどの普及にともない秋学期からは PDF による提出を取り入れた。春学期と比較して（**表 6-6-3**）、対策問題の添削件数は増加し、腕試し問題の採点件数は若干減少した。数式エディタを用いた解答提出はスキャン提出を可能としたことにより、数式エディタによる解答提出件数はほぼ 0 となると考えていたが、想定よりも提出が多くみられた。

表6-6-3　2013年度の採点件数

		春学期	秋学期
延べ受講者数		2,489	3,843
対策問題	対面提出	234	143
	スキャン提出	---	351
	合計	234	494
腕試し問題	対面提出	156	43
	スキャン提出	---	243
	数式エディタ提出	610	244
	合計	766	530
合　計		1,000	1,024

(3) 2014年度へ向けての展開

2014年度から担当スタッフが増え、教員4名(他に非常勤講師2名)・助手1名で展開することになる(2013年度は教員2名(他に非常勤講師2名)・助手1名)。これにより、教員1人あたりの業務の負担が減り、コンテンツ修正など学生へ向けてのレスポンスが向上すると考えられる。また、助手もTA/SAへの教育に力を入れることができるので、学生への対応がより良いものになると考えられる。

対面指導室に関しては、早稲田キャンパスでは、月～土曜で開室をしているが、所沢キャンパスでは勤務可能なTAの人数の制約上、変則的な日程で週1～2回の開室にとどまっている。2014年度は人員の確保が順調で週2～3回の開室を考えている(**表6-6-4**、**表6-6-5**について：表中のTALはTA/SAのまとめ役であるTAリーダーという教育補助、TAは大学院生の教務補助、SAは学部生の教務補助を指す)。対面による質問受付以外にも、BBSをうまく活用して質問しやすい環境(対面に近い環境を目指す)をより整備していくことを検討している。

Course N@viによるスキャン提出の取り組みは、当初想定していた数式エディタを用いた解答提出の廃止までには至らなかったが、提出の操作方法や周知などを徹底していくことで、提出方法の一本化を図りたいと考えている。

教員の再編成に伴い、2014年度はγ編のカリキュラム改編を行い、受

講率・採点件数の更なる向上を目標としていきたい。

表6-6-4 2013年度秋学期 TA/SAの人数

	TAL	TA	SA	合 計
早稲田	6	10	7	23
所沢	0	3	2	5
両方	1	0	0	1
合 計	7	13	9	29

表6-6-5 2014年度 TA/SAの人数

	TAL	TA	SA	合 計
早稲田	6	14	10	30
所沢	1	2	1	4
両方	2	2	0	4
合 計	9	18	11	38

執筆者紹介

水町 龍一（みずまち りゅういち）

1952 年生まれ、湘南工科大学准教授。
学位：1988 年東京大学理学博士。
職歴：1983 年より東北大学理学部助手、東京大学理学部助手、1990 年より湘南工科大学講師・助教授を経て現職。
主著：『大学における学習支援への挑戦―リメディアル教育の現状と課題』（共著、ナカニシヤ出版、2012 年）、『理工系の基礎数学』（共著、実教出版、2009 年）、『基礎数学』（単著、学術図書、2004 年）。

Michèle Artigue（ミシェル・アルティーグ）

パリ第 7 大学名誉教授。
学位：パリ第 7 大学 Ph.D.（数理論理学）、国家博士号（Doctorat d'État ès Sciences）・研究指導資格（Habilitation à Diriger les Recherches）（数学教育）。
経歴：パリ第 7 大学数学科助手、講師、IUFM（University Institute for Teacher Training）in Reims 教授、パリ第 7 大学数学科教授を経て現職。2007 〜 2009 年 ICMI（数学教育国際委員会）委員長。数学教育分野での生涯功績を称えるフェリックス・クライン賞を 2013 年に受賞。ラテンアメリカにおける数学教育の発展への貢献に対してルイス・サンタロ賞を 2014 年に受賞。
主著："Learning mathematics at post-secondary level". Second Handbook of Research on Mathematics Teaching and Learning.（共著、Information Age Publishing, Inc.、2007 年）,"The teaching and learning of mathematics at university level". An ICMI Study.（共編著、Kluwer Academic Publishers、2001 年）,"The teaching and learning of mathematics at university level – crucial questions for contemporary research in education"、Notices of the AMS、Vol.46、No.11.（単著、AMS、1999 年）,"Epistémologie et didactique". Recherches en Didactique des Mathématiques. vol. 10/2.3.（単著、La Pensée Sauvage、1990 年）。

Bernard R. Hodgson（バーナード・R・ホジソン）

1948 年生まれ。ラバール大学（ケベック州、カナダ）数理統計学部正教授。
学位：1976 年モントリオール大学 Ph.D.（数学）。
経歴：国際数学者会議（IMC）（1990・1998 年）および ICME-7（1992 年）・ICME-13（2016 年）の招待講演者、ICME-12（2012 年）の総会講演者、1999-2009 年 ICMI 事務局長。
主著：The Didactics of Mathematics: Approaches and Issues―A Homage to Michèle Artigue（共編著、Springer、2016 年）、"International organizations in mathematics education". the Third International Handbook of Mathematics Education（共著、Springer、2013 年）。

清水 美憲(しみず よしのり)

1961年生まれ、筑波大学大学院人間総合科学研究科教授。
学位：2006年筑波大学博士(教育学)。
職歴：1990年より東京学芸大学教育学部 助手・助教授、2005年より筑波大学大学院人間総合科学研究科助教授・准教授を経て現職。
主著：『目でみる算数の図鑑』(監修、東京書籍、2015年)、『教科教育の理論と授業Ⅱ(理数編)』(共編著、協同出版、2012年)、『授業を科学する—数学の授業への新しいアプローチ』(編著、学文社、2010年)、『算数・数学教育における思考指導の方法』(単著、東洋館出版社、2008年)。

西井 龍映(にしい りゅうえい)

1953年生まれ、九州大学マス・フォア・インダストリ研究所教授。
学位：広島大学理学博士。
職歴：1980年より広島大学助手・講師・助教授・教授、2003年より九州大学教授・現職。
主著：A Mathematical Approach to Research Problems of Science and Technology - Theoretical Basis and Developments in Mathematical Modeling. (編著、Book Series: Mathematics for Industry Vol. 5、Springer、pp. 507、2014年)。

高橋 哲也(たかはし てつや)

1962年生まれ、大阪府立大学高等教育推進機構／大学院理学系研究科教授、学長補佐。
学位：京都大学理学博士。
職歴：1989年より大阪府立大学助手・講師・助教授・教授。
主業：「学士課程教育における数学的リテラシーの考え方について」(単著、『大学教育学会誌』37巻1号、2015年)、『学生主体型授業の冒険2 予測困難な時代に挑む大学教育』(共著、ナカニシヤ出版、2012年)、『理工系新課程 線形代数』(共著、培風館、2004年／改訂版2011年)。

宇野 勝博(うの かつひろ)

1958年生まれ、大阪大学全学教育推進機構教授(数学)。
学位：イリノイ大学 Ph.D.、大阪大学博士(理学)。
職歴：1985年より大阪大学助手・講師・助教授、2003年より大阪教育大学教授、2013年より現職。
主著：『なるほど高校数学 数列の物語』(単著、講談社ブルーバックス、2011年)、『きらめく数学』(共著、プレアデス出版、2008年)、『博士がくれた贈り物』(共著、東京図書、2006年)。

西村 圭一（にしむら けいいち）

1968 年生まれ、東京学芸大学教育学部教授。東京都立高校教諭、東京学芸大学附属大泉中学校教諭、同国際中等教育学校教諭、文部科学省国立教育政策研究所総括研究官を経て現職。
学位：東京学芸大学博士（教育学）。
主著：『中学校新数学科　活用型学習の実践事例集―豊かに生きる力をはぐくむ数学授業』（共編著、明治図書、2012 年）、『数学的モデル化を遂行する力を育成する教材開発とその実践に関する研究』（単著、東洋館出版社、2012 年）。

柳澤 文敬（やなぎさわ ふみたか）

1979 年生まれ、トムソン・ロイター・プロフェッショナル（株）コンサルタント。
学位：北海道大学理学修士。
職歴：（株）ベネッセコーポレーション、ベネッセ教育総合研究所研究員を経て現職。
主著：『経験資本と学習：首都圏大学生 949 人の大規模調査結果』（共著、明石書店、2016 年）、「パレート図とクロス集計表の分析」『問題解決力向上のための統計学基礎』（（財）日本統計協会、2014 年）。

久保田 祐歌（くぼた ゆか）

1974 年生まれ、三重大学地域人材教育開発機構講師。
学位：2007 年名古屋大学博士（文学）。
職歴：2008 年より名古屋大学高等教育研究センター研究員、立教大学大学教育開発・支援センター学術調査員、愛知教育大学大学教育研究センター研究員、徳島大学総合教育センター特任助教・助教を経て 2017 年より現職。
主著：『大学の FD Q&A』（共著、玉川大学出版部、2016 年）、『科学技術をよく考える―クリティカルシンキング練習帳』（共著、名古屋大学出版会、2013 年）。

羽田野 袈裟義（はだの けさよし）

1952 年生まれ、山口大学大学院 創成科学研究科教授
学位：九州大学工学博士。
職歴：1977 年より九州大学助手、1983 年より山口大学講師・助教授・教授。
主著：『新編水理学』（共著、理工図書）、「潮汐に伴う岸沖方向の流れと構造物設置の影響」（共著、『山口大学工学部研究報告』Vol.52、2009 年）、「河川感潮域のヘドロ及び土砂礫堆積用凹部」（特許第 4041902 号）。

渡辺　信（わたなべ しん）

1944年生まれ、生涯学習数学研究所所長・公益財団法人日本数学検定協会常務理事。
職歴：1968年より桐蔭学園工業高等専門学校講師・助教授、1991年より東海大学助教授・教授。
主著："SELF LEARNING MATHEMATICS ON LIFELONG LEARNING"（ICME_TSG4、2016年）、『これって、数学？―日常の中の数学にふれる』（共著、日本評論社、2002年）、FMしみずラジオ「数学の話」放送中。

藤間　真（とうま まこと）

1961年生まれ、桃山学院大学経済学部教授。
学位：明治大学博士（数理科学）。
職歴：1985年より日本ビジネスオートメーション株式会社（現 東芝情報システム株式会社）、1996年より桃山学院大学文学部専任講師・経済学部専任講師・助教授・准教授を経て現職。
主著："Dynamic coexistence in a three-species competition-diffusion system"（共著、Ecological Complexity、2015年）、「初等中等教育における情報教育の過去・現在・未来 -- マクロな視点から」（単著、情報管理、2008年）、『情報活用術：情報検索・情報処理の楽々実行』（共著、学芸図書、2000年）

川添　充（かわぞえ みつる）

1968年生まれ、大阪府立大学高等教育推進機構／大学院理学系研究科教授。
学位：1996年京都大学博士（理学）。
職歴：1994年より日本学術振興会特別研究員（DC、PD）、1997年より大阪府立大学助手・講師・助教授・准教授を経て現職。
主著：『理工系新課程 線形代数演習』（共著、培風館、2012年）、『思考ツールとしての数学』（共著、共立出版、2012年）、『理工系新課程 線形代数』（共著、培風館、2004年／改訂版2011年）。

岡本　真彦（おかもと まさひこ）

1967年生まれ、大阪府立大学現代システム科学域／大学院人間社会システム科学研究科教授。
学位：1998年広島大学博士（心理学）。
職歴：1993年より大阪府立大学助手・准教授を経て現職。
主著：『思考ツールとしての数学』（共著、共立出版、2012年）、『メタ認知 - 学習を支える高次認知機能』（共著、北大路書房、2008年）、『教育の方法 - 心理学をいかした指導のポイント』（共著、樹村房、2007年）。

小松川 浩（こまつがわ ひろし）

 1967 年生まれ、千歳科学技術大学教授。
 学位：慶應義塾大学理学博士。
 職歴：1995 年より慶應義塾大学理工学部助手、1998 年より千歳科学技術大学講師・助教授を経て現職。
 主著：『大学における e ラーニング活用実践集』(共著、ナカニシヤ出版、2016 年)、『学士力を支える学習支援の方法論』(共著、ナカニシヤ出版、2012 年)。

御園 真史（みその ただし）

 1975 年生まれ、島根大学教育学部准教授。
 学位：東京工業大学博士 (学術)。
 職歴：2009 年東京大学大学院情報学環ベネッセ先端教育技術学講座特任助教、2010 年島根大学教育学部数理基礎教育講座講師を経て現職。
 主著：「島根大学教育学部附属学校園と学部の教育研究推進の協働体制」(共著、『日本教育大学協会研究年報』34、2016 年)、「知識基盤社会における学習観の転換とリメディアル教育：アクティブ・ラーニング、問題解決、反転学習に焦点を当てて」(単著、『リメディアル教育研究』、2015 年)、「SPECC モデルに基づく高校生を対象とした数学的モデル化の授業例」(単著、『日本科学教育学会年会論文集』39、2015 年)。

五島 譲司（ごとう じょうじ）

 1974 年生まれ。新潟大学教育・学生支援機構准教授。
 学位：早稲田大学修士 (教育学)。
 職歴：2002 年より早稲田大学助手、2005 年より新潟大学助教授を経て現職。
 主著：『学士力を支える学習支援の方法論』、「高校数学における教材開発のアプローチ」(単著、『数学教育研究』、2007 年)、(共著、ナカニシヤ出版、2012 年)『学校知を組みかえる』(共著、学文社、2002 年)。

西 誠（にし まこと）

 1962 年生まれ、金沢工業大学数理基礎教育課程教授。
 学位：1992 年金沢大学博士 (工学)。
 職歴：1986 年より金沢大学工学部助手・講師、1997 年より金沢工業大学工学部講師・助教授を経て現職。
 主著：『情報のための数学』(共著、金沢工業大学、2012)、『環境建築系数理』(共著、金沢工業大学、2012)、『バイオ・化学のための統計』(共著、金沢工業大学、2012)。

執筆者紹介

寺田　貢（てらだ みつぐ）

1956 年生まれ。福岡大学理学部教授、日本リメディアル教育学会会長。
学位：慶應義塾大学工学博士。
職歴：1987 年よりマサチューセッツ工科大学博士研究員、1987 年より三井石油化学工業株式会社（現 三井化学株式会社）、2003 年より現職。
主著：『大学における e ラーニング活用実践集』（共著、ナカニシヤ出版、2016 年）、「受講者の学習状況を把握しながら行う講義の試み」（単著、『物理教育』、2016 年）、"A Semi-Automatic Segmentation Method for the Structural Analysis of Carotid Atherosclerotic Plaques by Computed Tomography Angiography"（共著、Journal of Atherosclerosis and Thrombosis、2014 年）。

松田　修（まつだ おさむ）

1963 年生まれ、国立津山工業高等専門学校総合理工学科先進科学系教授。
学位：学習院大学博士（理学）。
職歴：2001 年より津山工業高等専門学校助教授・准教授を経て教授。
主著：『物理から考える微分積分入門』（単著、電気書院、2012 年）、『11 からはじまる数学　－パスカル三角形、フィボナッチ数列、超黄金数－』（単著、東京図書、2008 年）、『これからスタート　理工学の基礎数学』（単著、電気書院、2008 年）。

高木　悟（たかぎ さとる）

1975 年生まれ、工学院大学教育推進機構准教授。
学位：早稲田大学博士（学術）。
職歴：2001 年 University of California at Berkeley Visiting Scholar、2003 年早稲田大学助手、2006 年工学院大学学習支援センター講師、2008 年早稲田大学助教、2012 年より現職。
主著：『理工系のための線形代数』（共著、培風館、2016 年）、『理工系のための基礎数学』（共著、培風館、2015 年）、『数学基礎プラス α（金利編）』（単著、早稲田大学出版部、2013 年）。

井上　秀一（いのうえ しゅういち）

1949 年生まれ、ICSS 教育研究所所長、日本コミュニケーション支援センター理事長。
学位：日本大学理学修士。
職歴：1977 年より年愛知県一宮市立北方中学校教諭、1988 年より関東第一高等学校教諭、1995 年より日本体育大学非常勤講師、2006 年より湘南工科大学特別講師、2011 年より帝京大学専任講師。
主著：『Excel 入門』（単著、森北出版、1999 年）、『やさしいロータス 123』（単著、森北出版、1996 年）、『グラフィックス三角関数』（単著、森北出版、1994 年）。

矢島　彰（やじま あきら）

1970年生まれ、大阪国際大学グローバルビジネス学部教授。
学位：京都大学博士（理学）。
職歴：大阪国際大学経営情報学部講師・准教授、同現代社会学部准教授を経て現職。
主著：『3訂大学 学びのことはじめ 初年次セミナーワックブック』（共著、ナカニシヤ出版、2014年）、『集合・確率統計・幾何がビジュアルにわかる基礎数学のABC』（共著、共立出版、2006年）、『数列・関数・微分積分がビジュアルにわかる基礎数学のⅠⅡⅢ』（共著、共立出版、2005年）。

萩尾　由貴子（はぎお ゆきこ）

久留米大学共通教育非常勤講師。
職歴：株式会社リクルートを経て2001年より現職。
主著：『基礎数学ドリル』（単著、ふくろう出版、2007）、『判断推理』（単著、CRS出版、2005）、『3時間でわかる推論・分析力』（監修、早稲田経営出版、2004）。

西山　博正（にしやま ひろまさ）

1951年生まれ、神奈川工科大学非常勤講師、青山学院大学兼任講師。
職歴：1974年より2011年まで神奈川県高等学校教諭・総括教諭（相模原工業技術高校、相武台高校、茅ヶ崎北陵高校、藤沢高校、鎌倉高校）。
主著：「集合論理と観点別評価について」（『日本数学教育学会誌』第93巻第1号、2011年）、「総合的学習の時間の取り組み」（『高大接続研究会「総合的学習と高大接続」日本学術振興会科学研究費補助金基盤研究（A）研究報告書』研究代表者　白川友起（筑波大学）、2004年）、「『高等学校 数学Ⅰ、数学Ⅱ、数学Ⅲ、数学A、数学B、数学C』（共著、文英堂（教科書）、2000年以降）。

高安　美智子（たかやす みちこ）

1952年生まれ、名桜大学リベラルアーツ機構教授。
職歴：1979年より沖縄県立高等学校教諭、2013年沖縄県立名護高等学校校長退職、2013年より現職。
主著：「「統計学」におけるティームティーチングによるLTD話し合い学習及び学習支援の導入―統計的な考え方の育成を目指して」（共著、『名桜大学紀要』第21号、2016年）、「自ら学ぶ意欲を育てる「学力向上対策」－発信型教育活動で地域に信頼される学校づくり」（共著、『平成24年（2012年度）教育実践研究論文集』、2013年）、「学ぶ意欲を高める学習指導の支援－高等学校における学習指導の手引き」（共著、『沖縄県立総合教育センター平成18年度プロジェクト研究』、2007年）。

上江洲 弘明（うえす ひろあき）

1974 年生。早稲田大学グローバルエデュケーションセンター助教。

学位：早稲田大学博士（学術）。

職歴：2001 年早稲田大学教育学部助手、2012 年早稲田大学メディアネットワークセンター（現グローバルエデュケーションセンター）助教。

主著："Fuzzy Node Fuzzy Graph Analysis Applying T-norm"（共著、Journal of Biomedical Fuzzy Systems Association、Vol.16 No.1、2011 年）、「ファジィ理論 基礎と応用」（共著、共立出版、2010 年）、「ファジィノードファジィグラフ、T-ノルムとその応用」（単著、『日本知能情報ファジィ学会誌』Vol.16 No.1、2004 年）。

永島 謙一（ながしま けんいち）

1985 年生まれ。東京立正中学校・高等学校 教諭。

学位：早稲田大学修士（教育学）。

職歴：2013 年早稲田大学オープン教育センター助手、2014 年より現職。

主著：『ファジィ理論 基礎と応用』（共著、共立出版、2010 年）。

大学教育の数学的リテラシー

2017年3月3日　初　版　第1刷発行　　　　　　〔検印省略〕
　　　　　　　　　　　　　　　　　　　　　定価はカバーに表示してあります。

編著者Ⓒ水町龍一／発行者　下田勝司　　　印刷・製本／中央精版印刷

東京都文京区向丘1-20-6　　郵便振替00110-6-37828　　　発　行　所
〒113-0023　TEL(03)3818-5521　FAX(03)3818-5514　㍿ 東信堂

Published by TOSHINDO PUBLISHING CO., LTD.
1-20-6, Mukougaoka, Bunkyo-ku, Tokyo, 113-0023, Japan
E-mail : tk203444@fsinet.or.jp　http://www.toshindo-pub.com

ISBN978-4-7989-1405-3　C3037　Ⓒ Mizumachi Ryuuichi

東信堂

溝上慎一監修 アクティブラーニング・シリーズ（全7巻）

① アクティブラーニングの技法・授業デザイン　水鰍詠正編　一六〇〇円
② アクティブラーニングとしてのPBLと探究的な学習　溝上慎一・鮒朗夫編　一八〇〇円
③ アクティブラーニングの評価　松下佳代編　一六〇〇円
④ 高等学校におけるアクティブラーニング：理論編　石井英真編　一六〇〇円
⑤ 高等学校におけるアクティブラーニング：事例編　溝上慎一編　一六〇〇円
⑥ アクティブラーニングをどう始めるか　成田秀夫編　一六〇〇円
⑦ 失敗事例から学ぶ大学でのアクティブラーニング　亀倉正彦　一六〇〇円

アクティブラーニングと教授学習パラダイムの転換　溝上慎一　二四〇〇円

大学生の学習ダイナミクス―授業内外のラーニング・ブリッジング　河井亨　四五〇〇円

大学教育の数学的リテラシー　水町龍一編著　三二〇〇円

大学のアクティブラーニング―全国大学の学科調査報告とカリキュラム設計の課題　河合塾編著　三二〇〇円

「学び」の質を保証するアクティブラーニング―3年間の全国大学調査から　河合塾編著　二〇〇〇円

「深い学び」につながるアクティブラーニング―全国大学の学科調査報告とカリキュラム設計の課題　河合塾編著　二八〇〇円

アクティブラーニングでなぜ学生が成長するのか―経済系・工学系の全国大学調査からみえてきたこと　河合塾編著　二八〇〇円

初年次教育でなぜ学生が成長するのか―全国大学調査からみえてきたこと　河合塾編著　二八〇〇円

主体的学び　創刊号　主体的学び研究所編　一八〇〇円
主体的学び　2号　主体的学び研究所編　一六〇〇円
主体的学び　3号　主体的学び研究所編　一六〇〇円
主体的学び　4号　主体的学び研究所編　一六〇〇円

「主体的学び」につなげる評価と学習方法―カナダで実践されるICEモデル　S・ヤング&R・ウィルソン著　土持ゲーリー法一監訳　二〇〇〇円

ポートフォリオが日本の大学を変える―ティーチング/ラーニング/アカデミック・ポートフォリオの活用　土持ゲーリー法一　二五〇〇円

ティーチング・ポートフォリオ―授業改善の秘訣　土持ゲーリー法一　二〇〇〇円

ラーニング・ポートフォリオ―学習改善の秘訣　土持ゲーリー法一　二五〇〇円

〒113-0023　東京都文京区向丘1-20-6　TEL 03-3818-5521　FAX 03-3818-5514　振替 00110-6-37828
Email tk203444@fsinet.or.jp　URL:http://www.toshindo-pub.com/

※定価：表示価格（本体）＋税

東信堂

現代教育制度改革への提言 上・下	日本教育制度学会編	各二八〇〇円
教育改革への提言集 第1集～第5集	日本教育制度学会編	各二八〇〇円
転換期を読み解く――潮木守一時評・書評集	潮木守一	二六〇〇円
大学再生への具体像――大学とは何か【第二版】	潮木守一	二四〇〇円
フンボルト理念の終焉？――現代大学の新次元	潮木守一	二五〇〇円
「大学の死」、そして復活	絹川正吉	二八〇〇円
大学教育の思想――学士課程教育のデザイン	絹川正吉	二八〇〇円
大学教育の在り方を問う	山田宣夫	二二〇〇円
大学改革の系譜：近代大学から現代大学へ	別府昭郎	三八〇〇円
大学理念と大学改革――ドイツと日本	金子勉	四二〇〇円
北大 教養教育のすべて	小笠原正明・安藤厚・細川敏幸 編著	二四〇〇円
――エクセレンスの共有を目指して		
国立大学法人の形成	大崎仁	二六〇〇円
国立大学・法人化の行方――自立と格差のはざまで	天野郁夫	三六〇〇円
大学は社会の希望か――大学改革の実態からその先を読む	江原武一	二〇〇〇円
転換期日本の大学改革――アメリカと日本	江原武一	三六〇〇円
大学の管理運営改革――日本の行方と諸外国の動向	杉本均 編著	三六〇〇円
大学経営とマネジメント	新藤豊久	二五〇〇円
大学戦略経営論――中長期計画の実質化によるマネジメント改革	篠田道夫	三四〇〇円
私立大学マネジメント	(社)私立大学連盟編	四七〇〇円
私立大学の経営と拡大・再編――一九八〇年代後半以降の動態	両角亜希子	四二〇〇円
大学の発想転換――マネジメント・学習支援・連携	坂本和一	二〇〇〇円
30年後を展望する中規模大学	市川太一	二五〇〇円
大学のカリキュラムマネジメント	中留武昭	三二〇〇円
戦後日本産業界の大学教育要求――経済団体の教育言説と現代の教養論	飯吉弘子	五四〇〇円
アメリカ連邦政府による大学生経済支援政策	犬塚典子	三八〇〇円
アメリカ大学管理運営職の養成	高野篤子	三二〇〇円

〒113-0023 東京都文京区向丘1-20-6
TEL 03-3818-5521 FAX 03-3818-5514 振替 00110-6-37828
Email tk203444@fsinet.or.jp URL:http://www.toshindo-pub.com/

※定価：表示価格（本体）＋税

東信堂

大学の自己変革とオートノミー——点検から創造へ	寺﨑昌男	二五〇〇円
大学教育の創造——歴史・システム・カリキュラム	寺﨑昌男	二五〇〇円
大学教育の可能性——教養教育・評価・実践	寺﨑昌男	二五〇〇円
大学は歴史の思想で変わる——FD・評価・私学	寺﨑昌男	二八〇〇円
大学改革 その先を読む	寺﨑昌男	一三〇〇円
大学自らの総合力——理念とFD そしてSD	寺﨑昌男	二〇〇〇円
大学自らの総合力Ⅱ——大学再生への構想力	寺﨑昌男	二四〇〇円
21世紀の大学：職員の希望とリテラシー	寺﨑昌男	二五〇〇円
ミッション・スクールと戦争——立教学院のディレンマ	前田一男編	五八〇〇円
一貫連携英語教育をどう構築するか——立教学院英語教育研究会編	鳥飼玖美子編著	一八〇〇円
英語の一貫教育へ向けて——「道具」としての英語観を超えて 立教学院英語教育研究会編		二八〇〇円
大学評価の体系化	大学基準協会編	三二〇〇円
高等教育の質とその評価——日本と世界	山田礼子編著	二八〇〇円
アウトカムに基づく大学教育の質保証——チューニングとアセスメントにみる世界の動向	深堀聰子編	三六〇〇円
高等教育質保証の国際比較	羽田貴史 杉本和弘 米澤彰純編	三六〇〇円
学士課程教育の質保証へむけて——学生調査と初年次教育からみえてきたもの	山田礼子	三二〇〇円
新自由主義大学改革——国際機関と各国の動向	細井克彦編集代表	三八〇〇円
新興国家の世界水準大学戦略——世界水準をめざすアジア・中南米と日本	米澤彰純監訳	四八〇〇円
東京帝国大学の真実	舘 昭	四六〇〇円
原理・原則を踏まえた大学改革を——日本近代大学形成の検証と洞察	舘 昭	二〇〇〇円
学生支援GPの実践と新しい学びのかたち——場当たり策からの脱却こそグローバル化の条件	大島勇 野幸雄 清水彦多司	二八〇〇円
アカデミック・アドバイジング その専門性と実践——日本の大学へのアメリカの示唆	清水栄子	二四〇〇円

〒113-0023　東京都文京区向丘 1-20-6　TEL 03-3818-5521　FAX 03-3818-5514　振替 00110-6-37828
Email: tk203444@fsinet.or.jp　URL: http://www.toshindo-pub.com/

※定価：表示価格（本体）＋税

東信堂

書名	著者	価格
ポストドクター——若手研究者養成の現状と課題	北野秋男編著	三六〇〇円
日本のティーチング・アシスタント制度——大学教育の改善と人的資源の活用	北野秋男編著	二八〇〇円
「再」取得学歴を問う——専門職大学院の教育と学習	吉田文編著	二八〇〇円
航行を始めた専門職大学院	橋本鉱市	二六〇〇円
学級規模と指導方法の社会学——実態と教育効果	山崎博敏	三二〇〇円
高等専修学校における適応と進路	伊藤秀樹	四六〇〇円
夢追い形進路形成の功罪——高校改革の社会学	荒川葉	二八〇〇円
進路形成に対する「在り方生き方指導」の功罪——高校進路指導の社会学	望月由起	三六〇〇円
教育から職業へのトランジション——若者の就労と進路職業選択の社会学	山内乾史編著	二六〇〇円
教育と不平等の社会理論——再生産論をこえて	小内透	三二〇〇円

《シリーズ 日本の教育を問いなおす》

書名	著者	価格
拡大する社会格差に挑む教育	西村和雄・大森不二雄 倉元直樹・木村拓也編	二四〇〇円
混迷する評価の時代——教育評価を根底から問う	西村和雄・大森不二雄 倉元直樹・木村拓也編	二四〇〇円
教育における評価とモラル	西村和雄・大森不二雄 倉元直樹・木村拓也編 戸瀬信之編	二四〇〇円

《大転換期と教育社会構造：地域社会変革の社会論的考察》

書名	著者	価格
第1巻 教育社会史——日本とイタリアと生活者生涯学習の地域的展開	小林甫	七八〇〇円
第2巻 現代的教養Ⅰ——地域的展開	小林甫	六八〇〇円
第3巻 現代的教養Ⅱ——技術者生涯学習の生成と展望	小林甫	六八〇〇円
第3巻 学習力変革——地域自治と社会構築	小林甫	近刊
第4巻 社会共生力——東アジアと成人学習	小林甫	近刊

〒113-0023 東京都文京区向丘1-20-6
TEL 03-3818-5521　FAX03-3818-5514　振替 00110-6-37828
Email tk203444@fsinet.or.jp　URL:http://www.toshindo-pub.com/

※定価：表示価格（本体）+税

東信堂

書名	著者	価格
アセアン共同体の市民性教育	平田利文編著	三七〇〇円
市民性教育の研究——日本とタイの比較	平田利文編著	四二〇〇円
世界のシティズンシップ教育——グローバル時代の国民/市民形成	嶺井明子編著	二八〇〇円
中央アジアの教育とグローバリズム	嶺井明子編著	三二〇〇円
ヨーロッパの学校における市民的社会性教育の発展	川野辺敏編著	三八〇〇円
社会を創る市民の教育——協働によるシティズンシップ教育の実践	新井浅孝編著	二五〇〇円
現代ドイツ政治・社会学習論——「事実教授」の展開過程の分析	大友秀明	五二〇〇円
アメリカにおける多文化的歴史カリキュラム	桐谷正信	三六〇〇円
アメリカ公民教育におけるサービス・ラーニング	唐木清志	四六〇〇円
社会形成力育成カリキュラムの研究	西村公孝	六五〇〇円
比較教育学事典	日本比較教育学会編	一二〇〇〇円
比較教育学の地平を拓く	森山肯子編著	四六〇〇円
比較教育学——越境のレッスン	馬越徹	三六〇〇円
比較教育学——伝統・挑戦・新しいパラダイムを求めて	M・ブレイ編 馬越徹・大塚豊監訳	三八〇〇円
国際教育開発の研究射程——「持続可能な社会」のための比較教育学の最前線	北村友人	二八〇〇円
国際教育開発の再検討——途上国の基礎教育普及に向けて	小川啓一・西村幹子・北村友人編著	二四〇〇円
発展途上国の保育と国際協力	浜野隆編著	三八〇〇円
トランスナショナル高等教育の国際比較——留学概念の転換	三輪千明編著	三六〇〇円
東アジアにおける留学生移動のパラダイム転換	杉本均編著	三六〇〇円
大学国際化と「英語プログラム」の日韓比較	嶋内佐絵	三六〇〇円
文革後中国基礎教育における「主体性」の育成	李霞	二八〇〇円
オーストラリアのグローバル教育の理論と実践	木村裕	三六〇〇円
開発教育研究の継承と新たな展開	木村裕	
マレーシア青年期女性の進路形成	鴨川明子	四七〇〇円
統一ドイツ教育の多様性と質保証——日本への示唆	坂野慎二	二八〇〇円
ドイツ統一・EU統合とグローバリズム——教育の視点からみたその軌跡と課題	木戸裕	六〇〇〇円

〒113-0023 東京都文京区向丘1-20-6
TEL 03-3818-5521 FAX 03-3818-5514 振替 00110-6-37828
Email tk203444@fsinet.or.jp URL:http://www.toshindo-pub.com/

※定価：表示価格（本体）＋税